U0677829

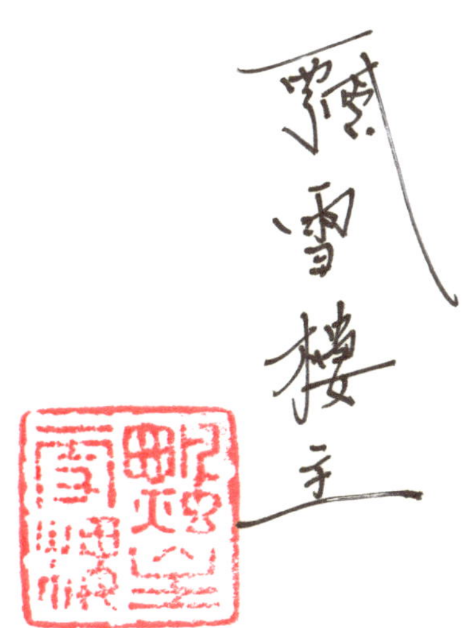

鸿门宴上的
天选之人

飘雪楼主——著

中国出版集团
中国民主法制出版社
全国百佳图书出版单位

北京华景时代文化传媒有限公司 出品

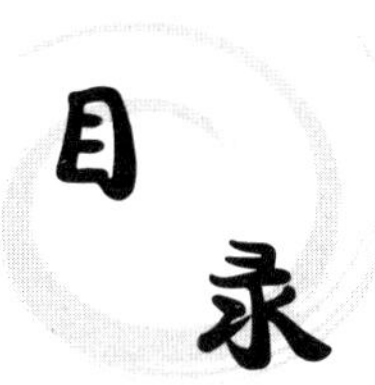

目录

第一章

揭开刘邦的家底

出生“三怪事”

说刘邦，首先要搞清他的来龙去脉。他出生在沛县（今江苏省西北部）丰邑中阳里村，他的父亲刘太公和母亲刘媪是当地老实巴交的农民。他在家里排行第三，他的大哥叫刘伯，二哥叫刘仲，而“季”是最小的意思，刘太公应该是认为刘邦是最小的，不会再有更小的了，所以没有按“伯仲叔季”这个传统来排，而是直接给刘邦取了“季”字 。但后来，刘太公又生了个儿子，无奈之下，他只好给这个小儿子取名为刘交。

对此，《史记·高祖本纪》的记载是：**“高祖，沛丰邑中阳里人，姓刘氏，字季。父曰太公，母曰刘媪。”**

当时的沛县虽属于泗水郡，但却与山东的薛郡和河南的砀郡交界，是典型的“三不管”地带，环境特殊，人居复杂，治安也差，是一个毫不起眼的县城。而中阳里村更是一个被世人忽略的地方，刘邦的父母又都是地地道道的农民，按理说刘邦的出生应该是不显山不露水才对。然而，出人意料的是，刘邦的出生却在当地产生了轰动效应，为什么呢？

第一，刘邦母亲的怀孕很不靠谱。

据史书记载，刘邦落入娘胎与其母之前回了一趟娘家有关。当时交通工具非常落后，出门基本靠走，交流基本靠吼。刘媪一介女流，在路上一折腾，自然累得够呛。于是，她坐在大泽边上的一棵大柳树下休息。也许是累极了，微风吹来，她不知不觉地进入了梦乡。

然后，故事进入了高潮阶段："……**梦与神遇。是时雷电晦冥，太公往视，则见蛟龙于其上。**"（《史记·高祖本纪》）

眼看突然下起了大雨，担心妻子的刘太公马上去寻妻。当他走到大泽边时，远远地看见了惊人的一幕：在风雨交加、电闪雷鸣之中，一条巨大的赤色蛟龙伏在妻子身上……于是，"已而有身，遂产高祖"。

这样的记载自然不可靠，但却为刘邦的出生披上了神秘的外衣。

第二，刘邦的相貌很不一般。

翻看中国的史书时，总会看到一个有趣的现象，即有点名气的人，不管是圣贤还是大恶，出生和长相都很离奇，如商汤是玄鸟的后代、刘邦有七十二颗大痣、朱元璋脚踩七星等。

《史记·高祖本纪》中说："**高祖为人，隆准而龙颜，美须髯，左股有七十二黑子。**"

可见刘邦的长相有三个特点：一是鼻梁突出，长相威武，可以称之为容颜美；二是两颊蓄着乌黑的长须，可以称之为美髯公；三是左边大腿上长有七十二颗黑痣，可以称之为"黑腿"。

无独有偶，《合诚图》是这样记载的："**赤帝体为朱鸟，其表龙颜，多黑子。**"

从相貌上来看，大腿或脚底痣多是大富大贵的标志。据说，明朝的开国皇帝朱元璋小时候，曾到舅父家做小童。他的舅父当时任元朝的千总。有一天，朱元璋替舅父洗脚，看见他脚底有一颗黑痣，于是好奇地问："脚底有痣，有什么作用？"舅父骄傲地说："脚踏一星，能管千马万军！"他是千总，这句话确实不假。朱元璋一听，脱口而出："那我脚底有七颗痣，脚踏七星，能管天下太平了。"日后，朱元璋果然成了开国皇帝。

但是，老实巴交的刘太公显然没有意识到这一点。当他看着刘邦大腿上密密麻麻、一溜儿排开的小黑痣时，瞬间有种失落感。他已经有了两个儿子，本想来个尾上结大瓜——生个女儿，调节一下家里的阴阳比例，没曾想生了个“丑八怪”。

好在刘太公的失落心理随着刘邦的长大逐渐改变了。他发现，刘邦大腿上的黑痣不多不少，正好七十二颗。

古人对“七十二”这个数字情有独钟。古代奉行阴阳论，阴在阳之内，不在阳之对。阴阳是我国古代传统哲学和文化思想的基点，笼罩着大千宇宙、细末尘埃。按照阴阳论的推断，“七十二”这个数字相对应的是一个“赤”字，而刘邦母亲又是因赤色蛟龙而怀孕，所以，原本身为平民后代的刘邦一跃成为“赤帝”的化身。这也使他成了众人关注的焦点。

第三，刘邦的出生不孤单。

在中阳里村，还有一个人与刘邦同一天降生，他就是卢绾。

从某个角度来看，卢绾很幸运，不但与刘邦同年同月同日生，而且还同地生，这就注定了他极为不平凡的一生。

卢绾的父亲是当地有名的大地主，属于有头有脸的“大人物”。而刘邦的父亲却来自贫苦大众，属于一无所有的“小人物”。正是因为身份不同，卢、刘两家以前是不来往的。但是，人逢喜事精神爽，同一天两家都生了儿子后，卢老爷竟不顾自己“高贵”的身份和地位，提着鸡蛋等礼品主动去了刘家。两家从此成为“莫逆之交”，这让许多人大跌眼镜。

《史记》对此记载如下：“卢绾者，丰人也，与高祖同里。卢绾亲与高祖太上皇相爱，及生男，高祖、卢绾同日生，里中持羊酒贺两家。及高祖、卢绾壮，俱学书，又相爱也。里中嘉两家亲相爱，生子同日，壮又相爱，复贺两家羊酒。”

总之，蛟龙缠身而孕，腿上长有七十二颗黑痣，和地主家的儿子同日降生。三管齐下，刘邦的出生让小小的中阳里热闹起来。

刘邦出生有“三怪事”，但也留给后世一道谜——年龄之谜。

关于刘邦的出生时间，《史记》和《汉书》这两部最权威史料都没有记载。但根据种种资料显示，大概有两种说法：一种说他是在秦始皇嬴政三岁那年出生的，也就是公元前 256 年；还有一种说他是在秦始皇嬴政十二岁那年出生的，也就是公元前 247 年。

那么，刘邦出生于公元前 256 年的说法又源自哪里呢?

南朝时著名的历史学者裴骃在给《史记》作注解时，引用了西晋学者皇甫谧的一段话：“高祖以秦昭王五十一年生，至汉十二年，年六十三。”

秦昭王五十一年即公元前 256 年，这就是刘邦出生于公元前 256 年的出处。皇甫谧可能是参考了其他记载刘邦历史的权威史料，而且这些史料记载了刘邦的年龄信息，皇甫谧于是采纳了其中一种。

裴骃是为《三国志》注解的著名史学家裴松之之子，他胸怀韬略，博学多才，和父亲裴松之、孙子裴子野，并称“史学三裴”，他推引的话自然很有分量。

然而，三百多年后，唐代学者颜师古提出了另外一种观点。

颜师古不是一般的人，他的爷爷颜之推是位名人，代表作有《颜氏家训》。而颜师古在给《汉书》作注解时，引用过晋代一位名叫瓒的学者的一段话：“帝年四十二即位，即位十二年，寿五十三。”

按颜师古的说法，刘邦即汉王位时虚岁四十二岁，而那一年是公元前 206 年，如此推算，他出生于公元前 247 年。

这就是刘邦年龄的第二种说法的主要来由。

要知道秦始皇的出生时间是没有争议的，《史记·秦始皇本纪》明确记载：“以秦昭王四十八年正月生于邯郸。”

秦昭王四十八年即公元前 259 年，所以秦始皇出生于公元前 259 年。

如果按裴骃的记载，刘邦出生于公元前 256 年，他确实只比秦始皇小三岁。如果按颜师古的记载，刘邦出生于公元前 247 年，他比秦始皇小十二岁。

以上两种说法，哪种才是历史真相?

《汉书 · 惠帝纪》记载，刘邦被项羽封为汉王时，与吕后生下的第一个男孩刘盈才五岁。《史记·高祖本纪》记载,刘邦在担任亭长职务时,“吕后与两子居田中耨”，其中“两子”是长女鲁元公主、长子刘盈。

刘盈的年龄可以确认，但鲁元公主出生时间史无记载，不过根据公元前 202 年刘邦将她嫁给四十一岁的赵王张敖来看，她的年龄应该在十四五岁，因为在那个早婚早育的年代，女子一般会在十四五岁的年纪出嫁。由此推断，刘邦大概四十来岁时娶了吕雉，随后生下了长女鲁元公主，起义前一年生下长子刘盈。

无独有偶,《史记 · 项羽本纪》记载 :“楚汉久相持未决，丁壮苦军旅，老弱罢转漕。项王谓汉王曰 :‘天下匈匈数岁者，徒以吾两人耳，愿与汉王挑战决雌雄，毋徒苦天下之民父子为也。’汉王笑谢曰 :‘吾宁斗智，不能斗力。’”

项羽单挑刘邦的事大概发生在公元前 203 年，这一年，项羽刚好到了三十而立的年龄。

如果按第一种说法，公元前 203 年，刘邦五十三岁，项羽找比他大二十四岁的老同志单挑，确实有些不讲武德。但如果按第二种说法，刘邦当时四十五岁，一个三十岁的人找四十多岁的人单挑，于情于理还是说得过去的。

不过，大概考虑到裴骃《史记集解》比颜师古《汉书注》早成书约两百年，学界还是普遍采纳《史记集解》的说法，认为刘邦出生于秦昭王五十一年，也即公元前 256 年。

求学“三重门”

唐代的章碣诗中有云：“刘项原来不读书”，对刘邦、项羽的学识进行了否定。其实，他们并非大字不识的文盲，相反，还都是知识分子，只是两人在战场上的功绩把其学识的光芒遮掩住了。

下面，我们就来看看刘邦求学的三段经历。

第一段：正儿八经的私塾生涯——学生时代。

刘邦七八岁以前过得很快乐，而刘太公却很伤神、很头疼，原因是刘邦太调皮了，每天都变着花样地出乱子，属于典型的三天不打，就上房揭瓦的人。

为了让儿子改邪归正，刘太公只好把他送到私塾去读书。

刘邦家里穷，而且兄弟姐妹又多，按理说，他这个刘老三是很难读到书的，但刘邦是幸运的，这是拜和他同年同月同日生的卢绾所赐。卢绾的老爹是当地有名的地主，在请私塾老师上自然不差钱。

虽然正史上没有记载卢老地主出钱让刘邦上学，但我们不妨从刘邦和卢绾在浪迹江湖时如影相随、不离不弃的铁伙伴关系大胆推测，两人很有可能曾经是同窗。要知道刘邦的家里穷得叮当响，显然供不起他上学，因此，卢老地主可能曾对刘邦施以援手，资助过他。

第二段：痛并快乐着的社会大学生涯——游侠时代。

当时还没有普及九年义务教育，因此，原本不好学的刘邦并没有坐在那间古色古香的书堂里熬日子，而是很快就被劝退了。

离开了私塾，刘邦踏入了社会大学，开启了自己无拘无束的新时代——游侠时代。

读书时，刘邦没学到什么安身立命的本事，唯一的收获就是友情——他和卢绾的感情日益深厚，已经到了形影不离的地步。在沛县，无论是大街小巷，还是山村田野，凡是有刘邦的地方，卢绾就一定在。在这所无拘无束、海阔天空的社会大学里，刘邦带着铁哥们儿卢绾我行我素，放荡不羁。

少年的脑子里总是充满了幻想与憧憬。此时的刘邦相貌堂堂，身材魁梧，方脸宽额，颇具黑社会大哥的潜质。因此，一些小混混也甘愿当他的小弟。很快，刘邦就在沛县一带闯出了名堂，成了响当当的“腕儿”。

按理说，在黑道上混的人，日子应该过得很潇洒。然而，刘邦的日子却并不好过，他甚至连温饱问题都不能解决。为何刘邦会混成这样呢？原因有二。

一是蹭饭伤了自尊。

干黑社会，当时的刘邦毕竟还嫩了点儿，还不够黑，不够狠，不够火候。因此，很多时候，他都只能带着自己的小弟到大哥刘伯家去蹭饭。

当时刘伯家里也不富裕，刘邦总带着一帮人来打牙祭，他也吃不消。但碍于兄弟情深，他也是睁一只眼闭一只眼。

刘伯可以忍，刘嫂可忍不了了。除了“横眉冷对”以外，她还想出了一个“大招”。每当刘邦带人来蹭饭时，她都用勺子、筷子使劲敲碗，造出气势汹汹的响声，用行动直截了当地告诉刘邦：孩子他三叔，对不起，饭菜已经吃完了，你哪儿凉快哪儿待着去吧。

然而，刘邦也不是吃素的，不能被人随便糊弄。他本着耳听为虚，眼见为实的原则，亲自跑到厨房去看个究竟。不看不知道，一看吓一跳，他发现锅里还有很多没吃完的饭菜。

人都是有自尊的，当时的刘邦只能强忍着屈辱，从此再也不登大哥家的门了。

虽然这只是一件小事，但刘邦却一直铭记于心。若干年后，当他经历了传奇般的奋斗历程，终于登上皇位，大封特封功臣良将、亲朋好友时，唯独漏下了自己大哥的儿子。最后，还是刘老爹拉下面子，亲自去跟刘邦求情，他才给自己这个亲侄子封了个侯，但封号却极具讽刺意味——羹颉侯。

“羹”是饭的意思，“颉”是刮的意思，“羹颉侯”说白了就是刮锅底的侯。

这样的封号对人而言，是一种带有污蔑性的嘲讽。不过，当年身为堂堂七尺男儿的刘邦受到的伤害也不可谓不深。他这样做，只不过是以伤害之深还施伤害之深罢了。

《史记·楚元王世家》对此有详细记载：“**始高祖微时，尝辟事，时时与宾客过巨嫂食。嫂厌叔，叔与客来，嫂详为羹尽，栎釜，宾客以故去。已而视釜中尚有羹，高祖由此怨其嫂。及高祖为帝，封昆弟，而伯子独不得封。太上皇以为言，高祖曰：‘某非忘封之也，为其母不长者耳。’于是乃封其子信为羹颉侯。而王次兄仲于代。**”

二是永远赊欠的酒饭钱。

撕碎了大哥家的长期饭票，刘邦马上又找到了新的“港湾”——村里王媪和武负的两个酒馆。

要知道在丰沛地区，王媪和武负的酒馆是主要社交场所，在这里流传着官场和江湖上的各种信息，是当时“游侠”经常光顾的地方。

从此，刘邦经常带着小弟到这里蹭吃蹭喝，打下了厚厚一沓“白条”。

面对一直赊欠的酒饭钱，王媪、武负的表现和刘媪的截然相反。她们两家非但没有把刘邦拒之门外，还总是笑脸相迎，而且到了年终算总账的时候，两位女老板不但不要刘邦一分钱，还当着他的面把“白条”全部撕毁，把刘邦从“负翁”的困境里解放出来。

《史记·高祖本纪》的记载是：**“高祖每酤留饮，酒雠数倍。及见怪，岁竟，此两家常折券弃责。”**

她们为什么会这样做呢？

首先，刘邦是“财神爷”，他到哪家店里吃饭，哪家店里的生意就会越来越火。因为刘邦有强大的人脉资源，而且“粉丝”众多，所以他到哪里，哪里的客源就必定增多。为了生意的红火，王媪和武负自然争先恐后地把刘邦这个财神爷往自家店里请了。

其次，刘邦身带“龙气”。据两位女老板口述，喜欢喝酒的刘邦经常会在酒店的厢房里酣睡。每当这个时候，她们总能看见一条若隐若现的巨龙在他头顶盘旋，久久不离去。龙岂是池中物？这样特别的人物，她们能不敬让三分吗？

第三段：不远千里的“追星”生涯——求学时代。

也许是长达数年的游侠生涯过得并不如意，也许是一直叛逆的内心不安于现状，而立之年的刘邦终于大彻大悟，高调宣布金盆洗手，挥别了他的小伙伴，带着执念，跋过千层山，涉过万道水，来到了魏国一个叫外黄县的地方，开始了令人咂舌的“追星”之旅。

以前是别人追他，现在是他追别人，由此可见刘邦对自己的现状还是不满意。而他追的人也非同一般，是当时名震天下的大人物，被誉为战国四君子之一的信陵君魏无忌。刘邦之所以把他当成偶像，原因有三。

其一，信陵君是魏国国君的亲弟弟，地位显赫，是个不折不扣的“高富帅”。

其二，信陵君人品好，是如假包换的“爱才士”。他求贤若渴，不管对方身份如何，地位如何，不论是守城门的老夫，还是杀猪的贩子，只要是贤士，他都会放下身段，亲自去向对方请教，甚至还会邀请对方到自己家里来，好酒好饭地招待，只为和对方交朋友。

其三，信陵君计谋足，是力挽狂澜的“谋略家”。秦赵两国在长平之战时，赵国四十万大军一夜之间灰飞烟灭，首都也被攻破。因为信陵君的姐姐是赵国国相平原君的妻子，所以平原君自然请魏国出手相助。

当时魏国大王被秦国强大的气势震住了，不敢发兵相助。信陵君在劝说无果后，先是准备亲率手下三千门客前去救援，后又设计说服魏王宠妾如姬夫人为他盗来兵符，从而指挥魏国边防八万精兵前去救援，并在邯郸大败秦军，从而彻底粉碎了秦昭襄王的大一统梦。

总而言之，信陵君在刘邦眼里就是一个值得自己去追的偶像。然而，理想是丰满的，现实是骨感的。很快，刘邦滚烫的心就被泼了一盆冷水，当他不远千里来到魏国时，信陵君已然英年早逝了。原本想求教于他的刘邦，此刻只能缅怀他了。

信陵君虽然死了，但他手下的门客还在。其中较为知名的一位，是正在魏国当公务员的张耳。

人间再无信陵君，人间还有张耳君。刘邦只好退而求其次来找张耳，当张耳的弟子。

张耳敏而好学，声名远播，颇有威望，后凭借贤名而被推举为外黄县的县令，被称为“小信陵君”。

在跟随张耳求学的这段时间里，刘邦不断汲取知识，积累经验。在张耳的言传身教下，刘邦对信陵君的为人处世有了更深的了解。同时，他的眼界也变得开阔起来，各方面的修养都发生了质的改变，这无疑为他日后厚积薄发、一鸣惊人打下了坚实的基础。

对此,《史记》是这样记载的:“**高祖为布衣时,尝数从张耳游,客数月。**”

然而,好景不长。此时,天下已不是乱成一锅粥的战国时代了,而成了秦始皇一个人的天下。秦始皇新皇上任三把火,开始搜杀全国的“外客”,张耳因为名气太大,成了秦始皇悬赏千金捉拿的对象。为了保命,张耳开始了并不光彩的逃亡生涯。据悉,他逃到了楚国的旧都陈,当了一名村里的监门(被村里雇用的守门人)。

张耳逃匿去了,刘邦当然也得打道回府了。就这样,刘邦又回到了阔别已久的沛县。沛县还是那个小沛县,街道还是那些旧街道,房屋还是那些破房屋,亲朋还是那些亲朋……唯有他的心境已然不是那种心境了。

此时的刘邦不再满足于逍遥快活地混日子。他胸怀一颗火热的心,心中藏着鸿鹄之志,如深埋地下的种子,正破土而出,拔节而长。

义结四方友

结束游侠回归故土，刘邦眼前的现实依旧残酷——如何生存？如何糊口？因此，再就业成了他面临的第一个尴尬难题。

为此，他做了两件改头换面的事。

第一件事：改名字。

刘邦认为“季”字太文气，像个姑娘的名字，与自己的形象不符。于是，他索性把名字从“刘季”改成了“刘邦”。

“邦”是他对自己游侠生涯的总结，寓意要讲哥们儿义气，才能独霸一方。同时，改名也代表着刘邦此刻已经下定决心，要洗心革面了。

第二件事：结贤人。

如果说以前的刘邦只满足于召集几个小混混，和“小人物”一起混，那么，此时的他，眼光已经变高了，开始结交“大人物”。而这些“大人物”中，最有分量的就是萧何。

萧何是丰沛之地土生土长的人，出生于地主之家，萧氏家族在丰沛之间的影响力比刘太公家族高出不止十倍。他自幼饱读诗书，文笔精湛，尤其擅长写文书，可以说到了炉火纯青的地步。

萧何本人才华横溢，再加上家族的非凡影响力，走入仕途后也是一帆风顺，成为了沛县的主吏。

《史记·萧相国世家》记载：**“萧相国何者，沛丰人也。以文无害为沛主吏掾。”**

主吏是什么官职呢？相当于现在的县委组织部部长，可以说萧何是仅次于县令的“二把手”。当然，在古代，“官”和“吏”是有区别的，“官”是有国家正式编制的，而“吏”却没有。吏，是用来辅佐官的。秦朝实施郡县制，最基层的官员正是县令。但是，吏也是古代统治系统中的管理人员，也是有相对应的绩效考核的。

萧何在考核中，几乎年年拿下第一名，令人惊叹不已。萧何为什么工作能力这么强呢？用现在的话来说，那就是因为专业对口。萧何一直敏而好学，而他最精通的就是历代律令。而和这些先进的管理制度打交道，对主管人事的萧何来说自然是如鱼得水。

再加上萧何生性勤俭节约，性格随和，为人正直，办事公正，这对他的工作也起到锦上添花的作用，因此，他深受沛县人的称赞也就不足为奇了。

因为萧何工作太出色，秦朝中央政府除了多次表彰他之外，还想把他调到中央机关单位去工作。

县令顺水推舟地对他说：“萧何啊，你才华非凡，我愿意向上举荐你。”然而，令县令感到意外的是，萧何居然想都没想，就以“无德无才无能”为由直接拒绝了。

其实，萧何不想到秦朝中央政府为官，真正的原因是他早就看出秦王朝有迅速衰败的迹象，倘若在朝廷为官，只怕将来城门失火，殃及池鱼。更重要的是，此时的他认识了一个人——一个很特别的人，一个大腿上长着七十二颗黑痣的人。

那是一个天气很热的夏天。萧何和县衙的几个小吏到城外的护城河洗澡。洗完澡躺在河边休息时，萧何不经意间看见了一个躺在草地上的人，他那高高跷起的左腿上还长着几排黑痣。为了弄清他腿上究竟有多少颗黑痣，萧何主动上前和那人聊天。

“啊，这不是萧大人吗？”萧何还没说话，那人便惊叫着坐起身来。

“嗯，你是……”

“在下刘邦！”

就这样，萧何一边和刘邦聊天，一边数他腿上的黑痣，最后确定不多不少正是七十二颗。萧何不由得大吃一惊，一下联想到了一个古老而神秘的传说：上古时期，五位主持天事的帝王中，赤帝的脸上就有七十二颗黑痣……

“这人难道是赤帝的化身？”萧何想。

偶然相识后，两人一见如故，大有相见恨晚之意。后来据萧何说，当他看到刘邦腿上那几排奇特的黑痣时，就断定这人一定非同寻常。

从此，萧何和刘邦成了莫逆之交。

萧何是幸运的，因为他遇到了刘邦，后来才能成为大汉的开国丞相。

刘邦是幸运的，因为他遇到了萧何，后来才能成为大汉的开国皇帝。

当时泗水亭正好缺一个亭长，萧何立即向县长举荐了刘邦。从此，刘邦告别了“无业游民”的身份，得到了自己人生中的第一份工作。

秦始皇当初设立郡县制之后，又在县里设立了亭乡制。所谓亭乡制，就是十里为一亭，十亭为一乡。每亭设亭长，每乡设里正。

那时的亭长不但管辖的地盘有十里之多，而且管辖的范围也很广，包括解决各种治安问题、民事纠纷，以及登记和检查本地的流动人口等。当然，亭长还有一项最为重要的职责，就是兼任这十里之地的捕头。

由此可见，亭长是一个吃力不讨好的岗位，弄不好还有伤身子掉脑袋的风险。但无论如何，身为亭长的刘邦好歹成了一个正儿八经的“公务员”，可以拿国家俸禄了，这可比吃了上顿没下顿的游侠强多了。

而这一切，自然要归功于萧何的举荐。

很多人都感叹刘邦的运气实在太好，遇到了贵人相助，但很少有人往深里去想这事儿。萧何之所以愿意助刘邦一臂之力，必定是因为看到了他身上的闪光点。刘邦好施，宽仁大度，所以三教九流的人都愿意跟他交往。

在沛县，除了萧何这个铁哥们儿，刘邦还结交了夏侯婴。

夏侯婴属于典型的三种人，一是粗人——一个赶车的车夫，二是闲人——喜欢吹牛，三是文人——被任命为沛县的文吏。

有一天，有个读书人听夏侯婴又在那天南地北地吹，忍不住嘲笑说：“你一个车夫，好好赶车才是你该做好的事，整天关心天下大事，你不怕别人笑话你吗？”

夏侯婴听了也不生气，解释说：“我不过是好奇而已，说几句让自己开心的话，你们也不要当真啊。”

夏侯婴和刘邦可以用“相爱”两个字形容，他们经常在一块玩，畅谈天下大事。夏侯婴作为沛县“专职”马车夫，通过接送来往官员，获取了众多官府和官员的内部消息和秘密，而这些正是刘邦所期待聆听的“天外之音”。因此，两人每每相谈甚欢也不足为奇了。《史记》用了十个字概括：“**与高祖语，未尝不移日也。**”

当然，两人也有不和谐的时候。有一次，夏侯婴和刘邦喝完酒后，一时兴起，拿着剑“切磋”时，刘邦不小心把夏侯婴给刺伤了（《史记》记载：“**高祖戏而伤婴。**”）。

这件事本来是民不举官不究的，然而，被一个不怀好意的好事者无限放大了——他向官府告发了刘邦。

所谓的好事者显然是刘邦得罪过的人，《史记·高祖本纪》记载：“**及**

壮，试为吏，为泗水亭长，廷中吏无所不狎侮。”

从“廷中吏无所不狎侮”可以判知刘邦为人之高调，当了泗水亭长后到了肆无忌惮的地步，对各级公务员发展到了“狎戏侮辱”的地步。因此有人抓他的小辫子也就不足为奇了。

当时的《贼律》规定，过失或者开玩笑刺伤他人，是要除去官职的。因此，作为泗水亭亭长的刘邦面临开除公职的严惩。

刘邦这下慌了，赶紧找到夏侯婴说情。

夏侯婴当然不愿刘邦葬送前程，他为朋友两肋插刀，马上去沛县县令那里说是自己不小心划伤自己的。

在对簿公堂时，刘邦坚称自己没有击伤夏侯婴，夏侯婴也一个劲儿地点头称是自己不小心伤到了自己。

好事者却声称亲眼目击到了刘邦将夏侯婴刺伤，并说夏侯婴是由于家属被刘邦道上的兄弟胁迫而不得不撒谎。最终，夏侯婴因为作“伪证”而受牵连，被关在了监狱里一年多。

其间，他被“掠笞数百”，受严刑逼供。出人意料的是，夏侯婴威武不屈，始终坚持原来的证词，保全了刘邦。

一年后，在萧何的“打理”下，夏侯婴被保释出来，得以重见天日。

因此，刘邦对夏侯婴感激涕零：“是我不小心伤了你，你不仅没有怪我，还为我申辩下狱，将来我一定要厚报你。”

夏侯婴听了，摇头傻笑着说：“千万别谢我，如果因为我受伤而让你受到刑罚，那样我的心里也不会好受。”

在日后刘邦与项羽楚汉争霸时，正是因为夏侯婴的存在，才使刘邦逢凶化吉，胜利逃亡。而刘邦没有食言，在汉朝建立后，他把夏侯婴列入了汉初十八功臣之列，并封其为汝阴侯。

此外，刘邦和曹参也是很要好的朋友。

曹参，字敬伯，汉族，泗水沛人，在沛县大小是个名人，他和萧何两个人是沛县政府部门的好搭档。萧何、曹参都是任职于监狱机构的，不同的是萧何是主吏，曹参是典狱长，萧何是曹参的上司，但是这并不影响二人的感情，两人交往比较密切。

要知道，秦朝法令严苛，人们动辄得咎，特别是楚地百姓，不习秦法，获罪者尤多。曹参作为狱官，为人低调，大智若愚，结交了不少朋友。刘邦便是其中一个。他和刘邦心有灵犀，惺惺相惜，一见如故，两人关系相当铁。刘邦没钱，哥嫂又不太待见他，经常找曹参蹭吃蹭喝，曹参对此丝毫不以为意，每每拉上萧何，不醉不归。

总之，刘邦在草根创业时期，跟随他的基本上都是同乡亲朋、故旧知己，他日后在沛县起兵，最初的依仗也就是二三千人的沛县子弟兵。其中就包括萧何、曹参、夏侯婴、樊哙、奚涓、王陵、王吸等人，他们都是刘邦在当泗水亭亭长时走得极近的朋友。

世上没有无缘无故的爱，也没有无缘无故的恨。在日后的发迹史中，刘邦不断用实际行动证明了这样一句话：所谓好运气，就是机会正好落在了你努力的时候。

一个篱笆三个桩，一个好汉三个帮。刘邦通过自己的不懈努力，通过朋友的帮助和支持，成了泗水亭的亭长，迈出了成功转型的第一步。

都说“时势造英雄”，与其说是“时势”，不如说是“环境”。当然，这里所说的环境更多指的是社会环境以及自己所扮演的角色环境。这点很好理解，生活在海边的人学会游泳的概率总比生活在内陆的人更大。同样的道理，长久处于某个角色的人也自然能掌握更多与角色相关的技能，哪怕最开始不会，在周围现实环境的压迫下，也会迅速学习。

刘邦日后起义主要是依靠丰沛故交起家的，后来，他对丰沛功臣集团颇为宽和，同乡雍齿与他不对付，曾经多次反叛他，他也念着故旧之情，不仅没有要他性命，反而封他为侯。

刘邦之所以这么做，显然更多的是看在当年出生入死的同袍之情上。

怀揣一梦想

当上亭长后的刘邦，痛并快乐着。痛是因为亭长官虽小，但事情却多而杂，常常让他忙得四脚朝天。快乐是因为他从此彻底改变了自己的平民身份，可以利用职务之便，结交更多的达官显贵了。

如果说以前的刘邦喜欢广交五湖四海的朋友是天性使然，那么，此时的他已含有鲜明的“政治目的”了。

刘邦“政治觉悟”的开启，是因为一次京城之行。

一天，萧何急匆匆地找到刘邦，语重心长地对他说：“老刘啊，有一件差事需要你去京城一趟。”

其实也没什么大事，就是县衙里有人犯了法，犯了法按法律办事，也是合乎常理的，但事情难就难在这个犯法之人不一般，他是县里监狱厅的厅长。

管罪犯的领导自己犯了罪，这叫知法犯法，罪加一等。但他毕竟是个官，怎么判，县令为难了。于是，县令写了封文书，让萧何派人去咸阳，问问最高法院的意见。

萧何想来想去，觉得让县衙里的人去办这件事情有些不妥，于是就找到了刘邦。萧何这么做，也是为了刘邦着想。一来，可以让刘邦提高点威信。再怎么说，刘邦此番也是代表沛县百姓去京城的。二来，可以让守在沛县这个巴掌大地方的刘邦，去首都见见世面，顺便也了解下官场人情。

事实上，刘邦也没有辜负萧何的用心。他这一趟京城之行，再次打开了自己的世界。倒不是刘邦又得到了高官重臣的青睐，要提拔他“连升三级”，而是他有了更远大的理想。

游侠时代的刘邦，理想是有吃有穿，有几个喜欢的姑娘；而官吏时代的刘邦，理想已发生了质的变化，他的目光投向了秦始皇风光背后的本质所在——权力。

刘邦马不停蹄地赶到咸阳城，雷厉风行地完成自己的任务后，顺便去闹市逛了逛街。

秦首都咸阳位于渭水北部，九峻山之南。因为山之南、水之北称为阳，而此地在山、水之阳，因此取名咸阳。到了汉朝，在咸阳南部越过渭水之处建造了一个新的大都市，这就是著名的长安。

作为秦朝的国都，秦始皇对咸阳当然要重点打造。据悉，秦始皇一统天下后，把原六国地区的富豪及家属共十二万多人都迁到了这里，使得这里经济发达，人口众多，非常富庶。

刘邦上了街，一切的人和事都是那么新鲜，更令他大饱眼福的是，他竟然看到了秦始皇出巡。

在擂鼓喧天中，众人迅速分站成两排。无论男女老少，都齐刷刷地看着缓缓而来的一队人马。

最先映入刘邦眼中的是一面迎风飘展的皇旗，后面跟着训练有素的仪仗队。仪仗队的后面是雄赳赳气昂昂的护卫队，再后面才是秦始皇乘坐的豪华得令人咋舌的“黄金马车”。

皇旗、仪仗队、卫士、黄金马车……对刘邦来说，只恨没多生几双眼睛来看。

“皇帝陛下！皇帝陛下！”

众人齐刷刷地跪在地上，呼天喊地。

刘邦当时是什么表现呢？《史记》记载他“**喟然太息曰：‘嗟乎，大丈夫当如此也！’**”。

刘邦显然被端坐在华美庄严车马中的秦始皇折服了，他打心里羡慕这样风光的生活。“啊，作为男儿，就要成为他这样的人。”刘邦的一声长叹，道出了心中最真实的想法，更道出了他的野心和不甘。

刘邦的这句言论可谓不鸣则已，一鸣惊人。“大丈夫”，从字面意思来说，“夫”是一个正面站立的人，在“人”上面加两横，表示把头发用发簪束起来。古时候男子十五岁束发，表示成年，开始约束自己、承担责任。而“丈”是古代的计量单位，一丈那么高的“夫”自是非常高大威猛，所以被称为大丈夫。按照这样理解下去，大丈夫的定义实在过于广泛。所幸《孟子·滕文公下》中进行了具体的解释。何为“大丈夫”？孟子曰：“富贵不能淫，贫贱不能移，威武不能屈，此之谓大丈夫。”

刘邦在贫穷、卑微之时仍能坚守自己的志向，可谓“贫贱不能移”。刘邦入关中称王与赢得楚汉战争称帝时正是其人生的巅峰期，在功成名就时，能做到节制而不挥霍，可谓“富贵不能淫”。无论是何危难，他敢于应对，努力向前，从另一种角度讲可算得上是“威武不能屈”。

水千条，山万座，历史的烽烟吹过了几许。“**大风起兮云飞扬，威加海内兮归故乡，安得猛士兮守四方**”（《大风歌》）是如此豪气，尽显刘邦的胸怀与志向。如此，刘邦自然可以称得上大丈夫了。

“燕雀安知鸿鹄之志哉？”为了圆梦，刘邦从此开始了自己不屈不挠的奋斗之旅。

迎娶一富婆

对刘邦来说，好事一件件接踵而至。当上公务员后，他不仅收获了事业，还收获了爱情。

尽管三十好几的刘邦一直单身，但这并不代表他没有姑娘。相反，他一直都不缺姑娘。

前面提到，刘邦经常光顾王媪和武负的酒店，而且从来不付钱，到了年底还都一笔勾销。究其原因，除了刘邦是“财神爷”、自带“龙气”，还有一个更重要的理由，那就是王媪、武负与刘邦关系亲密，非同一般。

不仅如此，相传，刘邦还和一个年轻美女曹氏生了个儿子。这个儿子便是后来汉属齐国的开国之君——刘肥。

这些毕竟只是传说，真假我们也无从分辨，因此，刘邦这些“艳史”先按下不多说，下面且让我们来看看他的“正史”，他的老婆大人——吕雉。

吕雉的父亲吕公是齐鲁大地的一个个体老板，富得流油，但在经商时得罪了当地的地头蛇，导致地头蛇对他恨之入骨，总把他往死里整。吕公觉得为了这样的恶霸而拼命不值得，于是本着惹不起躲得起的原则，举家搬迁到了沛县。

《史记·高祖本纪》记载：**“单父人吕公善沛令，避仇从之客，因家**

沛焉。”

沛县县令自然欢迎财神爷吕公的到来。为了拉拢关系，他不顾自己已有三妻四妾，马上派人向吕公提亲，想求吕公把闺女嫁给自己。

然而，县令的热脸贴了冷屁股。吕公竟直接拒绝了——“沛令善公，求之不与。”

尽管如此，县令还是极力挽留吕公在沛县安身。而沛县的达官显贵和富豪名流听说县令家里来了重要客人，于是纷纷登门拜访，以达到拉关系套交情的目的。

功曹萧何担任账房，负责收贺礼，对客人们说：“送一千钱以上的坐上堂，礼金在一千钱以下的坐到堂下。”

据《史记》载，汉代大米的价格大抵是一斗七十钱，按照现在一公斤合三至四钱来计算，一千钱相当于二百五十至三百公斤大米的价格，显然是一笔不菲的金额。

刘邦也加入了祝贺的行列，他本来“素易诸吏”，根本瞧不起县中的官吏。再加上他本身就没有什么多余的钱，自然拿不出厚礼来。然而，为了在众人面前显摆，他一到吕公家，故意大声说：“贺钱万。”

拜帖递进去之后，刘邦的贺礼数惊得众人纷纷回头。吕公正在招待客人，忙得不亦乐乎。一听“财神爷”来了，赶紧出来迎接他。

众人都对刘邦知根知底，萧何唯恐怠慢了宾客们，赶紧向吕公解释说：“刘季这个人，最喜欢吹牛，从来不付诸行动的。”

但刘邦却迈出浮夸的步伐，公然侮辱了沛县那帮达官显贵们——“因狎侮诸客，遂坐上坐，无所诎”，大大咧咧地坐了上座的位置，然后无所顾忌地大吃大喝起来。

令众人惊讶的是，刘邦不但风光地白吃白喝了一顿，正当他要拍拍屁股走人时，“吕公因目固留高祖”。

刘邦眼见主人盛情相留，自然没有走的道理，于是端坐在那，做洗耳恭听状。

“小伙子，你结婚了没有？”眼看客人走得差不多了，吕公问道。

刘邦摇了摇头，说：“没有，我还是光棍一条。”

“你可知道自己长了一张富贵脸？”吕公又问。

刘邦笑了笑：“是吗？”

“我有一个女儿，我想把她嫁给你，让她每天执箕持帚地伺候你，不知你意下如何？”吕公的第三问当真是送惊喜。

面对这天上掉馅饼的好事，刘邦当然没有拒绝的理由。他二话不说，马上认领了这门“倒贴”的婚事。

其实，吕公在宾客散尽之后单独将刘邦留了下来，然后便敲定了刘邦与吕雉的婚事，主要原因是“吕公善相面”。

根据《史记》的记载，吕公见到刘邦第一眼便说出：“**臣少好相人，相人多矣，无如季相，原季自爱。**”用今天路边摆摊的算命先生的话来说就是：“我看施主你天庭饱满、地阁方圆，将来必定是大富大贵之人啊！”

也就是说吕公看面相，认为刘邦将来是大富大贵之人，于是毫不犹豫地把女儿嫁给了他。

然而，现在的一些史学专家对“相面之说”并不完全认可，并提出了两个疑点。

疑点一：吕公见到刘邦的拜帖后为何“大惊，起，迎之门”？要知道拜帖上只有刘邦的名字和他那“万钱”的礼钱数。虽说“万钱”在当时的确是巨款，但以吕公殷实的家资来说，也不至于被吓一跳，并且慌忙地抛下其他客人，亲自迎至门口。

疑点二：吕夫人对于将吕雉嫁给刘邦极为不满，但吕公的回答很是蹊跷。吕公的老婆质问吕公：“公始常欲奇此女，与贵人。沛令善公，求之不与，何自妄许与刘季？”意思是说，你常说我们的女儿贵不可言，沛县令多好的人啊，向你提亲你都不同意，如今却随便把吕雉嫁给了一个老光棍儿，你是不是老糊涂了？

吕公淡然地回了八个字：“此非儿女子所知也。”

吕夫人显然对此事极为不满，而面对夫人的质问，吕公用一句类似于“女人家懂什么”的话搪塞过去，为什么不直接告诉夫人“刘季就是我常说的贵人呢”？

有专家认为，吕公和刘邦极有可能在此之前就已经认识，甚至怀疑吕公逃难至沛县，并非与沛县县令交好，而是冲着刘邦来的。与沛县县令交好极有可能是采用了“金钱攻势”，毕竟吕公乃是原齐国吕氏贵族后裔，而沛县县令则是秦国中央朝廷直接派遣的（并非原六国人士），两人此前很难相识。

那么，吕公与刘邦是何时认识的？吕太公又因何来到沛县？

吕公一家极有可能也是反秦人士，原因是刘邦在沛县起兵之后，逃难至沛县的吕太公一家非但没有迅速撇清关系，反而全力予以资助，吕雉甚至为此陷入大牢。而吕泽（吕雉的哥哥）更是迅速在山东单父发动了起义，“发兵佐高祖定天下”。需要注意的是，司马迁在这里用的是“佐”，而并非“从”，说明双方仅是联盟关系，而并非从属关系。

如果吕公与刘邦、张耳等人一样同为反秦人士，那么身为齐国贵族后裔的吕公，极有可能在此之前便已经和刘邦有过交集。秦始皇灭六国之后，六国贵族一直蠢蠢欲动，吕公或许正是因在齐地积极开展反秦活动，因事泄而不得不举家逃亡。

吕公之所以会从山东逃到江苏，恐怕并不是因为和沛县县令相熟，而是投奔刘邦来了。与沛县县令交好，或许只是为了掩人耳目，这想必也是吕太公拒绝县令而将女儿嫁给刘邦的原因。他们既然反秦，自然不可能与秦国官吏结亲，而与同为反秦人士的刘邦联姻，则符合情理。

因此，吕雉和刘邦的结合则完全是一场政治联姻，而他们的共同目的就是推翻秦国统治。或许正是因为这种联盟关系，才为汉朝建立之后的“刘吕之争”埋下了伏笔。

嫁鸡随鸡，嫁狗随狗。吕雉嫁给刘邦后，便死心塌地为刘家服务。做小姐的时候什么都不用干，成为人妻后，她还得下地干农活。

一日，吕雉与两个孩子在田间锄草时，一名鹤发童颜的老者走了过来，问道：“能否借口水喝？”

吕雉拿出水壶递给他。

“能否借口饭吃？”

吕雉又拿出自己的饭给他吃。

吃饱喝足后，老者说话了，不是“谢谢”，而是一句“天哪，夫人是贵人”。

吕雉一听，很是开心。她对老者说：“您再帮我相一相这两个孩子吧。”吕雉指着坐在田埂上的儿子刘盈和女儿刘鲁元说。

“您之所以富贵，是因为这个男孩。”老者指着刘盈说。“这个女孩日后也跟你一样富贵无比。”老者又指着刘鲁元说。

老者刚走，刘邦就来了，于是吕雉把这件事告诉了他。刘邦一听大惊，撒腿就追，追上了老者，请老者为他也看上一相。

老者上上下下、前前后后、左左右右，直把刘邦看得如芒在背时，才发话道：“您夫人和儿女都是沾您的光，才成为贵人的，您的相貌，实在是贵不可言。”刘邦答道：“假如真如您所说的那样，我绝对不敢忘了您。”

当然，可以想象到的是，等刘邦贵为皇帝之时，谁也不可能再见到老人的踪影了。

而上述故事是否是真实的呢？

答案是否定的。因为如果按这个故事所述，刘邦的两个孩子都已经长大到可以帮助家人锄草了，至少也有四五岁了。

然而，史书记载刘盈生于秦始皇三十七年（公元前210年），而刘邦第二年便揭竿起义了。因此，刘邦在担任泗水亭长时，刘盈显然还是刚出生的婴儿，只能抱在怀里，离锄草的年龄还是有差距的。

由此可以推断，上述故事纯属虚构，这和刘邦是刘媪与神龙交配所生，刘邦在酒馆里喝得烂醉，昏睡时身上有龙影浮现等传说故事，是个有机的系列宣传，大肆渲染的目的只有一个：刘邦是天命所归。

第二章

秦朝的坠落史

好大喜功的秦始皇

让刘邦感叹大丈夫当如此的秦始皇是何等人物，如果只用一句话来形容千古一帝秦始皇嬴政的话，那就是:少年坎坷，中年辉煌，老年悲催。

首先，来看秦始皇坎坷的少年。

在秦始皇的曾祖父——秦昭襄王执掌秦国时，当时的赵国正如日中天，兵强马壮，是个惹不起的主儿。为了维持两国关系，按照惯例，秦昭襄王把自己的儿子，也就是嬴政的父亲送到赵国当人质。

后来，嬴政便出生在了赵国。虽然贵为秦国公子，但因为寄人篱下，他的童年受尽冷落，可以说是灰暗的。

九岁时，嬴政终于守得云开见月明，回到了自己的国家。十三岁时，祖父秦昭襄王突然暴崩，历经坎坷的嬴政时来运转，从此登上秦王之位，开启了一统天下的征程。

公元前 230 年，秦军多年积蓄的力量得以爆发，以摧枯拉朽之势灭掉了韩国。韩国成了战国七雄中，第一个出局的国家。

两年后，秦将王翦一骑铁骑如尖刀直插赵国腹地，迫使赵国国君签下了“城下之盟”。赵国出局。

又过了两年，秦军攻陷燕国首都。燕王无奈之下，来了个大义灭亲，杀了太子求和，暂时保全了燕国的“生存权”。燕国待定。

接下来的楚、魏两国是最难啃的骨头。善于用人的嬴政重用青年将才李信和王贲，这对“双子座”大将不负众望，一路风雨无阻地攻下了魏国首都大梁城，并且活捉了魏王。魏国成了第三个出局的国家。

拿下了魏国后，嬴政重用老将王翦，对楚国发难。楚军凭借天才军师项燕，和秦军斗智斗勇，展开了艰苦的拉锯战。

结果，王翦笑到了最后。随着项燕兵败自刎，楚国成了第四个出局的国家。

这时候的秦国，已无人能与之争锋。接下来，秦国毫无悬念地撕毁了与燕国的“和约”，清除了燕国的残余势力。燕国出局。

同年，秦国又撕毁了和齐国的“盟友”条约，挥师进军齐国。这时的齐王哪还有反抗的勇气和胆量？他直接放弃抵抗，向嬴政献上了齐国这块沃土……

十年磨一剑，个中辛酸和艰苦谁人知，颇具雄才大略的嬴政挥舞手中利剑，不畏风雨，勇往直前，结束了四分五裂的战国时代，于公元前221年完成了统一大业。

其次，来看秦始皇辉煌的中年。

嬴政一统天下建立大秦帝国后，豪气云天的他做了两件大事。

第一件事：安内。

为了让后人记住自己的丰功伟绩，嬴政为自己起了个独一无二的称号——皇帝，他自称为秦始皇。在随后两千多年的封建社会里，“皇帝”这个称谓被沿用下来，成了千古创举。

接下来，为了巩固皇权，秦始皇在全国施行郡县制，统一文字、货币、度量衡，并下令收缴民间兵器，统统扔进火炉里熔铸成铜人、铜像、铜鼓、铜锣等。为了把权力高度集中在自己手中，他还亲自批阅所有奏折，处理一切政务……

就这样，大秦王朝建立起了前所未有的“中央集权制”，说白了就是“一切权力皆归中央”，也就是秦始皇一个人说了算。

但是，秦始皇得到了天下，却没有得到人心。随后，他做出了一系列惊天动地、毁誉参半的事，使得大秦王朝由强盛迅速走向衰败。

第二件事：攘外。

做好“强基固本”的安内之事后，秦始皇并没有停歇，而是马上开始“攘外”：征南越和伐匈奴。

按理说，本着睦邻友好的原则，秦始皇没必要去招惹邻邦，引起边境骚乱；但这时的他，得到了方士卢生献上的一本从海上得来的宝书《录图书》，书里有这样一句谶语：“亡秦者胡也。”就是为了这五个字，他伤透了脑筋。

是啊，秦始皇忍辱负重，费尽了千辛万苦才统一天下，实现了自己的千古帝王梦，他自然希望秦国能万代永传。

可是现在，居然出现了“亡秦”这两个毒刺般的字眼，始皇帝当然不能忍了。于是，对这个“胡”，他开始高度重视起来。

思来想去，秦始皇下了这样的决断：“胡”分两种，一种是“南胡”南越，另一种是“北胡”匈奴。为子孙万代着想，秦始皇开始调兵遣将，对其实施军事行动。

首先是征南越。

当时的南越包括现在的广东、广西和越南的部分地区。之所以先拿南越开刀，原因有二：一是这些南越人很不安分，时不时就越境捣乱；二是南越一带盛产犀角、象牙等物品，征服这里就能得到可观的财富。

在靠铁骑征服天下的秦始皇心里，征服南越只不过是轻而易举的事。但是，这一次，他的如意算盘落空了——秦军在南越遭到了当地民众的顽强抵抗。南越人全民皆兵，利用复杂的地理环境大搞游击战，成功击破了强大无比的秦军，连秦军主帅、名将屠睢也命丧黄泉。

得知前线溃败的消息后，秦始皇震惊了。等他清醒过来，马上下令举国征兵，不惜一切代价，再征南越！

于是，全国最底层的强壮民众都被征送到了前线，包括犯人、商人、女人等。最后，整个南征大军竟超过了五十万人。

五十万大军是什么概念呢？要知道，当时全国总人口只有三千万左右，相当于每六十个人中，就有一人踏上了征途。再加上粮草和其他物资的需求，可想而知，如此规模的军事行动给国家带来的负担有多重。

最后，南征大军几乎是用尸骨把南越这块弹丸之地给填平了。剩下的士兵原本还庆幸自己走到了最后，以为出生入死的付出会得到丰厚的回报，然而，秦始皇的一道圣旨却把他们再次打入万劫不复的深渊：南征大军原地不动，留守边疆。

君令如山，南征大军一个不少地留了下来，但他们的心却在这一刻死了。哀莫大于心死，诚如斯也！

其次是伐匈奴。

在秦始皇眼里，南胡是“胡”，匈奴更是“胡”，为了消除“亡秦”的威胁，刚平定完南越，秦始皇就立马对北面的匈奴发起了进攻。

南征五十万大军一去不复返，那么现在打匈奴，就得重新征兵了。这时候的秦始皇不顾上次征兵弄出来的怨声载道，依然故技重演，硬生生地从全国各地征调了三十万士兵。

如此看来，秦始皇“征南胡”和“伐北胡”总共动用了八十万人马，这是一个非常惊人的数字，相当于当时的秦朝每四十个人就有一个人被送到了战争第一线。

考虑到匈奴也不是吃素的主儿，这次秦始皇派出了自己最得力的大将蒙恬。蒙恬在秦始皇一统天下的过程中，建立了赫赫战功。此时派他挂帅，自然志在必得。

名将就是名将，一出手就知道有没有。蒙恬带领的大军一路所向披靡，势不可当，以迅雷不及掩耳之势拿下了被匈奴人奉为“黄金宝地”的河套牧场。

对此，大惊之下的匈奴人决定避其锋芒，选择往北边的草原和沙漠撤退，同时改变战术，打起了游击，时不时地南下劫掠。

为了巩固战斗成果，秦始皇做了三个决定：首先，将河套牧场一分为二，设立了云中和九原两个郡；其次，实施南人北调，迁徙三万户百姓去那里安家；最后，嘉奖蒙恬及其手下将士，鼓励他们再立新功。

蒙恬自然不愿让秦始皇失望。他率领军队，与匈奴进行了长期的僵持战。

此时的攻防形势已经发生了逆转。以前匈奴人居有定所，秦军可以锁定目标集中打击，而现在，匈奴丢了大本营，反而放开了手脚，不断骚扰秦军，而秦军一旦出城反击，面临的只有一片荒芜，不仅很难找到匈奴人，而且因为不熟悉地情，无法找到水源，所以很难长期生存。想守，整个河套地区一望无垠，根本无险可守。

攻又不能攻，守又不能守，如何才能更有效地防止匈奴的骚扰呢？作为统帅的蒙恬犯难了。正在这时，秦始皇双管齐下，来帮他排忧解难了。

首先，秦始皇下令修直道，也就是从秦国首都咸阳向北修一条“高速公路”，直抵北方边境。其目的只有一个，那就是配合军队打匈奴。一旦匈奴大规模入侵，陕西的秦军可以通过这条“绿色通道”，以最短的时间增援边境。

其次，秦始皇下令筑长城。他果然是军事天才，经过一番深思熟虑，一个极富创造力的想法诞生了：从陇西的临洮到辽东，将原秦、赵、燕的北边长城连起来，筑成一条人工屏障，彻底把匈奴关在国界之外！

有了这样一条高不可越的万里长城，眼前的边境之虞不仅可以解决，后世子孙也可以高枕无忧了，而匈奴人则只能望“城”兴叹。

设想确实高妙，但秦始皇却忽略了一个最为关键的条件，那就是在当年，没有任何现代化的工具，要完成这样一项巨大的工程，得花费多少人力、物力和财力呢？修建万里长城一共死了多少人，现在我们已无法统计，但有史学家说，万里长城是用尸骨堆积而成的。

万里长城血肉筑，筑就长城千夫苦，苦尽悲来卿奈何，何止孟姜一人哭。

秦始皇在无形中创造了一个神话，但在这个过程中，他也破坏了自己在百姓心目中“神”的形象。

对一个刚刚成立的王朝，秦始皇如此劳民伤财，显然伤到了大秦王朝的根基。根基一旦动摇，即使万丈高楼也会顷刻倒塌。

如果说南征北伐、修直道、筑长城都是为了保疆卫国，那么如此大费周章也无可厚非，但接下来这几个工程，就纯属秦始皇的个人享乐了。

万里长城修好了，秦始皇惦记着不能让那些长年劳动的民工都“下岗待业”，所以创造条件，大手一挥，让大家转战后方，统统去帮他盖房子。

秦始皇之所以想起了干这个，首先，是为了改善居住条件。秦始皇现在居住的宫殿，还是他在夷平六国之前的。可如今，天下归一，他已经是整个泱泱中华的皇帝了，那小小的咸阳宫，与他九五之尊的高贵身份不般配。

其次，是为了满足个人的欲望。秦始皇后宫佳丽太多，要想金屋藏娇，就得多造一些宫楼别苑。

最后，可能也是为了怀旧。相传，秦始皇还是秦王时，曾疯狂地爱过一个美丽的民间女子，芳名阿房，但这段爱情的最终结局却很悲惨。

为了纪念这位自己深爱过的女子，秦始皇不惜耗费巨大的人力、物力，修建这座极度奢华的阿房宫。

其实，自打建好了万里长城，秦始皇的思想就发生了翻天覆地的变化。在他眼里，如今国家统一，最大的威胁——匈奴又被挡在了关外。无内忧，无外患，一切都平静下来了。秦始皇认为从此便可人生得意须尽欢了。

传说后来项羽入驻咸阳时，一怒之下放火烧了阿房宫。那把大火整整燃烧了三个月，方圆百里尽成灰烬，由此可见这座皇家宫殿的规模之大！

冥冥之中，仿佛自有天意。如美女般风华绝代的它就这样结束了自己来去匆匆，而又凝聚着无数血泪和情仇的命运。

除了修建生前的寝宫，秦始皇还着手为自己修建死后的陵墓——骊山陵。骊山陵是个不折不扣的地下工程，但它一点儿也不比长城和阿房宫这样的地上工程简单，因为秦始皇有自己的宏大计划——死后继续在阴曹地府做皇帝。

因此，与其说骊山陵是座陵墓，倒不如说它是一座规模巨大的地下皇宫。据说，这项工程穿过了三道地下水流，里面存放了大量的金银宝石。为了防贼防盗，四周都以水银为河，布成天罗地网，让人难以进入。为了让秦始皇到了阴间都能坐拥千军万马，陵墓旁还建造了列阵以待的冥兵，或驾驶战车，或挟弩握戟，威风凛凛，不怒自威。

据说，这项工程因为规模太过庞大，到秦始皇死时都没有竣工。最后，还是秦始皇的儿子胡亥快刀斩乱麻，砍掉了许多辅助工程，集中精力加快了主体工程的进度，才得以让秦始皇早日入土为安。

人生得意须尽欢

最后，来看秦始皇悲催的晚年。

秦始皇长年征战，登基后更是殚精竭虑，处理大小政事，开建各大工程。虽然他每餐吃的都是山珍海味，但身体却不好，大有“青春一去不复返”的态势。

为了长生不老，永享人世荣华，秦始皇听信了徐福之言，派他带了五百童男童女去海上寻仙丹。结果不仅没找到仙丹，徐福也从此没了踪影。

秦始皇不甘心，继续斥巨资派方士求仙寻丹。结果这帮人竟然在求仙失败后，用言语诽谤秦始皇，并且还卷款出逃了！

至高无上的权力第一次受到如此赤裸裸的挑衅，秦始皇震怒了。他咆哮着，迁怒于朝中儒生，不惜大量坑杀，并下令销毁了许多典籍，制造了震惊历史的一大惨案——“焚书坑儒”。

对于秦始皇臭名昭著的“焚书坑儒”事件，学术界争论不休。有专家认为，秦始皇是“焚书”但不是烧尽所有的书。还有专家认为，秦始皇并没有坑儒，他坑的是一些江湖术士而已。那么，秦始皇焚的到底是些什么书，坑的到底是些什么人呢？

关于“焚书”，《史记·萧相国世家》中的一段记载也可以证明秦始皇并没有烧毁所有的书："……**何（萧何）独先入收秦丞相御史律令图书藏之……汉王所以具知天下厄塞，户口多少，强弱之处，民所疾苦者，以何具得秦图书也。**"意思是说，当初刘邦军队攻下咸阳城后，萧何先行没收了秦朝丞相、御史所藏的律令和图书；后来，刘邦坐拥天下后，从这些图书中获得了天下要塞、户口多少、强弱之处、民所疾苦等资料。

从这段话中不难看出，秦始皇只不过下令收缴民间图书，藏在官府和学官之手，并没有将它们烧了，至少没有全烧了。否则，萧何能收到这么多典籍吗？

种种迹象表明，秦始皇是"焚书"但不是烧尽所有的书。

关于"坑儒"，《史记》是这样记载的，秦始皇建立政权以后，视天下苍生为刍狗，贪婪暴虐，滥施刑罚，弄得民不聊生。特别是他为了控制思想，听从丞相李斯的建议，烧毁天下之书，引起了读书人的强烈不满。

当时有两个为始皇求长生药的人，一个姓侯，一个姓卢，两个人私下议论说："始皇为人，天性刚愎自用，因为灭了诸侯，统一了天下，就以为自古以来的圣贤谁也比不上他。他高高在上，听不到批评之声，日益骄横；官员们为了讨好他，只能战战兢兢地说谎欺瞒。

他还颁布法律，规定方士之术不灵就要被处死。如今大家因为畏惧，谁也不敢指出始皇之过，致使天下之事无论大小皆取决于皇帝。他竟然还用秤来称量大臣们的上疏，如果大臣们每天呈上的疏奏（竹简）不足一百二十斤，就不让休息。像这种贪权专断的人，我们不能为他求长生不死之药。"

侯、卢二人眼看事风不对，赶紧脚底抹油，跑出宫来了个"躲猫猫"。

秦始皇知道后当然很生气，屋漏偏逢连夜雨，正巧当时又有人举报咸阳的诸生中有人妖言惑众，扰乱老百姓的思想。秦始皇一怒之下，下令逮捕了一些散布"妖言"的读书人，并且严刑拷打，令其互相检举揭发，有四百六十多名儒生被牵连进来，最终被秦始皇活埋于咸阳。

就这样，秦始皇通过南征北伐、大兴土木、焚书坑儒这几件大事一折腾，秦朝已是民不聊生了。但是，秦始皇对此浑然不觉，依然在做他的千秋大梦。他天真地认为自己这几个大手笔一出，不但能强基固本，还能有效地防止“亡秦者胡也”这个预言的扩大。

然而，人算不如天算。如果秦始皇地下有知，知道这个“胡”是指他儿子胡亥，只怕会后悔莫及。

秦始皇很喜欢出巡，每隔一段时间都要到外面游山玩水一番。公元前 211 年，他第四次出巡，也是他最后一次出巡。与以往不同的是，秦始皇这次出巡时间更久，历时将近一年，名义上是视察各地、调研各方，实际上是为了寻山访神，祈福延寿。

就这样，秦始皇一路向东，一路阳光，一路风雨，一直来到了东南沿海的吴越地区（今江苏、浙江地区）。之后，秦始皇沿海北上，结果染上了风寒。

随行的大臣们焦急万分，但秦始皇认为这只是小疾，不足为虑，于是强打精神继续深入北国大地，涉济水，渡漯水，最后来到一个叫沙丘平台（今河北省广宗县）的地方。这时，他已病入膏肓。

此时年过半百的秦始皇终于体会到了什么叫“天命”。走到人生尽头的他，赶紧令最宠爱的宦官赵高替他写临终遗言：让扶苏将兵权交给蒙恬，然后赶紧回咸阳。秦始皇的言外之意很明确：让扶苏来接班。

据说，秦始皇的儿子有许多，他平常偏爱最小的儿子胡亥，此番出巡还把他带在身边。但他最终还是决定传位给厚道仁义的长子扶苏。从这一点来看，秦始皇并非到了老眼昏花的地步。

如果真让厚道仁义的扶苏继承了皇位，秦朝可能不至于这么快走向灭亡。然而，世界上没有如果。

当时朝中分为两派：拥苏派和拥胡派。

拥苏派的代表人物是著名大将军蒙恬。蒙恬出身名门，一家三代为秦朝统一天下立下了汗马功劳。公元前 221 年，蒙恬因破齐有功被拜为内史。秦朝建立后，秦始皇派蒙恬率三十万大军北击匈奴，收复河套牧场，修筑万里长城，威震匈奴。

而扶苏作为秦始皇的长子，为人正直、厚道，是个有理想、有文化、有抱负、有修养的“四有青年”。为了国家利益，在一些问题上，他甚至敢公然和秦始皇叫板。

现在，扶苏担任蒙恬三十万国防军的监军（相当于现在的政委），长期驻扎上郡（陕北延安一带），抗击匈奴，保家卫国，深受百姓爱戴，甚至连拥胡派的赵高都忍不住夸他“信人而奋士”。可以说，蒙恬的军功里也有扶苏的一半功劳。

总而言之，这对强强组合在百姓心目中是最完美的，是正义和光明的代表。

拥胡派的代表人物是赵高。历史上的赵高臭名远扬。一提到他，大家就会想起“阿谀奉承”这四个字。但是，很少有人知道，其实赵高也是个才华横溢的才子。

赵高小时候，他母亲因为过失受了刑罚，落得个终身残疾的悲惨下场，但赵高并没有在磨难中自暴自弃，而是一边学知识，一边练特长，全面发展。是金子总会发光的。因为赵高的高素质，长大后的他得以跻身公务员的行列。

初入仕途的赵高只是个基层小吏，跟刘邦这个亭长的级别差不多。他一步一个脚印，坚持不懈地努力，很快就爬到了中车府令的位置。

虽然这只是一个负责掌管皇上御用轿车的官职，但却是个肥差。一来这个职务油水多，二来有机会接触皇帝。果然，赵高利用秦始皇经常出巡的机会，一路上鞍前马后地为他排忧解难，很快就赢得了秦始皇的赏识，随后一路平步青云，还做了胡亥的老师。

俗话说“公婆爱长孙，爹妈爱晚儿”。胡亥是秦始皇最小的儿子，也是最受他疼爱的。最后一次出巡，秦始皇就带了胡亥，这就是证明。所以，赵高常常抱有这样的幻想：秦始皇在暗示将来会让胡亥继承大统。

也正是因为这样，极富野心的赵高目标很明确：坚决打倒以蒙恬为代表的拥苏派，为胡亥，更是为他自己，谋取不可限量的大好前程。

总而言之，这也是另外一对强强组合，是当时官场上黑暗与无耻的代表。

除了拥苏派和拥胡派，还有个不可小觑的中立派。中立派的代表正是秦始皇最为倚重的老丞相——李斯。

李斯在大秦帝国的地位，可谓一人之下万人之上。以他的实力，无论是对拥苏派还是拥胡派来说，都是决定性的重要砝码。本来平衡的天平，一旦有李斯的加入，就会发生质的倾斜。

江山易主

这次出巡，秦始皇就这样不声不响地走了。而此时拥苏派还在边疆抗击匈奴，离得天高地远。拥胡派自然不会放过这千载难逢的好机会。于是赵高出手，想一举得到李斯的支持。

这一次，赵高改变了以往常用的“金钱美女”攻心法，而对正直廉洁的李斯展开了一轮“政治理论”的攻心战。通过五大连问,把“铁齿铜牙”的李斯问蒙了。

“丞相的才能与蒙恬相比，如何？功绩与蒙恬相比，如何？谋略与蒙恬相比，如何？人心所向与蒙恬相比，如何？与诸位公子的感情与蒙恬相比，如何？”

赵高这五问可谓一针见血，问得李斯头上冷汗涔涔，呆了半晌才说出了一句话：“我都比不上啊！”

“一朝天子一朝臣。”赵高不紧不慢地分析道，“如果让扶苏继承了皇位，丞相的位置还有你李斯的份吗？”

官场如战场，面对赵高的咄咄逼人，李斯终于动摇了，决定倒向拥胡派。他还与赵高签下了盟约：拥立胡亥为帝，共享荣华富贵。至此，这次帝位之争已毫无悬念。

随后，赵高和李斯制定了三步走的方针路线。

第一步,秘不发丧,火速回朝。为了掩盖尸体的臭味,连鲍鱼都用上了。

第二步，偷梁换柱。在火速回朝途中，一封由赵高主笔，李斯做技术总监的“伪诏书”，被快马加鞭地送到了拥苏派那里。

伪诏书以秦始皇的口吻阐述了三层意思：

首先，朕巡幸天下，祷祀名山诸神以延寿命，何等辛苦；其次，公子扶苏与蒙恬率数十万大军与匈奴作战十余年，士卒多耗死于外，至今仍无尺寸之功，何等无能；最后，公子扶苏为人不孝，没有功劳也罢，竟还一直从政治上批判朕之所为，何等狂妄。

总结陈词：蒙恬身为臣子不忠，扶苏身为人子不孝，特赐剑以自裁。

接到诏书后，蒙恬先是震惊，随即感到很疑惑。“还是不动声色，静观其变吧。”他对扶苏建议道，“我相信真相很快就会水落石出了。”

然而，扶苏却拒绝了蒙恬的好意，执意选择遵从皇命。临死前，扶苏感叹道：“君要臣死，臣不得不死。父要子亡，子不得不亡！”随后便挥剑自刎了。

扶苏死了，蒙恬傻了。在蒙恬的计划中，原本在万不得已时，他可以挟皇子以令诸侯，以清君侧为借口，挥师南下。如果是这样，凭借自己强大的精兵，谁人能掠其缨?

然而，扶苏的死打乱了他的计划。此一时彼一时，如果他再起兵，那就是大逆不道，是谋反了。如果这样，不但他一世英名被毁，而且还会连累先祖蒙受不白之冤、奇耻大辱。在生存与名利面前，他茫然了、犹豫了、困惑了，不知道该何去何从。

就在蒙恬犹豫不决时，赵高给他上了一堂生动的政治课。

高瞻远瞩的赵高料定假传圣旨这招只是缓兵之计，仅靠这样一封没头没脑的假圣旨，是不能将扶苏和蒙恬赶尽杀绝的。于是，在送诏书时，赵高还顺带派出了一支由精锐士兵组成的“特工队”。

事实证明，这支“特工队”果然不辱使命。他们趁蒙恬恍惚之际，出其不意地生擒了他。最终，赵高以“莫须有”的罪名将蒙恬打入大牢，置于死地。

没有最狠，只有更狠。在这场帝位之争中，心狠手辣的胡亥和赵高之所以不费吹灰之力就搞定了扶苏和蒙恬，原因很简单：扶苏和蒙恬太谦让，或者说太小瞧对手了。对手出拳后，他们根本就没有还手的意思，所以只能眼睁睁地付出生命的代价。

赵高和李斯三步走的最后一步：假诏继位。

载着秦始皇遗体的马车一路快马加鞭地回到咸阳后才发丧。此时，李斯拿出了一份由赵高篡改的遗诏，宣布胡亥继承皇位，是为秦二世。至此，这场政治阴谋总算是尘埃落定了。

在整个过程中，赵高充分发挥了高人一等的组织策划能力，一系列组合拳紧凑有力，看似完美至极，无懈可击。然而，事实上，有一个人原本可以拔剑而起，打碎赵高的美梦，改变这一切的。

他，就是蒙毅。

蒙毅是蒙恬的亲弟弟，和从武的蒙恬相反，他选择的是从文。因为才华出众，蒙毅很得秦始皇信任，被封为上卿（仅次于丞相的文官）。在处理朝中大臣的奏章时，秦始皇常常求计于蒙毅，而且每次出巡，都会将他作为贴身侍从留在身边。如果秦始皇在临终时把遗诏交给蒙毅,那么，历史将从此改变。

然而，秦始皇病重期间，早有预谋的赵高把蒙毅支走了，让他到各地名山大川去祈祷，保佑秦始皇龙体康健。

缺乏斗争经验的蒙毅怎能料到赵高的心机，马上兴冲冲地上路了。对他来说，明知这种做法没有效果，但只要能为秦始皇做一点事，他也是心甘情愿的。

其实，赵高和蒙毅很早之前就结下了梁子。当时赵高犯了大罪，秦始皇叫蒙毅依法惩治他。蒙毅不敢枉法，剥夺了赵高的官职，并将他定为死罪。可是，就在赵高要被送上断头台的这一天，秦始皇突然回心转意，不但特赦了赵高，还恢复了他的官位。

这样一折腾，赵高明确了蒙毅这个敌人。

支走了蒙毅，赵高才有机会篡改遗诏，假传圣旨。而等后知后觉的蒙毅再回来时，已经物是人非了。皇宫还是那座皇宫，赵高还是那个赵高，李斯还是那个李斯，但皇帝已经不是那个皇帝了。

很快，蒙毅便被睚眦必报的赵高强加上了各种罪状，送上了断头台。

这真是“一步行来错，回头已百年。古今风月鉴，多少泣黄泉”！

胡亥夺位后，继承了秦始皇的“光荣”传统，进一步发扬了专权独断的作风。他下令，秦始皇生前搞的工程一律继续进行，秦始皇生前留下来的大臣一律格杀勿论。

因此，胡亥理所当然地接手了阿房宫和骊山陵的修建。为了能让父皇的尸骨早日入土为安，他又征调了几十万民众，加班加点地干。

在做形象工程的同时，胡亥开始了最为残酷的杀人游戏。第一轮，他把秦始皇留给他的老臣全都杀光了；第二轮，把各郡县的主要负责人该杀的杀，该贬的贬，该流放的流放了；第三轮，他举起屠刀，对准了自己的兄弟们。于是，一夜之间，秦始皇二十多个儿子都被强加上各种罪名，统统掉了脑袋。

在对朝内臣子进行了大洗牌后，胡亥又从全国抽调了五万精兵，组成了一支“皇家御林军”，专门负责自己的安保工作。

一切都在计划之中，一切都出奇顺利。然而，令胡亥意想不到的是，当他按照赵高的计划，一步步地往下走时，竟把自己带入了一个无比尴尬的境地——他成了中国历史上第一个“傀儡皇帝”。

为了控制胡亥，掌握大秦王朝的实际统治权，赵高干了两件最具代表性的事情：排除异己和指鹿为马。

在利用胡亥对朝野上下进行了大换血后，赵高的眼里还有一根“刺”必须要拔。这根“刺”正是李斯。

此番胡亥能顺利当上皇帝，多亏了李斯相助，胡亥自然对他格外器重。然而一山不容二虎，待时机一成熟，赵高便利用胡亥的信任，将刀锋对准了李斯。可怜李斯还没明白是怎么一回事，就倒在了血泊中。

临死前的李斯一定万分悔恨。如果当年他选择了拥苏派，凭公子扶苏的为人和蒙恬的正直，定不会落到如此凄惨的地步。

李斯是冤死的，他在狱中被屈打成招。当赵高拿着李斯画押的“罪证”给胡亥看时，胡亥只得痛苦地下了“立处斩”的命令。

处斩的那天，咸阳城的百姓们泪如雨下，他们都知道，朝廷现在唯一一个还算正直的清官就这样走了。据说那天雨一直下个不停，导致黄河河水泛滥，也许老天也在为李斯鸣不平吧！

排除异己后的赵高，权力一手遮天，他说一谁敢说二？连秦二世胡亥也不例外。

为了证实自己的权威，顺便试探一下自己在群臣中的地位，“聪明绝顶”的赵高打出了一张诡异的牌。

一天上朝，他牵着一头鹿就往皇宫里闯，卫兵们自然都不敢阻拦，也不敢询问。

见了胡亥后，他便说自己牵的是一匹马。胡亥也不是好糊弄的，就问群臣到底是鹿是马，结果毫无悬念，大部分人都说是马。

“嗯，这明明是一匹马嘛。”胡亥揉了揉眼睛，无奈地下结论了。

“皇帝英明。”赵高说这话时，一双刀子般的眼睛早已扫视了一遍那些说是鹿的人,"连皇上都说这是马了,你们居然敢说是鹿,太没有眼光了,还是打好铺盖卷回家养老吧！"

就这样，待那批指鹿说鹿的人走后，朝廷只剩下指鹿为马的人了。从此，赵高一手遮天，奠定了自己至高无上的权势和地位。

乾坤颠倒，朝廷腐败如斯，天下百姓处于一片水深火热之中，大秦王朝只等压垮它的最后一根稻草。

第三章

山雨欲来风满楼

当个逃兵又何妨

从秦始皇到秦二世，天下的主人变了，但刘邦还是那个刘邦，职务还是那个职务——在老岗位上继续当他的亭长。只是，他的年龄已经不是那个年龄了，光阴荏苒中，他快要步入不惑之年了。

幸好，此时的刘邦终于脱掉了“放纵”和“平庸”的帽子，干了一件惊天动地的大事。

故事是从这一年秋天开始的，当时沛县县令交给了刘邦一个光荣而艰巨的任务。

前面已经说了，秦二世篡位后奉行的是：凡是秦始皇重用的文武大臣都要杀，凡是秦始皇遗留下来的工程都不能停。而为了能让骊山陵墓这项工程尽快完工，秦二世又从全国各地征调了大量民工，小小的沛县自然也不例外。

县令交给刘邦的任务是押着数百名劳役和囚犯前往骊山服役。刘邦自当上亭长后，好事轮不到，这些费力不讨好的苦差事倒是常有。既然是县令交代下来的事，他自然不能推托了，于是回家辞别了父母，吻别了妻儿，立马踏上了征程。

一路上，刘邦对这一群面黄肌瘦的囚犯颇感同情，因此，他看管得比较松。就在这时，有人开始逃跑了，但刘邦依然我行我素，并没有采取严格的措施。

对他来说，一想到自己离别父母妻儿时的那股悲凉劲儿，心里就很不是滋味，更何况现在的骊山在世人眼中就是人间地狱，在那里，成千上万的民工接二连三倒下去，成了那座恐怖皇陵的殉葬品。客死他乡，连尸骨都无法找到，更别说叶落归根了。

“我们走的就是一条死亡之路呀！”刘邦不由得发出感叹。

为了寻找活路，囚犯们在路上纷纷开逃。只过了几天，数百人就只剩下数十人了。

秦朝的规定很严格。对刘邦来说，押去服役的人是一个都不能少的。现在少了这么多，如何交差？刘邦自然意识到事情的严重性，如果继续往骊山走，也许最后到达目的地时，就只剩下他一个人了。如果是这样，“玩忽职守”的他就算有十个脑袋也是白搭。

“你们不是都想跑吗？那就快跑吧，天高任鸟飞，海阔凭鱼跃，你们自求多福去吧！”刘邦大手一挥，对剩下的劳役和囚犯说道，然后痛苦地闭上了眼睛。

大部分人一听，喜出望外，自然选择了脚下抹油，溜之大吉。良久，当刘邦睁开眼时，发现仍有十多个人没有走。其实他们不走，除了感激刘邦，还有一个更为重要的原因——无处可逃。就算逃回了家，还是会被抓来服役，而且还会牵连家人。天下之大，竟没有立身藏命之处，人生最大的悲哀莫过于此。

事到如今已是没有回头路可走了，但刘邦也不知道往哪走才是出路。郁闷至极的他拿出酒来和大家对饮。

酒过三巡后，大伙一致推刘邦为带头大哥。开弓没有回头箭，刘邦知道大家此时已经是一条绳子上的蚂蚱了，也就不再谦让，决定带领大家走出一条活路。

夜已深，路难行，空寂寞，只有沙沙的脚步声回荡在耳畔。突然，走在前面的人发出了凄惨的喊声，打破了原有的寂静：“前面有条大白蛇挡住了去路，咱们还是换个方向吧。”

刘邦酒壮人胆，喝道：“壮士行路，有进无退，堂堂须眉，何惧蛇哉！”说着，他提着三尺利剑冲到前面，朝着大蛇用力一挥，那蛇便一动不动了。

众人定眼细看，它已经被斩成了两段。

这就是所谓的汉高祖斩白蛇起义。

《史记》记载，刘邦斩了白蛇，带领大伙继续前行，这天夜里，有人听到一位老太太在哭，于是问她怎么了，那老太太说她儿子是白帝子，刚刚被赤帝子斩成了两段。

关于这段插曲的真伪，马伯庸的一段话倒是一个不错的注解：“既然上天和君主之间是有心灵感应的，那么这种心灵感应就应当是有规律可循的。于是古代大贤人或者大闲人们就琢磨开了，他们的原则是洞察这个规律，并将之理论化；如果没有这么一个规律，那就杜撰一个出来。”

在古代，人们公认的神明为五大天帝，分别是东方青帝、南方赤帝、西方白帝、北方黑帝和位于正中央的轩辕黄帝（五帝之首）。这五大天帝分别代表五种德，即青帝木德，赤帝火德，白帝金德，黑帝水德及黄帝土德。

自战国以来，民间便开始流传五德相生相克之说。秦朝认为周为火德，以水德才能克之，于是秦朝的历代君主们都自命为黑帝传人，以水德自尊。而刘邦蛟龙缠其母身而生、腿上长有七十二颗黑痣这些故事，就是为了把他包装成赤帝之子的化身。当时杜撰这样一个刘邦斩白帝子的传说，是有很深寓意的，因为白帝所代表的是“西方”，而大秦的根基就在西方。刘邦成功斩杀白帝子，正代表了他这个南方的赤帝子已然兴起，要改天换地了。

就这样，刘邦带领这帮难兄难弟一起躲进了一个叫芒砀山的地方。

山泽地带自古以来就是罪犯和亡徒的聚集地，而刘邦从小就生活在丰邑的广阔山泽地带，当了亭长后，和官场、江湖上的人都有接触，可谓黑白道通吃。芒砀山位于现在的河南永城东北和安徽的砀山之南，属睢水流域。睢水从大梁南部的鸿沟开始分流，向东南流至砀郡的道府睢阳，再从睢阳流入泗水郡的相县，然后过符离，在下相与泗水汇集，一路向南汇入淮水。

芒砀山的地形复杂，林茂涧深，但刘邦显然不陌生，因此他与劳役们一起逃亡的首选之地就是这里。从此，刘邦成了一位逍遥自在的山大王。这里山高皇帝远，没人能找到他，追捕他的官兵也只能望山兴叹。

但也有个例外，据说刘邦老婆吕雉每次到芒砀山都能准确无误地找到他。对此，就连刘邦也感到不可思议。当时没有手机，没有 GPS 定位系统，没有雷达探测仪，吕雉是怎么找到刘邦的呢？

对此，吕雉是这样回答的："你的头顶总有一块祥云，你走到哪里它就跟到哪里。它飘啊飘，我追啊追，所以我每次都能找到你。"

刘邦手下那帮兄弟一听，又惊又喜，都认为刘邦不是一般的人物，于是更加死心塌地跟随他。

孔子有段评价老子的话："鸟，吾知其能飞；鱼，吾知其能游；兽，吾知其能走。走者可以为罔，游者可以为纶，飞者可以为矰。至于龙，吾不能知，其乘风云而上天。吾今日见老子，其犹龙邪！"

在孔子心目中，老子像"乘风云而上天"的龙一样神秘难测。

同样的道理，此时，在众人的心目中，刘邦就是那条神秘难测的龙，值得誓死追随。

事实证明，刘邦和吕雉联手打造的"祥云传说"不但达到了预期效果，而且还取得了巨大的成功。因为这个传说一传十，十传百，百传千。传开后，连远在沛县的父老乡亲都纷纷要求到芒砀山“入股”。刘邦一夜之间成了人气王。

世上的事无独有偶，正当刘邦利用“新白蛇传”和“祥云传说”等伎俩来神化自己时，远在大泽乡（今安徽省宿州市埇桥区西寺坡镇）的“绝代双骄”陈胜、吴广也不甘落后，正用“鱼腹藏书”和“篝火狐鸣”等伎俩来包装自己，从而揭开了中国历史上第一次由农民领导的起义。

陈胜、吴广起义

大秦王朝腐败如斯，百姓处于水深火热之中，而真正打响反秦第一枪的并不是“任侠”刘邦，而是两个地地道道的农民——陈胜和吴广。

陈胜，字涉，颍川郡阳城县闾左（今属河南省登封市）人。《史记》记载，陈胜“少时尝与人佣耕”，“佣耕”就是去有钱、有地的人家种地，挣取工钱，这两个字代表了陈胜农民的身份。

他的性格比较独特：阴冷忧郁，多愁善感，愤世嫉俗。

有一次，还是青葱少年的陈胜和一个朋友佣耕。耕了一会儿，陈胜突然走到垄上，呆呆地站在那里，沉思良久，怅恨良久，感叹良久，踌躇良久，说了这样一句话：“苟富贵，勿相忘。”

“你不就是个佣耕吗？一辈子面朝黄土背朝天，富贵对你来说就是个白日梦啊！”他的伙伴听了哈哈大笑。

“燕雀安知鸿鹄之志哉！”陈胜抬头四十五度角仰望天空，长叹一声，悠悠地说道。

如果不是秦二世元年这次征兵到渔阳守边陲，只怕陈胜将永远守在那个小山窝里日复一日地打工糊口，默默无闻地过一生。但秦二世的一道诏令，改变了他一生的命运。

公元前209年仲夏，夏蝉高唱。阳城县人接到皇帝的征兵诏令后，陷入了骚乱。谁都知道，被征去的人大抵是“风萧萧兮易水寒，壮士一去兮不复还”的，但当时被选中的人去也得去，不去也得去，由不得自己做主。

陈胜也在被征行列。他身强力壮又能识文断字，和吴广一道被任命为屯长。

《商君书·境内》记载：“**五人一屯长，百人一将。**”由此推断，“屯长”是秦朝时的低级军官。

于是，在两名将尉的监督下，陈胜、吴广带着九百多人向渔阳（今北京市密云区）进发。如果路上不出什么意外，他们会是千万批守边疆的义兵中的一批，将成为历史上的匆匆过客。然而，老天却偏降大任于他们。

这支队伍走到大泽乡时，没有征兆的大雨突然倾盆而下，连着几天都没有停的迹象。雨一直下，这下可苦了这群去守边关的义兵了。此时淋雨着凉感冒是小事，关键是这大雨一下，误了行程，不管有任何理由，都是要杀头的。

好不容易雨停了，就当大家准备火急火燎地赶路时，却发现前方的道路都被大雨冲毁了，寸步难行。

下雨耽搁的时间，再加上修路的时间，陈胜掐指一细算，之后就算不停不歇地赶路，也无法按期到达目的地了。

“这可如何是好？”陈胜皱着眉头，怅然良久，伤感良久，深思良久。最后，他把吴广叫进来开了一次碰头会。

“大雨误我们的行程，按照大秦法律，迟到了那是要砍头的。我们两个是屯长，更难辞其咎，只怕有十个脑袋也不够用啊。”陈胜平常和吴广亲如兄弟，此时也不再转弯抹角。

“既然前进一步是死路，不如往后退一步吧。”吴广似乎有备而来。

“你的意思是逃跑？”陈胜说着，摇了摇头，叹息道，“逃也没有用，躲得过初一躲不过十五，到头来还是死路一条。”

“老大，那你说怎么办？”吴广问。

陈胜略作沉思，缓缓地说：“以现在的情况，我们延期去渔阳，是死罪一条。我们结伴去逃亡，也是死罪。如果我们揭竿起义，大不了也是个死。与其窝囊地去死，不去轰轰烈烈地发动起义打天下而死，这样也死得其所啊！”

听完陈胜这番慷慨陈词，吴广的反抗意识瞬间飙升，立马同意和陈胜一同起义。他俩经过深思熟虑，决定来个三步走。

第一步：造神。

本着起义未行，舆论先行的原则，陈胜和吴广在策划这场旷世起义时，想出了两个独特的新鲜玩意儿。

第一个是“鱼腹藏书”。

陈胜负责书法题字。他找来一块帛，在上面龙飞凤舞地写上“陈胜王”三个字。字虽然不多，但却很难写，运用的笔画要夸张，要尽量做到跟鬼符有异曲同工之妙。

吴广负责捞大鱼，然后把帛书塞进大鱼的肚子里，再把大鱼放生到容易被人捕获的水域。

戍卒们的炊事班班长买来鱼，结果在杀鱼的过程中，发现了帛书。然后他如获至宝地拿着帛书为大家现场展示，“陈胜王”三个字吸引了所有人的眼球。

很快，大家看陈胜的眼光都变得不一样了，那是怎样一种崇拜和仰慕的眼神呢？

第二个是“篝火狐鸣”。

夜渐黑时，吴广趁大家不备开了个小差，挑上一担柴火潜入军屯附近的一座废弃破庙。夜已黑时，吴广点燃柴火，用竹笼罩着火，然后开始蒙头大睡。

到了夜墨黑时，吴广醒来了，开始学狐狸叫："大楚——兴，陈胜——王……"

他这一叫，把所有人都吵醒了。大家的耳畔不仅回荡着狐狸的叫声，还隐约看到像磷火的光。在凄冷的夜里，这番场景显得恐怖而诡异，令人毛骨悚然。这样一折腾，所有人都失眠了。

第二天一大早，流言开始满天飞：陈胜是上天派来的王，专门来解救我们的！

经过这两次舆论宣传，大家对陈胜的看法发生了质的改变。在大家的眼里，他已经由人变成了神。

对陈胜来说，他之所以这么做，也是没有办法的办法。他家世代务农，要造反，谁会听他这个乡巴佬的话呢？所以他才会弄出这些神乎其神的玩意儿来，目的无疑是包装自己，弥补先天的不足，为起义铺好路。

造神成功后，陈胜和吴广马上开始走第二步：亮剑。

这天，在陈胜的指使下，"枪手"吴广出场了。他把大家召集到一处，上演了"攻心"战术。

"这种烂天气，这种烂路，咱们不可能按期到达边关了。我劝大家还是直面现实，做一个明白人。"吴广义愤填膺地说道，"此时不逃，更待何时啊……"

正当吴广边说边唱，把大家的情绪都调动到高潮时，负责统率这支队伍的最高行政长官——两个将尉出现了。

"你口无遮拦，狂妄放肆，传播邪论，罪不可恕！"两个将尉操起鞭子就往吴广身上抽。

“啪，啪，啪！”鞭子落在吴广身上，却痛在大家心里——是啊，当官的只想着保住自己的乌纱帽，哪管我们这些百姓的死活！

“这就是妄图逃跑的下场，你们若不想成为第二个他，就给我老实点！”两个将尉一边抽打吴广，一边得意地笑起来。

然而，没过多久，他们的笑容就变得僵硬起来。他们怎么也没想到，被抽打的吴广在地上翻滚着，突然翻到一个将尉身边，夺下他的佩剑，对着他的心窝就是一剑。

这名将尉没料到吴广敢以下犯上，更没料到他身手竟如此敏捷，他用不可思议的眼神望着吴广，然后轰然倒地。另一名将尉见状，被吓得呆若木鸡。等他回过神来，准备有所行动时，已被陈胜和其他人送上了西天。

干净漂亮地干掉了两个将尉后，陈胜和吴广开始第三步走：祭旗。

眼看时机已到，陈胜终于从幕后走到了台前，开始发表起义宣言，提出了三大主张。

第一个主张：壮士不死则已，死即举大名耳。

“此番大雨误了行程，咱们怎么也不可能按时到达渔阳了，到时候暴虐的朝廷肯定要砍了大家伙的人头。退一万步来说，就算侥幸留下来，戍卫边疆，那也十有八九是要死的啊！咱们堂堂男子汉大丈夫，怎么能这么窝窝囊囊地死呢？要死也要轰轰烈烈，名扬天下。”陈胜这一席话，一针见血地解释了“为什么要起义”。

第二个主张：王侯将相，宁有种乎？

“不论是王侯还是将相，他们都跟我们一样，是生活在世上的普通人。他们能有如今的地位和富贵，咱们也能有！”通过这番话，陈胜旗帜鲜明地道出了“起义是为了什么”。

第三个主张：有福同享，有难同当。

“咱们今天就起义，大家尽管奋勇杀敌，斩将夺城。大家放心，我会计功授封，保证让大家日后个个都能封妻荫子，过上荣华富贵的生活。”通过这番话，陈胜教会了大家“我能为起义干什么”。

陈胜的话像利锥一样刺中了众人心底那根最脆弱、最敏感的神经，让人听了很受用。反是死，不反也是死。反还有一线生机，不反只有死路一条。

陈胜话音未毕，热血澎湃的士卒们便异口同声地高呼：“大楚兴！陈胜王！”

接下来，起义变得顺理成章。陈胜立刻领导大家做了以下几件事：第一，修筑高台，祭祀天地；第二，袒露右肩，歃血盟誓；第三，拥立王者，公推陈胜为将军，吴广为都尉；第四，建立政权，确立国号为大楚；第五，加强舆论，提出了“公子扶苏和项燕不死灵魂转世附体”这样的包装口号。

至此，中国历史上第一支农民起义队伍就这样成立了。

斩木而起，揭竿而起。九百壮士，激起了天地乾坤的波涛；一帮平民，在历史上写下了浓墨重彩的一笔。

理想与现实的差距

只有付出努力的人才能获得成功，只有相信奇迹的人才能创造奇迹。陈胜和吴广就是这样的人，他们带领一群拿着竹竿、举着木棒，没有经过任何训练，看似毫无章法的人，却势如破竹地先后攻下了大泽乡、蕲县两座城池。

取得起义后的第一场胜利后，这支队伍才得以改善手中的武器，丢掉了打狗棒、锄头，拿起了大刀、长矛，战斗力自然也同步提高，很快又拿下了大片地区。到达陈县（今河南省淮阳县）时，义军队伍逐渐壮大，军卒很快便达到了数万人。

而这时，一些豪杰之士也不甘寂寞，纷纷加入义军队伍。其中，张耳和陈余的到来意义重大。

张耳，想必大家都不陌生了。当年刘邦在“游侠”生涯时，曾经求学于他。也正是在张耳的教诲下，刘邦的思想发生了翻天覆地的变化，滋生了远大的理想。

张耳和陈余两个人之所以名气大，是因为他们两人的经历跟刘邦和卢绾很相似。首先，两人身份相同，不但都出生于贫困人家，而且连出生地也相同，都是大梁（今河南省开封市）人。其次，两人经历相同，拜的是同一位老师，都是信陵君魏无忌的门客。再次，两人的发迹史相同，都是靠着长相和才华傍上了富婆。只不过张耳娶的是富得流油的漂亮寡妇，而陈余娶的是黄花闺女。但因为张耳比陈余大些，对人情世故更为精通，特别是政治智慧更成熟，所以又比陈余略胜一筹。综合来看，两人实力旗鼓相当，难分伯仲。也正是因为这样，两人关系特别好，称得上是刎颈之交。

秦国统一天下后，视“不安分”的张耳和陈余为眼中钉、肉中刺，于是开出了当时最大的两张悬赏令：分别以一千黄金和五百黄金买张耳和陈余的人头。

张、陈两人自然不会坐以待毙，于是乔装打扮，改名换姓，选择了颠沛流离的逃亡生涯，最后躲到陈城里谋了一份看门的苦差——里门监。

从名士到隐士，对有理想且自命天高的张、陈两人来说，不但需要很大的勇气，还需要很大的隐忍力。

有一次，陈余犯了个小过失，结果里长小题大做，用粗暴的方法把陈余按倒在地，举手便要打他。陈余感觉受到了莫大的污辱，怒发冲冠，想跳起来反抗。正在这个节骨眼上，一旁的张耳用脚狠狠地踩了陈余一下，并对他使了个眼色。

这一抬脚一使眼，原本躁动不安的陈余突然变得安静、老实起来，只见他默默地闭上眼睛，像一只温顺的绵羊，任凭里长对他拳脚相加。留得青山在，不怕没柴烧，陈余当然明白张耳的用意。

事实证明，两人的隐忍没有白费，因为他们很快等来了陈胜、吴广的义军。这是弃暗投明、扬名立万的最佳时机。两人没有丝毫迟疑，奋不顾身地直奔陈胜的军营。

陈胜见两人谈吐不凡，非等闲之辈，便把他们奉为上宾。

两人见陈胜这般求贤若渴，便为他献上了一份特别的见面礼——一个大活人——孔鲋。

孔鲋是孔子的第九世孙，才高八斗，和张耳、陈余交情颇深。张、陈二人一牵线，孔鲋很快便加盟了义军。

陈胜见到孔鲋来投，自然笑歪了嘴。他不仅仰慕孔鲋的才华，更仰慕他的美名。如今，连孔圣人的后人都愿意加入义军队伍，这对提高义军的士气、壮大义军队伍都大有助益。

眼看形势焕发出勃勃生机，陈胜本着趁热打铁的原则，马上在陈县主持召开了一次三老豪杰会议。

何谓三老豪杰会议？其中的“三老”是指县中的中层官吏，“豪杰”不是指大侠，而是指富豪、地主和望族。总而言之，陈胜这次就是广发英雄帖，把在陈县有威望、有权势、有钱财的“三有”人员全部请来开了一次会。

会上，陈胜请大家敞开心扉，畅所欲言，积极献计献策。三老豪杰都不是浪得虚名的，个个争先恐后地发了言，为陈胜指出了一条光明大道：自立为王。

大家纷纷认为，陈将军披坚执锐，带领义军以替天行道、推翻暴秦为己任，攻无不克，战无不胜，把亡了国、绝了后的楚国恢复了。如此大智大勇、大功大德，应该立为楚王。另外，不封王怎么号令诸将，更好地领导义军呢？所以，这个楚王必须得封。

陈胜听了很高兴，但考虑此事重大，他并没有马上表态，而是找来张耳和陈余“问计”：“众人都建议我现在称王，这王我是称，还是不称呢？”

面对陈胜的坦诚，两人也同样做出了坦诚的回答：“不能称。”为什么呢？张、陈二人给出了以下三点解释。

第一，现在起义才刚开始，如果您立即称王，会让众人看出私心。

第二，一旦称王就会树大招风，成为秦朝重点扫荡的对象，对日后的发展不利。

第三,三老豪杰们之所以强烈要求您称王，都是为了一己之私，想跟着加封追赏，飞黄腾达，满足“一人得道，鸡犬升天”的政治欲望。

不仅如此，两人还为陈胜提出了两点小建议。

第一，低调做人，高调做事。当务之急不是称王，而是攻城拔寨，消灭大秦。

第二，高筑墙、广积粮、缓称王。只有做到强基固本、兵强马壮、丰衣足食，才能消灭暴秦，解救天下苍生。到时候称王便是水到渠成、顺理成章的事了。

张耳、陈余是本着开诚布公的想法对陈胜进行劝谏的。虽然他们有说实话的勇气，但陈胜没有听实话的勇气。面对两人的直言，陈胜非但没有醒悟，反而固执地认为张、陈二人太过懦弱。于是，他不听劝阻，自立为王，定国号为“张楚”。

当自己的王，让别人说去吧。陈胜这种大无畏的勇气确实令人敬佩，但这也彻底毁了他。他定国号为“张楚”，意思是“张大楚国”。但是，事与愿违，日后成为众矢之的的陈胜非但没有张大楚国，反而使他的基业一步步地走向了灭亡。

刘邦的第一桶金

就在陈胜称王后，各郡县的官吏们纷纷组织起来，刺杀了长官，举城以实际行动响应陈胜的义军，顿时天下为之麋沸蚁动，云彻席卷，一句话——天下大乱了！

此时正值深秋，秋雨飘零，淅淅沥沥。沛县县令愁绪满面，坐立不安，楚地义国的风起云涌让他感到了惊慌和恐惧，眼看形势如此发展下去，义军很快就会打来，当务之急是谋求自保。想到这里，他马上找来两个最为倚重的“秘书”——萧何和曹参来议事。可惜他不知道此时的萧何和曹参早已达成共识，为自己想好了退路。

议事厅里，三人正襟危坐。

“陈胜自从大泽乡起事，战无不胜，攻无不克，他要攻的城还没有哪一座能守得住。”萧何首先分析了当前的形势。

“你的意思是说，咱们只剩下投降这一条路可走了吗？”县令一听，吓得面如白纸。

“不战而降，不是大丈夫所为。”曹参狠狠地将了他一军。

“守又守不住，降又不能降，那该怎么办？”县令可怜巴巴地将目光再度转向了萧何。萧何装腔作势地沉思片刻，然后煞有介事地给县令指出了另一条路：请刘邦出山。

首先，刘邦威望高。他既是游侠出身，又当过泗水亭亭长，在沛县拥有较强的人气和威望。请他出山，对自保大有助益。

其次，刘邦的情商高。因为公务失职，他现在带着几十号人马在芒砀山落草为寇，让他带领手下那些“见不得光”的逃犯来守城，他定会知恩图报。

此时，县令已别无选择。他无可奈何地问道：“那我要派谁去才能把他请来呢？”

“非杀狗的樊哙不可。他和刘邦是连襟，派他去找人轻车熟路。”萧何慢条斯理地说。

樊哙也是沛县人，自幼家境贫寒，在街上杀狗卖肉为生。吕公见他高大雄武、诚实本分，就把小女儿吕媭嫁给了他。刘邦娶的是吕公的大女儿，樊哙娶的是吕公的小女儿，吕公把两个宝贝女儿都嫁给了贫寒人，并不讲究什么门当户对。但从日后刘邦和樊哙飞黄腾达，特别是刘邦成了一国之君来看，我们不得不佩服吕公识人的眼光和非凡的魄力。

“樊哙只能算是刘邦的亲人代表，我觉得作为县里的代表，夏侯婴是不二人选。由他们两个去，可以确保万无一失。”曹参接着说。

“行！”县令大手一挥，樊哙和夏侯婴便朝芒砀山奔去。

事实证明，县令还是一个有头脑的人。樊哙和夏侯婴前脚刚走，他突然想起什么来，觉得请流寇刘邦到城里来，无异于请虎下山，引狼入室，不觉心生邪念。

“叫萧何、曹参来见我。”县令一吩咐，手下人马上照办，但很快又回来了。“两人早已人去楼空了。”手下垂头丧气地说道。

萧何和曹参在沛县声名远播。县令动杀念时，早有知情人快马加鞭地给他们通了风、报了信。于是，两人脚底抹油，赶紧翻墙而下，逃出了城。

而就在这时，他们碰到了正兴冲冲赶来的刘邦、樊哙等人。

“可恶、可恼、可恨、可痛！”听说事情原委后，刘邦怒不可遏。他带领众人气势汹汹地杀到城下，迎接他们的是“闭门羹”和“流箭雨”。

强攻是不可能了。一来，刘邦他们装备不足。甭说云梯、冲车这些高科技攻城设备了，就连基本的刀、箭等武器都少得可怜。二来，人员不足。斩白蛇起义时，跟着刘邦的人很少。虽然后来他们逃到了芒砀山，陆陆续续有沛县的乡亲父老慕名来投，但总共也就一百来号人，如果强攻城池的话，效果并不会很好。

《史记·高祖本纪》记载，关键时刻，刘邦写了一封信，然后命人射入城中，信上是这样写的：**“天下苦秦久矣。今父老虽为沛令守，诸侯并起，今屠沛。沛今共诛令，择子弟可立者立之，以应诸侯，则家室完。不然，父子俱屠，无为也。”**

意思是说，天下百姓受够了暴秦的压迫，父老乡亲们现在还帮县令守城，这是很危险的事啊。天下的义军很快就会从四面八方包杀过来，到时候攻破城池，肯定会血屠沛县，你们就这样为县令殉葬，真不值得啊。大家何不一起杀掉县令，把我放进去，我可以保证让大家都平安无事。

城中父老乡亲看到信后，个个热血沸腾，意气风发，纷纷抄起拖布笤帚把县令给杀了。随后，他们打开城门，敲锣打鼓地把刘邦迎了进来。

当然，这个做法是很奇怪的，因为杀人这种事不是普通百姓说干就能干的。更何况史书压根儿就没有记载是谁充当这个“杀手”的。其实，刘邦仅凭一封书信就要了县令的命显然是不现实的。以当时的通讯手段，这封信能让众人都看到是极难做到的，更不可能会产生一呼百应的效果。

不过可以推断的是，这封信，起到了劝说城里的父老乡亲偷开城门迎他们入城的作用，或者这封信本身就是暗号，通知早就蛰伏在城的内应开门献城。

而刘邦一旦入城，县令的末日也就到了。然而，沛县的县令虽然不是什么好官，但也不是什么特别十恶不赦的坏官，只能说他是一个名副其实的庸官，因此，斩杀他并不是一件光彩的事。因此，没有人愿意承认是自己干的。

就这样推来推去，真正的“杀手”被推到了幕后，而沛县的父老乡亲们被推到了台前，成了杀死县令的集体凶手。

刘邦一入城，沛县民众就一致推举他做新县令。

要知道，当时率领沛县民众起义的头目，除了刘邦，还有县里德高望重的萧何和曹参，为什么众人一致力推刘邦为县令，而不是萧何和曹参呢？

一方面，萧、曹显然是有顾虑的。

自古以来，造反成功率都不高，尤其是底层人民造反成功的几乎没有。但是造反一旦失败，头领往往结局悲惨，极可能会被诛杀全族。而跟随者却多数能够保存性命，有时还会因为主动投诚获得封赏。

俗话说枪打出头鸟，萧何和曹参作为沛县的头面人物，一旦失败损失太惨重，自然不愿意冒这么大风险，所以采取了不做出头鸟的方式自保。史书记载，“萧、曹等皆文吏，自爱，恐事不就，后秦种族其家，尽让刘季”。这句话意思是，萧何和曹参这样的小吏，担心造反失败被抓后会被秦朝政府报复，为了保护自己和家人的性命，于是，把带兵造反这样的事都交给了刘邦。

其实，同时代的陈婴母亲说得更明白。陈婴在东阳起兵，下属们要立陈婴为王，陈婴母亲告诫陈婴说：“咱们家世代没有贵人，根基不深，担不起这个大名。不如投奔其他诸侯，事成可以封侯，不成也好逃跑，不会被当局追着不放。”陈婴于是投奔了项梁，后来又依附刘邦，果然因功被封为堂邑侯。

萧、曹都有造反的心思，又不想承担危险，权衡利弊，一致力推刘邦做沛公。

另一方面，刘邦有根基。

刘邦自幼深受战国游侠之风熏陶，不事生产而喜欢结交朋友，凭借他的豁达大度和游侠气质，成为沛县黑白通吃的风云人物。

他的岳父是和沛县县令交情深厚的大家族吕公，官场上有萧何、曹参罩着，还有樊哙、卢绾、灌婴、周勃等牛人的依附。他逃亡芒砀山后，更是聚拢了一批出生入死的兄弟。

壮士不死则已，死即举大名耳。可以说刘邦选择逃亡时，就已经没有回头路可走了。

以刘邦这样的身份，带领百姓起兵，自然容易受到百姓的拥护和信服。

当然，虽然刘邦心里喜不自胜，但面上的作秀还是不可少的，于是他选择了婉拒："天下方扰，诸侯并起，今置将不善，一败涂地。吾非敢自爱，恐能薄，不能完父兄子弟。此大事，原更相推择可者。"

刘邦的言下之意是，现在天下大乱，诸侯并起，咱们如果不安排好老大，一旦失败，那就是遍地肝脑涂染的下场。我恐怕能力不行，不能保全父老兄弟的性命，这种大事，还是另外推举更合适的人吧。

针对刘邦的自谦，以萧何、曹参为首的群众马上反驳道："平生所闻刘季诸珍怪，当贵，且卜筮之，莫如刘季最吉。"意思是说，我们平时听到刘邦许多奇异的事情，看来刘邦是该显贵的，而且又经过占卜，没有比刘邦更吉利的。

就这样谦让再三，刘邦才"勉为其难"地接受了大家的推举，成了沛县的县令，也就是沛公。

俗话说新官上任三把火，当上沛公的刘邦也不例外，马上点起了"火"。

第一把火：祭拜天下。刘邦率众祭祀黄帝和蚩尤，杀牲歃血，衅鼓旗。

《史记》记述如下："乃立季为沛公，祠黄帝，祭蚩尤于沛庭，而衅鼓，旗帜皆赤。"

第二把火：各司其位。占领沛县后，刘邦身边此时已有近三千人。要想打天下，就必须提拔和重用人才。一番拜天祭地之后，刘邦对手下人进行了分封：萧何任丞（相当于参谋长），曹参、周勃任中涓（相当于副官），周昌为舍人（相当于会计），夏侯婴为太仆（相当于出纳），樊哙、卢绾、任敖、周苛等为官从（相当于队长）。

第三把火：各负其责。被委以重任的萧何、曹参等人分头募集兵员，征集粮草，并日日列队操练。很快，大家伙都热火朝天地干起来了。

沛县对刘邦来说是福地。在这里，他收获了自己起义后的第一桶金。有了地盘，有了部队，该是崛起的时候了。

杀一儆百

起义的星星之火被陈胜点燃后，已成燎原之势。除了刘邦在沛县举兵响应外，项梁、项羽在会稽起兵，齐国人田儋自立为王。人数从几千到上万的各路义军，更是数不胜数。

此时，陈胜充分展示了其非凡的军事才能。他不失时机地从义军中选拔了一批人才做将领，任命吴广为假王（意思是仅次于自己或者相当于自己的大王），任命蔡赐为上柱国（相当于丞相），任命武臣（陈县豪族里的大哥大级人物）、周市、周文等人为将军，建立了政治和军事领导机构。然后，他又以消灭秦国为己任，兵分四路，对暴秦采取了强有力的军事行动。

看着自己精心部署的四路大军浩浩荡荡地向既定方向进军，陈胜长长地舒了一口气，脸上露出灿烂的笑容，仿佛看到了胜利的曙光。然而，他不曾料到，尽管在“对外”上，自己做出了一统天下的大征战之举，但在“对内”上，他却失误连连。前面提到的过早自立为王只是其一，还有三大主要失误，造成了陈胜不可逆转的败局。

第一，建都的失误。

陈胜在称王的同时，建都于陈郡。陈郡虽然地处交通要道，物产丰富，经济繁荣,但从军事上来看,此地趋于平川,易攻难守,一旦秦军派兵围攻,守不能守,弃又不能弃,相当危险。

都城是根基,一旦根基不稳,又何谈生存与发展?单从这一点看,陈胜虽然赢在了起跑线上,但同时也输在了起跑线上,可谓时也,命也。

第二,待客的失误。

有了地盘,有了部队,陈胜飘飘然了,有了享乐的想法。俗话说“有福同享,有难同当”。陈胜想享乐,他的亲朋好友也想享乐。

当陈胜称王的消息传遍五湖四海时,他以前八竿子打不着的亲戚、朋友,都以百米冲刺的速度往陈县跑。

“苟富贵,勿相忘。”陈胜遵守自己的诺言,将投奔自己的亲友视作贵宾,不仅免费提供食、衣物和日用品,还组织大家旅游采风。

而这些贵宾都是贫苦出身,哪会料想到陈胜发达后竟如此风光。进入陈王宏伟磅礴的宫殿时,大家油然而生一种刘姥姥进大观园的惊异感;走在陈王所住巍峨挺立的庭院中,便有一种住在梦中家园的满足感;徜徉在芳草萋萋的后花园中,更有一种领略世外桃源的美妙感。

看着、摸着、感触着,陈胜的“亲友团”很快就打消了初来时的腼腆和拘谨,开始变得活跃大胆,说话也口无遮拦起来。于是,陈胜当年的好事、坏事、糗事、鸡毛蒜皮的事、不堪回首的事……统统都被他们说了出来。

一传十,十传百。很快,陈胜的陈年旧事就被传得沸沸扬扬。陈胜眼看自己的隐私被公之于众,威严受到挑战,自然恼怒不已。

陈胜很生气,后果很严重。那个当年和他一起耕田的伙伴,因为直言不讳地评价他“夥涉为王”而被处死了。

杀一儆百。陈胜可能也是出于这个考虑,才“含泪”斩杀了自己当年最亲密的伙伴。如此一来,那群跋山涉水而来的“亲友团”开始人人自危。

谣言非但没能被压制下去，反而愈演愈烈。

紧接着，陈胜的岳父兼“亲友团”团长不堪舆论压力，来了个不辞而别。他临走之前还撂下了一句话：“怙强而傲长者，不能久焉。”意思是凭借强势而骄傲自大的人，是不会长久的。

随后，“亲友团”的其他成员也不甘落后，纷纷选择了三十六计，走为上计。很快，陈胜的“亲友团”就变成过眼云烟，一去不复返了。

得民心者得天下。或许在陈胜的“亲友团”全部离开时，他的悲剧命运便已注定。要知道，“英雄”不是从天上掉下来的，更不是一日成就的。英雄来自平民。没有芸芸众生，英雄便失去了立足的沃土。感也，叹也！

第三，用人的失误。

如果用一句话来形容陈胜用人，那就是“重小人，轻贤人”。

前面说的张耳、陈余便是一个例子。他们二人一片忠心，力劝陈胜缓称王；陈胜非但不听，还把二人“雪藏”不用。恨屋及乌，张耳、陈余推荐的孔鲋尽管出身名门，具有经天纬地之才，但陈胜只是以太师之礼敬他，当孔鲋给陈胜出“金点子”“银策子”时，陈胜却全当耳旁风。

面对陈胜的盲目进军，孔鲋建议他要立足自身谋发展，不要脱离实际。陈胜却不以为然。对此，孔鲋大失所望。虽然他本着“忠臣不事二主”的原则，没有弃陈胜而去，但从此不再出一谋一策，最后落得“卒与（陈）涉俱死”。悲也，哀也！

与此同时，陈胜重用朱房为“组织部部长”，掌管义军中的人事调动。任用胡武为“纪检部长”，专管义军队伍中违纪违法的人员。结果他们假公济私，排除异己，残害忠良，任人唯亲，导致义军乌烟瘴气、人心涣散。

对此，陈胜却睁一只眼闭一只眼。从长远来看，他的这种做法寒了将士的心，为后面的众叛亲离埋下了伏笔；从短期来看，其弊端直接体现在了陈胜派出的四路攻秦大军的命运上。

横空出世的章邯

在陈胜的布置下，第一路大军由吴广统率，目的是攻克大秦的中原重镇荥阳，从而彻底打乱秦军的阵脚。然而，事实证明，这只是陈胜一厢情愿的想法。此时的秦朝虽然腐败，但对荥阳的防守却丝毫不懈怠，派出的守将乃是大秦丞相李斯的宝贝儿子李由。

都说虎父无犬子，李由可不是吃素的。吴广大军抵达前线后，虽然兵力胜过秦军，但无论是在素质上，还是在武器装备上，都与秦军差距甚远。再加上秦军倚仗地利优势，双方你攻我防，谁也占不到半点便宜，算是打了个平手。

第二路大军由武臣统率。这路军虽然人数少，是辅兵，但也是奇兵，实力不容小觑。

张耳和陈余被陈胜打入“冷宫”后，一直心有不甘。这一次，他们毛遂自荐，信誓旦旦地表示愿意带第二路大军冲锋陷阵。然而，当时的陈胜根本没有考虑让他们俩挂帅，但见二人如此执着，又不忍心直拒，于是手一挥，说了句“去吧，我会派人配合你们的工作”。

说是配合，但陈胜却给张、陈二人派了一群领导：一把手武臣（将军），二把手邵骚（护军，相当于参谋长），三把手李良（副将）。而张耳和陈余的职务是左右校尉（相当于队长）。

面对陈胜冷酷无情的打压，张耳和陈余怒从心头起，恶向胆边生。两人很快便达成了另立山头的共识。

当时陈胜只拨了三千军马给他们，显然提防之心很重。但是，对张耳和陈余来说，三千人马足矣。

他们对武臣提出了“攻城为下，攻心为上”的策略。每到一处，他们都先派人拿着喇叭去各个山头喊话，大肆渲染暴秦的罪行，极力鼓吹起义的美好。这些舆论起到了立竿见影的效果。很多地方甚至没动一刀一枪，便打开城门归降了。

于是，这路大军势如破竹，很快攻克了原赵国都城邯郸。队伍规模也迅速壮大。

眼见地盘和兵马都有了，张、陈二人开始劝武臣自立为王，并且说出了两大理由。

第一，王侯将相，宁有种乎？连陈胜这个草根中的草包都能摇身一变成了王，更别说武将军您了！您不知比陈胜强百倍千倍，岂能再受庸人的指挥和摆布？

第二，天予不取，反受其咎。我们以前劝陈胜不要称王，是因为起义才刚刚起步，没有根基。而现在，我们已成功收复赵地，建立了不朽功业，是时候称王称霸，走上人生巅峰了。如此绝好机会摆在眼前，如果不好好抓住，只怕追悔莫及啊。

不想当将军的士兵不是好士兵，不想称王的将军不是好将军。原本就暗藏野心的武臣一听这番话，心动了，并且很快付诸行动——单方面宣布复辟赵国，自立为赵王，封张耳为右丞相，邵骚为左丞相，李良、陈余为大将军。

接到武臣“大逆不道”的消息后，陈胜很震惊。他刚刚失去了“亲友团”，现在又失去了“将军团”，能不震惊吗？

陈胜很生气，后果很严重。他大手一挥，就要派兵去“镇压”。在这个节骨眼上，上柱国蔡赐赶紧出来劝阻。

“咱们现在的敌人是暴秦，而不是区区一个武臣；而且起义刚刚起步，最忌讳窝里斗。为今之计，您不如派人恭喜武臣，承认他的赵王身份。”

陈胜采纳了蔡赐的建议。来而无往非礼也，武臣在得到陈胜“认可”的同时，也“认可”了陈胜。于是，赵国和张楚结成同盟，尊陈胜为盟主。

风波看似就这样平息了，但武臣没有料到，他的手下大将韩广很快就上演了“模仿秀”。武臣派韩广收复燕地，韩广拿下燕地后，书信一封将这个消息第一时间告诉了武臣。武臣原本很高兴，但打开信一看差点气得吐血。原来韩广在信中写道：“我想当燕王，请您批复。”

与其说是“请示”，还不如说是“逼宫”。对此，聪明的武臣也和陈胜一样，只能选择打碎牙齿往肚子里吞，又是道喜，又是结盟。总而言之，陈胜派出的这路大军可以说是为别人做了嫁衣。

接下来，我们来看第三路大军的进展情况。

周市也是个狼虎之将，很快便率军把魏地收入了囊中。同样，水涨船高，他的队伍也一天一个样地壮大着。更为重要的是，周市是个识时务的人。在武臣和韩广榜样的指引下，他也效仿起来，逐渐对陈胜的号令置若罔闻。对外，他还美其名曰“将在外君命有所不受”。

“看样子周市是翅膀硬了，与其让他自立为王，不如主动封他为王，这样一来可以照顾自己的面子，二来可以让周市感激自己的恩情。”想通了这一点，陈胜马上派使者给他送去了“魏王印”。

然而，事实却出乎陈胜的意料。面对这天上掉下来的“王号”，周市死活不接受，理由是自己无法胜任这个职位。

周市之所以这样做，不是在作秀，而是他另有想法。他打算立原魏国王族的后裔魏咎为魏王，而自己则为他打工。周市是聪明人，他明白在乱世之中守拙藏锋的重要性。枪打出头鸟，他让魏咎作为自己的挡箭牌，军队的实权还是被自己牢牢握在手里，这是在极度不明朗的乱世保生、立生、谋生的明智之选。

总而言之，这一路大军也是一去不复返，完全成了第二路大军的翻版，当真印证了“我的成功可以复制”这句话。

最后，我们来看看陈胜寄予厚望的第四路大军吧。毕竟，这一路大军才是主力中的精英，能否一举拿下大秦王朝，就全靠他们了。

事实上，这一路大军没有令陈胜失望。与其他三路大军不同，他们一点儿都不折腾，也不懈怠，捷报不断传到陈胜面前，很是振奋人心。

秦二世元年（公元前 209 年）九月，当周文率领的数十万大军，突然出现在咸阳东面的戏台（骊山附近）时，整天沉醉于酒色嬉玩之中的秦二世这才清醒过来，意识到若再不采取有效的反击措施，自己就要被踹下历史舞台了。

秦二世习惯性地把目光投向赵高，希望这位朝中“头号人物”能为自己排忧解难。结果赵高第一次低下了头，佯装没看见。是啊，一直以来，正是因为赵高采取多种手段，隐瞒各地告急的上书，周文的大军才会突然出现在秦二世的眼皮子底下。

大秦王朝摇摇欲坠，就差最后一根夺命稻草了。俗话说时势造英雄，正在这危急的节骨眼上，一个人站了出来。而正是他的出现，暂时拯救了悬崖边上的大秦王朝。这个人就是章邯。

章邯，秦地人，当时的官职是少府（九卿之一，相当于负责收渔业税的税务总管）。陈胜叛乱后，水乡泽国的赋税就再也没有收上来过。章邯通过地方呈交的税务报告，看出了各地的真实战况，所以他比朝中任何人都知道事态的严重性。

此时，迫于舆论压力的赵高见了毛遂自荐的章邯。二人刚一见面，气氛还算融洽。赵高一反常态，并没有像平常那样摆出一副高高在上的架势，而只是态度谦和地与章邯聊家常。

说完了客套话，赵高变得严肃起来，开始谈国家大事。章邯默默地听着赵高分析天下局势，并没有插话。他不知道赵高的葫芦里究竟卖的是什么药，所以不敢乱说话，怕稍有不慎就祸从口出。

“如果我给你几十万人马，你能除去那些叛贼吗？”赵高绕了这么大一个圈子，终于开始“亮剑”。

虽然这是一个随时都有可能掉脑袋的苦差，但同时也是一个可以一展抱负的大好机会。只有章邯自己知道，为了这一天，他已等待了多年——带兵打仗正是他梦寐以求的事。

“周文的大军现在已经兵临城下了，若从各地征调兵马，恐怕来不及了。”章邯虽然答非所问，但实际上已经等于“默认”了带兵打仗的事。

“那你意下如何？”赵高自然知道他话里有话。

“骊山和阿房宫两处都有大批服刑之徒在干活，有好几十万之众。如果将他们赦免，这些人一定会拼死效力的。”

“好主意，好主意！”赵高此时已没有别的选择。就这样，他和章邯一拍即合。

赵高此前从未干过一件像样的好事，这次是例外。他见国家已岌岌可危，知道国破家亡的惨痛，这才破例见了章邯。当然，在当时的朝廷，章邯已是为数不多的可用之人了。赵高临时任命他为大元帅，也是病急乱投医、临时抱佛脚的不得已之举。

刚一走马上任，章邯就建立“魔鬼训练营”，抓紧时间训练那几十万被赦免的囚犯。经过短短数天的超负荷训练，这些囚犯已从一盘散沙变成了一支有组织、有纪律、战斗力极强的军队。

自从这支军队横空出世后，就一直所向披靡。如果没有后来的项羽，章邯的这支军队简直就是不败之军。

周文大军很不幸地成了章邯检验训练成果的试验品。在第一次交锋中，这支由几十万囚犯组成的军队杀得周文大军毫无还手之力。周文见秦朝突然出现这样一支不要命的神兵，只得下令撤军。然而令他感到悲哀的是，自己此时率兵孤军深入关中，退路早已被章邯切断了。周文只能坚守在函谷关，等待援军的到来。然而，现实是残酷的，此时秦军如同泰山压顶，势不可当。久等援军不至，周文只好选择拼死突围。于是，在曹阳亭，周文和章邯两军上演了惨烈的决战。

这一次，周文又一次败了，败得稀里糊涂，败得彻彻底底，败得心服口服。周文是绝望的，直到死，他也没有盼来一兵一卒的援军。他那句凄凉的“援军何在”随风飘逝在苍穹中，定格成了永恒。

周文的死，对义军来说是一个重大的打击。可以说这是陈胜自起义以来第一次大败仗。

给我一个失败的理由

周文被困时，离他最近的义军是吴广这一路军。当时吴广正在全力围攻荥阳。荥阳的守军是李斯之子李由。当时李斯还没死，还是朝廷的当红丞相，所以李由自然很卖命地守城。对李由来说，此时的荥阳比他的生命还重要。

作为义军的“二号人物”，吴广很卖力。在他心里，是很希望用战绩回报陈胜的厚爱和期待的，也希望用胜利向那些不信任自己的将士证明自己。然而，军事才华平平的他，想要跨过李由的十指关，显然是在痴人说梦。当李由躲在拥有天时和地利的荥阳城里死守时，吴广选择了强攻，结果两人就这么耗上了。

殊不知，吴广在围攻一个坚不可破的城池时，已犯了屯兵于坚壁之下的兵法大忌。几个月下来，他的强攻都没有奏效，倒是李由以逸待劳越守越轻松，越守越来劲，到后来还能时不时趁义军筋疲力尽时偷偷地反击一下，捞点好处后又缩回城里。

屋漏偏逢连夜雨。正当吴广无计可施，军中人心已涣散时，周文被围告急的书信不断传来。

如果吴广立即开拔增援，或许整个义军形势将是另一番样子。然而，历史没有如果，倔强的吴广非要拿下荥阳再去救援。战场风云变幻，机会稍纵即逝。

事实证明，吴广这样的做法等于是选择攻自己的城，让周文去死。

果然，荥阳还没攻下，周文就已经死了。

直到这时，吴广才为自己轻率的行为感到后悔。他怎么也没料到周文当时的处境竟有那么危险。然而，后悔是没有用的，秦军的下一个目标就是他了。

吴广没有及时救援周文，有失做人最基本的仁义和道德，这件事连他的部下都看不过去了。他们原本就对眼界不高，缺乏军事、政治和领导才能的吴广心存疑虑，加上吴广平时骄傲自满，不可一世，与士兵的隔阂也越来越深。你对周文无情，休怪我们对你无义。部将田臧和李归一番密谋后，已面露杀机。

他们两人弄了一道假帛书，走到吴广军帐中，说是陈王有诏谕到。吴广不知是计，老老实实地跪在地上听令。这下田臧和李归两人就毫不客气了，一人假装念诏书，一人趁机拔刀，轻而易举地砍下了吴广的头颅。吴广就这样结束了自己短暂的一生。也许他到死也不明白为什么自己不是死于秦军之手，而是死在了自己部下的手里。

田臧和李归杀了吴广后，伪造吴广造反之罪上报陈胜。鉴于当时危急的局势，陈胜并不敢对吴广的死做过多的调查，只得封田、李二人为上将，嘱咐他们尽力西进攻秦。田臧和李归倒也不是贪生怕死之辈，夺了兵权后，二话不说就率领手下起义军急忙西进，替周文报仇雪恨。

可他们二人忘了考虑一件极其重要的事：章邯灭了周文后，士气正旺，正张着血腥大嘴等着他们呢！面对送上门的“食物”，章邯岂有不收之理。田臧和李归最终只能以人头相送。就这样，章邯取得了第二次胜利。

至此，陈胜委以重任、期待最大的第四路军和第一路军全军覆没，而第二路大军在这个关键时刻也出事了。

其实，此时的第三路大军早已经脱胎换骨。武臣当了赵王，复立了赵国，因此他的军队称为赵军更为恰当。但就是这个赵王，不幸成了吴广第二，也死在了部下的手里。

这个部下叫李良。身为“官二代”的李良之所以选择造反，是因为他以独到的远见看到了大秦王朝的腐败之躯已经不能承受这起义之重了，早起义早谋生。所以他扔掉了大秦王朝“高级公务员”的乌纱帽，裹上头巾，成了起义的先锋。也正是因为如此，他很快便获得陈胜的赏识，被分派到了武臣的部队里。

事实证明，李良果然是将才。武臣先是让他做“急先锋”打头阵。收复赵地后，武臣又派他去扩大地盘。李良很快就用战绩巩固了自己的地位。拿下常山郡（今河北省石家庄一带）后，李良继续前进，想挺进山西这块富饶的宝地，结果在井陉口（太行山东西孔道），遭遇了秦军的顽强抵抗。

因为秦军占据一夫当关、万夫莫开的地理优势，李良一时也无可奈何。正僵持时，大秦悍将章邯的强势反击给秦军打了一剂强心针。秦军守将见李良是个人才，就想出一个绝妙的计谋——用高薪、高福利招降他。

尽管天下局势正发生着翻天覆地的变化，但李良还是毫不犹豫地拒绝了秦朝抛来的橄榄枝，并且主动把部队撤回了邯郸，以防章邯的进犯。然而，一件突如其来的事却伤了他的自尊，寒了这颗誓死效忠陈胜的火热之心。

一日，李良好不容易偷得浮生半日闲，在街头散步、购物。正在这时，大道上一支由数百人组成的队伍浩浩荡荡地开过来了。一看这架势，李良以为是赵王武臣出宫，于是赶紧和随从们跪拜于地。

按常理，武臣会对李良这个级别的将军回礼，打打招呼，寒暄一番再离开。

然而，这一次却是例外。“赵王”的车队并没有停歇，而是扬长而去。这使李良在惊讶之余，甚感没面子。他派人一打听，原来这支队伍并不是赵王的，而是赵王姐姐的。

堂堂七尺男儿，居然给一个毫不懂礼节的女流之辈下跪，李良心里自然不好受。联想到平时赵王的姐姐骄横跋扈，目中无人，他心中的火气便噌噌往上冒。再联想到大秦给自己抛来的橄榄枝，那种谦卑，那种诚恳，他心中的不满更甚："是啊，放着高薪、高福利不要，却要受你们的气，我是傻吗！"

沉默啊沉默，不在沉默中爆发，就在沉默中灭亡。这一次，李良没有选择沉默，而是选择了爆发。他带着自己的随从快马加鞭地追上了赵王的姐姐，然后就是一顿乱砍。可怜赵王的姐姐还没弄清楚是怎么回事，就到阎王那里报到去了。

杀红了眼的李良知道自己再也没有回头路可走了，索性一不做二不休，朝赵王府杀去。很快，赵王武臣就成了李良的刀下鬼，邯郸城也被李良占领。随后，李良开始疯狂地屠城。好在张耳、陈余两人耳目多、反应快，才及时逃出城来，免于血光之灾。

张耳、陈余并没有一味地逃，一出城，他们就开始现场征兵。因为两人在军中威望甚高，加之逃出来的士兵对李良的暴行颇为恐惧和不满，于是，他们很快就聚集了一万人马。

拥有兵马后，张耳、陈余没有马上找李良算账，而是找到一块安心之地——邢台——从长计议。随后，他们又找来一个叫赵歇的人。这个赵歇不是一般人，他乃原赵国王族的后代。张、陈两人把他找来，不是闹着玩的，而是请他当赵王。

聪明的张、陈两人之所以这么做，原因有二。首先，他俩是外来客，不是赵国本地人，不足以服众。其次，枪打出头鸟，武臣的惨死就是证明。

总之，找这个赵歇来，是张、陈两人寻找傀儡做挡箭牌的需要，而这一招，他们显然是跟第三路大军周市学的。如此安置妥当后，张、陈二人正打算请李良过来喝喝茶，没想到他却自己送上门来了——李良不可能坐视张耳和陈余在自己眼皮子底下瞎折腾而不管。结果，以逸待劳的张、陈二人将李良痛扁一顿，逼得他率军退守邯郸城，不敢再出来作战。

总而言之，第三路大军在内讧发生后，自相残杀，还没等章邯来，已经四分五裂，难成气候了。

至此，陈胜寄予厚望的四路大军，两路全军覆没，两路各自为王，形势一落千丈。而这时的章邯在长史司马欣、都尉董翳的支持下，全力反攻陈胜的义军。

此消彼长，从这以后，陈胜的义军兵败如山倒，没有人能抵挡不可一世的章邯。面对不断传来的噩耗，陈胜顿感大势已去，而陈郡又不是能坚守的固城，所以他只能选择退兵。当初种下的孽因，此时结下了苦果。

退兵是陈胜保命的关键之举。他没有选择投奔部将秦嘉，而是选择往自己的家乡一带退去，而秦军早已在那进行了重点布防，只等陈胜自投罗网。

但是，秦军的如意算盘落空了，因为有一个人抢先一步了结了陈胜的“故乡梦”。这个人就是庄贾。

庄贾只是陈胜的车夫，是个小人物。原本默默无闻的他却不甘寂寞，不走寻常路，用一把刀把起义先驱陈胜送上了西天。

那么，作为陈胜专职司机的庄贾为什么会拿自己的主子开刀呢？追根溯源，还是陈胜自己造的孽。

陈胜在待客、用人上都存在严重失误。种种失误搅和在一起，很快就让起义将士们寒了心，这其中就包括庄贾。

庄贾是陈胜起义军最早的追随者之一。也正是因为这样，陈胜才将他视为亲信，让他做自己的“专职司机”，同时兼“私人保镖”。然而，就是这样的亲信，陈胜却并没有把他放在眼里，平时对他呼之即来挥之即去，当奴隶一样使唤。对此，庄贾的心自然很受伤。

而此时，在逃亡的路上，陈胜因为一夜之间从天堂掉进了地狱，心情糟糕透顶，于是他把所有的怒气都撒到了庄贾身上。

面对陈胜不断的责骂，庄贾心中蹿起一股无名怒火。对他来说，这股火埋藏在心底多时了，以前一直压抑着、强忍着不让它爆发，此时眼看大势已去，而陈胜却依然如此嚣张，庄贾内心的新仇旧恨便一起烧了起来。

于是，他利用高超的赶车技术，把大部队远远甩在了后面。行至一偏僻处，庄贾假借车子出了故障，骗陈胜下车，然后趁机一刀刺穿了他的心脏。

时间定格在公元前 209 年。陈胜自己种下的因，再次结出了恶果，彻底把他送进了万劫不复的地狱。

陈胜的去世，也宣告了中国历史上有文字记载的第一次农民起义以失败告终。短短六个月的光景在历史长河中如白驹过隙，定格成了永恒。

历史进程，不论百年，还是千年，甚至万年，均是由一个个“果”标记的。因果之间，果易见，而因易藏。后来之人，知果易，知因难。因是史实的一部分。史学的价值，不仅在于把一个个“果”堆放整齐，拆析明白，更在于捋清因果关系，通过成败得失，总结经验教训。因为很多时候，看不见的和不知道的东西，会比显而易见的东西更有价值。

陈胜失败的主要原因还是格局太小，私心作怪。他在少年时的口头禅是：苟富贵，勿相忘。他因家里贫穷而在田头“怅然良久”，一心只渴望“富贵”，而这种急功近利的思想一直伴随着他。他在起义之初打出的口号是“王侯将相，宁有种乎”，这其实反应的是他只追求当“王侯将相”，追求功名和富贵，而不追求“天下之主”，显然眼界还是有局限性的。

正所谓“君之视臣如手足，则臣视君如腹心，君之视臣如草芥，则臣视君如寇雠”。陈胜贫穷的时候想着有一天自己成为富贵之人后可以帮助大家，但当他成为富贵之人后却把大家抛到了脑后，心理与性格也发生了巨大的变化，没有宽以待人、低调行事，而是把骄傲自大、得意忘形表现得淋漓尽致，最终失去人心，导致结局悲惨。

与此同时，在起义之后，陈胜任用朱房为中正、胡武为司过，专门用于考核和纠察诸将。而这两个人为人并不正派，他们借手中权力，以考核为名，对不喜欢的官兵极力打压，一些将领甚至因此而送命，而这造成的结果是：诸将不亲附。

陈胜的急功近利还体现在稍微取得一些成果之后，便拒绝张耳、陈余缓称王的建议，执意在陈县小城称王，享受“还未成熟”的胜利果实，让人心更加涣散。

从“苟富贵，勿相忘”，到“‘客愚无知……轻威。’陈王斩之”；从“杀之以应陈涉”到“由是无亲陈王者”，陈胜号召力的变化可见一斑。

古语有云，“得道多助，失道寡助”，在人心涣散中，在众叛亲离中，“张楚”政权的失败也只是时间问题。

不过话说回来，退出历史舞台的陈胜也不用黯然神伤，因为他不是一个人在战斗，只不过是最快出局的起义先锋、铺路人罢了。司马迁对他的评价很高，《史记·陈涉世家》是这样写的：**“陈胜虽已死，其所置遣侯王将相竟亡秦，由涉首事也。”**

值得一提的是，陈胜死后，他的侍臣吕臣集结陈胜的残余部队，杀死了投降秦朝的庄贾，为陈胜报了仇、雪了恨，并将他好好安葬。这或许是对这位雄心勃勃的英雄最后的慰藉吧。

第四章

从哪跌倒，从哪爬起

后院起火

就在陈胜的张楚政权兴起、扩张、挣扎、灭亡的短短几个月时间里，刘邦也没有闲着，他一方面把县城里的年轻人都整编进了自己的军队，随即进行军事演练。另一方面，他发动舆论宣传，把自己在沛县揭竿起义，意欲推翻暴秦的消息向周边传播。

双管齐下的效果是看得见的，当刘邦率众向周边的胡陵进军时，胡陵的县令没有做任何抵抗，就敞开城门敲锣打鼓地把他们迎进了城。

在吸收了胡陵新加入的百姓后，刘邦逆泗水而上，向方与进军。结果毫无悬念，方与很快被刘邦拿下。

直到这时，才引起秦朝政府的重视，泗水郡守率讨伐军直奔方与，梦想一举擒获刘邦。

刘邦听闻消息后，决定避其锋芒，选择了走“回头路”，退军丰邑。泗水郡守的讨伐军因此很快“收复”方与和沛县，之后包围了丰邑。

泗水郡守很自信，认为不出数日就会拿下丰邑，刘邦便会成为阶下囚。因为他认为刘邦选择放弃沛县而死守规模较小、人员较少的丰邑是愚蠢至极的战略，丰邑根本守不住。

而刘邦也很自信，因为他相信与规模较大、居民繁杂的沛县相比，城池坚固的丰邑人员相对“单纯”，在内部出现反叛者的概率几乎为零，因此，他认为弃大守小是正确之举。

当然，理想与现实是有差距的，看着征讨军把丰邑围得像个铁桶似的，刘邦心里起疙瘩了，熬了两天后，刘邦意识到局势的严峻：如果没有外援，坚守下去只有死路一条。

而这时找外援简直难于上青天。刘邦思来想去，决定采取“围魏救赵”的策略。具体来说就是，他率一支敢死队突出重围，奇袭沛县，以解丰邑之围。形势危急，容不得再耽搁，刘邦当机立断，把守城的任务交给雍齿后，他率敢死队以迅雷不及掩耳之势冲出重围，直奔沛县县城而去。

秦军的主力都在围攻丰邑，沛县守军自然空虚，刘邦率敢死队不费吹灰之力就再次占领了沛县。之后刘邦一鼓作气，对泗水郡打了个“回马枪”。面对从天而降的刘邦军队，泗水郡的秦军守兵惊得云里雾里，只有缴械投降的份儿。随后刘邦没有小富即安，而是把目标瞄准了方与，并且再度一鼓作气地直接拿下，一时间刘邦威名远播，名震天下。

然而，这时意想不到的事发生了——后院起火了。

点火的是雍齿。

雍齿和刘邦是地地道道的老乡，都是秦末泗水郡沛县人，和刘邦贫困家庭不同，他家里比较富裕，在当地颇有声望。

雍齿和刘邦的性格有相似之处，都行侠仗义、广交朋友，他和同县豪强王陵关系很要好，两人结为异姓兄弟，一时黑白两道唯他两人是尊。当时的刘邦还没有发迹，只好依附于王陵和雍齿，充当其“马仔”。王陵对刘邦倒是颇为看重，而雍齿却压根儿看不上刘邦，觉得他只不过是一个没有任何本事的无赖。

风水轮流转，刘邦在沛县起兵反秦后，王陵因为不肯屈居于昔日的“小弟”之下做事，便拉起一支千余人的队伍，到南阳郡一带从事反秦活动。

雍齿当然也想跟着王陵“闯天下”，但他终究舍不得家室和产业，思来想去，他还是很不情愿地加入到刘邦的队伍中来。

刘邦对雍齿的归顺极为高兴，于是命他留守根据地丰邑。

就在刘邦出生入死地在泗水一带和秦军反复斗争时，雍齿却给了他背后一击，被周市劝降了。

原来，秦二世二年（公元前208年），周市奉陈胜之命进军魏地，平定魏地后，胃口极大的他出兵齐地，因为“暴力征服”引起当地民众强烈不满和反抗，在狄县发动起义的田儋趁火打劫，击败了周市。周市只好退守魏地，野心极大的他以“复兴魏国”为由，拥立在张楚国都陈的魏国王族魏咎为王，自任宰相，宣告结束和陈胜的“蜜月期”，进入“单干期”。

出于战略需要，周市不久开始率军征服楚地。而丰邑原本是魏的故土，周市于是以“老乡”的名义，派使者向镇守在丰邑的雍齿进行劝降。《史记》记载：“**周市使人谓雍齿曰：‘丰，故梁徙也，今魏地已定者数十城。齿今下魏，魏以齿为侯守丰。不下，且屠丰。’**”

周市向雍齿传达的意思是，丰邑以前就是我魏国的土地，现在魏地大部分已经归于魏国，要是你开城投降，那我就封你为侯。不然等我攻下丰邑，就把全城的人都屠杀掉。

雍齿本来就不甘心当刘邦的下属，又见魏国许诺封侯，于是献出丰邑，而“反为魏守丰”。

刘邦得知老巢被端后，惊怒之下马上率军攻打丰邑，结果久攻不下。刘邦无奈，只得退回沛县，内心更加怨恨雍齿与背叛他的丰邑子弟。

眼看凭己之力无法动摇雍齿，刘邦决定采取“借兵”的战略，他想到了一位牛人——楚王景驹。

景驹出身楚国公族，是楚平王长子子西的后人，为楚王的远房堂亲，因此在秦灭楚之时由于与楚王关系疏远而逃过被迁往咸阳的命运，得以留在楚地。

东海郡陵（今江苏泗阳县众兴镇凌城村）人秦嘉是最早追随陈胜起义的功臣，后来他率军在前方作战时，陈胜却派武平君畔作为秦嘉所部监军。秦嘉认为陈胜对自己极为不信任，一怒之下，找了个借口便处死了武平君畔，然后自称大司马。后来，秦嘉率军攻打东海郡治所郯县时，传来陈胜败亡的消息，秦嘉于是赶紧“回头是岸”，在泗水郡留县立景驹为楚王，自己则获封上将军。

留县与刘邦所在的沛县相邻。刘邦做出一个大胆的决定，率部“乃往从之”——投奔景驹，然后再“欲请兵以攻丰”，以解心头之恨。

就在去留县的路上，刘邦收获了意外之喜，遇见了被后世称为“谋圣”的张良。

张良的血泪史

张良，字子房，与刘邦手下形形色色、涉及各行各业的将领谋士相比，他是个例外。

张良祖父张开地作为丞相为韩昭侯、宣惠王和襄哀王三代韩王效力。张良的父亲张平最先是侍奉韩末之王惠王的名臣。韩惠王去世后，公子韩安继位做了国君，张平依然尽力辅佐。但是，韩安是一个扶不起的阿斗，张平最终为抗秦鞠躬尽瘁，死而后已。

张平死后，公元前230年，韩也随之灭亡。

国破家亡，从此，张良开始隐姓埋名。他白天读书，晚上练剑，期待能报仇雪恨。

起初，他幻想可以刺杀秦始皇，为韩国复仇。于是，他就散尽家财，寻找刺客，等待行刺的机会。终于，秦始皇在始皇二十九年（公元前218年）东游，张良亮剑了，他用重金雇杀手在博浪沙（今河南原阳县城东郊）袭杀秦始皇。结果却是功亏一篑，以失败告终。

随后，秦始皇重金悬赏，缉拿凶手。张良不得不开始了逃亡的生活。最后隐姓埋名躲到了下邳。

他在这里一隐便是十年。这期间张良遇到了两个影响他一生的人。

第一个人是项伯。

项羽最小的叔叔项伯，年轻的时候性格豪爽，是一个义薄云天的江湖中人。他因为喜好行侠仗义杀了人。秦国的律法非常严酷，不管是什么原因杀了人，依据当时的法律制度下都要被处死。

项伯只好选择逃亡，走投无路时，在下邳被张良藏起来救了一命。据《史记》记载："**居下邳，为任侠。项伯尝杀人，从良匿。**"

张良救了项伯一命，而项伯一直打心里感激张良这位救命恩人，后来，他才会在鸿门宴帮刘邦脱险，从而改写了历史。

第二个人是位奇能异士。

在下邳，张良遇到了一位奇能异士。

一天，张良满怀心事地走到一座桥上，正在他摇头晃脑地长叹唏嘘时，一位鹤发童颜的老头走到他身前，故意将自己脚下的一双鞋子丢到了桥下，然后对张良说："小子，给我把鞋捡回来。"

"我与你素不相识，凭什么给你捡鞋？"张良心里直犯嘀咕。但是，他见老头满头白发，顿生恻隐之心，便去帮忙捡鞋子。

张良好不容易捡来了鞋子，老人非但没有感谢他，反而得寸进尺地说道："小子，给我穿上！"

"亲爹我都没这么伺候过呢。"张良一想到爹，顿时又难过了，"是啊，我无依无靠固然可怜，可一个老人家无依无靠岂不更可怜？"想到这，张良便蹲下身子，为老人穿上了鞋。

老人看着张良，满意地点了点头，然后说了一句很含蓄的话："五天后天亮时分来这里，我送一件神秘礼物给你。"

张良当时压根儿就没想过要什么回报，但在好奇心的驱使下，五天后他还是来赴约了。不过，他怎么也没想到，这个约自己竟然赴了三次才成功。

第一次，张良到桥上时，那位老人早已守候在那里了。

“小子，你不懂规矩啊，竟然让我一个老人家站在这里等，太没礼貌了！”老头教训了张良一番，然后抛下一句“五天之后再来会我”，便拂袖而去了。

第二次，张良吸取了教训，天才刚刚亮，他就急匆匆地赶到桥头。但是，当他睁着蒙眬的睡眼看见老人又早已在桥上等自己时，不由得面红耳赤。这次老人又怒斥了张良一番，依旧抛下一句“再过五天来见我”就离开了。

第三次，张良干脆直接卷起铺盖睡到桥上去了。这下，老人没辙了，于是将神秘礼物——一个包袱交给了他。据说这个包袱里藏着姜太公当年留下来的《太公兵法》。有了这本书，张良等于得到了姜太公的真传。经过多年潜心学习，他已具备了运筹帷幄的万千韬略。

茫茫人海，时空交错，人与人相见不易。即使有缘相见，能把话说到对方心坎上，做到相识相知也很难。此时，满腔热血的张良想着家族被灭，也找了一批人准备起义，正好得知当时被秦嘉拥护的景驹在距离自己不远的留县，就想着去投奔景驹。

谁知他还没见到景驹就先遇到了刘邦，两人见面可谓是相谈甚欢。当张良拿出珍藏的《太公兵法》对刘邦“问计”时，文化水平有限的刘邦，竟然能跟上张良的思路，发出一些独特的见解。

“你才是我的知音。”两人惺惺相惜。

“你才是我的知己。”两人相见恨晚。

《史记·留侯世家》就两人的相识这样记载：“良数以太公兵法说沛公，沛公善之，常用其策。良为他人言，皆不省。良曰：‘沛公殆天授。’故遂从之，不去见景驹。”

良禽择木而栖，贤臣择主而侍。事后，据张良回忆，当他遇到刘邦时，脑海中浮现出了姜子牙遇到周文王的那一幕，贤臣和明君一见倾心。

将张良纳入麾下的刘邦心情大好，高高兴兴地继续投奔景驹。

景驹一听刘邦有意加盟自己的张楚政权，受宠若惊的同时，立即大手一挥，派了一员大将，拨了一批人马给刘邦。

刘邦得了援兵，马上掉头回丰邑找雍齿算账。但是，在回去的路上却出事了。他来的时候白捡一个良将——旷世奇才张良；回去的时候也碰到一个良将——秦朝大将司马夷。

此时，原本摇摇欲坠的大秦王朝，在章邯的带领下，成功消灭了陈胜、吴广这批起义先行者，士气正旺。随之产生的连锁反应，是秦军的回光返照。这个司马夷在奉命进攻楚地后，依然势如破竹，锐不可当。

此时刘邦与其相遇，惨遭大败，不但借来的兵马全折了，自己原本不多的兵力也消耗过半。眼看这仗是不能再打了，刘邦只好把军队撤回留县休整。

好在司马夷当时对刘邦没啥兴趣。打了胜仗后，他马上就率部进攻别的义军了，这才给了刘邦东山再起的机会。

刘邦调整好队伍后，马上开始出击。刘军先是偷袭砀县，然后拿下下邑县，最后强攻丰邑。然而，尽管刘邦用尽了手段，但仍然拿不下来。

正在这时，秦军的支援部队如黑云压顶般袭了过来。若内外夹击之势形成，非得全军覆没不可。刘邦知道事态的严重性，于是赶紧招呼手下的兄弟撤退。可是，往哪里撤呢?

刘邦的第一反应还是往驻扎在彭城的景驹那里撤。但是，就在这时，坏消息传来了：秦嘉死了，景驹逃了，张楚政权随风飘逝了。真是祸不单行啊!

干掉张楚政权的，正是横空出世的项羽。那么，身为楚国人的项羽，为什么要与自己人“相煎何太急”呢?

彼可取而代也

提起大名鼎鼎的项羽，想必大家心里也是热血沸腾，充满无限遐想的吧。下面，我们就来看看他的前世今生。

项家人世世代代都是楚国的贵族，为楚国的复兴和繁荣立下了汗马功劳。项，这个特别的姓氏，就是因他们功勋卓越而被楚王赐予的。

项家也不负君王厚爱，名将辈出。到项梁的父亲项燕时，因为当时秦强楚弱，项燕成了楚国的“守护神”。当时秦始皇手下久负盛名的“少年杀手”李信以初生牛犊不怕虎的精神拿下了魏地，把整个黄河流域都纳入了秦朝的掌控之下。但在征服楚国时，却遭到当头一棒。项燕采取声东击西的战术，打得秦军丢盔弃甲，狼狈而归。

但是，仅凭项燕一己之力，是不可能阻挡强秦进军的步伐的。随后，秦始皇重用原本已被“雪藏”的老将王翦对付项燕。这两人棋逢对手，打了很多回合都难分伯仲。就这样僵持一年后，项燕率领的楚军因为后方粮草供应问题，终于熬不住了。无奈之下，项燕只好撤军。随后，王翦乘胜追击，大败楚军。项燕为国捐躯，楚国也随之灭亡了。项梁为了不被秦军赶尽杀绝，不得不隐遁他乡。而项羽自幼丧父，十来岁时就被叔父项梁领养了。

项羽从小力大过人，常常有举鼎过头的惊人之举。他长着一双重瞳眼（据说是帝王才有的眼睛），眉宇间透着一股英豪之气。

为了培养项家这个接班人，项梁几乎倾尽了自己所有的精力。

他教项羽学文化知识。三年下来，先生们发话了：还是让他学剑吧。项梁看着先生们一个个愤愤而去，那个揪心的痛啊，既痛项羽不成材，也痛学费都白扔了。

文化课是学不了了，那就练剑吧。光阴荏苒，又是三年下来，师傅们发话了：还是让他学点别的吧。项梁看着师傅们一个个拂袖而去，那个裂肺的痛啊，那大好的光阴就这样被白白地浪费掉了。

文也学不好，武也学不好，将来光复楚国还怎么指望这小子呢？项梁不禁有些生气。这时，项羽说话了："认字不过记个姓名，学剑也不过抵挡一人，这些没什么了不起的。我要学的是抵挡万人之术。"

话已至此，项梁只好亲自教项羽兵法。

然而，项羽是个浅尝辄止的人。不到一年，他就对兵法深恶痛绝了，一谈到兵法就大呼头疼。

项羽虽然每学一样东西都是浅尝辄止，但史书记载他"才气过人，虽吴中子弟皆已惮籍矣"。也就是说，他的智慧和才能是出类拔萃的。

此外，他的胆量和勇气也是出类拔萃的。公元前223年，那是一个春天，秦始皇进行了大规模的东巡。当时张良精心设计了一场暗杀行动，而项羽也没闲着，他和叔父站在会稽街头，望着始皇出巡那宏大的气势，说了一句流传千古的话："彼可取而代也！"

短短的六个字，如同平地一声雷，震得大地为之颤抖。敢说出这样叛逆的话的人便是初生牛犊不怕虎的项羽，这句话的意思简洁明了，大致意思包含三层：一是我比他强，二是我可以取代他，三是我可以超过他。

再延伸开来就是，像秦始皇那样当皇帝，或是像秦始皇那样当超级皇帝，才是项羽的人生追求和奋斗目标。

项羽的“彼可取而代也”和刘邦的“大丈夫当如此也”，以及第一个拉大旗起义的陈胜的“王侯将相，宁有种乎”的意思大同小异，都是典型的“取代主义”。项羽说完这话，就有人把他们叔侄告到县衙，罪名是“莫须有”的造反。

项氏叔侄也不是省油的灯。他们一听到消息就脚底抹油，赶紧开溜。这一溜就来到了吴地（今江苏省苏州市）。在这里，项梁开始展现英雄本色。他豪爽大方，仗义疏财，办事果断，不久就成了当地操办红白大事的“大拿”。

当然，项梁如此热衷于红白大事的操办是有目的的。在操办过程中，他一边招募人员，一边了解每个人的长处和本领，为日后举事做准备。

机会总是留给有准备的人。当陈胜起义的号角在神州大地上吹响时，项梁知道自己等待的时机终于来了。十余年的光景，项羽也早已被他调教成一个风度翩翩的人才了。

十年磨一剑，这句话果然不假。

楚虽三户，亡秦必楚。陈胜是楚国人，项梁、项羽也是楚国人。后来也正是由于楚国人的前仆后继，才把腐朽的秦王朝彻底推翻的。

正在项梁开始筹备起义的节骨眼上，会稽太守殷通主动把他请到了府上。这件事促使项梁将起义日期大大提前了。

如果殷通后来知道自己这一请是引狼入室的话，一定会后悔不已。当时殷通以敏锐的眼光看到了秦朝即将灭亡的大势。历史的潮流如此，已经不可逆转了。先发制人，后发制于人，于是，他决定先发制人。殷通找来项梁是想让他助自己一臂之力。

一番必要的客套后，殷通终于点到了正题。他正色说道：“现在天下群雄四起，都造反了，看样子老天是要灭亡秦朝了。我们也不能这么坐以待毙，该何去何从呢？”

项梁闻言先是一震，然后开始装傻，表示听不懂太守的话。

“俗话说先发制人，后发为人所制，我想趁此机会起兵反秦，你看如何？”殷通来了个开门见山。

“大势所趋，太守真是识时务者。”项梁说这句话时，已明白太守这次请他来的目的了，心里不由暗叹：“你虽识时务，却不识人。我堂堂项氏名门之后，岂会和你这个昏庸无能的太守同流合污？”

“我想任命你和桓楚做将军。”殷通继续说道。

项梁先是客套地用“无德无能”之类的话推托一番，然后才说：“桓楚最近不知所踪。除了我侄子项羽外，其他人都找不到他。”

“那赶紧把项羽请来。”

项梁等的就是这句话。随后，他马上引来磨刀霍霍多时的项羽。项羽进府后，没有多说废话，毫不客气地给了殷通一刀，让他去阎王那里报到了。

项梁、项羽就这样合计杀害了会稽太守殷通。然后，叔侄俩振臂一呼。早就对秦朝不满的众人欢呼雀跃，纷纷涌向项梁叔侄身边，不出几天就达八千余众。

公元前 209 年，项氏集团正式挂牌成立。而这八千壮士日后跟随项梁和项羽征战大江南北，横扫东西，成为项氏集团的骨干精英，谱写了一曲曲荡气回肠的英雄赞歌。

借兵是项技术活

项氏集团建立后，各地有识之士纷纷慕名而来。

项梁和项羽正需要大量人力物力，对主动送上门来的英豪自然来者不拒。这些人中，陈婴和英布两人实力最为雄厚，所以成了项氏集团的顶梁柱。

陈婴在东阳县很有名，不是因为他有钱，而是因为他忠厚。县里人一遇到事，都喜欢找他帮忙，对他很是敬重。

陈胜起义后，东阳县几千百姓聚在一起，杀了胡作非为的县令，准备参加到义军的队伍中来。可杀了县令他们才发现，队伍还缺一个令人信服的头领。这时候，大家自然想到了陈婴。

陈婴虽然乐于助人，却不愿当头领。不过，世上的事就是这样，你越是不想当，众人就越要你当。陈婴就是这样被迫成王的。

陈婴当了头领后，附近起义的队伍纷纷闻风而来，归于他旗下。到了拥有两万人马时，众人纷纷要求陈婴自立为王。陈婴此时进退两难，不得已只好回家去问老母亲。知儿莫若母，老母亲告诉陈婴："你只是个做侯的料，没有称王的命。"

老母亲的话毫不客气。她一针见血地告诉陈婴，众人推你为王并不是看中你的才能，而是把你当成挡箭牌。如果起义最终成功，他们可以封妻荫子，荣华富贵一生；一旦起义失败，他们作为附从之人容易逃命，而你却成了罪魁祸首和替罪羊。

这下，陈婴是铁了心不肯称王了。为了安抚众人心，他指出了一条光明大道：投奔项氏集团，因为他们那两位当家的都是楚国名将之后，威望高，号召力大，要想干出一番事业，就得找这样的主儿。

大伙一听，觉得很有道理，都投赞成票。于是，项梁叔侄捡了一个大便宜。

看到陈婴带着数万人马来投，项梁的脸上乐开了花。更加令他惊喜的是，天上掉的馅饼不止这一块，还有一块也砸他头上了。

那一块馅饼便是英布。

英布是庐江郡六县（今安徽省六安市）人。他和刘邦一样，是一个地地道道的农民。在他年少时，一个算命先生曾说，他长大后一定会受刑，而受刑后则会当王。意思就是英布是个多灾多难的人，但终会否极泰来，飞黄腾达。

若干年后，英布因为一点小事犯了罪（在刑罚泛滥成灾的大秦王朝，想当个"良民"比登天还难），结果却是罪小刑大。他不仅被判了黥刑（在罪犯的面额上刺刻涂墨），还被判了苦刑，被押送到骊山脚下给秦始皇造房子。寒来暑往，冬去春来，英布一辈子最好的光阴都被耗在这里了。

但是，在受刑期间，乐观的英布并没有自暴自弃，而是专门结交劳改队伍中的英雄豪杰，积累自己的人脉。

都说机会是留给有准备的人的，这话一点也不假。有一天，英布利用监管人员打盹的工夫，带着结交的英雄豪杰们跑了。他们一直向南跑到了鄱阳湖，然后索性当起了强盗。很快，各地英雄豪杰纷纷揭竿而起，于是，他也准备起义。但是，考虑到自己势单力孤，英布便带着兄弟们去投奔县长吴芮。吴芮一看英布这人有英雄之气，便马上与他签订了联盟协议。为了强化联盟的稳固性，吴芮还把自己闺女嫁给了英布。

英布既得夫人又得兵，自然高兴得手舞足蹈。但是，秦朝大军很快便攻来了。因刚刚扯虎皮拉大旗，兵不强马不壮，又惧怕章邯来剿，英布和老丈人吴芮一番商量后，也决定傍上项梁这棵大树。

这样一来，项家叔侄的实力，一下子就由八千江东子弟兵，变成了八万大军。项氏集团发展如此迅速，当真令人始料不及。

随着实力的大增，项氏集团开始了征服中原之旅。谁知在进军途中，驻扎在彭城的楚国景驹居然不识时务地让他们吃了闭门羹。

原来，刘邦借兵去强攻丰邑后，章邯率大军伐楚，一路进展顺利，逼近留县。景驹和秦嘉一方面进军薛郡方与县阻击秦军主力，另一方面派公孙庆向齐国求救。

公孙庆到达齐国，请求齐王田儋出兵救楚。

齐王田儋这时觉得自己很有优越感，于是阴不阴阳不阳地对公孙庆说："楚王不是陈胜吗？听说陈王战败，现在还不知他的生死下落，你们楚人怎么就自己给自己封王了呢？"

主辱臣忧，面对田儋的责怪，公孙庆如果低头认错，可能事态会朝着好的方向发展，但他偏生是个直性子的人，见田儋如此肆无忌惮地侮辱自己的主子，一怒之下直接回怼过去："齐王不请示楚王便自立为王，那么楚王为何要请示齐王后再被封王呢？况且是楚人最早起事，理应号令天下！"

怼来怼去，齐王田儋也没有多费口舌，直接把公孙庆给杀了。

景驹与秦嘉见己军出战不利，而齐国又不肯出兵相救，觉得势孤的他们只好退守彭城。

而项梁率大军经过彭城附近时，因粮草不足，想让景驹的义军"接济"

一下，结果却吃了闭门羹。

项梁对部下说："陈王先首事，战不利，未闻所在。今秦嘉倍陈王而立景驹，逆无道。"

意思就是说，陈王首倡义兵，作战失利而下落不明。可秦嘉不急着去寻找陈王，却反而立了景驹为王，简直是大逆不道。

景驹是被秦嘉拥立，称王是在陈胜死后。虽然当时各地反秦将领不知景驹是在陈胜死后称王的，但景驹也是先做的代理楚王，起码在名义上是尊重陈胜的。后来陈胜已死的消息为各地诸侯获知，景驹才做楚王，也算是接替陈胜，成为各地反秦义军的首领，从这一点来看也算是有一定的合理性。更何况景驹有楚国王室血统而陈胜没有，自然比他当楚王更名正言顺。

雄心勃勃的项梁显然不愿屈居景驹之下，又见景驹如此无礼，于是怒从心中起，恶向胆边生，驱兵强攻彭城。

尽管实权在握的秦嘉组织精锐部队进行了顽强抵抗，但仍然无法抵挡项军的强大攻势。结果，秦嘉眼见抵挡不住，和景驹逃往胡陵。项梁可不会放虎归山，一路狂追到胡陵。秦嘉无奈之下，只好拼死与项梁作战，最后兵败身死。景驹见秦嘉已死，只得弃军逃到了魏国，并最终客死他乡。

《史记·项羽本纪》对此记载如下："**乃进兵击秦嘉。秦嘉军败走，追之至胡陵。嘉还战一日，嘉死，军降。景驹走死梁地。**"

这时，陈胜被杀的确切消息传来，项梁的反应是"召诸别将会薛计事"，显示了他想继陈胜之后称霸的野心。

计划赶不上变化。面对这突如其来的变故，刘邦大为震惊。震惊之余，他开始坐下来冷静思考该何去何从，并最终决定投奔项氏集团。当然，说"投奔"有些言过其实，称之为"借兵"更准确。

《史记·项羽本纪》是这样记载刘邦的："**闻项梁在薛，从骑百余往**

见之。项梁益沛公卒五千人、五大夫将十人。沛公还，引兵攻丰。”

也就是说，对于刘邦“加盟”，项梁很是欢迎，作为回报，项梁给了刘邦五千士兵，还派了十名高级军官供刘邦调遣使用。

要知道，刘邦在沛县起义时，得到了子弟两三千人，后来征战数城又获得五六千人，但随着雍齿的背叛和战役的消耗，所剩兵力已经很有限了。此番刘邦用“百余骑”的车马换来了“卒五千人、五大夫将十人”，可谓收获丰厚。

就这样，刘邦成了项梁的别将，归项梁指挥。

刘邦找到后援军后，向丰邑发起了第三次进攻。这次“引兵攻丰”的结果很出彩——“拔之”。也就是说刘邦收复了丰邑，雍齿无奈之下，只好逃往魏国。

当然，这种“逃亡”的生活并不好过，后来雍齿因为走投无路，便再度依附于刘邦。起初，刘邦并不想接纳雍齿，甚至还想把他斩首示众，以泄心头之恨，好在早已归附的王陵多次出面调解，才保全了雍齿。

雍齿虽然为人反复，但就能力而论，的确是一位很出色的将领，再次依附于刘邦后，无论是野战还是攻城，都有不俗的表现，在战场上历经大小数十战，立下了赫赫战功。刘邦称帝后，还封其为侯爵，这是后话，且不多提。

刘邦夺回丰邑后，让心腹任敖为守城大将。事实证明，任敖的忠诚度是极高的，此后他一直坚守丰邑两年时间，扫除了刘邦的后顾之忧，让其安心奋战在第一线。

第五章

冰火两重天

范增之名

项氏集团的实力进一步壮大后，众人拥护道：“大王您英勇果断，德高望重，应自立为王才对。”众人的话引起了项梁的高度重视，对此，他做了一个很重大的决定：广发英雄帖，盛邀各路义军，齐聚薛地，召开第一届义军首脑联席会议，商议义军高层的管理问题。

刘邦作为项梁的别将，也带着自己的参谋张良从沛县赶来参加了会议。

按常理推断，项梁坐上义军头把交椅已是铁板钉钉的事。然而，事情并没有这么简单。会议开始后，会场的焦点都集中在了一个老头身上。这个老头比刘邦还老，已年逾古稀，但却雄心未泯。他就是范增。

范增是居巢（今安徽省巢湖市居巢区亚父乡）人，足智多谋却一直怀才不遇。在战国时代时，他眼巴巴地看着秦始皇一步一步蚕食鲸吞了六国。这一看，便是七十年。读万卷书不如行万里路，行万里路不如阅人无数。七十年，沧海横流，斗转星移，他早已静久自明，了然于胸。

全国各地义军四起后，雄心勃勃的他立马被激发了斗志，决定出山证明自己。最终，他选择了项氏集团，并深得项梁器重，而项羽更是尊称他为“亚父”。

此时，在这么一个重大的会议上，范增先站了出来，说出了一句石破天惊的话："依老夫看，陈胜的死是理所当然的。"

陈胜毕竟是第一个扯大旗起义的人，因此，尽管他已经死了，但还是如神一般地活在大家的心中。此时，范增这番极富挑衅的话自然引起了大家的注意。

范增需要的正是这种被万人仰慕的感觉。他沉默了片刻，并没有马上解释，而是讲了一个故事：

"从前有个国，叫楚国，国里有个王，叫楚怀王。他和其他六国有一个共同的敌人——秦国。楚国在六国之中实力最强，因此被六国一致推为盟主，共同抗击秦国。众人齐心，其利断金。秦国为了打破六国联盟，派出了千古第一游说家张仪。这个张仪上演瞒天过海之计，向楚怀王承诺，只要他主动辞去六国盟主的职务，并且主动和其他列国绝交，秦国不但愿意和楚国结为生死之交，而且还愿割地六百里相赠。此时，屈原出现了，他劝怀王不要上当受骗，但楚怀王却利令智昏，毅然和列国断了交，结果去拿地时，却只有六里地。当时楚怀王肠子都悔青了，但也只能打碎牙往肚子里吞。再后来，秦国又盛情邀请楚怀王去访问，并美其名曰加深了解。楚怀王这时是好了伤疤忘了疼，蠢蠢欲动的他决定赴约。屈原再一次站出来阻止，说这是秦国设下的局，千万不能去。楚怀王对屈原的话再次置若罔闻。结果，楚怀王一到秦国就被囚禁，最后病死在他乡。秦军攻破楚国国都后，屈原在绝望和悲愤之下投江自尽。"

范增的故事讲完了。众人听得倒是津津有味，但还是有人忍不住问："好故事，但有一点没搞明白，这故事跟陈胜的死又有什么关系呢？"

范增等的就是这句话。

"楚虽三户，亡秦必楚。"范增娓娓道来，"楚怀王虽然有点傻气，但他本质宽厚、仁慈，所以才会被秦国利用。而楚国人对秦国使的这种卑鄙手段是很不服气的，所以更加同情楚国王室。陈胜带头起义后，不立楚王之后为王，而是自立为王，这违背了民心，成了众矢之的，失败也就在所难免了。”

姜还是老的辣。范增的演讲结束后，众人爆发出雷鸣般的掌声。

接下来，项梁也知道该怎么做了。他马上下令寻找楚王的后代。功夫不负有心人，终于有人在一个偏僻的小山村里找到一个牧童，据说他便是楚怀王的第四代孙——熊心。

当时项梁需要的只是一个形象代言人，能发挥楚王室的品牌效应即可，至于这个小牧童究竟跟楚怀王有没有血缘关系，一点儿都不重要。于是，这个山野牧童便一步登天，拥有了和他“祖父”一样的名号——怀王。

通过这次大会，最早加入项氏集团的陈婴和英布分别有了自己的官衔——上柱国和当阳君，而这一切的幕后操作人——项梁则自封为武信君。

战国时，齐国有孟尝君，赵国有平原君，楚国有春申君。这些名字中带“君”的人，大都是公子王孙。项梁自封为武信君，其雄心可见一斑。

就这样，义军联盟轰轰烈烈地建立起来了，但此时的刘邦却分外落寞。寄人篱下，这对雄心勃勃的刘邦来说本来就是一件很痛苦的事。而一个人的离去，更令他郁闷不已。

这个人就是张良。虽然两人相遇还不到一个月，但却惺惺相惜，早已成了生死之交。而张良之所以选择离开，不是嫌刘邦此时的势力小，而是源于自己心中的复国梦。张良眼看六国中已恢复了五国，只有自己所属的韩国没有动静，强烈的责任感和使命感驱使他必须马上行动起来。而刘邦也是一个深明大义之人，在明白张良的想法后，他只能选择放手。

看着良臣离自己远去，刘邦心中是不舍的。他在隐隐地期待，期待自己和张良还会有重逢的那天。

项梁之死

就在义军联盟兴起时，秦朝的大将章邯也没闲着。

首先得声明一下，章邯虽然凶残，但并不是一个有勇无谋之辈。眼看战国六大旧集团纷纷复辟，为了大秦帝国，为了自己的前程，他心中焦急万分。

在打击陈胜集团时，他采用了各个击破的战术，最终取得全面胜利。因此，面对赵、燕、魏、楚、齐、韩六大旧集团的先后复辟，章邯首先选择了相对来说是“软柿子”的魏氏集团开刀。

公元前208年，气势汹汹的章邯大军开到了魏王都城所在地——临济城（今湖南省封丘县附近）。

眼看招架不住了，魏王马上派自己的相国周市溜出城去，向邻近的齐和楚求救。这时候，六大旧集团都明白唇亡齿寒的道理，早已达成了联手抗秦的口头协议。此时楚国势力最大，接到求救信后，自然不能坐视不管。项梁马上派出大将项他带兵前去救援，而齐王田儋为了显示联手抗秦的决心，更是亲自挂帅前往魏地。有了援军的支持，周市信心大增，马上集中了魏国所有精锐兵力。

于是小小的临济，一下子汇集了四路大军，三对一正式开打。令章邯始料不及的是，这一战居然打了三天三夜都没分出胜负。这下章邯急了，他自出道以来，一直都是把别人打得落花流水，自己还从未吃过亏啊。

既然硬打不行，章邯就想出来一个歪招。在双方打得难解难分之时，他手一挥，领着自己的兵马潇潇洒洒地退了。

“三国联军”三天三夜都没合过眼。见秦军退去，几乎所有人都躺在地上倒头就睡。

就在“三国联军”酣睡时，章邯的军队却没闲着。他们拿出干粮来吃饱喝足，稍事休息后，就趁着浓浓的夜色出发了，准备杀“三国联军”一个回马枪。

也许有人会疑惑，章邯大军和“三国联军”一样，都打了三天三夜的仗，此时居然还能作战，难道他们是铁打的不成？其实，章邯大军本来就不是普通的军队，军中的兵士大都是曾在骊山服役的囚犯，什么苦没吃过？什么累没受过？什么痛没尝过？这几天的连续交战对他们来说简直就是小儿科。

接下来，就是简单粗暴的突袭了。项他感觉风声不对，来不及穿鞋披衣，就狼狈而逃。其他人可就没这么幸运了，包括齐王田儋、魏王魏咎、魏相周市在内的“三国联军”都成了刀下之鬼。

听到项他和魏咎弟弟魏豹的哭述，项梁的心瓦凉瓦凉的。伤感之余，他更清楚章邯的下一个目标就是自己了。与其等章邯来攻，倒不如先下手为强。于是，项氏集团大军主动来到了章邯大军所在地——东阿。

不克东阿，誓不回军，项梁下了死命令。随后，他进行了严密的战略部署，对手中的强将龙且、英布、项羽、刘邦都进行了详细的分工。

两虎相斗，闲话免谈，直接开打。

章邯打了这么多仗，从未一败，所以刚开始不免有轻敌之心。他选择了对攻战术，一点儿也不顾及秦军刚刚打了一场生死恶战，已是强弩之末，急需休整。

一边是虎狼之师，一边是疲惫之师，结果可想而知。对攻一开始，秦军便兵败如山倒。留得青山在，不怕没柴烧，章邯选择了三十六计，走为上计。

项梁自然不会轻易放虎归山，于是率兵猛追。章邯好不容易才逃到濮阳（今河南省濮阳县），长长地舒了一口气。这濮阳是秦军的军事重地之一，易守难攻。章邯到后，马上挖开水渠，引共河之水环绕濮阳城。此时，老天似乎也在帮他，下起了大雨，结果整座濮阳城外如水漫金山。

项梁这下只能望城兴叹了。眼看拿章邯没辙了，项梁心中一股子劲儿没处发，索性大手一挥，杀向了百里开外的定陶县（今山东定陶）。与此同时，他派刘邦和项羽一同去进攻城阳县（今山东省鄄城县）。

到定陶城下，项梁才发现，看似小小的定陶并不好攻，城墙坚固，防守严密，是块难啃的骨头。在他进攻受阻的情况下，刘邦和项羽的第一次合作很成功。两人刚柔并济，一举拿下了城阳县。

随后，两人继续挥师前进，一路兵来将挡，水来土掩，竟然顺风顺水地杀到了由李由把守的雍邱。这时，李由的父亲李斯已被赵高陷害入狱，生死未卜。李由正急得焦头烂额，哪里还有心思布防？所以，还没等李由明白过来是怎么回事，就已经成了项羽的刀下之鬼。

项羽和刘邦的接连胜利让项氏集团声名远播。作为项氏集团的头领，项梁同样掩饰不了内心的喜悦和激动。是啊，连章邯都被他们打败了，这秦军之中还有谁能是他们的对手？尽管此时他还在定陶城下徘徊，尽管他还一筹莫展，但他相信，只要坚持下去，攻克定陶只是时间问题。

对定陶守军来说，时间非常宝贵，他们在等援军——章邯大军的到来。此时，章邯在得到秦朝政府为他提供的兵源和粮草后，很快重整旗鼓，神不知鬼不觉地向定陶集结。

对章邯来说，一雪前耻是他的当务之急。

此刻，项氏集团沉醉于眼前的胜利，对潜在的危机毫无认识。项梁当局者迷，但他的手下部将宋义却旁观者清。宋义本着认真负责的态度马上提醒项梁：骄兵必败。

对此，项梁根本听不进去。随后，他就把宋义打发到宋国做使者了。

在去宋国的路上，宋义遇到了齐国的使者高陵君。

“兄弟，你这是去找项梁吗？”宋义问。

“是的。”高陵君答。

“我劝你还是悠着点走。”

“为什么？”

“因为项梁马上将面临刀光之灾，谁去了谁倒霉。”宋义淡淡地答。

高陵君听糊涂了。他心想：“这个宋义是项梁的部将，他说这样的话，如果不是对项梁极度不满，就是对项梁极度失望。不管怎样，还是先观望较妥。”

于是，高陵君放慢了脚步。很快，项梁兵败的噩耗就传来了。

原来，就在项梁准备动用人海战术填平定陶城时，偏偏天公不作美，下起了连绵不绝的大雨。雨一直下，这仗是没法打了，但项梁又不甘心撤兵。进也不是，退也不是，最后没辙了，项梁只好整天和士兵们躲在营帐里借酒消愁。

那天夜里，倾盆大雨还在下，一队人马却神不知鬼不觉，悄悄地向项梁的大本营靠近。不错，他们就是章邯和他的手下。在这漆黑的夜里，他们踏过泥泞不堪的路，就是来取项梁的命的。

还沉浸在美酒之中的项梁发出一声惨叫，被章邯一刀毙命了。

而此时，百里之外的项羽和刘邦正磨刀霍霍杀向陈留，无力回援，只能眼睁睁看着项梁大军全军覆没。

值得一提的是，杀死项梁后，章邯认为项羽、刘邦肯定成不了气候，于是挥师北上去扫荡赵国了。后来，当发现项羽和刘邦才是自己真正的对手时，他才后悔不已。

楚怀王之约

项梁死后，年轻的项羽自然继承了项梁的衣钵。只是他毕竟还年轻，还没有项梁那种威望。所以，楚怀王趁机把军事领导权给夺了过去。

楚怀王即位时只是一个十二岁的牧童。不过，别看他年纪小，自从当了大王，举手投足之间悠然自得，神色自若，仿佛天生就是做君主的料。

“摄政王”项梁死后，“傀儡王”楚怀王马上做了三件事。

第一件事：迁都。楚怀王把国都从盱眙迁到了地理位置优越、城防坚固如铁的老根据地——彭城（今江苏省徐州市）。理由是为了防止章邯来攻。

第二件事：封赏。楚怀王封刘邦为武安侯，封项羽为长安侯，封老将吕臣为司徒。

对刘邦来说，原本势单力孤的他此时算鲤鱼跳龙门，不但成了侯，而且拥有了带兵的实权，真可谓时来运转。而项羽却一下从天堂跌进了地狱。他被封的长安侯只是一个空爵位，没有兵权。同时，楚怀王还重用了吕臣，把朝中军机大权交给了他。楚怀王这样做的目的只有一个，那就是利用吕臣和刘邦牵制和打压项羽。单从这一点来看，这个楚怀王是极富政治手段的。

项梁死后，项羽羽翼未丰。他虽然心里一千一万个不情愿，但也只能顺应形势，听从楚怀王调遣。

第三件事：开会。开什么会呢？——第二届义军首脑联席会议。

从鬼门关边上走了一趟的高陵君，见项梁死了，也不去定陶了，而是直接来彭城找楚怀王。高陵君向楚怀王表达了齐国愿与楚国同仇敌忾的决心，同时隆重介绍了自己的救命恩人——宋义。

楚怀王一听这个宋义如此神乎其神，便马上召见了他。宋义一见楚怀王，便开始秀文才和口才，滔滔不绝，淋漓尽致，很快就把怀王给打动了。

楚怀王对其颇为感佩，将宋义收为心腹。知恩图报的宋义以敏锐的眼光分析了当前形势，马上进言道："章邯几十万大军如今都在全力进攻赵国，一边围剿巨鹿，一边堵困棘原。如果陛下派一将趁机进攻魏国，同时遣一猛将攻抚兼用，西向攻秦，直逼秦都，定会使章邯顾此失彼，打败秦军指日可待。"

宋义的提议一出，楚怀王马上召开了这次具有重大历史意义的大会。

会上，楚怀王先发表了对项梁的吊唁之词，众将领也纷纷表示要为项梁报仇，与章邯势不两立。眼看大家的情绪都被调动起来了，楚怀王这才宣布接下来的两步走军事行动。

他首先封宋义为主将，项羽为次将，范增为末将，率领军队北上救赵。其次，他下令由刘邦率另一支军队在南线（黄河以南）开辟战场，并向关中方向挺进。

说是两步走，其实这两步是同时走的。楚怀王还与诸将立下誓约："先入定关中者王之。"

也就是说，谁先打败秦军，占领关中，就封谁为关中王。

关中王，这是一个很有诱惑力的位子。舍不得孩子套不住狼，楚怀王就是想以"关中王"套住刘邦和项羽，让他们相互制约，相互消磨，达到自己“唯我独尊”的政治目的。

应该说这次会议开得非常成功。楚怀王原本只是项梁请来的一个挂名君王。在项梁兵败身亡后，他抓住项梁犯下的军事错误，联合众将领，拉拢谋士宋义，说服陈胜起义军的接班人吕臣，又暗中争取到潜力股刘邦的支持，收回了兵权。现在他又按照宋义的提议，坚决而果断地制定了北上救赵、西向峭关击秦的正确战略，充分展示了自己的政治、军事才能。

可惜，对项羽这样的贵族子弟和刘邦的本性，楚怀王的认识还很不足；而且他当时乃一文弱少年，又不能亲自带兵打仗，以致夺回的兵权又迅速地失去了。

楚怀王怎么也想不到，这两路人马这么放出去后，就像断了线的风筝，再也收不回来了。不论是年轻的项羽，还是已老大不小的刘邦，他们等到了一展抱负的机会。历史的舞台注定是由他们二人来唱主角的。

龙岂池中物，乘雷欲上天。

宋义之悲

秦二世三年（公元前 207 年）九月，楚军北线作战部队在宋义的率领下来到了安阳(今河南省安阳市)。到了这里后,宋义突然停下来不走了，下令安营扎寨，大有在此长期驻扎之意。

这下可急坏了项羽和范增二人。现在秦军正在围攻巨鹿，如果此时迅速渡河去支援，楚军攻其后，赵军应其内，内外接应，便可以一举击败秦军。这是打败秦军的最好机会，不能就这样白白浪费掉了啊。

项羽是火暴脾气,他气冲冲地闯进宋义的营帐,质问其为何按兵不动。不问倒好，这一问，宋义便抓住机会给项羽上了一堂生动的政治课。

“两虎相斗，必有一伤。”宋义娓娓道来，“秦军和赵军之战，马上就会出结果了。如果秦军胜，他们也是疲惫之师，到时候我军以逸待劳，正好可以趁机将之攻破；如果秦军败了，我军更可顺利西行，直捣秦都咸阳。”

宋义的意思，就是让秦、赵两家再斗一阵子，待两败俱伤时，再去坐收渔翁之利。

应当说宋义这套隔山观虎斗，坐享其成的理论很高明。但是，在现实中，这只是他一厢情愿的想法。没有真正和章邯交过手的他，并不知道章邯大军的强大。如果他们此时不助力攻打，章邯根本就不可能败。如此延误战机，等到赵国真的被秦军灭了，下一个目标很可能就是他们楚国了。由此，我们也可以看出宋义的书生气来，而且他对形势的分析，也有点纸上谈兵的味道。

项羽可不吃这一套，大骂宋义贪生怕死后愤愤而去。宋义身为主将，至高的权威受到了挑衅，自然也不好受。他当即下了一道命令：**“猛如虎，狠如羊，贪如狼，强不可使者，皆斩之。”**（《史记·项羽本纪》）项羽自然知道宋义这就是针对自己说的。就这样，两人的矛盾迅速升级。

宋义“留四十六日不进”，情况发生了逆转。

别看宋义整天逗留在这无比荒凉的山野地区，却也办了一件值得炫耀的私事，那就是成功地把他的儿子宋襄推销到齐国做丞相了。

据说，齐国丞相一职是公开招聘的。很多才华横溢之人都报了名，但齐王最终选中了并未参加应聘的弱冠少年宋襄。

然而，就是这件喜事，直接把宋义推入了万劫不复的万丈深渊。

他大摆酒宴，为儿子去齐国举行了一次别开生面的送别宴。举行送别宴原本也没什么，只是宋义可能忘了当时义军的情况。宋义饮酒高会，与众官员吃香喝辣的时候，士兵们的待遇却完全相反。他们已多日来食不果腹，连吃冷喝凉的机会都没有。

这时，项羽抓住机会在军中大造舆论，说宋义只关心他儿子的前途，不关心士兵的饥寒。这舆论一造，原本就对宋义不满的士兵自然更加火冒三丈了。

第二天一大早，项羽借机冲进了宋义帐房里，二话没说就把他给干掉了。随后，项羽当众宣布，宋义在搞阴谋诡计，企图与齐国合谋反楚，自己是奉了楚怀王的密令才诛杀了他。

《史记·项羽本纪》记载：**“项羽已杀卿子冠军，威震楚国，名闻诸侯。”**

众将士本来就对宋义不满，一听他死了，大家反而很欢喜。在这个时候，项羽还派出一队人马追上了就快到齐国的宋襄，来了个斩草除根。最后，他才派出心腹桓楚向楚怀王报告，说宋义迟迟按兵不动，想谋反。

项羽这招先斩后奏真是高明至极，反正死无对证，自己又领兵在外，就算你楚怀王怪罪，也没辙。

楚怀王接到报告后，虽然心存疑惑，但碍于当时的形势，只得任命项羽为主将，继续北上抗秦。就这样，项羽重新夺回了整个楚军的兵权，随及，他带领全军火速向巨鹿进发。

无独有偶，就在项羽和宋义上演窝里斗时，另一对结拜兄弟也上演了“生死劫”。

他们就是张耳和陈余。

张耳、陈余两人自加入义军队伍以来，虽然数易其主，但两人一直形影相伴，生死不离。究其原因也很简单，他们当初一见如故后，喝了血酒拜了把子成了结义兄弟。两人的关系好得没法说,简直到了有衣同穿、有饭同吃的地步。然而，从朋友到仇人，中间其实只隔了一道墙，一道不精心呵护就会随时倒塌的墙。有着生死之交的张、陈两人在这次抗秦战斗中就这样反目成仇了。

前文提到过，赵国是陈胜派出的得力干将武臣开创的根据地，后来他索性就自己当了赵王。但是，因为武臣的姐姐放肆无礼，极度伤害了部将李良的自尊心,所以李良一怒之下大闹邯郸,直接干掉了武臣。而“漏网之鱼”张耳和陈余拥立赵歇为王，从此和李良进行了艰苦的拉锯战。

然而，与秦军交战大败后，张耳只好带着赵歇逃到了地势险要、易守难攻的巨鹿，而陈余则被派到外地去搬救兵。

章邯派部将紧追赵歇一行人到了巨鹿，把巨鹿围得水泄不通。赵歇一看秦军这架势，就吓得瘫倒在地，只期望陈余能早点搬回救兵。然而，章邯早就料到赵王会有这么一招，于是他亲自屯兵于巨鹿南面的棘原，全面阻止赶赴巨鹿的援兵。

各国救兵原本就惧怕章邯，派兵也是出于人道主义，都是持观望态度。此时，他们眼看秦军势大，于是都按兵不动了。眼看各国的援兵暂时来不了，被困在城里的赵王像热锅上的蚂蚁，寝食难安。此时，张耳却痛恨起陈余来。

原来，陈余在向各国求救的同时，又收集了数万散落的赵兵。张耳原以为陈余会马上来解巨鹿之围，但他好像和各国援兵一样，也是事不关己，高高挂起，一点儿动静都没有。

张耳眼看再等下去只能等来一条不归路，于是主动出击，派手下张黡和陈泽去找陈余搬救兵。

张黡和陈泽不辱使命，先是穿过了秦军布下的天罗地网，然后找到了陈余，拿出了张耳给他的亲笔信。信中大意是巨鹿已经被秦军围了近两个月，城里缺粮少水，危在旦夕。你我二人是拜把子兄弟，本应有福同享，有难同当，这时候你不能不救我啊！

“不是我贪生怕死，”陈余看完信后，未语泪先流，道出了没有出兵相救的原因，“敌强我弱，硬碰硬，就是飞蛾扑火，自取灭亡。现在我按兵不动，还可以牵制秦军一部分主力，这也是间接救巨鹿啊！”

然而，陈余这番话并没有打动张黡和陈泽，他们非要陈余舍生取义。最后没辙了，陈余给出了个折中的办法——给他们五千兵马去救巨鹿。

张黡和陈泽都是血气方刚的汉子。他们也不再多费口舌，带着这五千人马便去进攻秦军。结果印证了陈余的那句话：飞蛾扑火，自取灭亡。

张黡和陈泽死了，张耳怒了。他认为陈余非但不肯出手相救，反而害死了张黡和陈泽。怒火攻心的他挥剑砍掉了桌角，一对生死兄弟就这样彻底决裂了。

张耳可能一直都没明白，正是因为陈余屯兵于外，牵制了秦军的部分主力，才使得巨鹿能安全地守上三个多月，为项羽的到来赢得了宝贵时间，使他和赵歇能够最终脱险。日后，当张耳和陈余在战场上拔刀相向时，不禁令人感慨：人世间，有多少误会可以被解开呢?

巨鹿之战

项羽终于来了，巨鹿大战一触即发。

比较双方实力，秦军兵力优势明显，且占据了邯郸、棘原等咽喉要地。而楚军拥有超级谋士范增，在战术上实力更强。同时，楚军立誓要为项梁报仇雪恨，再加上“六国联军”助威团的存在，对秦军起到了很大的牵制作用，所以楚军的优势也很明显。

项羽率部抵达漳水后，望着河对岸的巨鹿城和章邯所在的棘原，并没有马上下令强渡黄河，而是采纳了范增的建议，派英布和蒲将军各带一万人马负责“捅马蜂窝”——断秦军的粮道。

英布和蒲将军久负盛名。他们很快突破了秦军的河岸防线，然后悄悄绕到秦军的后面，以打游击的方式把他们的输粮通道给切断了。

听闻粮道被断，章邯急了，马上派兵前来抢夺阵地。但是，这些人哪是骁勇善战的英布和蒲将军的对手，屡战屡败。最后，秦军只好绝望地放弃了这场争夺战。

英布稳住阵脚后，马上开始不定时地在秦军的后防地搞点突袭，弄得秦军苦不堪言。

这时，一直在观望的项羽眼看时机已到，马上带领楚军渡河北上，誓与秦军决战。而就在渡黄河时，项羽做出了惊人之举：出发时要求士兵只带三日干粮，渡了河就凿沉船只，摔破锅釜。这就是历史上著名的“破釜沉舟”。

这置之死地而后生的一招，激发了所有楚军将士必胜的决心，将楚军的优势发挥到了最大。

来到巨鹿城外，项羽碰到了一个强劲的对手——王离。

王离乃名门之后。他的爷爷是秦国名将王翦，曾率军拔赵国、毁燕国、灭楚国。王离的父亲是王贲。王贲也是一员骁将，曾率军败魏国、降齐国。由此可见，秦国之所以能一统天下，王家功不可没。

如今，秦国处于危难之际。身为侯爷的王离被派到“剿匪”前线。尽管屈居于章邯手下，但以江山社稷为重的他毫无怨言。英雄一出手果然不可小觑，王离不辱王家威名，攻无不克，鲜有败绩，在秦军中威望甚高。

此时两强相遇，旗鼓相当，胜败自然难料。但是，在两人交战之前，却有人预测王离必败。原因有二：

首先，哀兵必胜。这次项羽打着为叔父报仇的旗子，楚军心里都憋了一股气——不克秦军，誓不回师。就凭这股士气，这股豪气，这股勇气，就势不可当。

其次，事不过三。为将三代者，因为世代杀戮太重，树立的仇敌太多，结下的冤气太深。

这番预言出自谁之口，我们现在已经无从考证了。也许它是项羽故意派人放出的“烟幕弹”，想要扰乱对手的军心。

第一天，王离仗着自己人多，想冲进楚军，杀个人仰马翻。但是，楚军在项羽的带领下无懈可击，王离很快就败下阵来。就这样败了又攻，攻了又败，三进三退。此时此刻，王离才明白，自己跟项羽根本就不是一个级别的将领。

在围棋中，人们习惯把顶尖棋手分为一流和超一流。其实，他们之间也许就只隔了一层纸，但如果这层纸一直捅不破，一流棋手也只能一辈子望“超”兴叹。现在的王离和项羽就好比是一流对超一流。实力虽一纸之隔，但差之千里。

王离既然打不过项羽，那就只有一条路可走了——逃。

项羽首战告捷，虽然取得的战利品有限，但却令楚军士气大增。

听说王离首战失利，章邯又惊又怒。上次交手，项羽就把自己整得很没面子，如果不是后来利用项梁的大意，偷袭得手，只怕当真颜面无存了。这一次，章邯岂会放过和项羽第二次较量的机会？

这时，英布和蒲将军在完成对秦军断粮和偷袭的使命后，马上也向巨鹿靠拢。于是，巨鹿城外，汇集了秦军和楚军四十余万人马，一场大战就要上演了。

两军交战勇者胜。决战打响后，项羽一马当先，冲在最前面，这极大地鼓舞了楚军的士气，人人都奋勇向前，见了秦兵就杀，见了秦将就砍。可怜训练有素的章邯大军被这疯魔般的楚军冲得横七竖八，阵脚大乱。最后，秦军一溃千里。项羽率领楚军追杀其到天黑才意犹未尽地收兵。

第二天，依然是项羽大胜，歼敌无数。

第三天，天刚蒙蒙亮，项羽便召集全部楚军，开了一次军事大会。项羽准备和王离在巨鹿城下决一死战。巨鹿之围能不能解，赵王能不能脱困，成败在此一举。

“自渡黄河破釜沉舟以来，今天已是第三天了，”磨刀不误砍柴工，项羽首先做了战前动员演讲，“干粮就只够今天吃的了。面前是秦军，身后是黄河，我们已经没有退路了。生死成败，只在今朝！”

随后，项羽下令兵分两路。明面上，他率大部队到巨鹿城下和王离进行大决战；暗地里，英布和蒲将军负责打游击，悄悄绕到秦军后面，来个攻其不备，前后夹击。

决战时刻来了。双方进行了激烈而残酷的阵地战。王离的军队刚刚惨败，还没有从失败的阴影中恢复过来，此时再次面临项羽大军，信心明显不足。而这时一直躲在城里的张耳眼看救兵到了，也带领赵兵杀出城来。再加上外围英布和蒲将军的猛攻，最终秦军惨败，连个退路都没有。王离也被生擒了。

十六年前，项羽的祖父项燕兵败于秦将王翦之手，自刎而亡。十六年后，项羽生擒王翦之孙王离。王、项两家三代人的恩怨情仇就此画上了一个句号。

王离军的覆灭是章邯带兵出战以来遭到的最严重的一次打击。从此，项羽成了章邯心中挥之不去的痛，这让他再也没有勇气和信心重新组织人马来挑战了。

这时，其他各路来支持赵国的诸侯出现了。他们出现得真是时候啊，不到胜利这一刻坚决不现身。他们来到项羽军帐前，个个伏地而拜，并称愿意听从他的调遣，还主动把项羽的官职由“上将军”提升为“诸侯上将军”。

赵王在张耳的陪同下，亦来向项羽道谢。他不顾堂堂一国之王的威仪，跪地就拜。

然而，项羽并没有露出喜色。他的眼光悠远而深长地望着无边的苍穹，一个声音在心底响起：“章邯，看你往哪里逃！拿命来吧，我叔父的仇该用血来偿还了！”

君子报仇，十年不晚。不是不报，时候未到。

章邯之降

巨鹿之战失败后，章邯的信心受到了前所未有的打击。他把军队驻在棘原堡垒中，不敢再与项羽交战了。

对此，项羽可不同意，他一心想要为叔父报仇，自然准备不惜一切代价去强攻。这时候，范增站了出来。

对年逾七旬的范增来说，少年时贫困潦倒，青年时流浪漂泊，中年时怀才不遇，好不容易到了老年，等来了陈胜、吴广的起义热潮，于是，他不顾满头白发，不顾年老体弱，不顾乡里父老的嘲笑，毅然踏上了起义的征程。

我们已经无法考证范增是不是当时参加起义的最长者，但谁都知道，老骥伏枥的范增没有白白参加起义。他已经在中国历史的长河中留下了属于自己的印记。

从最开始的默默无闻到逐渐出人头地，范增用实际行动证明了自己的才华和能力。项梁也逐渐发现范增是个人才，正要委以重任时，他自己却“出师未捷身先死”，被章邯干掉了，留下范增“泪满襟”。

项梁一死，项羽毕竟还有点嫩，项氏集团的大权被楚怀王成功收回。范增的出头似乎遥遥无期了。

然而，令人稍感意外的是，楚怀王在制订北伐计划时，并没有忘记这位白发苍苍的老人，将其任命为末将。一个将领的称呼也许微不足道，但却让范增的一生从此改变了。

在安阳目睹项羽刀劈宋义，范增看到了项羽的坚决和果断，还有那种与生俱来的霸气。这不是一般地痞流氓的匪气，而是一副帝王将相的霸气。良禽择木而栖，范增终于找到了心中的明主。在长达四年的楚汉之争中，他也鞠躬尽瘁地辅佐项羽。

在此大胜之际，眼看项羽要做出冲动的事，往死胡同里走，头脑清晰的范增毅然站了出来。

“瘦死的骆驼比马大。”他对项羽说，“虽然这次章邯连吃败仗，但他手下还有二十多万人马，比起楚军的人数来说并不少。另外，兔子急了也咬人，凡事不能做得太绝，不然会适得其反啊。”

听完范增这番话，项羽茅塞顿开，大有拨云见日之感。于是，他把兵马屯在漳南，和章邯军遥遥相望。

两军就这样眼对眼地望了近一个月。章邯接下来的日子并不好过，尤其是在他接到秦二世的一封诏书后，就更加度日如年了。

朝廷这时早已知道他兵败的消息了。在章邯按兵不动的这二十多天里，咸阳早已闹得沸沸扬扬。章邯就是秦朝的一面大旗，如果这面大旗倒了，那么秦朝的气数就真的尽了。

一直躲在胭脂堆里醉生梦死的秦二世，虽然后知后觉，但终究还是听到了章邯兵败的事。他马上将赵高叫来询问。赵高只做揽功捞金的“好”事，从来不做担责背罪的糗事。他其实早就在心里打起了小算盘，眼见章邯兵败，为了推掉自己镇压义军不利的罪过，他决定把章邯弄成替罪羊。

李斯死后，朝中唯一能对赵高构成威胁的就是手握重兵的章邯了，如果能让他背黑锅，赵高自然万事大吉。

果然，听了赵高谗言的秦二世不仅信了，而且怒了。他马上派人拿着诏书，对章邯进行了强烈谴责。

章邯毕竟是章邯，不是一个像秦二世那样可以随便糊弄的人。诏书一到手，他就知道这肯定是赵高搞的鬼。

“全力灭贼，不得有误。延误战机，军法处置！”诏书上的字，看得章邯的心凉飕飕的。他在战场上拼死拼活，仅仅败了两场。朝廷非但没有只言片语的安慰，反而怪他进攻不利。

章邯自己也很想进兵啊，可出于对项羽和各路联军的忌惮，他哪敢贸然行动。现在秦军唯一能做的就是等待，等对方粮草殆尽，士卒懈怠之时，再奋力反击。

“皇上被小人蒙蔽，得派一人入京告之实情，”静下心来的章邯开始思考对策，“再派些兵马和粮草来，或许这样就能绝地反击，反败为胜了。”

司马欣有幸成了这次入京的人选。望着章邯期待的眼神，他拍拍胸脯说：“将军放心，我这次一定不辱使命。”

然而，司马欣很快就后悔了，因为他辱了使命。

当他到咸阳时，这里没有往昔的繁华，满眼只是暗淡的晚暮之光。他没有心思去多体会这些，一心直奔皇宫想面见秦二世。然而，他很快就悲哀地发现，虽然他在战场上跟着章邯出生入死好几年，也算是风流人物了，但此时连皇宫的大门也进不了。原因很简单，他手中没有赵高签发的许可证，宫中的卫士不放行。

见皇帝还要赵高许可，司马欣这时才意识到事态比想象中的还要严重：“看来朝廷果然如传闻中的一样，大权都被赵高独揽，秦二世早已被架空了，只是他自己身在云雾里，还不知道罢了。”

人在屋檐下，哪能不低头。没办法，司马欣只好去找赵高。

可是，一连数天，他都在赵府吃了闭门羹。

后来，司马欣塞了一些钱给门卫。看在钱的分上，那些门卫悄悄告诉他，他们主子赵高是打定主意不会见他的，劝他还是省省力气。

“不让我见皇帝，这明明是心中有鬼啊！”司马欣一想到此，便不敢再逗留，连夜逃出了咸阳。

因为是夜里赶路，他走着走着竟迷了路。可世上的事就是这样，福兮祸之所伏，祸兮福之所倚，正是由于他迷了路，才捡回了一条命。

赵高原本打算这几日就把司马欣就地解决，惊闻他连夜出了咸阳，情知不妙，马上派人来追。可惜赵高派的夺命杀手走的是常规大道，自然没能追上司马欣。

“朝廷现在是赵高独揽大权，秦二世被孤立蒙蔽，大秦帝国完了，彻底没救了……”司马欣如实汇报了在咸阳的所见所闻。

“赵高用事于中，下无可为者。今战能胜，高必疾妒吾功；战不能胜，不免于死。愿将军孰计之。”（《史记·项羽本纪》）

章邯的心悲凉到了极点。他南征北战这么多年，换回的竟是这等局面！看来大秦王朝真的气数已尽了。

一个可怕的想法在他脑海里油然而生，他自己都被吓了一跳。是啊，如果这个想法付诸行动的话，就意味着他一世英名彻底毁了。然而，除了这样，他又能怎么样呢？进退两难，章邯陷入了前所未有的困境。

正在这时，他收到了一封信。信使告诉章邯，派他来送信的人叫陈余。

陈余，一个大家并不陌生的名字，一个因“谋不同”被自己的结拜兄弟张耳误会至深的人。巨鹿之围被解后，他和张耳已到了水火不容的地步。眼看一切都无法挽回了，张耳无奈地选择了带领手下士兵归顺项羽。

这封信是他和范增经过激烈讨论才完成的。主题只有一个字：和。策略只有两个字：求和。目的只有三个字：和天下。直到这封信送出，他们都联合起来，一直瞒着项羽。

为什么要瞒着项羽呢？原因很简单，章邯当初杀了项羽叔父，项羽与他有不共戴天之仇，在没有弄清章邯心里的真实想法前，他们决定还是先瞒着项羽。

这封信充分展示了陈余作为“和平大使”的非凡才华，信中承诺，如果章邯答应求和，他手下二十余万秦军可免遭一死。一名秦军士兵背后是一家人，他们上有父母，下有妻儿，二十余万士兵的生死牵连着的是成千上万人的命运啊！

章邯看完这封信，陷入了痛苦的深思。此时，他站在人生的十字路口，该何去何从呢？

经过一番激烈的思想斗争，章邯终于决定求和。

对这个南征北战、戎马一生的乱世英雄来说，做出这个决定需要多么大的勇气啊！从当年的不败到连败，项羽注定是章邯命里的克星。即使这样，章邯仍然没有想过背叛朝廷。此时，如果朝廷能给他一点支持和安慰，他一定会拼了老命继续和项羽斗下去。然而，朝廷除了一封责备他剿匪不利、督促他火速歼敌的诏书外，什么都没给。

赵高早已把秦二世玩弄于掌心。国已不国，胜了又如何，败了又如何？章邯明白，自己也只是一枚被赵高任意摆布的棋子罢了。胜了得不到应有的荫封，还极有可能因功高盖主而被砍头；败了就是替罪羔羊，死无葬身之地。无论胜负，自己的命运早已注定。

这是怎样的朝廷，这是怎样的悲哀？直到这时，章邯才明白为什么这些年来起义之火长久不熄。虽然有点迟，但终究还有回头是岸的机会。章邯决定派人去项羽营中求和。

章邯之所以选择投降，还有一个原因：厌战情绪。他的厌战情绪应该始于巨鹿之战后。在巨鹿之战前，他刚在定陶大败项梁，士气正盛。还一度认为楚军元气大伤已不足为惧，从而转向去攻击赵国并取得大胜，将赵王歇和张耳等人围困于巨鹿。可在接下来的巨鹿之战中，楚霸王三军用命、破釜沉舟大败秦军。

而这个过程，也让章邯心理发生了微妙的变化。根据《史记·项羽本纪》的记载："**章邯军棘原，项羽军漳南，相持未战。秦军数却，二世使人让章邯。章邯恐……**"

巨鹿之战后，章邯见识了项羽军队的骁勇后，只好退避三舍以避锋芒，但同时，他四处征战依然扑不灭全国各地的反秦大火，产生厌战情绪也就在所难免了。他想找个靠山作后盾，给自己留条后路也就不足为奇了。

而章邯之所以选择了项羽，而不是刘邦，主要是因为当时他根本没得选。

要知道楚地项氏一族本就是秦末叛军的主力，这也是楚王熊心能够被封为天下共主的原因，而自项梁去世，项羽杀死宋义成为楚地叛军首领之后，项羽实际已经凌驾于各诸侯王之上。

尤其是项羽击败王离，解了巨鹿之围后，声望更是如日中天。《史记·项羽本纪》写道，"**项羽召见诸侯将，入辕门，无不膝行而前，莫敢仰视**"，这段虽然有点夸张，但却不难看出，项羽实际上已经成为诸侯联军的统帅。因此，只要章邯选择投降，那么投降的对象只能是项羽。

听说是来求和的，项羽火冒三丈。"叔父的大仇未报，你倒好，眼下无路可走了，居然来求和，白日做梦吧！"项羽不由分说地拒绝了。

如此一来，陈余和范增心里有了底，知道章邯那边已搞定了，现在关键是如何搞定项羽了。如果当面向项羽进言求和的事，以项羽的牛脾气，效果肯定不好。于是，范增采取了"等"的策略。既然求和不成，那接下来双方再接着打吧。

章邯此时已不愿再与起义军为敌了，因此项羽的几次进攻都以胜利告终。项羽胜了，但脸上并没有一丝笑容，因为这时他突然发现军中的粮草不够了。要行军打仗，就必须先解决士兵们的温饱问题啊。

章邯那边处境更差。由于连吃败仗，他知道自己已到了穷途末路，如果退回朝中，赵高他们肯定不会放过自己，已是死路一条，前进的路又被项羽封死。章邯在生死存亡的这一刻，再次面临抉择。最终，他再一次鼓足勇气，派司马欣前来求和。

当年，司马欣曾救过项羽叔父项梁一命，因此，项羽对司马欣心存感激。然而，两人叙叙旧、拉拉家常还可以，一谈到求和的事，项羽依然怒不可遏。在他的潜意识里，叔父的血债只有用血来还才行。

范增要等的机会终于来了。他面见项羽，与项羽进行了一次深入细致的谈话，向项羽分析不接受求和的利害关系。项羽转念一想，现在军中的粮草供应出了问题，再这样打下去对自己也没有好处，于是不得已，只好答应了章邯求和的请求。

其实什么和不和，说白了就是投降。"和"这个字首先是陈余提出来的，换了个词，虽然意思是一样的，但却给了败军之将章邯极大的颜面，让他有台阶可下。这就和一些将领把在战场上"屡战屡败"说成"屡败屡战"一样，虽然意思差不多，但效果却大不相同。

之前，项羽一直对章邯耿耿于怀，经过范增反复开导，他终于解开了心中那个结。

章邯来求和这一天，项羽表现得很大度，并没有对叔父的仇耿耿于怀。是啊，人的一生中或许会结下很多恩恩怨怨，冤冤相报何时了？为了大局，为了天下的苍生，为了自己的宏图大业，项羽最终选择了善待章邯。

从《史记》相关记载，以及此后项羽先后两次击败秦军，但楚军却又全部退回漳水以南的局势来看，章邯并非没有一战之力，项羽想要吃下章邯，显然并非易事。因此，面对章邯主动来降，项羽顺应形势接受他的投降才是明智之举。

相逢一笑泯恩仇。面对项羽爽朗的笑，章邯原本畏惧的心这才放下。当他要跪拜时，项羽却握住他的手，深情地说了两个字：“免了。”同时，他还给了章邯一个承诺：“将军若与我携手灭敌，将来同享天下富贵，苍天作证！”

嘴上说完，项羽接下来来了点实的。他封章邯为雍王，直接留在身边当大将；封司马欣为上将军，统领二十万降军。

项羽原本是楚怀王封的上将军，但现在他却封司马欣为上将军，由此可见，此时的项羽已经完全摆脱了怀王的控制，拥有了自己独立的领导权。

这条巨龙终于腾到了半空中，离登天只有一步之遥了。

第六章

西征无捷径

关山度若飞

在项羽巨鹿大败秦军之时，本书的主人公刘邦也没有闲着。他走在西征路上，风雨兼程，一路高歌，凭借自己的聪明才智，展现出了强大的实力。

刘邦的西征之路主要遭遇了八大战役。

第一战：砀北之战。

公元前 207 年，刘邦受楚怀王之命西征。他这条西征之路走得喜忧参半。喜的是怀王立下盟约，谁先入关中谁就是关中王。相对项羽北上直面秦军主力，刘邦算是捡到了一个不大不小的便宜。忧的是他手下兵马太少，如何在孤军深入中保存自己是他面临的最大难题。

对此，刘邦施行了稳扎稳打的战略方针。他先拿小城开刀，接连攻克城阳（今山东省鄄城东南）和杠里（今山东省范县西）。虽然这两座城很小，但刘邦却因此信心大增。接下来，他又打到了东郡。这期间，刘邦和他的军队几乎没有遇到秦军的抵抗。不仅如此，陈武还率近万秦兵来降，再加上魏将皇欣和武满两人也带着几千人来投，刘邦才刚出师，手下的兵士就增加了两万左右。

这期间，樊哙、周勃、灌婴、傅宽等人已初展大将风采，身先士卒，驰骋疆场。

随后，刘邦在巨野泽（今山东省西南部）得到了贵人——猛将彭越——的相助。

彭越是昌邑人，以打鱼为生，生活过得倒也自由自在。陈胜起义后，巨野泽的父老乡亲聚集在一起，准备组织人员加入义军队伍，趁着乱世捞一票，发点横财。万事俱备后，他们发现还欠一个带头大哥。彭越这时候就被推举出来带这个头。

彭越为了树立威信，来了个下马威。他约大家在某时某地相聚，并且叮嘱不能迟到。结果有十多个人把他的话当成了耳边风，齐刷刷地迟到了。

“国无法不立，家无规矩不成方圆！”彭越怒目圆睁，厉声说道，“既然大家公推我为老大，就应按我的规矩办事。依昨天之约，今天迟到的人都应该砍头。不过，念大家是初犯，我不会赶尽杀绝。但是，如果一个人也不罚，我这个大哥以后也没法当了，因此，今天我就杀来得最晚的那个吧。”

剑出鞘，剑气如虹；剑归鞘，血气如虹。随着来得最晚的那个人轰然倒下，众人都经历了一次洗礼。从此，这支野路子出身的队伍走上了正规化之路，各项工作干得风生水起，占领了不少地盘，队伍也如滚雪球般越发壮大。

正在这时，刘邦来了。他的军队所到之处秋毫不犯，这让彭越眼前一亮。

“这才是我苦苦要找、要依靠的明主啊！”彭越心里暗暗思量着。心动不如行动，他立刻带领手下投奔了刘邦，并主动充当先锋和向导去攻打昌邑（今山东省巨野东南）。

然而，昌邑的秦军早有准备，拼命死守。刘邦和彭越明攻暗伐，就是拿不下来。

“看来，西征真比想象中的还要苦，没有捷径可走。”刘邦发出感言。

此时，刘邦已经在砀北等地徘徊了四五个月之久。当时，宋义带领的北伐军屯兵于南阳，他不进兵就不能有效牵制章邯的主力秦军。这样一来，刘邦自然也不敢主动进兵了，因为他一旦暴露，引得章邯全力来伐，他也吃不了兜着走。再说，西征面临的最大问题是孤军深入。刘邦刚刚进军，自然要先扫平砀北，稳住后方，以解后顾之忧了。

第二战：陈留之战。

章邯兵败，巨鹿之围解除后，北线的战局开始明朗。此时，如果刘邦再按兵不动，项羽就会先入关中了。

也正是在进军途中，刘邦幸运地遇到了狂生郦食其。这个郦食其和范增一样，也是一个年逾六旬、白发苍苍的老人。他虽然在当地小有名气，但却一直怀才不遇。

刘邦当时求贤若渴，一听说哪里有人才，就会主动去拜访。但是，受当年秦始皇“焚书坑儒”的影响，他对儒生并不感冒。郦食其想施展一生抱负，决定亲自上门去刘邦那里应聘，求得一官半职。然而，郦食其还没进大门，就被轰了出去。谁让他是个儒生呢？

幸亏郦食其头脑灵活，马上用“糖衣炮弹”打通了刘邦的一个侍卫。这侍卫好说歹说，刘邦才决定会会这位狂生。

郦食其走进刘邦的大本营，见刘邦正躺在铺着貂皮的大椅上打着盹。两个侍女端着一盆水，在一旁小心翼翼地伺候他洗脚。

“小生这厢有礼了。”郦食其抱拳哈腰道。

刘邦一动也不动，假装什么都没听见。

见刘邦不理自己，郦食其索性大声说了一句石破天惊的话：“您这么劳师动众地带兵到这里来，究竟是想帮助秦国，还是想打败秦国呢？”

“废话！”刘邦一听，气不打一处来，大声厉喝道，“可恶的儒生，秦王把天下百姓害得这么凄苦，现在天下义军四起，我怎么还会去帮助秦国呢？”

郦食其见刘邦“醒”了，并不惊慌，慢条斯理地说道：“你既然是想反抗暴秦，就不应该以这种态度接见长者！”

刘邦见他谈吐不凡，心知此人并非等闲之辈，于是赶紧站起身来，向他赔礼道歉，并让他上坐。郦食其见刘邦态度恭敬，便开始将自己的真知灼见和盘托出。他先是分析了天下局势，然后又聊了聊自己的战争方略和对排兵布阵的见解。刘邦听后高呼过瘾，大有相见恨晚之意。

郦食其知恩图报,马上向刘邦提出了智取陈留（今河南省开封市东南）的建议。“陈留县城囤有大量粮食，只要能拿下陈留，就能大肆扩军，就有了继续进军的本钱。”郦食其分析道。

刘邦对他的建议自然很是赞赏，但刘邦也有担忧:“陈留易守难攻，只怕像昌邑一样难以攻破啊！”

郦食其显然胸有成竹，向刘备道出了自己的战术:“我与陈留县令有老交情，我可以先劝他直接投降。如果他敬酒不吃吃罚酒，我就潜伏在陈留县城里做内应。”

最后，陈留县令不肯投降，于是刘邦与郦食其里应外合，一举拿下了陈留。

刘邦不是吝啬的人，他见郦食其一来就立下大功，当即把他封为广野君。要知道,当时这个“君”等同于“侯”,级别远高于各级大夫。此时，刘邦军中封君的也就只有屡立战功的曹参一人而已，连萧何等人都没有享受这样的待遇，可见刘邦对郦食其的器重。

看到哥哥一出来就飞黄腾达，郦食其的弟弟郦商也不甘落后，当即率领四千余名义军来投奔刘邦。作为回报，刘邦大手一挥，给郦商弄了个大将之职。

因为郦食其一流的嘴上功夫，后来他常常被刘邦派去各国出差，成了名副其实的“外交官”。只是聪明反被聪明误，郦食其终因“欺骗罪”被齐王田广处以锅煮之刑，结束了自己光彩的一生，这是后话，暂且不提。

智取陈留是刘邦领导西征义军取得的一次重大胜利。它不但壮大了刘邦的实力，还为他进一步的西征提供了充足的物资保障。

第三战：开封之战。

陈留得手后，刘邦入关中有两条常规路线可选：一条路是一路向西走函谷关，直捣关中；另一条路是南下，从陕西武关入关中。

但是，刘邦最终选择了第三条路：先北上，再西进至洛阳，然后南下宛城，最后从陕西武关进入关中。

不过，在实际行军中，进军路线不是你想怎么走就能怎么走的。迫于形势，刘邦最终还是随机应变，率军走了第二条路线。

但不管怎样走，刘邦眼下最主要的任务都是拿下开封。于是，刘军与赵贲率领的开封守军进行了激烈的战斗。这一战虽然打得赵贲损兵折将，但开封城墙坚厚，难以攻克。正在萧何、曹参、郦食其苦思攻城良策时，秦将杨熊带大队人马前来开封支援。于是，他们三人建议刘邦先干掉这一路远道而来的疲惫之师。

刘邦立即撤离开封，率军直捣杨熊的落脚地白马（今河南省滑县）。接下来，双方在白马展开了激烈的肉搏战。随后，双方再战于曲遇（今河南省中牟县）。两次战斗，刘邦的义军都大获全胜，杨熊败走荥阳。此消彼长，刘邦的队伍进一步壮大。

眼看援军被刘邦击败，死守开封的赵贲没有再愚忠，而是选择变身“赵跑跑”，逃之夭夭了。于是，刘邦兵不血刃地拿下了开封，得以顺利向前进军。

第四战：颍水之战。

杨熊战败退守荥阳后，秦二世大怒，把杨熊给斩了。少了这块绊脚石，刘邦当即率领大军向六国时韩国的属地扩展，准备进军颍水（今河南省禹州）。

在颍水，刘邦和后来成为汉中三杰之一的大智谋家张良第二次相遇，两人再续前缘。

前面已经说过，当初张良跟着刘邦归顺项梁后，项梁为了“挟天子以令诸侯”，拥楚王之后为王，楚国就这样复国了。当时其他各国也相继复国，唯张良所在的韩国没有动静。于是，他暂时告别刘邦，踏上了漫漫的复国之路。

韩国在张良的努力下很快也复国了。但是，由于他们人马太少，一直不敢和秦军正面作战，靠东躲西藏打游击过日子。《史记·留侯世家》记载：“得数城，秦辄复取之。”

明主求贤，贤士择主。张良一听刘邦来了，立刻毫不犹豫地率部前来支援。

在张良的帮助下，刘邦占领了原属韩国的大片土地。西征大军节节胜利。

第五战：洛阳之战。

项羽成功消灭了围困巨鹿的王离军队后，开始全力追击章邯。而赵国将领司马印则抢渡黄河，准备先行入关。《史记·高祖本纪》是这样记载的：“赵别将司马卬方欲渡河入关，沛公乃北攻平阴，绝河津。南，战洛阳东，军不利。”

刘邦派军想去阻挡司马印，结果被击败。

谁最先入关，谁就是关中王。楚怀王这话不单单是对项羽和刘邦说的，也是对所有义军说的。

刘邦顿感火烧眉毛。为了争先入关，他率军从颍水北上，首先占领了平阴（今河南省孟津县东北），控制了黄河渡口。接着，他又进军洛阳，企图由此打开通向关中的东大门——函谷关——的道路。

刘邦的义军在洛阳东郊同秦军进行了激烈的战斗。义军虽然英勇作战，但却未能取得胜利。西进的形势由此一落千丈。

此时，刘邦的西行大军已行进了八个月，先后经历了城阳、杠里、成武、昌邑、陈留、开封、白马、曲遇、颍水、洛阳等十次大的战斗，其中三次攻而未克，由此可见刘邦的西征之路并不比项羽的北伐之路轻松。

刘邦唯一舒心的是，这一路风雨走来虽然艰辛，但自己的队伍却得到了壮大，只是现在被阻于洛阳城下，函谷关可望而不可即。他的西行之路依然困难重重、险恶重重。

兵法有云："攻城为下，攻心为上。"前面五战刘邦一直忙着攻城，下面这第六战——南阳之战，且看刘邦如何攻心。

愤怒的羔羊

此时，章邯已和项羽进行了多次和谈，一旦双方达成停火协议，项羽的部队就会整装南下，直捣关中。这形势对刘邦来说简直是雪上加霜。

由于攻坚受挫，刘邦只好舍弃从洛阳向函谷关进军的计划，改道向南迂回，从圜辕（今河南省偃师市东南）经南阳（今河南省南阳市），去攻打关中的南大门武关（今陕西省丹凤县东南）。

六月，刘邦与南阳郡守展开了一次大战。南阳郡守被刘邦手下的精兵强将杀得哭爹喊娘，狼狈地逃往宛城。

刘邦这次总结了以前攻坚战失败的经验，决定绕开宛城，直接向武关进发，节省进军关中的时间。

关键时候，张良站了出来。

“你不能这样进军！”张良开门见山地说道。当时他心里一急，全然不顾自己以下对上的身份了。刘邦也不恼，忙问为什么。

“南阳的秦军虽然败了，但主力还在，现在不打宛城就向武关进发，定会陷入秦军的前后夹击之中，到时候我军可就进退两难了！”

是啊，欲速则不达。刘邦听取了张良的建议，连夜折回来攻打宛城。结果刘军歪打正着，秦军猝不及防，宛城岌岌可危。

宛城郡守走投无路，只好派陈恢到刘邦军中谈投降的事。陈恢不辱使命，义正词严地向刘邦转达了郡守提出的投降条件。刘邦欣然接受并郑重宣布：允许南阳守军归顺，并保证他们的人身和财产安全。这便是后人称为“所过毋掠”的高级招降政策。

这个政策的出台很大程度上归功于陈恢，于是他被刘邦封为千户之食。为了稳定人心，原郡守被封为殷侯，继续守宛城。

刘邦西入秦关以来，凭着彭越、郦食其、张良、陈恢等谋臣的相助，迅速打开局面，一步一步地实现着自己的关中梦。

“所过毋掠”的政策一实行，归降者络绎不绝。起义军兵不血刃地占领了丹水、胡阳、郦城、析城（均在今河南省西部）各地。随后，西征军浩浩荡荡地向武关进军。

在距离武关约五十公里处，刘邦遇到了一位故人——王陵。

王陵和刘邦是同乡，他是沛县有名的豪强大户，与另一个豪强雍齿关系很好。

刘邦当时在沛县担任亭长，一心想融入沛县的上流社会，便拜王陵为义兄。即使如此，王陵也没把刘邦放在眼里。

秦末义军四起，刘邦自称沛公，从沛县起兵。很多人不知道的是，同一时期沛县还有一支义军，正是王陵统领的，他占据南阳郡称雄。王陵不愿依附于“小弟”刘邦，选择了单干。他割据一方，跟刘邦井水不犯河水。

然而，王陵的发展速度没有刘邦快，刘邦的西征军一路向咸阳挺进，已拥兵数万人了。而王陵这时仍停步不前，手下还是数千人，地盘也只有南阳地区而已。为了“前程”着想，加之王陵与项羽毫无交情，项羽任人唯亲，权衡再三，他便带领几千部下投奔到刘邦的阵营。

《史记》记载：“高祖微时，兄事陵。陵少文，任气，好直言。及高祖起沛，

入至咸阳，陵亦自聚党数千人，居南阳，不肯从沛公。及汉王之还攻项籍，陵乃以兵属汉。”

据悉，项羽此后也想招降王陵，他将王陵的母亲接至自己军中，给王陵写信，希望王陵派使者来迎接母亲，并且伸出橄榄枝。

王陵的使者带着金银财宝来到楚军大营，项羽亲自设宴招待，让王陵的母亲出席并且面向东坐着。

母亲私下对使者说道：“替我告诉王陵：好好追随汉王，汉王是一个长者，不要因为我的缘故，再对汉王怀有二心了，今天我就以死明志。”

说话间，王陵的母亲拔出使者的宝剑自杀而死。

项羽一怒之下，下令将王陵母亲的尸身扔进油锅。

王陵从此一心一意追随刘邦，终于助其打败项羽夺取天下。

《史记·陈丞相世家》记载：“**陵母既私送使者，泣曰：‘为老妾语陵，谨事汉王。汉王，长者也，无以老妾故，持二心。妾以死送使者。’遂伏剑而死。项王怒，烹陵母。陵卒从汉王定天下。**”

第七战：武关之战。

秦军大将章邯已向项羽投降，秦室危在旦夕；而武关是关中咽喉，其重要性不言而喻。刘邦如能夺下武关，进军咸阳指日可待。

由于刘邦采取了攻心的超级战术，西征大军进展顺利，很快关中南大门武关就宣告失守。

武关告急时，咸阳人心惶惶，乱得像一锅粥。秦二世直到这时才感到大事不妙，但悔之晚矣。那个原本一直在他身边的赵高也突然告病了。

他哪里知道，“生病”的赵高此时正在进行复杂的思想斗争。刘邦在攻城前，不但向武关的守将攻心，而且还派人做起了赵高的策反工作。赵高眼见秦朝大势已去，只得装病不上朝，躲在家里思考今后该何去何从。

是啊，赵高原本只是一介布衣，家境贫寒，从小尝尽人间冷暖。他十二岁那年，朝廷招收宫人，为了混口饭吃，他瞒着父母报名了。因为长得眉清目秀，赵高被录取了。先是净身，然后学礼仪，他成了不折不扣的太监。

入宫后，赵高凭借自身的努力，获得了秦始皇的赏识，从此青云直上，做上了中车府令。随着秦始皇一天天地老去，敏锐的赵高意识到了潜在的危机——一朝天子一朝臣，这个道理他是明白的。

赵高见秦始皇偏爱幼子胡亥，于是马上把工作重心转到胡亥身上。就这样，他帮助胡亥夺得皇位，也迎来了自己的鼎盛时期。

然而，世事风云突变，刘邦的到来把他打回了原形。他知道此时秦朝已无力回天，昨日的辉煌将永远成为过去。刘邦极其诱惑的条件就摆在自己的桌案上：事成之后，共分关中。

就在赵高有所动摇时，秦二世“识时务”地来了个推波助澜。

眼见刘邦的起义军都打到武关了，都火烧眉毛了，赵高却总不上朝，一直软弱无能的胡亥终于决定强硬一回，直接派人去指责赵高镇压不力。

在赵高眼里，胡亥一直是一只温顺的羔羊。看见羔羊发怒，赵高不干了。

“现在朝中再无替罪羊，难道秦王朝最终覆灭的罪名都要由我来承担吗？不，承担这一切的应该是软弱无能、荒淫无道的胡亥才对！”赵高眉头紧锁地思考着。

“只要把胡亥杀了，把一切罪过都推到他身上，我再投靠刘邦，还能弄个除暴君的功名。”想到这，赵高的眉头终于舒展开来。

他决定让自己的弟弟赵成和女婿阎乐负责这次刺杀行动。按赵高的计划，阎乐假借宫中发生了变故，受皇帝之命前来捕贼，带一队人马入宫，并杀掉了所有阻挡者。等醉生梦死的秦二世明白是怎么回事时，已经身陷囹圄。

当然，别看秦二世一生懦弱无能，死时居然不用阎乐出手，挥刀自刎了。在刀入脖子的那一瞬间，他还拼尽全力喊出了“丞相误我”四个字，当真是悲凉至极。

《史记》有这样一段奇怪的记载：“（刘邦）遣魏人甯昌使秦，使者未来。”特别是在章邯投降项羽后，又有令人费解的记载：“沛公将数万人已屠武关，使人私于高。”

刘邦为什么会派遣使者“私”访秦国呢？原因很简单，刘邦派遣甯昌到咸阳，目的只有一个：唆使赵高杀死秦二世。而且条件也很诱人：保持他的地位不变，待遇不变。

刘邦之所以这么做，是当时的形势所迫。他那时的军马只有数万人，而秦军的兵力不下十万人，如果硬碰硬并不是一件好事，至少会消耗自己的实力。同时，如果不能做到兵贵神速，项羽很可能会先于他入关中。

而赵高杀死秦二世后，秦二世的叔叔子婴很是疑惑：“我闻赵高乃与楚约，灭秦宗室而王关中。”而这里的“楚”显然是指楚怀王麾下的刘邦。

刘邦的“私”访有没有成效呢？当然有，赵高不管是出于私心，还是刘邦的唆使，杀死了秦二世是不争的事实。但赵高并没有对刘邦的承诺有具体回应，因此，刘邦对“不愿归附”的赵高很是恼怒，于是开始发动猛攻。

《史记·高祖本纪》对此的记载是：“赵高已杀二世，使人来，欲约分王关中。沛公以为诈……”也就是说赵高的野心非常大，杀死秦二世后，还想和刘邦共分“关中王”，刘邦对此认为赵高“有诈”，不是真想归顺，谈判就此破裂。

而秦二世死后，秦始皇的弟弟子婴被立为秦王（并没有被立为皇帝）。

然而，老谋深算的赵高怎么也想不到，就是这个他精心挑选的“傀儡之王”子婴，让自己马失前蹄。

子婴上任后非但没有感激赵高，反而对他深恶痛绝。这些年，子婴清楚地看到赵高祸乱朝纲，致使秦王朝一步步走向灭亡。赵高不除，大秦的江山迟早要完。

但是，如今朝中都是赵高的人，子婴知道自己靠不了别人，所以，他决定让自己的两个弱冠之年的儿子担此重任。他们虽只是少年，但从小就在父亲的教导下读书习武，只为有一天能为大秦江山效力。现在，需要他们的时候到了。

父子三人开始了"清君侧"的密谋。不久，机会来了。

朝拜祖庙的日子马上就要来了。传闻赵高准备再下毒手，拿着子婴的头颅去和刘邦谈判。

子婴知道机会就摆在眼前，他和赵高的生死就在一线间。不过，赵高并不认为这是一场生死较量。在他眼里，杀掉子婴就和捏死一只蚂蚁一样简单，他何曾想到蚂蚁急了也会咬人。

拜祖这一天，赵高等人在庙中左等右等就是不见子婴来。他派人去请，说是病了。早不病晚不病，偏在这时候生病。赵高怒不可遏，转身向宫中走去。

此时，子婴的两个儿子早已埋伏在了子婴的帐后，趁赵高居高临下地责骂子婴时，快刀利落地结果了他的性命。万恶不赦的赵高终于尝到了刺刀穿膛的恐惧。

树倒猢狲散。赵高一死，赵氏集团也随之瓦解了。

子婴除去赵高后，调朝中能用之人都来峣关，和刘邦西征大军做最后的决战。

当然，在子婴的身上一直存在一个疑团，那就是他究竟是谁的儿子？

司马迁关于子婴的身世主要有三种说法。

一说子婴乃胡亥之子，也就是说他是秦始皇的孙子。二说子婴是胡亥的兄长，也就是秦始皇的儿子。三说子婴是秦始皇的弟弟，也就是子楚的儿子，胡亥的叔叔。

这三种说法哪种最接近真相呢？

首先，我们来看第一种说法——子婴乃胡亥之子，也就是说他是秦始皇的孙子。

据《史记》载，胡亥即位的年龄有两种说法，一说是二十一岁，一说是十二岁。

要知道秦始皇驾崩时只有四十九岁，如果这时胡亥二十一岁，那么胡亥母亲怀他的时候，秦始皇只有二十七岁。《史记》说胡亥是秦始皇的幼子，这也就意味着秦始皇二十七岁以后再没有生过孩子，可是秦始皇一生有过三十几个孩子。如果都是在他二十七岁以前所生，多少有些不可思议。

另外，如果胡亥当时是二十一岁的成人了，赵高也不好操纵他，又何必冒这么大的风险发动政变呢？而如果胡亥当时十二岁，就便于赵高操纵了，冒一下险也值得。

还有，胡亥即位以后没有册封皇后，如果过了二十岁，则一定会册封皇后的。种种迹象表明，胡亥即位时，还没有成年，很可能只有十二岁。

这样就很清楚了，胡亥十二岁即位，死的时候也不过十五岁，怎么会有一个成年的儿子？退一步说，即便当时胡亥二十四岁，他也不可能有成年的儿子。因此，子婴不可能是胡亥的儿子。

其次，来看第二种说法——子婴是胡亥的兄长，也就是秦始皇的儿子。

秦始皇驾崩时，他的长子扶苏还只有三十三岁，而他的小儿子胡亥只有十二岁，因此，子婴满打满算也就是三十岁左右。我们知道最后子婴除掉赵高的时候是和他两个儿子商量过的，可见这两个儿子已经懂人事了。

赵高当时杀扶苏，不就是因为扶苏是胡亥当皇帝最大的威胁吗？且后来赵高害怕密谋被泄露，便在最短时间内解决掉秦始皇的一干子嗣，以保证胡亥顺利即位。

如果子婴真的是胡亥的兄长，那他早就被赵高给杀了。根据《史记·李斯列传》记载，当时赵高对胡亥说："**夫沙丘之谋，诸公子及大臣皆疑焉，而诸公子尽帝兄，大臣又先帝之所置也。今陛下初立，此其属意怏怏皆不服，恐为变。**"赵高建议胡亥要"**灭大臣而远骨肉**"，胡亥也担心密谋泄露，于是听了赵高的话，杀大臣蒙毅等，又将十几位公子戮死于咸阳，将十位公主矺死于杜。赵高、胡亥连公主都不放过，还会放过子婴吗？

因此，子婴根本不可能是胡亥的兄长。

再次，来看第三种情况——子婴是秦始皇的弟弟，也就是子楚的儿子，胡亥的叔叔。

我们知道早在始皇八年前，他的同父异母的弟弟公子成蟜就被封为长安君。当然公子成蟜被封为长安君是在秦庄襄王的时候，当初是和嬴政一起受册封的，嬴政被封为太子，他被封为长安君。可惜的是，后来公子成蟜在攻打赵国的过程中，由于谋反，死在了屯留。

子楚是在嬴政两岁的时候逃回秦国的，而他是在嬴政十一岁的时候去世的。也就是说这中间还有九年的时间，公子成蟜就是在这九年当中出生的，且他比嬴政小三岁。那么，子楚距离死亡还有六年的时间，他再生子嗣的概率是很大的。

如果子婴就是子楚的儿子，他比秦始皇应该小六至九岁。秦始皇死的时候是四十九岁，子婴就应该四十岁左右了。那么，他就完全有可能和两个成年的儿子一起谋划杀掉赵高。

因此，笔者认为子婴最有可能是秦始皇的弟弟。

一个时代的终结

第八战：峣关之战。

峣关位于武关以西，前据峣岭，后倚蒉山，是关中和南阳的交通咽喉，也是秦朝政治中心咸阳最后一道屏障。

一到峣关，刘邦和张良就闹了别扭。刘邦主张强攻，张良主张智取。众将士哗啦啦地站在张良一边。刘邦脸上虽然有点挂不住，但他还是识大体顾大局，采纳了张良的策略，分三步，步步惊心地击破秦军。

第一步：攻心。攻谁的心呢？自然是秦军将士的心。张良调查到峣关领兵将领是一个纨绔子弟。他与刘邦交头接耳一番后，刘邦心疼地拿出了一箱奇珍异宝。

接下来的事就交给外交官郦食其先生了。郦食其干这事儿可谓是得心应手。他带上那一箱子奇珍异宝偷偷混进了峣关城。都说有钱能使鬼推磨，那位秦将见了那么多珠宝，当即向郦食其拍胸表态：我自愿加入刘邦的义军队伍。

第二步：慑心。稳住峣关的守将后，张良马上派周昌带领一支小分队，在四面山上插满旗帜，让敌人误有一种草木皆兵的感觉，起到震慑人心的作用。

第三步：虐心。为了防止夜长梦多，张良建议刘邦实行兵不厌诈的进攻计划，连夜派军绕过蒉山去截断峣山秦军的后路。

于是，刘邦马上派出曹参、周勃、樊哙三员大将带着一支敢死队绕过峣关，穿过蒉山，长途奔袭秦兵的后路。结果，面对这支从天而降的西征军，秦军毫无防备，被打得云里雾里，晕头转向。

而正在这时，刘邦带领手下所有名将轮番出动，对峣关发动了最后的总攻。双方共交战了两次，以秦军大败告终。

峣关失守。秦军败兵逃入蓝田（今陕西省蓝田县），想做最后的抵抗。但是，一切都是徒劳了，因为他们前脚刚到，刘邦的部队后脚就跟到了，结果再次大败秦军。秦军非死即降，全军覆没。随后，秦朝的最后一道防线告破，咸阳就这样暴露在西征大军的眼前。

咸阳，我来了，你还好吗？

刘邦站在咸阳东部三十里的霸上，面对近在咫尺的咸阳，压抑不住内心的激动。是啊，历经一年，西征路上凶险重重。在众多良臣猛将的支持下，他费了九牛二虎之力才打到这里，真不容易啊。

西征大军将士们压抑不住内心的狂喜，都一副磨刀霍霍的样子，大有随时准备拿下皇城之势。然而，此时的刘邦已不再是西征之初那个猛攻猛打的刘邦了，这一年不断的征战让他学到许多。

攻城为下，攻心为上。这八字看似简单，但要真正做起来却很难。郦食其教他智取陈留，张良教他快速而节省兵力地攻下南阳、武关、峣关。正是因为这样，刘邦的西征大军先于项羽等所有义军最先抵达关中。如今梦寐以求的咸阳就在眼前，刘邦却没有选择直接攻打咸阳，而是写了一封给子婴的招降信。

子婴看到这封信后，坐在龙椅上半天都没动。应该说子婴是一个很有才华和大志的人，然而他生不逢时，如果早点让他来当秦王或者皇帝，相信凭他的能力，一定会把秦国治理得国泰民安。然而，胡亥已经把大好江山给毁得不成样子了。三年里，胡亥醉生梦死荒淫无道，赵高指鹿为马权倾朝野，逼得各地起义不断，而忧国忧民的子婴却夜不能寐。

一入侯门深似海。普通人只看到皇家人的风光和体面，却看不到身为皇家人的苦楚和无奈。古往今来，帝王将相或为争权夺势，或为社稷安危，一旦皇宫有变，就很可能被株连九族血流成河。

子婴感到很无奈，也很无助。最开始他还试图负隅顽抗，因为不甘心祖辈辛辛苦苦打下的江山就这样毁在自己的手里。然而，峣关之战，他倾尽咸阳所有兵力去守也没能守住。从这里他也明白了一点，再凶险的关口、再坚固的城墙也会被攻破，只有人心的稳固才是最牢固的防护。秦朝当年的建设工程搞得太多了，再加上苛捐杂税和一些扰国伤民的政策，全国百姓的心都向着起义军。秦王朝的气数终究是要到尽头了，这已非人力所能逆转。

“罢了，罢了，与其做无谓的抵抗，倒不如给自己留条后路吧。”

子婴握笔的手在颤抖，他知道自己这一笔下去，秦朝就将彻彻底底画上一个句号了。罪人也罢，无颜面对祖辈也罢，子婴凄然一笑，闭上眼睛用那只颤抖的手写下了一个大大的“降”字。

其实，子婴除了投降，还有两条路可走，一是自杀，二是伪装逃走。

子婴没有勇气自杀。而他如果选择逃跑的话，可以选择逃往蜀地，那里是秦国最后的希望。或者子婴可以干脆隐藏起来，过上世外桃源的生活，给历史留下一个谜。但子婴思来想去选择了投降，因为他没有东山再起的机会，秦朝的一切几乎全部损失殆尽，包括所有的军队，大部分的百姓，以及朝廷上下大大小小的官员，再加上他觉得刘邦是个仁慈的人，会善待他。

公元前 206 年，历史的聚光灯对准了咸阳。出降这一天，子婴白衣白袍，白绫系颈，乘着白马素车，气氛沉重而压抑。如果不是刘邦那一身鲜艳的红衣红袍分外惹眼，整个世界都似乎沉浸在了无边的白色中。

白色是死亡、悲伤、阴郁之色，红色是喜庆、快乐、幸福之色。白色缓缓向红色靠近，两种迥然不同的颜色靠在了一起，红色立即遮盖住了白色。一袭白色衣裳的子婴跪拜于地，能不被傲然而立的刘邦那火红之色遮盖住吗？

据《史记·高祖本纪》记载："汉元年（公元前 207）十月，沛公兵遂先诸侯至霸上。秦王子婴素车白马，系颈以组，封皇帝玺符节，降轵道旁。"

就这样，刘邦以胜利者的高昂姿态接过了子婴双手呈上来的玉玺。一枚小小的玉玺宣告了一个国家和一个时代的彻底终结。大秦王朝就这样画上了一个句号。

"楚虽三户，亡秦必楚。"一语成谶，诚为斯也。

值得一提的是，四十九年前，周天子也和子婴一样，白马素车，跪拜于地，双手呈玺，狂风大作，天地为悲……

《史记·秦始皇本纪》中，记有秦始皇在灭掉六国后说过的一些话，其中有几句颇为耐人寻味："寡人以眇眇之身，兴兵诛暴乱，赖宗庙之灵，六王咸伏其辜，天下大定。今名号不更，无以称成功，传后世。""朕为始皇帝，后世以数计，二世三世至于万世，传之无穷。"

贾谊在《过秦论》中写道："天下已定，始皇之心，自以为关中之固，金城千里，子孙帝王万世之业也。"文中点评的正是秦始皇当时的心态。"燕赵之收藏，韩魏之经营，齐楚之精英"，秦帝国都拥有了，还怕什么呢？

巅峰处的孤独，让人失去理智。这种孤独，是失控的孤独，是没有掣肘的孤独。秦始皇这几句话，相当傲慢自信，甚至是狂妄自大。在历史上，处于事业成功巅峰的君王，一旦头脑极度发热膨胀，失去清醒和理智，大都很快跌入谷底。

《过秦论》中分析秦亡的原因："**一夫作难而七庙隳，身死人手，为天下笑者，何也？仁义不施，而攻守之势异也。**"有形的敌人没有了，无形的敌人正在聚集。"**族秦者秦也，非天下也**"，杜牧《阿房宫赋》中的这句名言，说得准确、精当、深刻。从秦国到秦帝国，这段持久的奋斗史和短暂的盛衰史，发人深思，耐人回味，令人感慨。

但见新人笑，哪闻旧人哭。满脸微笑的刘邦骑着宝马，在文武众将的拥簇下缓缓走进了咸阳城。城中的百姓很识时务，夹道欢迎这个新来的君王。这一刻流氓出身的刘邦感动了，眼睛突然一涩，一行热泪滚了下来。

是啊，当年那个出生在农民家庭的穷娃娃，当年那个整天无所事事、放荡不羁的不良少年，当年那个守在泗水亭为人民服务的小小亭长，当年那个没花一分钱却娶了一个富婆的幸运儿，当年那个忍气吞声委身于项梁手下的蛰伏者……如今却风风光光地带领着数十万义军进入咸阳，这个他一生中最神往的地方。

当年他那句"大丈夫当如此也"的感叹犹在耳畔回荡，如今已成真。对早已过了不惑之年的刘邦来说，他本以为自己的一生就将碌碌无为地过完呢，可转眼间，他变成了关中王，帝王将相中的王啊！

人生就是这样，命运之神一旦垂青，连自己都感觉像在做梦。刘邦强忍着感慨的泪水不让它流出来，当即向众人挥手示意，并发表了胜利者的宣言。

"**父老苦秦苛法久矣，诽谤者族，偶语者弃市。吾与诸侯约，先入关者王之，吾当王关中。与父老约，法三章耳：杀人者死，伤人及盗抵罪。余悉除去秦法。诸吏人皆案堵如故。凡吾所以来，为父老除害，非有所侵暴，无恐！且吾所以还军霸上，待诸侯至而定约束耳！**"（《史记·高祖本纪》）

这便是历史上著名的"约法三章"。

对受尽秦朝压迫的百姓来说，刘邦一进城就颁布的“约法三章”让他们大喜过望。是啊，秦国的法律不但繁杂，而且严酷，可以说是极度不合理，极度不公平。而此时，刘邦的“约法三章”简洁明了，打破了烦琐的条条框框，打破了贵族的专属特权，谁犯法就惩罚谁，公开、公平、公正。

对于刘邦的“约法三章”，普通民众的反应又是如何的呢？《史记》留下了这样的记载：“**秦人大喜，争持牛羊酒食献飨军士。沛公又让不受，曰：‘仓粟多，非乏，不欲费人。’人又益喜，唯恐沛公不为秦王。**”

也就是说欢欣鼓舞的百姓纷纷从家里牵牛羊、持美酒慰问义军，而刘邦推托说为减轻百姓负担坚决不受。如此一举，关中百姓都对刘邦称赞有加。

得民心者得天下。就这样，刘邦一到关中，就受到了百姓的拥戴。这为他日后和项羽争天下打下了坚实的群众基础。与刘邦得民心不同，此时的项羽在得到秦朝大将章邯的支持后，干了一件大失民心的事。

旷世大坑杀

前面我们已经说过，秦始皇在求长生不老丹未果后，迁怒于朝中的儒生，不惜大量坑杀。“焚书坑儒”事件惊动了世人，秦始皇的罪名从此又多了一项。

当然，集体坑杀活人并非秦始皇首创。早在春秋战国时，秦国在攻打赵国获胜之后，秦将白起在长平（今山西省高平市西北）坑杀了赵兵四十万。四十万是一个惊人的数字，更是一个个鲜活的生命！我们甚至可以想象出四十万人被坑杀时是何等悲惨的场面。视人的生命如草芥，视人如蝼蚁，这对人性本身来说，真是可悲、可怕、可叹！

然而，项羽似乎也“不甘落后”，把目标瞄准了跟章邯投靠过来的二十多万秦军。

章邯当年东奔西闯，四处镇压义军，战无不胜，攻无不克，用事实证明了自己率领的是一支铁打的王牌之师。军中的士兵多半是长年在骊山服役的囚人，长期的压迫和超负荷的劳动，练就了他们的铮铮铁骨，磨炼了他们的坚韧毅力，从而造就了他们非凡的战斗力。从暗无天日的囚犯生活中获释的他们，只有一个想法：谁给口饭吃，就为谁卖命。

比起痛不欲生的服役生涯，打仗算是轻松的活了。有衣穿，有饭吃，还有军饷拿。如果表现得再好些，还可以升官发财。于是，他们就像永远不知疲倦一样，每一战都拼尽全力，每一战都奋不顾身，每一战都舍我其谁，也因此每一战都战无不胜。

而他们的顶头上司章邯也没有亏待他们，总是把获胜的战利品毫无保留地拿出来分发。人就是这样，你给予了别人很多，也会收到很多回报。所以，章邯在将士们的眼中是至高无上的。当章邯万般无奈之下选择了归降项羽后，手下众将士都选择了与他不离不弃。

项羽自己的军队大约有二十万人，再加上投降的二十多万秦军，他的军队已有四十来万了。这在当时已经是一个无敌的庞大之师了。

项羽和刘邦的关中之争就像是龟兔赛跑，跑得快的不一定最先到达终点，而跑得慢却一直在跑的，可能才是最终赢家。

巨鹿大胜后，项羽前面已无大阻碍了。然而他到了新安后，却突然停下来不跑了。原因很简单，手下人太多了，四十多万人虽然声势浩大，但比起轻装上阵的刘邦来说，他的行军速度简直慢得像蜗牛。

义军和降军混在一起，鱼龙混杂，各怀心事，就是想跑快点儿也有些力不从心。当初就是怕出事，项羽才把义军和降军交叉安排在一起。然而，义军和降军本身就存在很大的差别，一个是亲娘养的，一个是后娘养的，地位和待遇自然不同。

在项羽的军中，我们经常可以看到这样的情况：一个士兵跷起二郎腿，对一个降兵说，给老子捶捶背、揉揉肩，给老子洗脚。义军呼来唤去，就像使唤佣人一样使唤降兵。长此以往，降兵心中怨气太重，矛盾自此激化升级。一种不和谐的声音在军中传播：投降的秦军想造反。

“想造反，那还了得？”项羽一听不干了，马上把自己的两个亲信英布和蒲将军找来进行商量。

“秦国的这些降兵人数多，且怀有二心，如果到了关中，突然发难，反戈一击，那我们岂不是很危险吗？”

“非我嫡系，其心必异。既然秦军不厚道，心怀叵测，与其日后受其凌辱，不如先下手为强，把这些降兵统统格杀勿论。”英布和蒲将军纷纷建议道。

一场旷世大坑杀就这样发生了。

是夜，夜黑风高，伸手不见五指。楚军在英布和蒲将军的带领下，以迅雷不及掩耳之势杀向了二十万归降的秦军。没有丝毫悬念，新安（今湖南省义马市）城南，成了秦军最后的归宿。

据说那夜突然下起了大雪。雪花飘飘，白如孝服，直刺人心，仿佛是在为二十万冤魂送别。寒风凛凛，悲如妇哭，哀伤如许，仿佛也在为二十万冤魂鸣不平。

第二天，章邯、司马欣、董翳三个仅存的将领闻讯而来，捶胸顿足，泪如雨下。也许是受这件事的影响，章邯从此不复当年的神勇。司马欣和董翳也再没干出与其能力相称的事情来。也许在二十多万秦军被坑杀的同时，他们三人的心也随之死了。

夫哀莫大于心死，而身灭亦次之。此言非虚也。

谁是关中王

令项羽始料未及的是，处理掉那二十来万“累赘”的秦军后，他们前进的速度并没有因此而变快，相反变得更加裹足不前了。因为当时坑杀二十万秦军的事还处于瞒报阶段，关中一带的人大都不知道。面对这样一支威武雄壮之师，天下百姓无不翘首以待，项军所到之处，闻风来投的人络绎不绝。虽然坑杀了二十多万人，但项羽很快又在路上捡了二十来万人。

此时，函谷关上旌旗飘扬，不是大秦的旗帜，而是楚军的大旗。城头换大旗，这意味着什么？项羽这才知道，原来自己的结拜兄弟刘邦已先他一步到达了关中。

令项羽更惊讶的是，他这支成功打败秦军主力的威武之师、胜利之师，非但没有得到欢迎，反而吃了闭门羹。

“开门！”项羽心中不快，拍了拍马独自到城门边一声怒吼。他的话音刚落，突听“嗖”的一声，一支长箭有气无力地落在他身前。

“沛公有令，没有他的同意，任何人不得入内。”一名将军模样的人站在城上威严地说道，显然刚才那一箭就是他射给项羽示威的。

“可恶的刘邦，欺人太甚，给我拿下这座城再说！”项羽一声令下，手下几十万士兵便如潮水般向城边涌去。城上的守军本来就只有区区几千人，因此，项羽不费吹灰之力便进了城。

今天吃的闭门羹令他怒气冲天，进了城，项羽余怒未消。他非要找到刘邦，把他碎尸万段才解恨。这时，负责四处搜集情报的人派上用场了。他们找到了刘邦所在的准确位置——刘邦的大军并没有在咸阳，而是驻扎在霸上。

咸阳近在咫尺，霸上也近在咫尺。先去咸阳还是先去霸上，项羽为难了。

去咸阳是因为那是秦朝的老窝，是他一直想取而代之的地方。去霸上就是去找刘邦算吃闭门羹的账。

初来乍到，人生地不熟，在还没有搞清事态之前，项羽也不敢乱来。于是，他听从范增的建议，先在鸿门扎下大营，站稳脚跟再说。

是夜，项羽和将领们激烈地讨论刘邦真正的目的。这个问题一出，众将领纷纷畅所欲言。有的人说他是怕大王，有的人说他是想独取关中，有的人建议项羽让楚怀王来做主，还有的人建议他先给刘邦一点颜色瞧瞧。

正当众将领说得唾沫横飞之际，门外的卫卒带了一个人进来，是沛公左司马曹无伤派来的使者。使者带来了曹无伤的亲笔书信："沛公已把秦王宫所有金银财宝占为己有，他下一步就是想当关中王啊。"

"刘邦原本是酒色之徒，但到了关中后，百姓送来的财物他不接，如花似玉的女人他不碰，看来他已怀有远大之志。"范增说道，"再说我曾请人看过他的相，说他有天子之气，这样的人留着后患无穷，得抓紧时间干掉才是啊！"《史记》对此的记载是：**"吾令人望其气，皆为龙虎，成五采，此天子气也。急击勿失。"**

"他想跟我争关中王？"本来就对闭门羹事件耿耿于怀的项羽终于发

飙了。他令使者转告曹无伤，明天攻打霸上，叫他做好内应的准备。

是夜，项羽手下的义军磨刀霍霍，只待天一亮就杀向霸上。

刘邦手下的左司马曹无伤深夜派人来访项羽，定下了里应外合的绝妙之计。再加上当时项羽和刘邦的军事力量对比实在太悬殊，结果似乎毫无悬念了。然而，正在这个关键时刻，站出来一个人，他的出现不经意间改变了这一切。他的名字叫项伯。

项伯是项羽的亲叔叔，任左尹一职。曹无伤来项羽这里，项伯却到刘邦那里去了。

其实曹无伤来投靠项羽很容易理解，他虽然是最早追随刘邦起义的元老级人物之一，但他在职务上迁升太慢，很多“后来者”都超过他了，他还是个“小人物”，心里极度不平衡。同时，项羽的实力有目共睹，他的兵力是刘邦的数倍，曹无伤自然不会跟着刘邦，转投明主才是明智的选择。如果说曹无伤的举动太正常不过了，那么项羽的亲叔叔项伯的举动就太不正常了。项伯为什么要胳膊肘往外拐呢？

其实，他去刘邦那里不是背叛项羽，而是去叙旧，因为他和张良是故交。那么，项、张二人的这段“旧”是从何而来的呢？

项伯原本是江南一名小县吏。后来有人瞧不起已落魄的项氏家族，总是耻笑和唾骂他。那时候的项伯年轻气盛，怒而拔剑杀了那人。从此，他踏上了漫漫逃亡之路。后来，他逃到下邳时，与同样隐身于此的张良相遇。同是天涯沦落人，两人一见如故，项伯便在张良的小屋里落了脚，直到项梁和项羽起兵的事传来，他才告别张良去参加项梁的义军。后来，张良也追随刘邦加入了起义的浪潮。

项伯是个重情重义的人，他和张良的情义是很深的。两人虽然没有结拜为兄弟，但早已胜似兄弟了。此时，项伯自然不肯让张良白白等死，于是连夜来劝张良快逃。

张良一听，虽然心里瓦凉瓦凉的，但脸上却不动声色。

“我是替韩王护送沛公入关的，一直送到了这里。此时沛公有难，我如果选择一走了之，太不仁义了。因此，走之前，我必须跟他打个招呼。”张良说着入内去找刘邦了。

刘邦正在做他的“关中王梦”，听了张良的报告，顿时梦破了，心碎了。

“沛公，是谁给您出的馊主意，扼守函谷关，不让项羽等义军入关的？您扪心自问，凭我们的实力，能抵挡住项羽的进攻吗？”

面对张良的咄咄逼问，刘邦冷汗如雨。他毫不隐讳地告诉张良这是鲰生出的主意，并表示自己不是项羽的对手。

“这是我的失策，是我错了。如今，你可有何应对之策吗？”刘邦焦急地问道。

眼看刘邦有了醒悟，张良马上向刘邦献上一计。

“现在您唯一的救星就是项伯。”张良语出惊人，刘邦洗耳恭听。张良走上前去，与刘邦耳语了一番。刘邦的脸色顿时由阴转晴，仿佛在黑暗中突然看到了曙光。

张良计谋已出，接下来就该看刘邦的表演了。他们使出的是刘氏独特的“三板斧”。

第一板斧：拜把子。

刘邦在张良的陪同下，来见项伯。一见面，他就像对待相识多年的朋友似的，与项伯又是握手，又是拥抱，并且口口声声地直呼项伯为大哥。项伯受宠若惊，只能默认了这位从天而降的“小弟”。那一瞬间，他的心里肯定在想，被人崇拜的滋味就是爽歪歪啊！

第二板斧：结亲家。

象征性的礼节到位后，刘邦马上向项伯提想与其结为儿女亲家的事。项伯盛情难却，只能默许了这桩主动送上门来的婚事。那一刻，他的心里肯定在大笑，被人追捧的感觉就是喜洋洋啊！

第三板斧：喝喜酒。

把子也拜了，亲家也结了，刘邦大手一挥，马上上美酒，并美其名曰共同欢庆。项伯喜出望外，只能接住了那一杯杯琼浆玉液。那一刻，他的心里如痴如醉，被酒精麻醉的感觉就是乐哈哈啊！

爽了，喜了，乐了，该是刘邦亮剑的时候了。这时，刘邦充分调动自己的三寸不烂之舌，开始为自己辩解："吾入关，秋毫不敢有所近，籍吏民，封府库，而待将军。所以遣将守关者，备他盗之出入与非常也。日夜望将军至，岂敢反乎！愿伯具言臣之不敢倍德也。"

大致意思就是说：我无意与项王为敌，一切的一切都是误会。我之所以派人守函谷关，不是为了防项王，而是为了防贼啊。我无心为王。我入关中，丝毫都不敢私自占有，所有公共财产都登记入库，为的就是等待项王的到来，为的就是献给项王啊！我与项王同样是义军，怎能因为一点小误会而自相残杀，那岂不是会被世人唾骂和耻笑？

为了达到预期的效果，刘邦在演说的过程中，还加上了肢体语言，而且说到伤心处，还声泪俱下，悲恸欲绝，其泪晶莹剔透，其情感人至深。

通过"三板斧"的洗脑和演说的攻心，项伯早已不是原来那个项伯了，他成了刘邦的"友军"。他只有一条路可走了：极力劝说和阻止项羽不打刘邦。

刘邦毕恭毕敬地把项伯送到大营外时，喃喃地说："大哥……呃，亲家，麻烦您帮我给项王带句话，就说我明天一大早亲自去他营帐里道歉。"

项伯回去后直接找到项羽。

"我刚刚去了沛公军中一趟。"项伯坐下后，直言不讳地告诉项羽，他去刘邦那里找过好朋友张良，说是不想眼睁睁看着当年的患难之交白白死掉。当然，他省去了刘邦"安抚"他那一段。

项羽早就听说过张良是个人才，忙问他把张良带来了没有。在他的潜意识里，刘邦那一点兵太微不足道了，张良的归顺才是他想要的。

项伯这时充分发挥了从刘邦那里学来的编故事能力，说张良不忍两大义军因误会而自相残杀，说刘邦并无称王之心，曹无伤不过是为了自己能升官发财，才极力造谣说刘邦的坏话。然后，项伯还解释了函谷关的闭门羹是刘邦的无心之过，是为了防贼才设的。总之，一切都被他说得合情合理。

项羽听后，陷入了长久的沉默，显然是在判断项伯所说之话的真实度和可信度。

项羽是项伯看着长大的。项羽的那点花花心思逃不过项伯的眼睛。眼看项羽有犹豫，他马上灌下了最后一剂猛药。

"沛公如果不先攻入关中灭了暴秦，将军怎能如此轻松地挺进关中呢？他是有功的啊！如果我们灭了他，那就是不仁不义。这可不是明主所为啊！"

项羽终于点头了，他完全相信了项伯的话。于是，第二天早上，众士兵整装待发时，项羽却突然说："这一战，咱不打了。"

张良，想不佩服你的人脉都不行；刘邦，想不佩服你的口才都不行；项伯，想不佩服你的愚昧都不行；项羽，想不佩服你的智商都不行。

历史就这样被这四个人决定了。鸿门宴，成了刘邦和项羽政治斗争的决战场。

第七章

峰回路转

鸿门宴上捉放刘

鸿门宴，指在公元前206年于秦朝都城咸阳郊外的鸿门（今陕西省西安市临潼区新丰镇鸿门堡村）举行的一次宴会，参与者包括当时两支对抗秦军的领袖项羽和刘邦，因为整个过程中充满阴谋和凶险，后人也常用鸿门宴一词比喻不怀好意的宴会。

下面，让我们走进楚汉之争，去详解旷世之局——鸿门宴的前世今生。

饭局之前，作为“特邀嘉宾”的刘邦显然是有备而来，在张良的指导下做了精心的准备。一方面，他利用“糖衣炮弹”（结为儿女亲家）把项伯搞定了，这样等于在项羽设下的饭局之中拉了个内应，这无疑为他的力挽狂澜打下了坚实的基础。

另一方面，他在赴宴人选上也费了不少神，因为是去别人的地盘赴宴，安全是第一要素，如果能顺利到虎穴潇洒游一回显然是一项技术活，因此，除了在敌人阵营中以“无间道”的方式设下内应外，自己所带的随从人员也相当重要，一句话概括就是少而精。随从人员不宜过多，人多虽然安全系数加大，但带来的后果是，目标增大，危险系数增大。试想，呼啦啦的一大帮人去别人阵营赴宴，且不说别人招待费神，也容易引起别人关注和怀疑，从而加强防备和警戒，这样一来，成为重点盯防对象的一大群随从无疑羊入虎口，带来的后果往往是致命的。

刘邦显然深谙此道，因此，在选择陪同人员时只用一百骑这样少得可怜的护卫队。人虽然少，但素质要求高，其中包含了刘邦颇为器重的“三剑客”：张良、樊哙和夏侯婴。刘邦这样选择是有讲究的，张良足智多谋，是自己的智囊；樊哙勇猛刚强，勇冠三军，是自己的保镖；而夏侯婴虽然智不及张良，勇不及樊哙，但手上却有绝活，驾马车的技术首屈一指，是自己的“专职司机”。事实证明，刘邦少而精的战术是成功的，正是因为他在赴项羽的大局之前精心布置和打造了“小局”，最终才化危为安。

而项羽却是有恃无恐，作为东道主，他根本没有做什么特别的安排，一派我的地盘我作主的气势，仿佛刘邦在他的眼里就是一只蚂蚁，随手一捏就粉身碎骨了，根本不用费什么心思。非但如此，就连手下的大谋士范增精心打造的“小局”他也不屑一顾，他认为杀鸡焉用宰牛刀，范增这样小心谨慎是吃咸鱼蘸酱油——多此一举。因此，尽管范增为了做到万无一失，一直在努力设局，又是安排刀斧手，又是准备玉佩，总之，可谓做到了面面俱到。然而，他的努力因为没有得到主人的认可，最终的结局只能是徒劳。

知己知彼，方能百战不殆。刘邦知道自己的弱小、项羽的强大，于是选择了扬长避短、另辟蹊径等低调得不能再低调的战略，最终达到了柳暗花明的目的。

而项羽呢？他只看到了刘邦表面上的脆弱，却没有看到他骨子里的坚强，从而选择了放任自由、漠然置之等高调得不能再高调的战略，最终让煮熟的鸭子飞了。

俗话说：不打无准备之仗。只有事先做好充足的准备，才能够取得胜利。对于局中人来说，更不能打无准备之仗，只有做到知己知彼，方能百战不殆。

鸿门宴开始后，刘邦和张良一同入席，至于樊哙，因为入席名额有限，只有先站在门外候着。而此次宴会的主人项羽、范增、项伯三人早已端坐在大厅，静候刘邦的到来。

“在下不知将军大驾入关，未曾远迎，罪过罪过。”刘邦进来后跪在地上主动赔礼道歉。

“何罪之有？”项羽冷哼道。

“我派将守关，只是为了防贼，不想弄巧成拙，该死该死。”刘邦道。

“不知者不罪。”项羽答。

“可惜现在有小人挑拨我们之间的关系……我承诺，关中的地盘都是您的，我分毫不占。”

刘邦的话归纳起可以用两个字概括：表态。有苦不言苦，有功不居功，有钱不忘本，刘邦这样说的目的是掩盖自己的过失，表达自己的忠心和诚意，取得项羽的信任，缓解当前危急的形势。

伸手不打笑脸人。项羽心中原本藏着在函谷关吃闭门羹的怒火，被刘邦的“柔功”一掺和，一下子就抛到九霄云外去了。

“看来是我错怪你了，唉，都是你的左司马曹无伤中伤你啊，不然的话，我又怎么会误解你啊！”

就这样，刘邦三言两语就“搞掂”了项羽，消除了“误会”，可谓口才一流，政治智慧一流。而从项羽的反应和表现来看，他显然与刘邦有很大差距，在政治手段上显得极为幼稚。

“看来真是一场误会。”项羽心中舒了一口气。高兴之余，他马上请刘邦入座，宴席正式开始。

这样一来，饭局显然是一团和气的场面了。

项羽和刘邦都爱杯中物，两人你来我往喝得不亦乐乎。看着两人的亲热劲儿，可急坏了一旁的范增。

范增先前就对项羽突然改变主意这件事感到莫名其妙，此时见刘邦已是瓮中之鳖，自然不会坐视不管。于是，宴席上很快出现了戏剧性的一幕：刘邦频频举杯向项羽敬酒，而范增却频频举起身上的玉玦向项羽示意。

“酒”“久”同音。刘邦举起酒杯，就是要和项羽通过杯中物建立长久的感情，以达到保全性命的目的。

“玦”“决”同音。范增举起玉玦,就是要项羽马上下定决心杀死刘邦，以达到快刀斩乱麻的目的。

可惜这时的项羽，眼中只有美酒佳肴，对范增的暗示视而不见。

眼看举玉玦杀刘邦这套方案行不通了，范增当机立断，马上启动第二套方案，找来了项羽的堂弟项庄，在他耳边嘀咕了一阵。于是，正当项羽和刘邦两人豪饮时，项庄以助剑为乐的名义登场了。

顿时，帐篷内，剑气逼人，直弄得人睁不开眼。说时迟那时快，项庄眼见时机一到，剑光一闪，便朝还在发呆的刘邦身上刺去。电光石火之间，项伯出手了，他完全忘了自己是项羽的亲叔叔，也忘了自己有为项氏家族夺天下的责任和义务。他的脑中,此时只有刘邦许诺的种种好处。

项伯及时挥剑挡住了项庄的致命一击。接下来，场上变成了项氏家族内部人员的比武。项庄和项伯两人使的都是项氏剑法，彼此知根知底，动起手来当真是难分难解。

顿时，宴厅里龙吟虎啸，刀光如雪，剑气如虹……

这一回合的比拼，项羽没有出招，刘邦没有出招，只有范增一个人在表演，项庄和项伯两个配角在配合。

范增使出的这招“项庄舞剑，意在沛公”看似完美无缺，却并没有取得预期效果，原因是自己内部人互相抬杠。于是，刘邦保住了自己的脑袋，这一回合，刘邦看似处于下风，但实际上双方是平分秋色，又打成了平局。

当然，整个过程还是很惊险的，特别是刘邦，已成惊弓之鸟。生与死对他来说，只在毫厘之间。

刀光剑影，杀气腾腾，剑拔弩张，战争一触即发。如果这时张良还没有看出端倪的话，他就根本不配做刘邦手下的第一谋士。

张良急忙出了帐门，找到樊哙，说明了情况。樊哙一听不干了，说："此迫矣，臣请入，与之同命。"然后，他提剑持盾便往营帐里闯。

门前的士兵自然不会让他这样的局外人随便进入，立刻出戟阻拦。

这时候樊哙是豁出去了。他拿起盾牌就往里冲，把侍卫撞得眼冒金星。

"来者何人？"面对樊哙的突然闯入，项羽很是吃惊，再看此人圆睁怒目，心中不由一紧。

"吾乃沛公参乘樊哙是也！"樊哙傲然道。

"好一个勇士啊！"项羽见他气宇不凡，口中赞道，"赐他一坛酒。"

项羽的手下马上搬来一大坛酒。这坛酒没有五斤也有两斤，常人喝不完就趴下了。项羽的意思很明白，既然你敢闯席，我就给你点厉害尝尝。

樊哙是个人物，岂是被吓大的？他二话不说，接过酒坛一口气就喝了个底朝天，然后拜谢道："好酒，好酒啊，谢项王！"

"赏他一块肉。"考完酒量，项羽接下来要考樊哙的食量了。

这回项羽手下的士兵们显然明白了主人的意图，马上端上来一条没有煮过的生猪腿，对樊哙说："这肉既新鲜又可口，请慢用吧。"

樊哙这时已经没有回头路可走了，只好假装很高兴地接过猪腿，然后把盾牌反扣在地，将猪腿放在盾牌上，拔出宝剑将肉切好，大口大口地吃起来。

三下五除二，樊哙就把猪腿吃完了，然后还装模作样地赞叹道："好吃啊，好吃！有酒有肉，神仙也不过如此。”

项羽正喜欢樊哙这样的豪爽脾气。他一边称赞一边问：“还能再喝吗？”

“我连死都不怕，更何况一坛酒、一条猪腿！”樊哙当着项羽的面进行了人生中第一次，也是唯一一次大演讲。

“我们为什么要起义？”樊哙的演讲以自问自答的形式开始了，“秦王暴虐无道，天下百姓处于水深火热之中，我们被逼无奈，才走上了起义的道路。”

“谁是关中王？”樊哙抛出了这一核心问题，“当初楚怀王有约在先，谁先入关中，谁就是关中王。如今沛公先入关，不仅未称王，还封存了银库，登记好民众，退军霸上专等将军的到来。项王，您才是大家心目中的关中王啊！至于沛公派兵把守函谷关，那也是为了防贼，替您保存好战争的成果啊！”

项羽赞赏地点了点头。虽然他早已知晓“原委”，不过听到身为一介武夫的樊哙也能将事情的来龙去脉解释得如此精彩，便对刘邦更加放心了。

显然，樊哙之所以能临场发挥得这么好，离不开刘邦和张良的统筹安排。来时，他们早已统一了口径，打好了腹稿，所以樊哙的演说才会如此流利和滔滔不绝。

“坐，请坐，请上坐。”项羽恭敬地把樊哙请入了席中。

后发制人的张良在这一回合找来帮手樊哙，运用“假痴不癫”之计成功突破了范增苦苦布下的局，让在“瓮中”的刘邦看到了生的希望。这一回合的比拼，刘邦一方胜出。

樊哙的到来是鸿门宴的高潮部分，因为他成功吸引了项羽的注意力。这时，张良向刘邦使了一个眼色，刘邦会意，马上起身，以如厕之名走到帐外。然后，张良也趁机溜了出来。

“宴无好宴，沛公得赶紧撤啊！”到了帐外，张良马上劝刘邦离开。

“不辞而别是对主人的大不敬啊！”刘邦自然知道形势危急，但还是心存顾虑。

两人正僵持着，成功脱身的樊哙走了出来。

“做大事不顾细节，行大礼不拘小节。如今人为刀俎，我为鱼肉。沛公您能逃出这个局中局就是万幸了，哪还顾得上那些个繁文缛节啊！”

刘邦听后，终于下定决心马上离开。

“沛公先走，我来断后。”张良道。

刘邦见张良一脸镇定，知道他自有脱身之计，便拿出一对还没来得及献出的白璧，让他转交给项羽，另外又拿出一对玉斗献给亚父范增。

随后，刘邦独自上马，沿着小路开溜，而樊哙、夏侯婴、靳强、纪信四人手持刀剑盾牌，紧跟在刘邦马屁股后面飞奔。

刘邦就这样从项羽眼皮子底下逃之夭夭了。

估摸着刘邦已抵达安全地带了，张良才慢悠悠地走到帐内，抱拳道：“沛公不胜酒力，怕酒后失态，已经先行离开了。他让我代为赔礼道歉，并将一对白璧献给将军，一对玉斗献给范老先生。”

“沛公现在何处？”项羽问道。

听了项羽这番天真的发问，范增气不打一处来。他把张良转送的礼物摔了个粉碎，愤愤地对项羽说道：“你小子真是榆木脑袋啊，真不值得与你共谋大事！将来夺你天下者，百分之百是沛公，我们日后都是他的俘虏啊！”

这便是历史上极富戏剧性的鸿门宴。

那么，面对已是瓮中之鳖的刘邦，项羽为什么没有直接杀掉他，以除后患呢？

首先，项羽以正人君子自居。

古语曰，舍生取义，杀身成仁。项羽出身于楚国项氏望族，他秉承了上层贵族文化的诚信守义、知恩图报、光明磊落等品质。在《鸿门宴》中，项伯言曰 ：“沛公不先破关中，公岂敢入乎？今人有大功而击之，不义也，不如因善遇之。”项羽诺之。项伯一句“今人有大功而击之，不义也”，说得项羽一时没了攻打刘邦的底气。所谓杀之无名，因此，既然项羽已同意了项伯的意见，就不能名正言顺、大张旗鼓地讨伐刘邦，那么，他更不会以“小人”行径，在宴会之上置刘邦于死地了。如果杀害一个来谢罪的人，更是杀之不武。因此，他对范增的多次暗示才默然不应，故作不闻不知，并宽容了樊哙的不敬，甚至对刘邦产生了英雄相惜的情感。这些问题的关键，就在于“义”字。

其次，项羽有高度自信。

项羽不杀刘邦也是建立在他对自身勇气和实力充分自信的基础上的。鸿门宴举行时，项羽不仅携巨鹿之战胜利之威势，而且与刘邦实力悬殊（当是时，项羽兵四十万，在新丰鸿门，沛公兵十万，在霸上）。这种唯我独尊、谁与争锋的气势，撼三军，动天地。虎狼之秦尚不在他眼里，区区刘邦又岂在话下？

最后，项羽有仁而爱人的性情。

作为一名横刀立马、驰骋疆场的武将，项羽本是性情中人，他不是政客，不会惺惺作态。项羽仁而爱人，敢爱敢恨，因此才会有分食推饮的举动，才会见伤病者而落泪，才会流传霸王别姬的千古绝唱。那么，他在鸿门宴上因仁慈之心放了刘邦也不足为奇。当然，项羽之所以这样做应该还有政治上的考虑。在项羽看来，至少在当时刘邦还算不上是他的对手，如果随意杀了有功的刘邦，会引起诸侯的不满和恐慌，造成抗秦联盟的瓦解。

总之，鸿门宴上，项羽迟迟没有下手，确实有上面说的个性因素、心理因素等，也有双方军事力量强弱、人心向背等外界因素。但不争的事实是，项羽没有把刘邦杀掉，以致留下后患，最终成为千古之恨。

西楚霸王诞生记

三天后，项羽带领四十万义军浩浩荡荡地进入了咸阳。

咸阳，是项羽梦寐以求的地方，是他努力奋斗的终极目标。只有他自己知道，为了能有这一天，他付出了多少，努力了多少，牺牲了多少。当初那句“彼可取而代也”还记忆犹新，转眼间竟然美梦成真。

项羽的眼睛突然红了，那是对暴秦的痛恨，是对项梁的怀念。男儿有泪不轻弹，只因未到伤心处。那么多的艰难险阻，那么多的流年不利，那么多的九死一生，这一刻都化成了激动的泪水、感动的泪水。

擦干泪水，项羽恢复了冷峻，也恢复了霸气。看着眼前鳞次栉比的宫殿，项羽的某根神经似乎被触动了，他当机立断，下令做了令人意想不到的大事，《史记·项羽本纪》记载：“居数日，项羽引兵西屠咸阳，杀秦降王子婴。烧秦宫室，火三月不灭；收其货宝妇女而东。”

这里包含了三件大事。

第一件事：大屠杀。项羽下令杀死了已经归降的秦王子婴，杀光了秦朝宗族，杀死了秦朝老将旧臣，杀死了许许多多无辜的人。一时间，咸阳城内横尸遍野，惨不忍睹，血流成河，触目惊心。

第二件事：大掠夺。项羽纵容部下强取豪夺，肆无忌惮地霸占宫女和民女。一时间，咸阳城内人心惶惶，鸡飞狗跳。

第三件事：大纵火。在大屠杀和大掠夺的同时，项羽还放纵手下四处放火，焚毁了秦国的宫殿，甚至连秦始皇一手打造的绝世阿房宫也没能幸免于难。熊熊大火，三月不熄；绝世宫楼，步步坍塌。

对项羽来说，火烧阿房宫极大地满足了自己的复仇心和虚荣心，然而，正是这一把火，烧出了不和谐。

项羽坑杀二十万秦军和火烧阿房宫的残暴行径与暴秦的所作所为如出一辙，因此，他在人们心中的形象一落千丈，从“神”变成了人见人怕、鬼见鬼愁的“魔”。

据说，如果孩子晚上啼哭，大人只要说一句“项羽来了”，孩子的哭声便会戛然而止。

总之，干了这三件大恶事，项羽已是恶名远扬，这也为他日后楚汉争霸埋下了失败的种子。

项羽烧了阿房宫，表明他根本不想在关中建都称王。这时，谋士韩生猜想项羽是想建都老家彭城，于是便来劝阻：“关中地势一分为二。内里一马平川，土地肥沃，水源丰富，四季分明，适宜耕牧，粮草充足。外围四处山河险阻，关隘众多，易守难攻，是建立霸业的好地方。战国时，秦国之所以强大，就是因为有关中做腹地。天时不如地利，大王如能像兵法中所说的那样，应势而谋，顺势而为，建都关中，定可雄霸天下，四海降服。”

应该说，韩生的分析很透彻，如果项羽真的选择了在关中建都，那么刘邦日后想反攻就比登天还难。然而，出人意料的是，项羽一口回绝了他的建议。

“古人说得好，叶落归根，况且如今我成就了这番大业，富贵不还乡，犹如锦衣夜行，别人看不见，有什么意思！”

韩生见项羽如此迂腐，如此不懂政治，连连摇头叹息。虽然当着项羽的面他不敢发牢骚，但一出了门，就肆无忌惮地自言自语道："世人都说楚国人像猕猴，喜欢花帽子。今日一见，果真如此。"

此话一出，韩生就后悔了。不过世上没有后悔药，很快就有人把他的话告诉了项羽。

项羽一听，怒不可遏，马上命人架起一口大油锅，把韩生抓来扔进锅里炼油了。

韩生被打入了十八层"油海"，是可怜的、无辜的。也正是因为他逞一时口舌之快，留下了"沐猴而冠"这个成语。

项羽是无知的、悲哀的，他忘了第一个扯大旗起义的陈胜是如何失败的。离开了百姓，离开了广纳良言，一切都是白干。也许，只有当日后与刘邦楚汉相争时，他才能体会到建都关中的千般好。只是那时，他还会想起那个在滚烫的油锅中惨死的文弱书生吗？

性格决定命运。项羽的性格，不但改变了他自己的命运，也改变了历史发展的轨迹。

其实，项羽弃关中而定都彭城，除了失去绝好的地利位置外，还需要处理一个棘手的政治问题：他来彭城了，楚怀王要何去何从呢？

是啊，起义最初阶段，为了推翻秦朝，聚集旧楚的臣民，团结一切可以团结的力量，项梁听从众人的意见拥立一个小牧童当了楚怀王。如今，暴秦已被推翻，而项羽拥有四十多万无敌之师，天下已唯他是尊，楚怀王这个傀儡也失去了利用的价值，变成了烫手的山芋。有楚怀王在彭城，自己还能名正言顺地称帝称王吗？项羽陷入了沉思。

项羽一思考，楚怀王就发怵。深思熟虑后的项羽准备先投石问路。他在范增的指点下，写了一封信，信的中心思想有两点：一是秦朝已经灭亡，二是刘邦比我先入关。

提秦朝灭亡是表明功绩，邀功请赏的意思，说刘邦先入关是暗示楚怀王废掉“先入关中为王”的约定，封自己为王。总之，这封信概括起来就是两个字：毁约。

然而，出人意料的是，接到信的楚怀王虽然很发怵，但还是无畏地回了封信，内容概括起来也只有两个字：如约。

项羽气得脸绿了，脖子粗了，须发都竖起来了。为此，他采取了双管齐下的策略。

一是架空。项羽采取明升暗降的方式，把楚怀王“升”为义帝，是名义上的天下至尊。

二是架刀。古代贤明帝王都有一条不成文的规矩，那就是一定要居住在江河的上游。项羽以此为借口，把楚怀王“请”出彭城，“恭送”到了风水宝地——长沙郡的郴县。而当时的郴县还是一块没有开发的地方，跟原始森林一样，荒无人烟，居住在此的人可谓叫天天不应，叫地地不灵。

值得一提的是，项羽本着斩草除根的原则，还上演了第三招——嫁祸，对楚怀王进行了最后一击。下文会有详细讲述，这里暂且不表。

就这样，项羽终于玩了一把政治智慧，把楚怀王，也就是现在的义帝，赶出了彭城。

踢开了义帝这个绊脚石，该是项羽称王称霸的时候了。为了让自己更加名正言顺，项羽想出了一个绝妙的办法，那就是分封各路诸侯为王。

这个办法有很多好处。首先，分封各路诸侯为王，就等于封住了他们的嘴，而无论功劳和势力，项羽都是最大的，自然是当仁不让的王中王。其次，分封各路诸侯为王，自然就废除了已经为王的六国诸侯王，也就是明明白白地向天下宣告自己脱离了楚怀王的组织。

不仅如此，通过封王，项羽还成功笼络了人心，分散了各方力量，从而加强了自己的霸权。

办法想出来后，项羽很快就付诸行动。通过广发英雄帖，他号召天下英豪来咸阳一聚，召开封王大会。

接到请柬，各路诸侯当时的心情真是爽歪歪了，毕竟封王晋爵、封妻荫子是所有人梦寐以求的事啊！

公元前206年，各路义军首领齐聚咸阳。项羽发表了“胜利宣言”，声情并茂地回顾了起义史，并说明了封王的重要性和必要性。

接着，项羽宣布封王榜，一共分封了十八路诸侯王。说来也奇怪，楚汉是十八路诸侯，三国是十八路诸侯，隋唐也是十八路诸侯，为什么这么巧呢？

其实，在我国古代，人们总把“九”看成是最富有神奇色彩的数字，因为它是龙形（或蛇形）图腾化成的文字，继而演化出神圣之意。中国人也以“九”为大数。天地之数，始于一，终于九。

既然以“九”为尊,那九的倍数十八也跟着沾了光。一碰到数量问题，古人都想往这些数字上靠。其实,为了凑数,所谓的十八路诸侯良莠不齐，存在很大的水分。

《史记·项羽本纪》对分封情况有这样的记录——

“‘巴、蜀道险，秦之迁人皆居蜀。’乃曰：‘巴、蜀亦关中地也。’故立沛公为汉王，王巴、蜀、汉中，都南郑。而三分关中，王秦降将以距塞汉王。项王乃立章邯为雍王，王咸阳以西，都废丘。长史欣者，故为栎阳狱掾，尝有德于项梁；都尉董翳者，本劝章邯降楚。故立司马欣为塞王，王咸阳以东至河，都栎阳；立董翳为翟王，王上郡，都高奴。徙魏王豹为西魏王，王河东，都平阳。瑕丘申阳者，张耳嬖臣也，先下河南，迎楚河上，故立申阳为河南王，都洛阳。韩王成因故都，都阳翟。赵将司马卬定河内，数有功，故立卬为殷王，王河内，都朝歌。徙赵王歇为代王。赵相张耳素贤，又从入关，故立耳为常山王，王赵地，都襄国。当阳君黥布为楚将，常冠军，故立布为九江王，都六。鄱君吴芮率百越佐诸侯，又从入关，故立芮为衡山王，都邾。义帝柱国共敖将兵击南郡，功多，因立敖为临江王，都江陵。徙燕王韩广为辽东王。燕将臧荼从楚救赵，因从入关，故立荼为燕王，都蓟。徙齐王田市为胶东王。齐将田都从共救赵，因从入关，故立都为齐王，都临菑。故秦所灭齐王建孙田安，项羽方渡河救赵，田安下济北数城，引其兵降项羽，故立安为济北王，都博阳。田荣者，数负项梁，又不肯将兵从楚击秦，以故不封。成安君陈余弃将印去，不从入关，然素闻其贤，有功于赵，闻其在南皮，故因环封三县。番君将梅销功多，故封十万户侯。项王自立为西楚霸王，王九郡，都彭城。”

这就是“羽分天下王诸将”。项羽封给自己的九个郡，横跨今天的江西、浙江、安徽、江苏、河南五省的大部分地区，势力之大可想而知。

“西楚霸王”这四个字也很有讲究。项羽一口气封了十八路王，而将自己定位为霸王，意思就是诸侯王的领袖，王中之王。

对此，“史圣”司马迁点评：“大政皆由羽出，号称西楚霸王，权同皇帝。位虽不终，近古以来未尝有也。”

都是分封惹的祸

从分封十八路诸侯中可以看出，项羽分封了四类人：其一，率先进入关中的刘邦；其二，巨鹿大战中秦国的三员降将；其三，陈胜、吴广起义后先行复国的诸王；其四，随项羽发动巨鹿大战，破秦入关的有功之臣。

可以说除了刘邦以外，项羽对其他诸侯和将领的分封都是按照功劳大小，所占土地的规则来的，看起来还算公平。但分封结束后，诸侯各自回到所属封国，天下就此太平了吗？答案是否定的。

因为项羽的分封存在一个严重的问题：他是依据“自身利益关系”来分封的，一些人满意了，就有另一些人不满意。

魏豹由魏王降为西魏王，赵歇由赵王降为代王，田市由齐王降为胶东王，韩广由燕王降为辽东王，韩成虽仍为韩王，但却与河南王申阳共分韩地。这五个人都受了黜降，他们能心悦诚服吗？

项羽三分齐地，而齐地中最有实力的田荣无分；陈余与张耳功劳相当，但张耳封王，陈余无分，田、陈二人怎肯甘心？

还有彭越，他趁乱起兵，此时在巨野已聚众数万，无所归属。项羽分封时没考虑他，但他已成一方势力，还会安分守己吗？

而最大的不满还是来自刘邦。刘邦素有大志，在西入秦关的道路上积累了雄厚的政治资本，在诸侯中除项羽之外最有实力。刘邦本指望割据关中，如今却只得到僻远的巴蜀汉中，他岂肯善罢甘休？

天下熙熙，皆为利来；天下攘攘，皆为利往。熙熙攘攘，利来利往；恩恩怨怨，是非难了。

其实，关于刘邦的分封问题，项羽和范增在会前就进行了数次的研究和讨论。范增认为，巴蜀之地道路险峻，原本是安置罪犯和流浪者的地方，让刘邦去那里，既不会让项羽背上违背约定的罪名，又困住了刘邦这条蛟龙。

项羽这次听取了范增的意见，把刘邦封为汉王，将他赶去了那鬼见愁的地方。

为了双保险，项羽听从范增的意见，把汉中土地分割为雍（章邯）、塞（司马欣）、翟（董翳）三国，处于刘邦和项羽之间，作为屏障。这说明经过鸿门宴一闹之后，项羽已对刘邦有了足够的警惕和提防之心。

天下没有不透风的墙。刘邦在第一时间得知了项羽的分封安排，一怒之下便要去找项羽拼命。

每到关键时刻，刘邦手下都会出现力挽狂澜的良臣。鸿门宴上张良光彩夺目，此时该是萧何露脸的时候了。

“冲动是魔鬼！留得青山在，不怕没柴烧。”萧何劝道。

“难道我不当这个汉王就会死？”刘邦还是不服气。

“会。”萧何拿出在入咸阳时收藏的地图，仔细分析了当前局势，“以咱们眼下的兵力，如果真的跟项羽死磕，那是必败无疑啊！巴蜀之地虽然偏僻，但地势险要，易守难攻，是一个韬光养晦的好地方。只要咱们开荒种粮，广招贤士，爱民护民，定能开疆拓土。夺回三秦之地，剑指天下也指日可待。”

刘邦听了，面露喜色，默认了项羽的分封。

眼看萧何露脸了，张良也不甘落后，他马上给刘邦献了另外一计：发射糖衣炮弹，掳获项伯的心，攻下项羽的关，把汉中郡搞到手。

刘邦自然知道汉中郡地理位置的重要性。汉中处于关中和巴蜀之间，退可以作为防守的天然屏障，进可以作为夺取关中的交通枢纽。他接受了张良的建议，让张良带着无数金银珠宝前去贿赂项伯。

项伯是一个什么样的人？他是一个老好人、老实人、老蠢人。老好人就不用说了，只栽花不栽刺，只要别人对他好，他就对别人好，不管这好是善意的还是恶意的，真是好到家了。说他是个老实人，是因为他很容易相信别人，很容易上当受骗，被人卖了还帮着数钱，老实到家了。说他是个老蠢人，是因为他脑瓜不好使，鼠目寸光，只看到眼前的个人利益，没有长远的政治眼光，结果成了被别人利用的武器，被玩弄于手掌之中，真是蠢到家了。

果然，集好、实、蠢于一身的项伯得到好处后，马上动用三寸不烂之舌对项羽进行了公关。

面对叔父的求情，项羽最终答应了把汉中郡加封给刘邦。“不就是一块贫瘠之地吗？你想要，拿去便是。”这或许是当时项羽的想法。

然而，他万万没料到的是，就是这样一块贫瘠的毫不起眼的地，却是兵家必争之地。日后，刘邦就是从汉中郡这个桥头堡出发，通过南征北战，打下了大汉四百年不朽的基业。

火烧栈道为哪般

有这样一句话："一个人能否成功，不在于他知道什么，而在于他认识谁。"

也就是说，一个人的成功，百分之八十五归功于他的人脉关系。那些看似幸运之神降临的因缘际会，其实多半是努力经营人脉的结果。有良好人脉的人，看上去总是能呼风唤雨、无所不能。

对刘邦来说，他拥有的最大财富就是人脉。萧何、曹参、夏侯婴、樊哙等人才齐聚堂下，因此，尽管他的兵力和实力还无法与项羽相抗衡，但良好的人脉却让他在逆境中如鱼得水，游刃有余。首入关中、鸿门宴大难不死等都是鲜活的例子。

如今，刘邦被屈封到巴蜀一带当汉王，在手下人的劝说下，他也乐意地接受了。然而，正在这样一个节骨眼上，他颇为倚重的谋士张良却要跟他说再见了，这让刘邦很痛苦。

张良要走的原因只有一个，那就是为了复国梦。的确，他此时只能算是"挂靠"在刘邦名下，他真正的主子是韩王成。

作为韩国的"官六代"，张良眼看其他五国都复国了，自然不甘心韩国就此"泯于众人"矣，因此，他拥立韩王成为主子，开始了复国之旅。

因为人马少，张良的复国大业一直没有干出成绩来。当刘邦的西征大军到来时，他和韩王成毅然踏上了征服暴秦之旅。此时，暴秦已被推翻了，各大诸侯也得到了应有的分封，刘邦被封为汉王，韩王成被封为韩王。张良也决定返回韩国，继续完成他的复国梦。

人各有志，不可强留，刘邦明白这个道理，因此，他也没有强留张良，只是心里很悲伤。而张良同样很难受，毕竟对他来说，眼前这个人才是他想要追随的主子，但强烈的责任感和使命感，让他只能暂时离开刘邦，去努力争取完成自己的复国梦。

当刘邦去汉中时，张良百里相送，离别前，他做了一件很重要的事——指导刘邦火烧子午栈道。

子午栈道是从关中平原到汉中盆地的一条捷径，自战国时开始修筑，凭借着一代代人愚公移山的精神，才建成这条长达近五百里的大道。一旦栈道被烧毁，关中和汉中便如牛郎织女般天各一方，难以直接联络了。

当张良告诉刘邦这个计划时，刘邦很是惊愕："栈道被毁，我岂不是一辈子都要被困在巴蜀了！"

张良胸有成竹地进行了解释："烧毁栈道，看似自毁退路，但同时也烧毁了各诸侯王的侵略之路，他们便不能轻易地攻到汉中来了。而且，这看似自毁前程之举，也能彻底打消项羽的防备之心，让他们认定我们再无东归之意。"

听到这里，刘邦原本阴沉的脸才舒展开来。随后，张良又送给了他一个锦囊，叮嘱他只有等到东归那时才能打开。

就这样，刘邦采纳了张良的建议，边走边放火烧掉身后的栈道。很快，这个数百年才打造完成的第一栈道就被彻底毁掉了。

火烧栈道与项羽当年北渡黄河的破釜沉舟如出一辙，只是前者是为了鼓舞士气，英勇杀敌，后者是为了麻痹敌人，造出一种壮士一去不复返的架势。火烧栈道，很好地麻痹了项羽，成功转移了他的注意力，为刘邦在蜀中磨刀霍霍操练兵马，准备东山再起提供了充足的时间。

后人作诗曰："王尊奉汉朝，灵关不惮遥。高岷长有雪，阴栈屡经烧。轮摧九折路，骑阻七星桥。蜀道难如此，功名讵可要？"

俗话说，"失之东隅，收之桑榆"。刘邦不会料到，在暂时失去张良这样一个得力助手后，自己马上又收获了一员大将——韩信。

韩信早年父母双亡，为了生计吃尽了苦头，甚至还遭遇到了"胯下之辱"，好在他都挺过来了。秦二世胡亥二年（公元前 208 年），一直梦想出人头地的韩信投靠项梁。然而，他在那里直到项梁死，近一年的时间，都是普通士兵。

韩信是在项梁死、项羽接手项梁兵权后归属于项羽的。项羽把韩信提拔为郎中。

韩信一开始对项羽是充满期待的，曾给项羽提了不少有用的建议，可项羽对他视而不见，对他的话听而不用。

韩信曾说过："臣事项王，官不过郎中，位不过执戟，言不听，画不用……"韩信虽出身低微，但具有天才般的军事才能，领兵打仗可与项羽一拼。那时数一数二的军事人物，仅项羽和韩信两人。古语有云，士为知己者死，将为明主而亡。可这样的人才，他说话人家不听，做事又没机会，他的价值就无法实现，他的抱负也无法施展。

的确，韩信怀着卓越的军事才华，投身于项羽军中，本想做一番大事业。没想到，事业没做成，却差点把命搭上。他非常伤心失望，然而，他没有放弃，转身投奔了项羽的直接劲敌刘邦。

选择刘邦是韩信经过深思熟虑后做出的决定。他通过对刘邦多方位的考察，判断此人成熟、名声好、爱人才，于是果断决定让他做自己的主子。

然而，韩信很快就被泼了一盆冷水。面试过后，刘邦对他说道："你先在军中做连敖吧。”“连敖”这个官职，说白了就是招呼客人的接待员。

韩信本以为凭自己的才华，肯定会得到刘邦的重用，但没想到就讨了个端茶倒水的活儿干，还不如从前呢。对此，韩信当然不满意了。但是，不满归不满，因为刚刚才跳槽过来，他也只好忍气吞声地先干着再说。

虽然决定干了，但韩信一点工作的积极性都没有。为了消除心中的苦闷，他开始放荡不羁起来，结果很快就犯下了罪行，还倒霉地被判了死刑。

就在行刑这天，韩信突然清醒过来，意识到过了今天自己就人头落地了，所有的远大梦想便就此烟消云散了。

“不，我不能死。我不能就这样平白无故地死去，不能就这样稀里糊涂地死去。”一种强烈的求生欲望涌上了韩信的心头。

眼看着死囚犯一个个被砍掉了脑袋，一眨眼已有若干人头掉落于地，刽子手的刀很快便对准了韩信。那雪亮刺眼的刀闪出一道冰冷的光，深深刺痛着韩信。韩信知道如果再沉默、再犹豫，自己便再无机会了。

于是，在这关键时刻，他昂首挺胸，大声喊道：“你们汉王难道不想夺天下了吗？你们为什么要斩杀壮士呢！”

可能是他声音太大，那个刽子手被震住了，呆了几秒。等刽子手反应过来，准备再次运气挥刀时，戏剧性的一幕出现了。

“且慢，刀下留人。”在这千钧一发之际，监斩官终于发话了。

“你叫什么名字？”监斩官问。

“行不更名，坐不改姓，韩信是也！”韩信傲然答。

“哦，你就是那个甘愿钻人家裤裆的韩信啊？”监斩官继续问。

“我不但善于钻人家的裤裆，还善于在百万军中取敌将之首级。”韩信淡定说道。

“哦，你有什么计谋可以帮助汉王打败项羽，夺取天下？”

“运筹帷幄之中，决胜千里之外！所谓计谋，只可意会，不可言传。”韩信依然淡淡地说道。

就这样，韩信获得了一次难得的保释机会，受到了监斩官夏侯婴的格外接待。

我们都知道，夏侯婴跟刘邦是铁哥们儿。刘邦在当亭长时，他就在县里当公务员。因为两人关系铁，所以经常在一起比试刀剑。后来，刘邦斩白蛇起义后，夏侯婴成了他的拥护者。因为战功卓著，夏侯婴被刘邦封为“太仆”，也就是刘邦的专职司机。

按照现在的说法，老板身边最红的人莫过于秘书和司机了。刘邦之所以这样安排，也是把夏侯婴当作了自己的亲信。要知道，陈胜就是因为没有找对“司机”，才丢了身家性命。

话说过来，夏侯婴把韩信带回去后，与他进行了一番交谈。结果就是这一谈，让他发现韩信是个不可多得的人才。于是，他马上向刘邦推荐了韩信，并给出了评价极高的推荐词：此人有经天纬地之才，有定国安邦之策。

夏侯婴都出马了，刘邦不得不重视。他大手一挥，说道：“那就提升他为治粟都尉吧。”

治粟都尉相当于管粮食的仓库管理员，属于中高级的官职了。韩信能一下子被提到这个位置，已经算是破格了，但对有足够野心的韩信来说，这个职位还远远不够。于是，他决定主动出击，在刘邦面前展露自己的才华。

韩信的“汉中对”

但是，韩信所作的各种“秀”，都没能让刘邦对自己另眼相看。不过，这倒是引起了萧何的注意。

萧何此时已被刘邦提拔为丞相，可以说是当仁不让的最红人物。他发现韩信的旷世之才后，马上向刘邦推荐。

出人意料的是，一向对萧何言听计从的刘邦，这次一反常态，直接婉拒了：“韩信这个人野心太大，刚刚才提升他为治粟都尉，现在还没干出成绩来呢，再提拔不妥，回头再议吧。”

“拜托，这是哪跟哪啊，专业不对口啊，我的才华可不是用来管仓库的，是用来打仗的。”韩信听了很失望。

萧何为了安慰他，承诺道：“兄弟，你再等等，我一定说服汉王回心转意，尽快提拔你。”

然而，过了好久，韩信苦等的好消息一直没有到来。终于，他原本火热的心再次变凉了。他已经饱受了风霜，受尽了冷落，太需要阳光，太需要温暖了。

“罢了，罢了，此处不留爷，自有留爷处。”韩信长叹一声，决定再次炒了老板的鱿鱼，另谋高就。

于是，在一个月光如水的夜晚，韩信提起自己的行囊飘然而去。

当萧何听到韩信不辞而别的消息后，大惊失色。随后，他做出了一个惊人之举——策马去追韩信。

因为事先没有向刘邦打请假报告，所以消息传到刘邦耳朵里时便成了“丞相萧何也逃了”。

当萧何终于回来，把一切解释清楚时，刘邦更是气愤：“就为追一个微不足道的小吏，颠簸三天三夜，值得吗？”

“值得。”萧何坚定地说，“我的才华只能帮大王治理天下，想打天下，就必须要重用韩信。”

在刘邦眼里，萧何可是他刘氏集团的顶梁柱、主心骨啊，丢了谁都可以，走了谁都可以，唯独萧何不能走。而在萧何眼里也是这样，丢了谁都可以，走了谁都可以，唯独韩信不能走。

“好吧，看在你这么执着的份上，我就封他为将军吧。”刘邦妥协了。哪知萧何听了，头摇得像拨浪鼓：“只封个将军，他肯定还是不会留下来。”

“不当将军，难道一定要封他个大将军吗？”刘邦说这话时已经带有情绪了。哪知萧何毫不客气地应道：“如果真是这样，那我们大汉就有希望了。”

就这样，在上演了“萧何月夜追韩信”的戏码后，被震撼到的刘邦最终选择了妥协，听从了萧何的金玉良言，拜韩信为大将军。

在萧何的建议下，刘邦决定为韩信举行一次隆重的拜将仪式。

拜将仪式结束后，刘邦和韩信进行了一次长谈。

“丞相三番五次地向我推荐你，现在就请你自己说说有何可以指教我的。”刘邦单刀直入。

韩信先是谦逊一番，然后开始亮剑。他提出了一个显而易见的问题：“请问大王，如今跟您争天下的人是不是项羽？”

“是。”刘邦点了点头。

“那您认为自己在勇猛、仁爱等方面，跟项羽相比怎么样呢？”韩信这第二个问题有点过于尖锐了，连在一旁的萧何都想起身阻止他说下去。

但是，刘邦倒显得很平静，似乎并不太介意。他略一沉吟，答道：“皆不如他！”

韩信听到这里，原本绷紧的脸蛋终于舒展开来，露出了欣慰的笑容。其实，前面两问，他只是试探刘邦的气度。此时见刘邦如此谦卑厚道，他才披肝沥胆地把对话引入了主题：“恭喜大王，我也是这么认为的。”

萧何气得直跺脚，心里焦急万分：“韩信啊韩信，你把主公激怒了，能有好果子吃吗？”

好在刘邦还是正襟危坐，显得很是平静，一脸期待地看着韩信，显然是在等他的下文。韩信也不再转弯抹角，直言不讳地说道：“我曾经在项氏集团打过工，对项羽多少有些了解，知道他的优点很明显，但缺点更明显。”

随后，韩信为刘邦详细阐述他的观点，这就是著名的《汉中对》，其原文如下：

项王虽霸天下而臣诸侯，不居关中而都彭城。有背义帝之约而以亲爱王，诸侯不平。诸侯之见项王迁逐义帝置江南，亦皆归逐其主而自王善地。项王所过无不残灭者，天下多怨，百姓不亲附，特劫於威强耳。名虽为霸，实失天下心。故曰其强易弱。今大王诚能反其道，任天下武勇，何所不诛！以天下城邑封功臣，何所不服！以义兵从思东归之士，何所不散！且三秦王为秦将，将秦子弟数岁矣，所杀亡不可胜计，又欺其众降诸侯，至新安，项王诈坑秦降卒二十馀万，唯独邯、欣、翳得脱，秦父兄怨此三人，痛入骨髓。今楚强以威王此三人，秦民莫爱也。大王之入武关，秋毫无所害，除秦苛法，与秦民约，法三章耳，秦民无不欲得大王王秦者。於诸侯之约，大王当王关中，

关中民咸知之。大王失职入汉中，秦民无不恨者。今大王举而东，三秦可传檄而定也。

韩信的这段话详细分析了项羽的四大弱点。

其一，项羽爱逞匹夫之勇。在战场上，他力拔山兮气盖世，威不可挡。但是，他不会用贤将，留不住人才，致使项氏集团人才匮乏。战乱年代什么最重要啊？人才！

其二，项羽还有妇人之短视。他平常虽然对属下很是关心、仁爱，说话和气，但属下一旦立了功，需要封赏时，他却紧紧握着印信，连印角都磨平了，都不舍得给有功之人分封。长此以往，将士们都寒了心。

其三，项羽不得人心。他虽然现在雄霸天下，众诸侯对他无不臣服，但他的军队所到之处，百姓无不遭殃受苦，天下百姓无不对他心生怨恨，只是暂时敢怒不敢言罢了。得民心者，得天下；失民心者，必定失天下。

其四，项羽身处裸都。他当年舍弃易守难攻的关中而建都彭城，不但公然违背了与楚怀王之约，失去了扎根关中的绝好之地，还失去了一举吞并各大集团的机会。彭城无所凭借，是一座裸都，它早晚会拖着整个项氏集团一起陪葬。

“所以，项羽现在的情况并不乐观。大王您只需要反其道而行之，任贤用能，赏罚分明，以德树威，以法规人，以情感人，以心交人，未来必将无往而不利，还有谁不能打败呢？”

分析完了项羽的劣势，韩信接着分析起了刘邦的优势。

“为了限制大王的发展，项羽把章邯、司马欣、董翳三员大将封为三大王，在汉中布下品字形天堑，看似坚不可摧。然而，章邯等三人都是过去的老霸主秦氏集团的顶梁柱，虽然威极一时，但他们投靠义军后，追随他们的二十多万士兵都被项羽给坑杀了。在关中人的心里，这三人才是真正的刽子手，百姓对其恨之入骨，所以，他们三个不足虑。

“您入关之后，对关中百姓秋毫无犯，实施约法三章，大得民心。而按楚怀王之约，您本应该是关中王，如今却被贬到这个荒凉的汉中来，百姓无不伤感。因此，您一旦出兵东进，关中百姓自然会群起响应，三秦之地只需要一道檄文就可以轻松搞定，是真正的不设防啊！”

韩信这个见仁见智的“汉中对”给了刘邦极大的震撼。刘邦又何尝不想早日突破重围呢？但他还是顾忌项羽的强大，以及三秦之地的章邯、司马欣、董翳。毕竟，刘氏集团要想有更大的发展，必须先经过他们的地盘。韩信这番细致入微的分析，让刘邦茅塞顿开。

“原来我一直寻找不到的项羽的命门，就在这里啊！”刘邦暗暗赞叹，对韩信一下就生发出了相见恨晚之感。

随后，刘邦全面接受了韩信的建议，积极进行了各种准备，伺机东进。韩信也不是一个空谈的理论家，他为汉王献上谋略后，便开始大显身手，进入实操阶段。

那是一个晴空万里的早上，韩信开始对士兵进行强化训练。他首先宣读了新出炉的法纪法规，然后以身作则，边讲解边示范。开始时众人对他并不服气，认为他无名无才，没有资格来教自己。然而，当韩信斩杀了一个不守军规的士兵后，众人都不得不服了。

一周后，韩信进行的强化训练已初具成效，众人都被他的才能所折服。半个月后，偌大的训练场上，人头攒动，进时如灵蛇出洞，迅猛至极，退时如万剑归宗，悄然无息。一个月后，汉军已完成了质的转变。他们不再是一盘散沙，而是紧密团结的一道牢不可破的墙。

有了这堵墙，就有了东归的资本，有了这堵墙，就有了必胜的信念，有了这堵墙，还有什么可以阻挡？

第八章

拉开楚汉争霸的序幕

出关没商量

半年的光景一晃而过。眼看汉军在韩信的调教下操练得有模有样了；眼看粮草军备都已就位，有备无患了；眼看舆论的呼声越来越强烈了，刘邦再也坐不住了。他把韩信叫来，柔声问道："我什么时候起兵最好呢？"

"现在暑气将尽，中秋来临。每逢佳节倍思亲，正是用兵的最佳时机。"韩信答。

"该用什么样的计策呢？"刘邦接着问。

"明修栈道，暗度陈仓！"韩信的回答很简明。就在刘邦疑惑时，他马上又进行了解释："当初张良火烧栈道，意在迷惑项羽，认为我们永无东归之心。但是，据我所知，自南郑通向三秦还有一条羊肠小道，因为它掩映在草木之中，很少有人知道。我军可以悄悄沿此道直抵三秦。与此同时，大王再派一支部队大张旗鼓地去修栈道，以做掩护麻痹敌人。如此一来，我们一定能打他们个出其不意。"

"好计谋！"刘邦大喜过望。

这时，他突然想起张良当日临走时赠给自己的锦囊。他赶紧打开珍藏已久的锦囊，只见上面龙凤舞地写着"明修栈道，暗度陈仓"八个字。

"真是英雄所见略同。"刘邦和韩信击掌而笑。

原来由汉中出关，有三条路线可以走。

第一条就是被刘邦烧毁的子午道。这条路线最为便捷，沿子午道可以直逼咸阳。

第二条是褒斜道。这条路线是由秦岭南坡流淌的褒水逆水而上到源头处，穿过秦岭，最后沿秦岭北坡的斜水而下到达关中盆地。

第三条是陈仓道。这条路线最为曲折，从南郑穿过褒斜道后，西经凤县一带，迂回大散关，最后出陈仓（今陕西省宝鸡市）。

韩信和张良推荐的行军之道正是第三条路线——陈仓道。

公元前 206 年，困在汉中达半年之久的汉军终于整装出发了。历时四年半之久的楚汉争霸也由此拉开了序幕。

楚汉争霸精彩纷呈，气势磅礴，各种明战暗战错综复杂，令人眼花缭乱；各种阴谋阳谋层出不穷，令人目不暇接。为了方便读者观战，笔者将楚汉争霸归纳成主线和支线两条战线。

主线共有四大战役：彭城战役、成皋战役、荥阳战役、垓下战役。

支线也有四大战役：三秦战役、安邑战役、井陉战役、潍上战役。

刘邦欲出汉中，首先要踏平的自然是三秦之地，因此，三秦战役是刘邦争霸之旅的试刀石。

三秦战役虽然是楚汉争霸的支线战役，但此役关系重大，其成功与否决定着刘邦能否顺利突围，能否有机会站在项羽面前。好在大将军韩信早已胸有成竹，制定了明修栈道，暗度陈仓的战术。

明面上，刘邦派樊哙、周勃带领两万多名兵卒中的老弱病残，大张旗鼓地去修栈道。

暗地里，汉军的主力在韩信的带领下，以曹参为先锋，悄悄沿褒斜以西故道出关，越过秦川，直抵陈仓。

出发前，刘邦将自己最为倚重的萧何留在了南郑，委托他管理国家大事，为大军提供后勤保障。为了鼓励士兵，刘邦还顺应形势，提出了一个响当当的口号：中秋月圆之日，打到关中与家人团圆！

荣归故里，家人团圆。这个口号对久困汉中的汉军来说相当具有诱惑力，顿时让他们热情高涨，士气大增。

三秦之中，章邯的封地是秦朝旧都咸阳以西的所有地方，其都城根据项羽的命令设在废丘（今陕西省凤县南星镇）。于是，当年秦朝的大将军变成了如今的雍王。

当年，章邯为秦朝上刀山下火海，拼死拼活，最终只是白打了几年工，不但没有得到朝廷的嘉奖和分封，还差点成为大权在握的赵高的替罪羔羊。最终，在身不由己的情况下，他只好选择了投靠项羽。

其实在投靠之前，章邯是经过激烈的思想斗争的，因为项羽的叔父项梁当年就是自己杀死的，项羽会不会拿他开涮呢？结果，令他意外的是，一向刚愎自用、睚眦必报的项羽这一次显得很大度，不但接纳了他，而且还重用了他。当时的章邯很感动，认为这才是自己要找的明主。

后来，项羽坑杀了他手下二十万降军，虽然他极为不满，也一度很失望，但他仍对项羽很忠心，毕竟那时候的他已无路可走了。被封为雍王后，章邯的心里才得到一些平衡，即便他知道这是项羽拿他来当挡箭牌，他也很满足。封王封侯，功成名就，人生最大的荣耀莫过于此。因此，他尽职尽责，很好地遵照项羽的意思去做了，时时刻刻监督着刘邦的一举一动。

然而，刘邦火烧栈道，不但迷惑了项羽，也迷惑了他。他也一厢情愿地认为刘邦再无东归之心，于是慢慢地放松了警惕。前不久，听说刘邦似乎有举动，他还是紧张了一回，但当他听说刘邦正在派兵修栈道时，乐了，心想："这漫漫栈道，不是你想建就能建好的，没有一年半载只怕难见成效。"

当听说修栈道的主意是大将军韩信提出的时，章邯笑了："这幽幽山谷，可不像钻裤裆那么简单，岂是随随便便就能钻过的？"

饶是如此，章邯还是派了重兵守在隘口，坐等汉军修好栈道后，马上再烧一把火。所以，当汉军突然空降陈仓时，章邯愣住了。"这是从哪里来的天兵天将啊！"章邯半天都没回过神来。

震撼归震撼，当章邯得知汉军的开路先锋是樊哙和曹参，而带兵的将领是韩信时，原本惊慌失措的他顿时觉得风轻云淡，嘴角露出一丝冷笑。

他一一点评了刘邦帐下这三员文武大将：樊哙，一介武夫，有勇无谋；曹参，一介小吏，有谋无勇；韩信，一介乞丐，无勇亦无谋。这样的将领，这样的军队，何足为虑？

章邯二话不说，带兵就往陈仓方向赶。那架势似乎马上就可以立下功绩，向项羽交差了。然而，他一到陈仓城下，就知道自己的判断又错了。汉军早已摆开队形在那里等他了。训练有素的士兵，一丝不苟的阵形，一看就知道这是一支威武雄壮之师。

章邯与韩信的较量，是一个武夫与一个谋士的较量，是一名老将和一位新人的比拼，一场"火星撞地球"的对手戏。

硬碰硬原本是章邯的拿手好戏，他当年战无不胜攻无不克就是这样炼成的。然而，此时的他忘了一个很重要的条件，他手下那二十多万由囚犯组建的"敢死队"，早已被项羽活埋在新安了。他现在手下的士兵已不再是铁打的，而是一群众叛亲离的乌合之众。

二十多万兵马被活埋，关中人除了痛恨项羽，更痛恨领军的章邯、司马欣、董翳。在他们眼里，正是因为这三人投靠项羽，才使得他们丧子、丧夫、丧父。人生最大的悲痛，莫过于丧子、丧夫、丧父之痛。此时，章邯手下的士兵个个都对他充满怨恨，又哪会为他卖命呢？

一边是思乡心切奋不顾身的汉军，一边是心存恐惧无心恋战的章军。

这明显不是一个级别的较量。很快，在这首场战役中，章邯面对樊哙、曹参等人的轮番攻击，很快便招架不住了。

打不过，只有逃这一条路了。章邯不愧是一名优秀的将帅，在溃逃之中居然还能有条不紊，显得异常平静。只是一向心高气傲的他不得不修改对韩信的评价，由一个乞丐无勇无谋，变为了四个字：用兵如神。

一路狂奔，章邯退到了好畤县（今陕西省乾县）。这时候汉军自然不会轻易放虎归山，马上选择了穷追不舍。章邯没辙了，只好选择了再次和汉军进行一次大比拼，结果毫无悬念，章邯再次大败。

退守好畤城的章邯进行了第一次反思。他与韩信交战两场都以失败告终，这让章邯的心灵受到了严重的打击。以前他认定自己的克星是项羽，他甚至这样认为，如果项羽自称天下第一好汉，那么他就是天下第二好汉。然而，今天的韩信却给了他迎头一击。

然而，他不会明白，即使自己没有碰到用兵如神的韩信，也注定会失败，因为他身上背负着一份沉重的血债。二十多万秦军的性命不单单只是一个数字，他们被埋在地下后，生出的是仇恨的种子。在血与泪的灌溉下，这粒种子终究会破土而出的。

得人心者得天下，失人心者失天下。章邯当时虽然没能明白这一点，但韩信的表现已吓破了他的胆。思忖良久，他还是决定三十六计，走为上计。

走之前，他的弟弟章平派上了用场。

“你好好守在好畤城。我去废丘，咱们互为掎角之势，互为依靠，互助友爱！”章邯说完这句话，便一溜烟地逃回了大本营废丘。他采取的战略很无新意：死守。他采取的方针也很无创意：待援。

汉军留了一小部分士兵在好畤城外大力宣传“坦白从宽，抗拒从严”的政策，主力部队则直追章邯而去。对汉军而言，章邯是条大鱼，只要擒住了他，其他小鱼也就不足为虑了。

穷追不舍，千里大追踪的“人咬人”战术是章邯用兵的精髓。然而，此时的韩信却剽窃过来了，以其人之道还治其人之身，率大军追到废丘，把废丘围了个里三层外三层，即便是鸟儿也插翅难飞。

眼看废丘一时半会儿无法攻克，刘邦在韩信的建议下，采取了缓攻废丘，强取好畤，佯攻塞王司马欣和翟王董翳的策略。

于是，以曹参、樊哙为主将的军队主攻好畤城。只要拿下好畤城，消灭了章平，就等于斩断了章邯的一翼。同时，刘邦还派出两路人马装模作样地去攻打司马欣和董翳，以起到切断章邯后援的目的，最后集中兵力进攻废丘，啃下这块硬骨头。

事实证明，韩信的战略是极为成功的。

此时的好畤城就像一座孤零零的坟墓，而章平奉行的战略与章邯的如出一辙：坚守不出。

汉军对他们进行了劝说，结果章军不为所动。

眼见无计可施了，樊哙等武将急了，准备强攻。这时，曹参拍拍樊哙的肩膀说：“兄弟，别急，杀鸡焉用宰牛刀，咱们得从长计议啊。”接下来，汉军也来了个以静制静。他们不再叫骂，也不再挑衅了，远远地只围不攻。

章平终于松了一口气，城里那块巴掌大的天空似乎一下子变得敞亮起来。“只要这样消耗下去，汉军的粮草就会不足，到时候便会自动退兵了。”章平打着自己的如意算盘。

有坚固的城墙，有充足的粮食，有足够的士兵，有了这一切，将士们开始松懈了。如此又过了几天，原本一直晴朗的天突然下起了大雨。守在城上的士兵冷得实在不行了，只得躲到城楼的军帐里去。紧张了多日的守将也太疲劳了，嘴里虽然叫士兵们严加防备，自己却倚在火边呼呼地睡着了。

夜，漆黑的夜，漆黑的夜色笼罩了世上万物。雨，冰冷的雨，冰冷的雨声遮住了所有声响。

半夜时分，当汉军冲到城上时，章军都还在睡梦中。最先摸上城的樊哙威不可挡，一声怒吼吓倒了几个守城的士兵。他一刀砍断了城门，早就等在门口的汉军顿时蜂拥而至。此后的战斗毫无悬念，抵抗的人都成了刀下鬼，要想活命只有投降这条路。而章平则趁乱逃到了哥哥章邯所在的废丘。

丢掉了好畤城，章邯心凉了半截。紧接着坏消息不断传来，汉军在不到一个月的时间内攻城略地，似乎只在一夜之间，废丘便成了一座孤城。

此时，眼看汉军兵力全部向自己这里集中，他不知道还能坚守多久，但他此时必须坚守，也唯有坚守，才可能等来希望。

给章邯希望和出路的人只有一个，那就是项羽。

一半疯了，一半算了

此时，刘邦在三秦之地闹翻了，那西楚霸王项羽又在做什么呢?

项羽最近比较烦，他左支右绌，焦头烂额，正忙得不可开交。如果你问他在忙什么，他肯定会说三个字 :“在路上。”

在路上，在忙着平乱的路上，在忙着救火的路上，在忙着“剿匪”的路上……

而这一切，都是那场封王大会惹的祸。除了刘邦，还有很多人心有不甘。

在这些人中，头一个就是楚怀王，也就是现在的义帝。项羽把郴县那荒野凄凉之地给了义帝，本意上是让义帝从此归隐山林，不再过问天下事，做一个不折不扣的“隐帝”。但是，义帝当时正值风华正茂的年纪，又怎么甘心一辈子遁隐空林呢? 不过，项羽的命令他不敢违抗，只能在唉声叹气中上路了。

由于心怀不满，义帝走一阵歇一脚，边走边骂。也就是这样磨磨蹭蹭，好几个月才走到了长江边。

而相对义帝的不满，项羽对他更不满。义帝是项氏家族一手扶正的，但他却总是不识时务。项羽尤记得，他叔父项梁尸骨未寒，义帝便落井下石，剥夺了他的兵权。他也记得，自己进入关中后，要求义帝收回先入关中为王的约定，结果遭到了义帝的直拒。

现在天下唯我独尊，义帝早已没有了利用的价值，而且他的存在还是个不大不小的威胁。也正是因为这样，项羽决定对一路游山玩水、磨磨蹭蹭的义帝痛下杀手。

项羽派出了手下的“第一职业杀手”英布。九江王英布干了三件配得上这个绰号的事。一是曾经在巨鹿城外一夜之间烧毁了章邯重兵把守的粮道，二是曾经在一夜之间活埋了二十万秦军俘虏，三是曾经在一夜之间攻克了刘邦派兵严守的函谷关。

总而言之，英布烧杀抢掠、攻城拔寨无所不能。同时，项羽还为英布加了一道双保险，派衡山王吴芮和临江王共敖为助手，协助他行事。

吴芮是英布的岳父，在长沙郡一带雄霸一方，是个威风八面的人物。共敖也是南郡义军队伍中的一个领袖，颇具实力。

派出如此重量级的“斩首小分队”，项羽算是对义帝高看一眼了。

接到命令后，英布提起战刀就去追赶义帝。当可怜的义帝站在船上正望着一江春水发呆，英布追上来了。他二话不说，一刀就把义帝的人头砍了下来。

这个叫熊心的义帝就这样被永远地遗忘在了寒冷的江水中。他内心藏着的雄心也定格成了永恒。

就这样，项羽神不知鬼不觉地拔去了义帝这根刺，消除了潜在的威胁因素。然而，天下没有不透风的墙，当项羽指使英布暗杀义帝的事被世人所知晓后，项羽又多了一条不仁不义的罪名。

其次，咱们来说说辽东王韩广。

韩广本是燕王，现在被项羽封为了辽东王，但他怎么也不肯去辽东。他的祖祖辈辈都在燕地，他怎么舍得离开燕地呢？项羽在分封时，肯定忘了每个人都对自己的国土家园有特别的依恋之情。不去，那就是违令，这不仅惹恼了项羽，也惹恼了臧荼。

臧荼本为燕大将，但从楚破赵有功，后又追随项羽征战立下汗马功劳，被项羽封为燕王。韩广不往辽东，他这个燕王就没什么用。这时，他见项羽似乎也对韩广不满，于是，在一个夜黑风高的晚上，他率军偷袭了韩广。韩广哪里料到自己人会对自己下毒手，还没明白过来是怎么回事，就已成了刀下鬼。

干掉了韩广，项羽居然对臧荼赞赏有加，除了已封的燕王外，还加封他为辽东王。项羽这种纵容很快就使其他诸侯效尤：齐国的田荣很快也灭掉了齐国三王。

再次，咱们来说说田荣。

如果刘邦表达不满的方式是主动逃，那么田荣表达不满的方式则是主动干。

田荣之所以敢主动干，那是有原因的。

田荣是田儋的堂弟。我们都知道，最早在齐国复辟的是田儋。然而，田儋很快就被章邯给干掉了，于是，田荣接过了起义的接力棒。然而此时，齐国后院起火，故齐王建的弟弟田假被齐人公推为齐王。

面对这样突来的变故，田荣不干了，马上进行了窝里斗，结果成功把田假赶出了齐地。田假势单力孤，马上找到了楚怀王这把庇护伞。楚怀王本着人道主义的精神收留了他。田荣拿田假没办法了，于是便拥立田儋的儿子田市为王，继续起义。

而这时的项梁刚好大败章邯，追他们到了定陶。这时章邯选择了死守，而项梁则一心想早点清理掉章邯这个起义军的障碍。于是，他一边围城，一边向附近的齐国求救。齐国自然是田荣说了算。田荣对项梁说："要我出兵相助那是小菜一碟，但是有个条件，就是得交出田假来。"

出卖盟友的事，正直的项梁是不会干的，结果田荣以此为理由拒不发兵增援，最终导致项梁被章邯偷袭成功，喋血沙场。

“如果不是你田荣唯利是图见死不救，我叔父又怎么会死呢？”家仇不共戴天，项羽对田荣是恨得牙痒痒。

巨鹿大战时，各路诸侯都派兵来救赵国。尽管他们都是虚张声势，见风使舵，但好歹人家也出来撑场面了。唯独田荣不发一兵一卒，连作秀的过场都直接免了。在章邯等秦将投降后，各路诸侯王都追随项羽入关，唯独田荣还是头脑不开窍，没有任何表示。

也正是因为家仇和国恨交织着，项羽非常憎恨田荣。因此，在分封时，田都、田安、田市这些小字辈都得到了分封，唯独没有田荣的份儿。不过，当时田荣还是心存幻想的，选择在家静候佳音。

很快，他就接到了一封田都亲笔写来的“拆迁令”，命他即日起搬出临淄，临淄从此归田都使用，谢绝讨价还价，令到即行，不得有误。

田荣看完后暴跳如雷：“你田都算个什么东西，现在居然敢骑到我头上来作威作福了，真是无法无天，目中无人！”

田荣马上带兵去攻打田都。田都哪里是田荣的对手，很快，他就以败军之将的身份逃到了楚国，投奔“大哥大”项羽去了。

田荣保住了临淄，心里很得意，还把田市召回了齐国。他对田市说：“你不要怕，有叔叔在，没有人能把你的地盘抢走。”

但是，对田市来说，田荣的话并没有起到定心丸的作用，反而起了催化剂的作用。在田市眼里，尽管田荣很残暴，但项羽更残暴；尽管田荣很恐怖，但项羽更恐怖。因此，就在田荣说完这句话的当天夜里，田市就趁着夜色逃回自己的封地即墨了。

田市当时的想法很单纯：“我田市何德何能，只要能苟活于世，只要能有个一王半侯的当，只要能混口饭吃，其他的我都不讲究，都不奢求了。”

当然，最主要的原因还是他不敢得罪项羽。

得知田市跑了，田荣气得想吐血，心里骂道：“田市你忘恩负义，当初是我把你扶上了齐王这个宝座，你非但不知感恩，反而忘义。你只怕得罪项羽，就不怕得罪我吗？”

田荣一怒之下，便率领大军讨伐田市。田市有几斤几两，田荣一清二楚。很快，田市就只有丢盔弃甲的份了。

这回田荣没有手下留情，连跑的机会都没有给田市，就直接把他送上了西天。到了这时候，田荣索性一不做二不休，自封为齐王。

很快，田荣就体会到了什么叫高处不胜寒。齐地百姓对他的行为感到很心寒，私下议论纷纷，谣言四起。田荣仔细琢磨了一下，觉得百姓不足为虑，只是逞一时口舌之快，而济北王田安才是自己的心头大患。

田安是故齐王建的孙子，跟田假可谓一脉相承。既然田假都被赶走了，这个田安的存在就是一颗定时炸弹啊。于是，田荣大手一挥，田安就遭殃了，最后也掉了脑袋。

项羽将齐地一分为三，目的很明显，那就是三足鼎立，使其相互制约，相互抵触，确保不添乱，确保西楚长治久安。但是，人算不如天算，半路杀出来一个田荣，把齐国搞得一团乱。

短短三个月时间，田荣就一举破了项羽在齐地布下的珍珑棋局。项羽会饶过他吗？田荣感到了深深的危机感。

对此，单干的田荣决定走联盟的路线，并很快把目标锁定在了彭越身上。前面已经说过，彭越原本是一个山大王，后来刘邦在西进入关时，他主动帮助刘邦攻打昌邑，结果昌邑没有拿下来。最后刘邦选择了绕道昌邑继续西行，而彭越不愿背井离乡，于是带着手下人马潜伏于巨野一带。很快，他原本只有一千多人的队伍，就壮大到了一万多人，扩张速度惊人。

然而，项羽在分王时，并没有对彭越有所表示，原因是彭越没有参与救赵，没有追随他入关，跟他也没有任何交情。

“彭越恒难封！”田荣是个聪明人，很快就找到了彭越的命门。他马上派人给彭越送去了一件礼物——一枚精致的将军印，并捎了一句话给他——二人同心，其利断金。

对此，彭越回了一件礼物——一个大大的同心结，也捎回来一句话——荣辱与共，生死与共。

两人都你情我愿，于是一拍即合，很快达成了联盟，共同起兵反楚。

项羽知道这个消息后很生气，后果很严重。他马上派萧县县令萧公角去平乱，但萧公角却被彭越打得一败涂地，狼狈而逃。

最后，再来说说陈余。

张耳已被封为常山王，为何陈余没有被封王呢?

前面我们已经说过，张耳和陈余当年是忘年交，自出道以来一直形影不离，但后来因为巨鹿解围的事反目成仇。

本来巨鹿之围被解后，陈余主动去张耳那里负荆请罪，送上了自己的军印。陈余原本是想通过这种方式得到张耳的原谅，岂料张耳竟然理所当然地收了陈余的军印。最后，陈余含恨而去，两人自此彻底决裂，各奔东西。

但客观地来说，陈余在巨鹿之战中没有功劳也有苦劳，因为他成功牵制了秦军，而且后来又写出绝世佳信劝降章邯。单从这一点来看，他的功劳也不小。

然而，在封王时，项羽还是把陈余给“遗忘”了。事后，虽然有人提醒他，说封了张耳不封陈余实在说不过去，但那时大局已定。项羽只好把南皮县（今河北省南皮县）等周围的三个县封给陈余，算是做了个了断。

人家都有封有号，唯陈余只有三个县，这算哪门子王嘛！陈余恨得牙齿发痒。

项羽无情，张耳无义，陈余无奈之下，决定靠自己的双手，夺回属于自己的权力和地盘。他自然没敢把怨气发到项羽身上，而是直接找罪魁祸首张耳算账。

想打败张耳并不难，难的是陈余现在兵力不够。俗话说巧妇难为无米之炊，悍将自然也难为无兵之战了。为此，陈余想出了一个绝妙的办法——借兵。

这一招，当年刚刚起义的刘邦就曾使用过，也正是靠这种“借”的方式使自己的势力不断壮大。而此时陈余想到借兵的对象当然是正在齐地风生水起、人气高涨的田荣了。

田荣统一齐地，自立为王后，已经和项羽彻底决裂了，此时恨不得多找几个帮手，以便集中力量对付项羽。争取到悍将彭越的支持后，他尝到了甜头。此时，面对陈余主动示好，他没有不接受的道理。

“不就几个兵卒吗，要多少借多少，给你就是。”田荣大手一挥，马上派出了一队兵马去支援陈余。

陈余有了兵，雄心更旺了，信心更足了，马上向张耳发起了新一轮的挑战。眼看陈田联军浩浩荡荡而来，识时务的张耳很识相地主动让出地盘，送给他们当礼物。

既然地盘给了别人，何去何从就成了张耳最头疼的问题了。其实，他现在只有两条路可以走，要么投奔项羽，要么选择刘邦。

犹豫良久后，张耳最终还是选择投靠实力相对较弱的刘邦。原因很简单，据说张耳手下有一个“天文学家”，他算出关中之地的天空“五星聚斗”，有帝王之气。既然如此，那就投靠刘邦吧。

张耳的归来让刘邦大喜过望。张耳曾是刘邦的老师，刘邦在青年时曾投奔张耳门下求过几年学，两人是故交。他乡遇故知，刘邦自然欢喜。

与此同时，张耳还带来了一份情报和一个人。情报是关于项羽的，张耳告诉刘邦，项羽此时正和田荣等人上演窝里斗。正是这一重要情报，坚定了刘邦的东归之心。

至于张耳带来的那个人，确切地说，还是一个诸侯王——河南王申阳。申阳是张耳以前的宠臣，后来因追随项羽入关，被项羽所赏识，在封王大会时被封为河南王。此时，面对张耳的呼唤，申阳最终还是选择了跟着旧主走，追随张耳一起投奔了刘邦。天上掉将士，刘邦心中自然欢喜。

弄巧成拙

正是这些诸侯的闹腾，成功转移了项羽的注意力，给了刘邦休养生息的机会。

但是，项羽也是一个非常精明的人，他虽然整天忙得不可开交，但刘邦的一举一动都没能逃过他的火眼金睛。现在，项羽开始思考这样一个问题：先攘外还是先安内?

考虑到彭越和陈余的实力还有限，再加上他们两个都是田荣的盟友，因此，田荣才是真正令项羽头疼的人。说白了，现在项羽要抉择的，就是先拿刘邦开刀，还是先拿田荣开涮。

在这个节骨眼上，项羽接到了一封信，写信的人正是令他恨得牙痒痒的张良。

古代的通信不发达，没有现代化的高科技电子设备，信件是传播信息的主要工具。当年刘邦起义时，仅凭萧何的一封“家书”，就搞定了沛县的老百姓。后来在巨鹿战场上，项羽又是利用陈余的一封“和平书”，把不可一世的秦朝悍将章邯成功收编。由此可见，在古时候写信的水平如何，可是至关重要的。

话说张良送刘邦到褒中，献了火烧栈道的妙计后，便回到阳翟去等韩王成的归来。哪知他左等右等，等来的却是噩耗——韩王成被项羽给杀了。

项羽之所以斩杀韩王成，一是恼怒韩王成对自己没有拥立之功，二是忌恨韩王成手下的相国张良对刘邦有相助之功。

项羽在封王大会时，虽然迫于舆论压力勉勉强强为韩王成的韩王冠子进行了正名，但暗中却对韩王成做了手脚，别人都上任了，唯独他被项羽“请”下来了。

本来项羽想通过“擒将先擒王”的方法，把张良挖过来，但计划赶不上变化，在得知张良将刘邦送到褒中后，项羽以为他不打算回来了，一怒之下，先是废了韩王成的王位，将他降为穰侯，随后又以“莫须有”的罪名直接把他送上了断头台。

韩王成死后，张良只得在韩国召集散兵游勇，自力更生。与此同时，他也暗暗发誓，这辈子一定要打败项羽，替韩王成报仇。

此时，听闻刘邦出关了，张良自然很激动。为了支持刘邦，他马上想出了一个绝妙的办法——忽悠项羽。

怎么个忽悠法呢？张良决定靠书信。

很快，项羽便收到了张良这封煞费苦心的信。信中传递了两层意思：

其一，汉王刘邦不足虑。刘邦是个挺厚道的人，他之所以出兵三秦之地，是因为他没有得到与义帝约定的关中王的位子，所以才东出陈仓，去找章邯的麻烦。只要他得到了三秦之地，便会点到即止，不会再跟霸王您过不去了。

第二，齐王田荣须重防。田荣是个极具野心的人，他把齐地捣了个底朝天还不甘心，又指使彭越捣蛋，指使陈余在赵地称王称霸。他可是个极为危险的人物啊，一旦让他的势力进一步壮大，可就真拿他没办法了啊！

为了让自己的这封信更有分量，张良又在其后附了另一封信。这封信不是张良原创的信，而是直接粘贴的齐王田荣写给汉王刘邦，渴望联手攻击项羽的信。

狡猾的张良可谓做到了有理有据，有节有礼。一向优柔寡断的项羽被彻底打动了，一厢情愿地相信了张良，误认为刘邦真的不足为虑了。也就是说，被张良这么一忽悠，项羽心中的头号敌人已不是刘邦了，而是田荣、陈余这些不入流之辈了。很快，项羽便决定全力来攻齐。

在攻齐之前，项羽还成功地打出了三张牌：

一张是封自己的嫡系部将郑昌为韩王，镇守原韩国的地盘，目的是平息这里的动乱，确保一方平安。

二是派兵遣将，对南阳到沛县一带重点设防，目的是确保老巢彭城的万无一失。

三是向九江王英布发出派兵支援的命令，目的是确保将田荣一举拿下。

对英布来说，自从跟随项羽后，自己干的大都是烧杀掠夺的不良勾当。原本他并不在意，但在干掉义帝后，他却陷入了舆论的风口浪尖，真切地感受到了人言可畏。正在这时候，项羽的军令又来了，英布很是反感和恼火。

“好事轮不到我，苦事、累事、龌龊事都找我。把我当成什么了？救火队员、应急队员、敢死队员，还是刽子手、影子杀手？”英布越想越气愤，他明白自己只是项羽手中的一颗棋子罢了。现在还有利用价值，所以项羽处处找他，等哪天自己没有价值了，定会被抛弃。

英布态度的三百六十度大转变，说白了是他自己的心态出了问题，而这一点，是项羽始料不及的。

因此，面对项羽的军令，英布终于强硬了一回，义正词严地拒绝了。

他告诉项羽，虽然自己很愿为他效劳，但他最近病了，肠胃出了问题，吃饭饭不香，睡觉觉不安，干什么都不利索，实在是心有余而力不足。

话虽如此，但英布还是不敢明目张胆地得罪项羽，他还是象征性地派出了五千士兵前去支援，这好歹给项羽交了差，也给自己留了退路。

这时候的项羽正忙得焦头烂额，没时间去调查英布生病的事。对他来说，踏平齐地，清除罪魁祸首田荣才是当务之急。

公元前 205 年，项羽楚军的主力部队从彭城出发，攻向齐境。一路上，楚军风雨无阻，所向披靡，很快便抵达了城阳。

田荣也不是贪生怕死之辈。他马上集结了齐军的主力部队来到城阳，誓与项羽进行大决战。

田荣顺利吞并了齐地三王后，再加上与陈余联军，已变得不自量力起来。听说项羽要亲自来剿灭自己，他采取了兵来将挡、水来土掩的办法。但是，事实证明，田荣虽然勇气可嘉、信心可赞、骨气可扬，但他能力有限、本领有限。这样硬碰硬，连当年的战神章邯都不是项羽的对手，更别说这个文不文、武不武的田荣了。面对楚军的狼虎之师，他率领的齐军很快便兵败如山倒了。

这下没辙了，为了活命，田荣只好带领残兵败将逃往了平原县（今山东省平原县）。

“想逃，没那么容易！”项羽对田荣痛恨至极，自然不会轻易让他逃脱，马上追到了平原城城下，并且发动了立体式的全面进攻。项羽一边攻还一边进行强大的舆论攻势：放下屠刀，立地成佛；顽固不化，血洗城池。

项羽的威名本来就四海传播，在平民眼里，他不但骁勇善战，而且冷酷无情，和冷血杀手、嗜血狂魔等同，坑杀二十万秦军连眼都不眨一下，此时要屠平原城也是能说到做到的。

所以，平原城里的百姓被项羽这一恐吓，便纷纷决定舍主保命，拿起锄头、铁锹等农具找到田荣就是一阵噼里啪啦。这种阵势，就算田荣有一百个脑袋也扛不住啊，更何况他还只有一个。最后，这位自命不凡的大王就这样结束了自己光辉而短暂的一生。

胜利来得太快、太突然了，项羽又惊又喜。他大手一挥，楚军在齐国全面推进。在接下来的两个多月时间里，楚军提着田荣的人头一边进行游行示威，一边大肆恐吓；一边攻城略地，一边大开杀戒，可谓势如破竹。

很快，齐地大部分领土都成了楚军的一亩三分地。按理说，只要征服了齐地就可以了，然而，此时的项羽再次露出了狰狞的面目，把对田荣的憎恨迁怒到了齐地兵民的身上。也正是因为这样，一路上，凡是抵抗的齐兵，皆被砍死，凡是投降的齐兵，皆被绞死。对那些手无寸铁的平民，凡逃亡者杀无赦，凡被生擒者都用绳子拴起来，丢进"集中营"，拉到楚国去当奴隶，以达到消除后患的目的。

总之，楚军的此番行径，大可用十二个字来形容，那就是强赊硬抢，掳掠奸淫，无恶不作。

俗话说物极必反，同样的道理，当人被逼到了绝境时，必然会进行殊死反抗。在没有活路的情况下，齐地军民纷纷拿起武器自卫，自发地组织开展了敌后游击斗争。

而正在这时，田荣的弟弟田横主动站出来了。他振臂一呼，便收集了数万散败之兵。随后，他立田荣的儿子田广为齐王，自任为相国，再次公然打出反楚的旗号。

田横的再起举事，得到了齐国军民的全面响应和支持。很快，项羽就喝下了自己酿的苦酒：齐地的"匪"越剿越多，到后来竟然处处都是。项羽身陷这样一个烂摊子，再难全身而退。

正在这时，噩耗接踵而至。一是三秦之地的塞王司马欣和翟王董翳投降刘邦，二是韩王郑昌告急的文书飞来，三是殷王司马卬不断发出求救信号……

屋漏偏逢连夜雨，这可如何是好？

擒贼先擒王

看到刘邦大军节节胜利，董翳和司马欣感到压力山大。他们发现了一个严重的问题，那就是没有及时派兵支援章邯。当时他们就从从容容地当看客了，似乎忘了章邯与自己一荣俱荣，一损俱损。

而此时的项羽并没有及时救援已处于水深火热之中的三秦，而是依张良之言，派兵全力围剿田荣，所以司马欣和董翳眼下只能自救了。

然而，仗还没开打，他俩就输了一半，因为他们手下的士兵纷纷逃到汉王那里去了。

两人一看风头不对，赶紧坐下来商量对策。

两人思来想去，得出了一个结论：与汉军作战必定会落得和章邯一个下场。识时务者为俊杰，还是投靠汉军为妙。

塞王司马欣和翟王董翳投降后，三秦之中除了章邯坚守孤城废丘外，其他地盘全被刘邦收入囊中了。

刘邦的喜事接二连三。这时，他的“超级智囊团”的重要成员之一张良成功归队了。

原来，张良在给项羽写了“忽悠信”后，便不远千里，冒险找到了正在关中的刘邦。

刘邦看着张良，心里乐开了花，马上为张良做了一件解气的大事。他找来韩襄王的一个孙子——也叫韩信（此韩信非刘邦大将军韩信，为了区别，我们姑且称他为韩王信吧），让他带兵去攻打项羽新立的韩王郑昌。

自韩王成死后，韩国的地盘便被西楚吞并了。项羽派郑昌去当韩王，只是为了更好地镇守这块肥沃的土地。郑昌到达韩地后才发现，自己这个王并不好当，缺兵少将，人马不足，而韩地四处动荡，反叛风声正浓。

刘邦现在派韩王信去和郑昌抢地盘，这个战略部署显然是正确的。韩王信的军队刚到齐地，那些反抗郑昌的武装兵就纷纷前来投怀送抱，很快就打得郑昌丢盔弃甲，溃不成军，最后还断送掉了自己的性命。

干掉了郑昌，韩王信当仁不让地成了真正的韩王。至此，刘邦总算为张良出了一口恶气，让张良愤怒的心稍稍平息了下来。

本着知恩图报的原则，张良马上给刘邦献出了一条大计——挥师东进，直捣项羽的老窝彭城。

“擒贼先擒王，攻城先攻都。”张良陈述此计的意图，“彭城是项羽的老窝，一脚把他的老窝踹了，便是动摇了西楚政权的根基。到时候人心涣散，咱们再去收拾残局，就算项羽有三头六臂也无力回天了。现在项羽的主力部队在齐国，中原的防守必然薄弱，趁此良机挥师东进，拿下彭城指日可待！”

刘邦一听大喜。他此时出关便是为了和项羽争夺天下，张良的计谋让他仿佛看到了曙光。

随后，刘邦下令让大将军韩信继续围攻废丘，务必啃下这块硬骨头。同时，他令张良带领大部队挥师东征，定要突破项羽在中原设下的防线，直捣西楚的心脏彭城。

刘邦终于开始唱主角了，他信心十足。除了养精蓄锐积攒的班底，如今的他还获得了塞王司马欣、翟王董翳、常山王张耳、河南王申阳、韩王信这五个王的鼎力支持。

接下来，刘邦还要突破项羽设下的五道关口，需要征服黄河两岸的西魏王魏豹、殷王司马印、长江一线的九江王英布、衡山王吴芮和临江王共敖。此处主要讲讲第一道关口和第二道关口。

第一道关口：西魏王魏豹。

如果要用一句话来形容西魏王魏豹，那就是刀锋般的钢铁战士。

当年，陈胜的部将周市立魏国公子魏咎为魏王，但魏王咎福大命不大，被“天下第一刽子手”章邯给杀死了。随后，魏咎的弟弟魏豹接过了哥哥手中血染的起义大旗，在楚怀王的支持下，又重新占领了魏地。再后来，项羽大军入关，他马上带兵相随，可谓没有功劳也有苦劳。然而，令魏豹意想不到的是，项羽在封王大会上，为了达到霸占魏地的目的，竟然把他调到了山西西南，让他去当和黄河水试比高的“西魏王”。

对此，魏豹自然耿耿于怀，所以，他一听说汉王刘邦要进军中原打项羽，简直大喜过望，心里叹道：“刘邦真是好人，这是在帮我报仇啊！”

于是，就在刘邦大军做好了打硬仗的准备时，他们却受到了魏豹的热烈欢迎。迎接完毕，魏豹表态了：愿做先锋，共同伐楚。

总而言之，项羽布下的第一道关口形同虚设。刘邦没损一兵一卒就成功通关了。

第二道关口：殷王司马印。

如果要用一句话来形容殷王司马印，那就是反复无常的小人。

因为河内郡是司马印平定的，再加上他有追随入关之功，所以项羽封他为殷王，定都朝歌（曾是商纣王的都城），势力不可小觑。

然而，此时的汉军有了魏豹的支持，仿佛吃了一颗定心丸和一剂兴奋剂，呼啦啦地渡过黄河后，便对司马印展开了围攻。

司马印一瞧汉军这架势自己招架不住，马上就向项羽发出了求救信。

“什么？汉王在围攻殷王？他不是已经得到三秦之地了吗？”直到这时，项羽才如梦初醒，明白自己是被张良忽悠了。

当然，危急时刻，项羽还是表现出了身为霸王的才能和素质。他当机立断，给了司马卬一句简短有力的回复：“坚守、死守，援军马上就到！”

司马卬接到项羽的回信，就如同溺水之人抓住了最后一根稻草。他握着这张“免死护身符”，做好了坚守朝歌的准备。他当时的如意算盘是这样打的：等项羽兵一到，汉军便会兵败如山倒，到时候他也会因为坚守抗敌有功而得到项王的嘉奖。

刘邦当然也不是吃素的，他才不会给司马卬立功的机会。趁项羽还没来，刘邦撤军了。

司马卬眼见汉军一夜之间撤得无影无踪，立功心切的他一声令下，手下的士兵便争先恐后地去追汉军，追了一程又一程，踏了一山又一山。追了大半天，司马卬不由纳闷了：“这汉军难不成学了遁隐之术，怎么消失得无影无踪了呢？”他想着想着，才发现自己已率军追到了一个险峻异常的山谷里了。

“此处山高路险，若有埋伏，如之奈何？”司马卬话音未毕，只听见一声响动，汉军突然从四面八方拥出来了。司马卬明白自己上了汉军的当，后悔是来不及了，那就赶紧逃吧。

事实证明，逃跑也可以看出一位将领的素质高低。比如司马卬，他一路狂奔，也不知道踩踏了多少手下的士兵，后来终于一马当先，第一个到达了目的地朝歌城下。然而，人算不如天算，樊哙早已在那里恭候他多时了。跑得筋疲力尽的司马卬只有束手就擒的份儿了。

大殿里，刘邦正在称赞张良的妙计，见司马卬押上来了，他赶紧迎上前，亲手为他松了绑，然后对他进行了攻心之战，晓之以理，动之以情。

一个败军之将，除非骨气硬得可以不在乎生死，否则在这种情况下，谁都会和司马印一样，拜倒于地，斩钉截铁地说道：“臣愿降于大王！”

刘邦等的就是这句话。

司马印投降了，项羽怒了：“蠢货，我叫你坚守不出，你偏要出，这下被生擒了吧。还有，我待你不薄，你怎么能说降就降呢！”

项羽发完脾气，马上对一个手下说了一句话：“你去帮我把河内郡重新夺回来。”

这个被项羽钦点的人，正是大名鼎鼎的陈平。

陈平降汉

陈平是魏国人，他家里很穷，且父母早亡，从小和哥哥相依为命。陈平的哥哥成家后，对热爱学习的陈平依然很好，为了能让他安心读书，便独自承担了所有耕种任务。

然而，后续的进展却令人大跌眼镜。相传，陈平长大之后，曾经和自己的嫂子私通，为此衍生出了一个成语——陈平盗嫂。

那么，陈平盗嫂是确有其事，还是恶意栽赃？

据《史记·陈丞相世家》记载："绛侯、灌婴等咸谗陈平曰：'平虽美丈夫，如冠玉耳，其中未必有也。臣闻平居家时，盗其嫂……臣闻平受诸将金，金多者得善处，金少者得恶处。平，反覆乱臣也，愿王察之。'"

大概意思是，周勃、灌婴等人对刘邦说："陈平就是个'金玉其外，败絮其中'的美男子，听说他在家时，就曾和嫂嫂私通……如今他又接受了将领们的钱财，谁给钱多，谁就得到更多好处。陈平就是一个反复无常的作乱奸臣，汉王你要三思啊。"

这是迄今流传下来的关于陈平"盗嫂受金"最早的出处。也就是说，陈平"盗嫂受金"的传言是拜绛侯、灌婴所赐。

绛侯、灌婴等人之所以要"陷害"陈平，是争权夺利的结果。此时陈平刚到刘邦麾下，就被许以重用，众将自然不能信服，是以谗言也就接踵而来，以讹传讹，造就了陈平的“恶名”。

对此，刘邦也有所质疑，陈平坦然地承认了“受金”一事：“臣裸身来，不受金无以为资。”意思是，我陈平空身而来，不接受钱财便没有办事的费用。刘邦确实是一个大度能容的领导者，他接受了陈平的解释，还丰厚地赏赐了他。

然而，陈平对于盗嫂的传闻只字未提。

不过，从历史资料来看，陈平“受金”，确有其事；而“盗嫂”，则就未必了。

据《史记·陈丞相世家》记载，陈平整天在家游手好闲，其嫂子对此很不满，以至于说出“有这样的小叔子，还不如没有”这样的话。

而陈平的大哥确实很疼爱弟弟，他听到这些话，就休弃了妻子。

从这里看出，陈平和大嫂的关系并不和睦，甚至很差。因此我们推断陈平同他这位大嫂不会有私情，否则，他大嫂也不至于这么刻薄寡恩。

同时，从陈平能娶到为“户牖富人”张负的孙女来看，他也不大可能跟嫂子有私通行为。

户牖的知名人士张负为孙女挑女婿，看上了陈平，想把孙女嫁给他。其子张仲不愿意，声称陈平素来因为不事生产，一心读书交游的行为被众人所嗤笑，为什么要把女儿嫁给他呢?

张负却不这么认为，他去陈平住处调查后发现，陈平住的地方虽在偏僻的穷巷，但“门外多有长者车辙”，这说明陈平结交了不少“长者”。

古代所谓“长者”，就是那些有地位、有声望、有德行、有学问的人。陈平能跟这样的人结交，也侧面肯定了陈平的道德和学问。

为此，张负毅然决定将孙女嫁给陈平。

还有一例也可佐证陈平德行良好。陈平曾在社祭上被乡亲们推举为社宰，为乡亲们分肉。他又因为分肉很公平而被父老夸赞。

若陈平真有盗嫂行为，那他怎么可能被任命为社宰，毕竟祭祀可是古人非常重视的活动，在这样一个严肃、庄重的重大场合，德行有亏的人必不能被选为社宰。

总而言之，这样一个为兄长所疼爱，为“长者”所肯定，为“户牖富人”张负所看重的陈平，发生“盗嫂”行为的可能性几乎为零。

下面，来看陈平的发迹史。

当陈胜、吴广吹响了起义的号角后，陈平没有再犹豫，他舍小家为大家，毅然选择放弃荣华富贵的生活，投奔到义军队伍中去。这是需要很大勇气的，但陈平甘愿冒这个险。

不过，陈平的求职之路并不顺利。他与韩信一样，先后跟了好几任老板。

陈平选择的第一任老板是魏咎。

前面已经说过，陈胜派大将周市去平魏地，结果周市在平定魏地的同时，也宣布“独立”，并拥立魏咎为魏王，建立了自己的根据地。

陈平本着就近原则，首先决定投奔魏咎。面对陈平的投怀送抱，魏咎很快做出了回应，任命他为太仆。

一来就当了官，陈平很感激。他知恩图报，积极向魏咎建言献策。然而，陈平的热情很快就被泼了一盆冷水，因为面对自己层出不穷的妙计，魏咎的反应和项羽对韩信的反应如出一辙——充耳不闻、视而不见。

对此，年轻气盛的陈平忍不住发了几句牢骚话，结果被人揪着借题发挥，告到魏咎那里去了，说他心怀叵测，野心极大。陈平百口莫辩。

眼看形势不妙，乌纱帽丢了事小，命丢了可就全完了，陈平不再迟疑，马上选择了开溜。

陈平的第二任老板是项羽。

陈平投奔项羽后，项羽把他留在了身边当秘书。

一来就当了老板的秘书，陈平感动之余，很快就投桃报李，积极为项羽出谋划策，并且追随他一起入关。陈平的付出很快得到了回报，在封王大会上，他虽然没有得到“王”的封号，但却获封了卿级爵位。

对出道较晚、略有功绩的陈平来说，这个封号已经让很多人羡慕了。按理说，知恩图报的陈平自然会对项王忠心耿耿、肝脑涂地，事实上他也是这么做的，但殷王司马卬的捣蛋改变了这一切。

项羽大举进攻齐地时，刘邦趁机大举进攻中原，而司马卬是挡在刘邦面前的第二道关口。刘邦对他高度重视，司马卬最终不得以归降了。

项羽得到消息后，怒不可遏，于是派陈平带兵前去“剿匪”。陈平也不负项王厚望，带兵到了朝歌。他没有摆开架势直接开打，而是和殷王司马卬进行了面对面的交流。他当时以三寸不烂之舌说得殷王幡然醒悟，立马绝了反叛之心。

搞定了司马卬，陈平凯旋。对此，项羽很是高兴，马上派自己的嫡系亲信项悍给陈平送去了一顶都尉的官帽，附加黄金二十镒。

应该说这一次项羽表现得还是很大方的。陈平感动得一塌糊涂，发誓一定要好好回报主子的恩情。

然而，陈平很快体会到了现实与理想的差距。他在发完誓后不久就后悔了，因为他很快接到了项羽的另一道“赏赐”——砍头。

事情之所以这么峰回路转，全是拜刘邦所赐。随着刘军大兵压境，司马卬又反水了。这一次他连抵抗都懒得抵抗，直接竖起了白旗，又投靠了刘邦。

“一个小小的司马卬都搞不定，真是一群饭桶！”项羽越想越生气。他马上下达命令，让属下把办事不利的人全部捉起来问罪。

而陈平就是首当其冲的人。当他听到风声时，很是悲痛，流下了伤心的泪水。痛过，哭过，陈平决定好死不如歹活着，三十六计，走为上计，逃命要紧。不过，在走之前，他做了一件事，托人把项羽封他的官印和赏赐的二十镒黄金如数奉还。同时，他还留下了一句话："伴君如伴虎。"

陈平的第三任老板是刘邦。

这时候的天下虽然诸侯并立，但成气候的只有两家：项羽和刘邦。既然项羽这里不留爷，那陈平就只能投奔刘邦了。

陈平一路逃到了黄河边，上了一艘渡船。

河水悠悠，心灵荡荡。陈平心潮起伏，怔怔地望着河水发呆。物转星移，人生如水，他出来起义已到了第三个年头，原本以为可以出人头地了，但转眼间，又被打回原形，成了一无所有的光杆司令。"命运弄人啊！"陈平轻声叹道。

然而，陈平感叹完后，突然发现现场气氛不对。他回过头来，见船老大一边摇着橹，一边目不转睛地盯着他看。那犀利的目光如刀子，似锥子，似要穿透人心，让人不寒而栗。

"他肯定怀疑我是一个携巨款潜逃的高官，想要把我抢了，下半辈子就可以衣食无忧了。"陈平揣测道。

船一点一点向江心靠拢，形势一点一点地严峻起来。陈平似乎闻到了死亡的气息，再不出手，便是坐以待毙，船老大随时都有下手的机会。

为了钱财，人是可以做出疯狂之举来的，即所谓的谋财害命。陈平的心怦怦直跳，过了这一秒，下一秒他可能就一命呜呼了。

"啊，好热啊！"陈平突然站起身来，然后开始脱衣服，他的动作很麻利，很快就脱得一丝不挂了。既然跳进黄河都洗不清，那就不要盲目跳黄河，只要先脱掉身上的衣物就行了。因为脱和跳是两码事，一脱或许可以救命，而一洗或许就永远没有回头路了。

"喂，你这是干吗？"船老大眼看陈平身上并没有自己猜想的金银珠宝，心里很是失望。

陈平脱完之后，马上和船夫一起划船。他这一系列的超常举动只为了向船夫证明两点：首先，我不是传说中的富有亡将，我一无所有；其次，我不是传说中的小白脸，我一身蛮力。

面对陈平如此的“坦身相见”，船老大相信是自己看错了人，于是打消了谋财的念头和害命的歹心。就这样，陈平靠急中生智保全了性命，安全渡过了黄河。

到了刘邦的地盘后，陈平并没有直接去找刘邦，而是先找到了刘邦手下的幕僚魏无知，请这位旧友去当中间人。魏无知马上找到刘邦身边一个叫石奋的侍卫官，请他牵线搭桥。

很快，陈平就接到通知去面试。与他一起面试的共有七个人，面试的内容是陪刘邦吃饭。

陪领导吃饭是一件很痛苦的事，尽管桌上摆满了美味佳肴，但每个应聘者都提着心吊着胆，生怕自己的一言一行被老板看出什么破绽来。

然而，这一次，他们的担心是多余了。事实上，刘邦根本就没把这次见面当回事，他只是做做样子罢了。

吃完饭，大家都眼巴巴地看着刘邦，静候他发言表态。谁料过了半天，刘邦抬起头，说道：“你们都回去休息吧。”

这是一句什么话，忽悠话？众人都选择了沉默，唯独陈平选择了爆发：“我是为了要事而来，要说的话必须今天说。”

“哦，什么要事这么急？”刘邦打量了一下陈平。

接下来，两人居然你一言我一语地聊起来了，而且越聊越投机，竟生出一种相逢恨晚的感觉。

“你原先在项羽手下任什么职务？”刘邦问。

“都尉。”陈平答。

“好，本王亦给你都尉一职。”

就这样，陈平凭着自己的胆识，获得了刘邦的青睐。

第二天，当刘邦当众宣布拜陈平为都尉时，众人一片哗然。这是继拜韩信为大将军之后，又一件令刘军上下震惊的事。

“盗嫂这样的事都能干出来，有失伦理道德，一个恶贯满盈之人也配当都尉？”

“当逃兵这样的事也能做出来，有失为臣之道，一个不忠不孝之人也配当都尉？”

众人议论纷纷，对陈平进行了一场口诛笔伐。

其中闹得最凶的是曹参、周勃、樊哙、灌婴等人。他们都跟着刘邦征战沙场多年，没有功劳也有苦劳，没有苦劳也有疲劳，怎能忍受陈平动动嘴皮子就捞到了好处？

一时间，反对之声满天飞，但刘邦选择充耳不闻、视而不见、知而不发。形势愈演愈烈，但刘邦的应对之策竟然是下令赐予陈平更多的赏赐。

如此一来，大家彻底服了。刘邦做事就是这么出其不意，专治各种不服之症。再有不服的就只能是跟自己过不去了。

事实证明，陈平的智谋并不在张良之下，他在日后为刘邦贡献出的阴谋、阳谋层出不穷，而且质量一流。也正是因为有了他的辅佐，刘邦才得以数次浴火重生。

楚汉争霸已到了白热化阶段。人才成了最终获胜的重要砝码。

第九章

翻手为云，覆手为雨

我和彭城有个约会

刘邦得到陈平后如虎添翼，刘军很快便抵达了洛阳附近的新城（今河南省伊川县）。

令刘邦稍感意外的是，他前脚刚到，便有人拦着他告状。

和一般的平民告状不同，这个告状人的身份很特别——三老董公。当时设县、乡、邑三级，乡级长官为三老。他的请求很简单：项羽杀死了义帝，求汉王为义帝讨回公道。

义帝被项羽杀害之事刘邦早有耳闻，如今更加确定了。刘邦立刻意识到，自己可以拿此事大做文章。

于是，当着所有人的面，刘邦做出了一个惊人的举动：哭、痛哭、使劲哭、号啕大哭。他哭得就像一个小孩子，动作很滑稽，样子很搞笑。

表演完哭功后，刘邦立马上演嘴上功夫，当众宣布："我汉王刘邦誓与各路诸侯王一道，铲除诛杀义帝的罪人项羽，以报血仇！"

《史记·高祖本纪》对此的记载是："汉王闻之，袒而大哭。遂为义帝发丧，临三日。"

演说完毕，刘邦马上命人设立祭坛，为义帝举行了隆重的发丧仪式。

祭坛之上，刘邦脱掉上衣，裸露双臂，一边放声大哭，一边义愤填膺，对天盟誓：“天下共立义帝，北面事之。今项羽放杀义帝于江南，大逆无道。寡人亲为发丧，诸侯皆缟素。悉发关内兵，收三河士，南浮江汉以下，愿从诸侯王击楚之杀义帝者。”

这就是刘邦的“发使告诸侯书”。至此，他正式当着全天下的面宣布讨伐项羽。同时，刘邦还听从张良的建议，宣布废除秦社稷，立下汉社稷。这两点为刘邦出兵提供了冠冕堂皇的理由和借口。

此时，楚汉争霸支线的第一场战役——三秦战役已基本结束，马上要进入的是主线四大战役的第一战——彭城之战。

为了争取更多诸侯的支持，刘邦打算拉拢陈余，向他问计。陈余不仅足智多谋，且与项羽仇深似海，如果此时能将他收为己用，一来可以解除刘邦在进军途中的后顾之忧，二来可以大大增强刘军的实力，可说是一举多得。

面对刘邦投来的橄榄枝，陈余的态度很明确：“我也想与汉王您达成联军协议，但我也有不得已的苦衷啊。如今张耳在您麾下，我又与他势不两立，咱们合作的时机不成熟。”

刘邦问他该怎么办，陈余只回答了一个字：杀。

面对陈余提出的条件，刘邦怔住了。一来他和张耳有剪不断理还乱的师生情谊，二来张耳不远千里投奔自己，有情有义。如果杀了他，那就是无情无义，寒了天下人的心。

杀张耳可以留住陈余，不杀张耳就要失去陈余。这看似是一个熊掌和鱼翅不可兼得的问题，但刘邦很快找到了两全其美的办法：他一面信誓旦旦地答应了陈余的要求，另一面用心良苦地为张耳找了个替死鬼。

看着血肉模糊的人头，陈余笑了，那是怎样一种消仇解恨的舒心啊！随后，他也履行了自己的义务，出兵助刘邦。

就这样，刘邦采取狸猫换太子的手法，成功地忽悠住了陈余，为自己挺进中原，直奔项羽老巢彭城奠定了良好的基础。

就在刘邦带领这一支诸侯联军浩浩荡荡地到达外黄（今河南省民权县）时，“玩失踪”多时的彭越出现了。

彭越这一回不仅把自己的忠心交给了刘邦，还把自己在魏地苦心打下来的十多座城池和手下三万精兵都交给了他。

对此，刘邦大手一挥，给了彭越一个大大的职务——魏国魏相。

风雨兼程，一路高歌。刘邦在势力不断壮大的前提下，继续挥师挺进中原。出乎他意料的是，他原本认为会在长江一线百般阻挠自己前行的九江王英布、衡山王吴芮、临江王共敖三大王竟然统统不设防，对汉军的行动听之任之，压根儿不掺和、不捣乱。

此消彼长。如今，楚汉争霸的形势已经发生了翻天覆地的变化。项羽封的十八个诸侯王，死的死，叛逃的叛逃，被困的被困，中立的中立，项羽如今就是个光杆司令，而且还身陷齐国的烂摊子之中，被田横搅得脱不了身；而刘邦这边，其拥有的联军诸侯王的数量已经达到了十个，总兵力达到了五十多万。这“十王联军”浩浩荡荡，一路挺进，项羽的都城彭城危在旦夕。

果然，刘邦平定魏地后，挥师进入山东，一路势如破竹地占煮枣，克定陶，取砀山，楚军大将龙且和项他败走。随后，刘邦率领大军成功攻克了项羽的老巢彭城。

胜利来得太快太突然了，以至于刘邦进了城之后，足足呆立了几分钟没有动。待他终于清醒过来时，他笑了，笑得灿烂、痛快、得意……他狂笑着朝项羽的后宫奔去，左手红颜佳人，右手金银珍宝。

对此，《史记·项羽本纪》的记载是：**“收其货宝美人，日置酒高会。”**

这时候，萧何还坐镇汉中；这时候，韩信还在废丘围困章邯；这时候，张良和陈平都对刘邦的行动选择了默然视之，或许连这两位超级谋士也认为项羽大势已去,以十王联军这五十余万之众,攻克彭城已如探囊取物,彻底打败项羽也将指日可待。

今朝有酒今朝醉，莫使金樽空对月。连主子都这样了，刘邦手下的官兵自然也不甘落后。他们肆无忌惮地放荡不羁起来，杀人放火、奸淫掠夺、花天酒地、醉生梦死。在他们的潜意识里只有这样一个信念：彭城破了，项羽已无力回天，这天下已是汉王的天下了。可是，他们忘了，乐极会生悲。等待他们的将是一场前所未有的暴风骤雨。

绝地反击

入主彭城后，尽管刘邦过起了今朝有酒今朝醉的生活，但在享乐之前，他还是做了一番部署。

首先，他派樊哙率重兵驻扎在鲁县与薛县一带，这条线是项羽从齐国撤兵后最直接和快速的回军路线。也就是说，一旦项羽有什么风吹草动，都逃不过樊哙的火眼金睛。一旦项羽被樊哙拖住，那么集结在彭城四周的联军就会用人海战术把楚军打个落花流水。

其次，刘邦派遣自己的大舅哥吕泽率一支精兵驻扎在下邑（今河南省夏邑县）。

如果说樊哙的作用是为防止项羽重新杀回彭城设下一道大大的防线，那么吕泽的作用就是为刘邦守好一条在万不得已下保全性命的退路。事实证明，刘邦的此番部署避免了一场灭顶之灾，可谓先知先觉，防患于未然。

听闻彭城失利后，出人意料的是，项羽表现得相当冷静。他对当前局势进行了全方位的分析研究，最后得出结论：留在齐地，只有死路一条；班师回楚，同样只有死路一条。

山重水复疑无路，柳暗花明又一村。项羽另辟蹊径，用三步走出了一条活路来。

第一步，将自己的军队指挥权交给部将，并让其打着自己的旗号继续大力伐齐，做出项羽本人在齐国的假象。

第二步，给龙且等留守在楚国的将领下了“坚守令”，让他们尽量拖住刘邦的联军，分散联军的注意力。

第三步，项羽自己带领三万精兵，昼夜兼程回救彭城。

三万楚军对抗五十多万诸侯联军，按理说，项羽这是鸡蛋碰石头，自不量力。但是，此时项羽带领的是西楚最为精锐和凶悍的楼烦骑兵。

楼烦乃是北部游牧民族的一支，素以骁勇善战著称，被称为“马背上的民族”。在战国赵武灵王时期，楼烦骑兵名声大震。赵武灵王还动员全体将士学习胡服骑射的本事，以增强军事力量。随后，各国都纷纷效仿，组建了骑兵军团。再后来，秦朝统一天下，以蒙恬为大将军，单挑不听话的匈奴。在征战的过程中，秦军收编了很多楼烦将士。秦始皇死后，秦二世逼令哥哥扶苏自杀，然后又剥夺了蒙恬的兵权，最终斩杀了他。随后，蒙恬手中的兵权就被将门之后的王离掌管。

然而，在巨鹿大战中，王离的骑兵善于野战的特长没有发挥出来，最终大败。项羽不但俘虏了王离，还理所当然地接手了这支强大的楼烦骑兵。后来，项羽在坑杀二十万降军时，唯独对这支楼烦骑兵网开一面。不仅如此，他还为其配备了大量宝马，对其进行魔鬼训练，只希望能打造出一支无敌之师。

养兵千日，用兵一时。此时，到了关键时刻，项羽终于亮出了自己的底牌，把三万楼烦骑兵派上了用场。兵不在多而在精。只带三万精兵出发，充分说明了项羽的果断和英勇。

至于回救彭城的路线，项羽则舍近求远，从鲁地（今山东省曲阜市）出发，转进胡陵（今山东省鱼台县），成功绕开了刘邦在彭城外围鲁县与薛县一带的布防，然后抵达萧县（今安徽省萧县）。

萧县的汉军何曾想到天降神兵，很快就被击溃了，四散逃往彭城。这一回，项羽没有给他们喘息的机会，马上追到了彭城。对此时的楚军来说，老巢都被人给端了，这种仇恨在每个楚军心中燃烧，凝聚成了一股强大的爆发力。

惊闻项羽的兵犹如天神般出现在彭城城外，正在睡觉的刘邦吓得面如土色，赶紧组织军队应战。

彭城之战是楚汉争霸中两位主角项羽和刘邦在战场上第一次真正交手。这时候的项羽只有三万兵马，而刘邦的则不少于三十万。

三万对三十万,一个人打十个人。力量过分悬殊，这样的仗简直没法打嘛！但是,这三万人马的领军人物可是项羽,这三万人马可是攻无不克、战无不胜的楼烦骑兵！鹿死谁手，还真不好说。

开战后，在强悍的楚军面前，鱼龙混杂的十王联军根本无法组织起有力的抵抗，很快便兵败如山倒了。

这时候人多不是力量大，而是累赘了。项羽带领他的铁骑如入无人之境，开始了杀敌行动。仅仅在这场大战中，汉军死亡的人数就超过了十万。

项羽这次是铁了心要把刘邦送上死路了，率军对汉军一路穷追猛打，一口气追到了灵璧（今安徽省灵璧县）东边的睢水畔。

这时候摆在汉军面前的只有两条路：要么背水一战，要么强渡睢水。

考虑到刚刚经历了彭城大惨败，汉军早已成了惊弓之鸟，成了无头苍蝇，想要组织起有效的抵抗比登天还难，所以背水一战这条路算是封死了。那么，他们就只有强渡睢水了。

其实睢水的水不太深，也就刚到可以淹死人的深度而已；睢水的河面也不太宽，也就刚到可以让士兵还没游到岸边就筋疲力尽溺水而死的宽度而已。单是这两条倒也罢了，还有一个很严重的客观条件摆在汉军眼前：当时是四月的阴寒天，睢水的水冰冷刺骨，淹不死人也能冻死人。

因此，当时汉军想强渡睢水简直比登天还难。但是，走投无路的汉军士兵没得选了，纷纷开始跳河。毕竟与其被后面的追兵活活杀死，倒不如跳入河中听天由命。很快，汉军的尸体就把睢水给堵住了。

小小的睢水成了十万汉军难以跨越的红色生死线。

前不见来路，后不见归路，念天地之悠悠，独怆然而涕下！

九死一生

睢水成了十万汉军的魂断之地，自然也成了刘邦眼下最难过的关口。他虽然没有游寒泳的本事，但在亲信的护卫下，还是顺利地过了睢水。

只是这时，他才发现自己身边只有百余名侍从了，而楚军不知什么时候已从四面八方围追过来，把他们围了个里三层外三层。

对此时的刘邦来说，自己的半只脚已经踏进了鬼门关。在这种局面下，除非奇迹出现，否则他是插翅难飞了。

然而，奇迹就是在这种时候降临的。

看过《三国演义》的人都知道，司马懿曾中了诸葛亮的计，进入上方谷后，眼看就要葬身火海，但偏偏在这紧要关头，天降大雨，把火生生地给浇灭了，司马懿父子才趁机冲出重围。料事如神的诸葛亮当时也不得不发出无奈的感慨："谋事在人，成事在天。"

由此可见，老天爷真想帮一个人，谁也动不了他。

"苍天啊，难道我将葬身于此吗？"刘邦长叹一声，泪如雨下。

接下来是见证奇迹的时候了。原本贼亮贼亮的天空，突然变得灰暗起来，接下来就是"折木发屋，扬沙石，窈冥昼晦，逢迎楚军"。

就这样，刘邦借着沙尘暴的掩护，逃出了楚军的包围圈，顺利闯过了鬼门关。

刘邦突围成功后，身边的人马又减了大半，只剩下几十个人了。他一口气奔出十来里路后，天空已经恢复了常态。刘邦舒了一口气，心想：“真乃天助我也。”

然而，刘邦刚刚建立的自信很快就被一阵急促的马蹄声破坏了。他回头一看，吓得差点没从马上摔下来：又有一队楚军追上来了！

先前，天兵天将已经相助过他了，这时候只能靠他自己了。

刘邦不愧是老江湖，关键时候，他朝那飞奔而来的楚军头头大声叫道：“我说那位英雄，我可是认识你的，当年我亲眼看见你在战场上英勇杀秦军，真的是天下无敌啊……”

楚军领头的将领叫丁公，是楚国勇士季布的舅舅。此时，他被刘邦给忽悠住了，当刘邦说出“两个好汉不应如此相逼”时，他于心不忍，竟然放了刘邦一马。

就这样，刘邦凭借自己的嘴上功夫，再次躲过一劫。

成功逃过两大劫难后，刘邦赶紧跑回老家，接出了自己的老婆和孩子。因为他当时已经逃到了泗水河附近，沛县近在咫尺，他担心自己的家眷遭到项羽的毒手，于是连夜摸回了老家。

但是，家中却一个人都没有。

没有找到家人，刘邦又不敢睡在自己家里，于是连夜赶路继续逃。到了第二天傍晚时分，他们一行人实在走不动了，就准备找个地方休息。

休息很容易，但必须找一个安全的地方。刘邦的运气不错，到了深山野林中，老虎野豹一只没遇到，却遇到了一户人家。

刘邦前去借宿。他不会料到，就是这一借，居然借出一段奇缘来。在这里，他遭到了此次逃亡之旅中的一道痛并快乐的关卡——“美人关”。

野林深处有人家，一定不是一般的人家，这话果然不假。敲开门，出来一个颤巍巍的老人。刘邦还没来得及说话，那老头便语出惊人："您是汉王吧？"

"你怎么知道？"刘邦吃了一惊，难道自己的脸上写着"汉王刘邦"四字？

"今天有几批楚军来这搜过了，都是来搜查汉王您的。"老人一脸平静地说。

其实就这样简单的几句对话，我们已经可以看出这位老人是刘邦的坚定拥护者。果然，老人态度温和地把他们领进屋，并热情地招待了他们。刘邦被安排在厅堂，众将士被安排在大堂，老人的女儿负责为他们斟酒盛饭。

刘邦虽然饿了几天几夜，早已头晕眼花了，但老人的女儿一出场，他就再也不晕了，甚至都忘了吃东西。都说秀色可餐，果真非假。

"世上竟有如此如花似玉的女子！"刘邦看着姑娘退去，对老人展开了强大的攻势："令爱年方几许？""可曾许配人家？"……

老人一一作答。

刘邦听了心中暗喜："机会来了！"他正要对这个老人进行下一轮强有力的公关时，老人却很善解人意地说道："相士曾言小女是富贵之相，今得遇大王乃小女的造化，不知大王愿不愿纳她为姬妾呢？"

"萍水相逢，你已经给我们这么多了，败军之将不敢再有其他奢求。"老人的话刘邦正求之不得，但他懂得欲擒故纵，便故意推托了一番。

"小女粗陋之姿，莫非不入大王法眼？"人就是这样，你越是谦虚，别人就越认为你是正人君子。

"不不，令爱贤良淑德，温雅如玉，有幸得之是我的福气。"刘邦不再推辞，把自己身上唯一值钱的玉带作为聘礼送给老头。

接着，老人唤出女儿。一切程序都免了，两人直接被送入洞房。

英雄难过美人关，这话果然不假。

当然，尽管刘邦被这突如其来的艳遇迷得云里雾里，但当第二天醒来，从温柔帐里爬起来时，他还是很快清醒了，记起来自己当前唯一要做的只有一件事——逃命。

于是，他毅然抛开儿女情长，飘然而去。当然，他走之前，给了这位美女一个承诺："你且在这里，等着我来接你。"后来，刘邦也没有食言，派人把这位心爱的美人接到了身边。

这位美女就是戚姬。后来刘邦做了皇帝，封她为贵妃，人称戚夫人。由于刘邦对她宠爱有加，吕后争风吃醋，还闹了一出后宫怨的悲剧来。这是后话。

继续踏上逃命之旅的刘邦没走多远，就碰到了与自己走散的亲兵护卫队。如此一来，刘邦手下的人多了，也有马车坐了。更令他惊喜的是，在路上居然还碰到了自己牵肠挂肚的一双儿女。

"真是天可怜我啊！"刘邦抱着一对儿女，眼角含满了泪水。其中女儿生于十三年前，后来成了鲁元公主；儿子生于十年前，单名盈字，后来成了汉朝的第二代皇帝，史称惠帝。

不过，一对儿女出现后，刘邦发现楚军又追上来了。

这时候的项羽已悬赏千金万银要取刘邦的脑袋。自从刘邦坐上大马车后，因为树大招风，很快就暴露了目标，引来了那些重赏之下的楚军。

赶马车的夏侯婴心急如焚，不时抽打马鞭；车上的刘邦更急，不时回头张望着，嘴里叫道："快，快，再快点……"

刘邦就是刘邦，为了使马车跑得更快些，他充分发挥了"狠、辣、毒"作风，"扑通"一声，把后来成为金枝玉叶的一对儿女推下了马车。

人不为己，天诛地灭。刘邦为了活命，哪还顾得上亲情？关键时候，还是夏侯婴跳下马车，一手一个抱起孩子，又把他们塞回车里。

刘邦只顾自保性命，眼看楚军逼近了，心一狠又将一双孩子推了出去。

夏侯婴没辙了。他咬咬牙，又停车抱着两个小孩上了马车。

“你再这样，我连你也一块砍。”刘邦发出这样的威胁后，第三次把儿女推出了马车。

“亲情浓于水，血脉相连，怎么能说抛弃就抛弃呢！”夏侯婴并没有选择明哲保身，而是继续停车把两人捡起，一边一个夹在了腋下。这让刘邦没办法了。此时，就算他把夏侯婴砍了也无济于事，没人给他驾车，他还有活路吗？

《史记·项羽本纪》记载：“**汉王道逢得孝惠、鲁元，乃载行。楚骑追汉王，汉王急，推堕孝惠、鲁元车下，滕公常下收载之。如是者三。**”

《史记·樊郦滕灌列传》记载：“**见孝惠、鲁元，载之。汉王急，马罢，虏在后，常蹶两儿欲弃之，婴常收，竟载之，徐行面雍树乃驰。**”

俗话说：虎毒不食子。刘邦为什么能做出这种狠心事？

相信很多人都认为刘邦骨子里具有“流氓”禀性，为方便自己逃亡，将一对儿女推下马车不足为奇。然而，事实果真如此吗？

笔者认为还有更深层次的原因。刘邦推儿子和女儿下车，甚至要斩杀抱回儿女的夏侯婴，不是绝情，而是爱护——想救他们，因为他们跟着自己逃亡更危险。

大家都知道当时的形势，刘邦在彭城战败后，一路狂逃，早已和大部队失散，《史记·项羽本纪》明确记载“**汉王乃得与数十骑遁去**”，也就是说刘邦身边此时只剩下了几十个骑兵保护，虽说人数少方便逃亡，但保护的力量实在太弱了。同时，根据《史记·项羽本纪》中“**楚骑追汉王，汉王急，推堕孝惠、鲁元车下**”这句记载来看，刘邦当时显然遭遇到了楚国骑兵的追杀。料想当时楚骑至少也有数百人以上，这个人数恐怕是刘邦骑兵的数十倍以上。双方实力悬殊，刘邦心急如焚可想而知。

事实上，刘邦显然没有放弃家人性命的想法，要不然他直接向西逃亡就是，根本没必要跑到沛县去接家里人，更不会接到了家人还狠心把他们推下车。这一点《史记・项羽本纪》中记载得很清楚："汉王乃得与数十骑遁去。欲过沛，收家室而西。"

面对强大的楚国骑兵，刘邦一旦被楚国骑兵追上，结果肯定很悲惨。要知道，项羽素以残暴著称，史料明确记载其屠城便有六次，而他之所以无法短期内平定齐地叛乱，就是因为在击败田荣之后，"遂北烧夷齐城郭室屋，皆阬田荣降卒，系虏其老弱妇女。徇齐至北海，多所残灭"，导致齐地更大规模的叛乱。

田荣因不满分封反抗项羽遭到如此待遇，刘邦不仅不满分封，而且直接率兵端了项羽老家，其一旦落入项羽的手中，只有死路一条。

总之，结合当时刘邦的行为以及面临的局面分析，笔者认为刘邦面对楚国骑兵追杀，之所以会推刘盈和鲁元公主下车，主要是为了避免一对儿女被杀或被俘，将两人推下车，让他们独自逃命，或许还有一丝逃生的希望。

当然，值得庆幸的是，刘邦关键时候总离不开老天的帮忙，这回也不例外。此时天又黑了，追刘邦的楚军见天黑了，就不敢再追了。刘邦就这样连夜赶到了下邑。

这时，刘邦在下邑设下的退路终于派上了用场。他的妻兄吕泽作为下邑的守将着实风光了一回，这里成了刘邦残喘苟息的避风港，成了汉军残兵败将的收容所。

下邑问策

经历了逃亡中的重重关卡，跨过了人生中的生死门槛，刘邦感悟到了真实的人生是喜忧参半的。

刘邦的喜有三点：

一是他虽然经历了一场史无前例的大惨败，但最终九死一生。留得青山在，不怕没柴烧。对大难不死的刘邦，这也算是一喜了。

二是他在项羽的地盘上，趁着逃命的空隙摘下了"楚国第二国花"戚姬(第一国花非项羽的虞姬小姐莫属),洞房花烛夜,也是人生一大喜事。

三是在这个关键时刻，韩信终于拿下了废丘。其实，章邯之所以能在废丘坚持这么久，完全是心中的信念所致——他相信项羽的援军很快就会来救自己。然而，他不会料到，直到他死时，项羽都未发一兵一卒前来增援。

这其实也怪不得项羽，他的主力部队在齐地，而自己的老巢彭城都被刘邦给端了，自己忙着救火都来不及，哪里还有空闲去救章邯?

在围攻废丘数月未果的情况下，韩信采取了水攻的方式对章邯进行了最后一击。城破之时，绝望中的章邯选择了自刎，一代战神就这样随风飘逝。他挥一挥衣袖，没有带走一片云彩，却留下了一段传奇。

可以说韩信拿下废丘给惨败的刘邦打了一剂强心针，帮助他稍稍恢复了一点元气。随后，韩信马上挥师西进，也起到了牵制楚军的作用。

相对喜，刘邦的忧更明显：

一是很不幸，殷王司马卬和河南王申阳在逃亡中没有刘邦那么幸运，都成了项羽的刀下鬼，这大大折损了联军的力量。

二是塞王司马欣和翟王董翳眼看世风不对，马上又转投了项羽。

三是后知后觉的陈余终于知道刘邦杀了个假张耳来忽悠自己。一怒之下，他宣布与刘邦绝交，与项羽联盟。

四是西魏王魏豹以探望亲人为由，回去后就断绝河津，反汉归楚。

五是刘邦的老爹和结发妻子吕雉在逃亡中成了项羽的阶下囚。

原本大好的局面，转眼间就发生了大逆转，这是所有人始料不及的。

为了应对眼前的困境，刘邦在下邑召开了一次军事会议。

在会上，刘邦说了三点。

第一点："我有罪。"

"罪从何来？这次彭城失利主要是我的责任。如果我从战略上再重视一点、思维再清晰一点，就不会导致彭城的一败涂地了。"作为一个堂堂的汉王，刘邦在众将士面前勇于承认自己的过错，起到了表率作用。

第二点："我们还有戏。"

刘邦看着手里的调查表，用饱含希望的语气说道："据不完全统计，汉军尚有十来万人马流落在外，信使已出各路，相信他们马上就会聚集而来。"刘邦说这句话，是为了起到定军心的作用。

第三点："我愿将函谷关以东的地盘作为封赏，有谁愿意和我一起建功立业呢？"

函谷关以东的土地现在基本上都掌控在项羽和其他诸侯的手上，刘邦开出这张空头支票的目的只有一个，那就是振奋军心，让大家继续拼死拼活地为他卖命打江山。

果然，刘邦讲完这三点后，汉军军心大振。对他们来说，这个“地盘”的诱惑太大了。封妻荫子、荣华富贵、衣锦还乡，这是谁都想要的生活。

这时候，张良站了出来：“其实，大王不必付出如此大的代价。我给您推荐三个人，如果这三个人都用好了，打败项羽就是迟早的事了。”

张良推荐的第一个人是九江王英布。

“英布有两大优势，一是骁勇善战，千军之中可取敌首级；二是手握重地，他管辖的九江郡是西楚的后防。如果能让这样的铁面杀手归顺，就可以直接威胁到西楚的侧翼。”

张良推荐的第二个人是魏相彭越。

“彭越同样有两大优势，一是骁勇善战，虽然他是盗匪起兵，但就是这样一个混世魔王，竟然能干掉济北王田安，大败楚将萧公角，最后逼得项羽大兵伐齐，因此不可小觑；二是他和田横两人在齐地打游击战，连项羽都拿他们没办法。如果能把这样的豹子头据为己有，楚军便又多了一份牵制。”

张良推荐的第三个人是大将军韩信。

“韩信有两大优势，一是善于用兵，他小从熟读兵法，并且能因地制宜地运用兵法；二是善于用谋，各种谋略了然于胸，令人防不胜防。如果能把这样的天才军师运用好，何愁打不败项羽？”

众人听完张良的建言，都惊讶地看着他。这时，刘邦替大家说出了心中话：“具体要怎么实施呢？特别是英布，他还是项羽身边的人哩。”

张良不疾不缓地开始了答疑解惑。

“彭越一直跟项羽是死对头，他能在项羽的眼皮子底下闹得风生水起，也足以说明他的优秀。现在要想把他召入麾下，只需派人送一封书信和将军的官衔给他就行。

“至于九江王英布，他原本是项羽的死党，但要搞定他并不难。项羽在出兵征伐齐地以及彭城之战时，英布一直以生病为理由拒不出兵，看来他们两人之间已有嫌隙。我们只要抓住这大好时机，乘虚而入，说服英布倒戈一击也是水到渠成的事。

“韩信嘛，他是大王一手提拔的，现在只需要让他更加忠心就行。要获取忠心，就要先表达信任。大王可把最重要的任务交给他来完成，众望所归，让他有成就感；并把最精锐的部队交给他指挥，独当一面，让他有归属感。”

这就是张良著名的“下邑画策”。引用《史记·留侯世家》的原话就是：**“九江王黥布，楚枭将，与项王有郄；彭越与齐王田荣反梁地：此两人可急使。而汉王之将独韩信可属大事，当一面。即欲捐之，捐之此三人，则楚可破也。”**

我们不得不佩服张良，他在失败的阴影下，依然保持着清醒的头脑。他说这三人是叱咤沙场，助汉王成大事必不可少的英雄豪杰，事实也证明，正是因为这三人的功劳，刘邦最终打败了项羽。

不管怎样，更趋强盛之前几乎都会历经磨难。冰冻三尺非一日之寒，一种能量集聚之时，另一种能量也在暗流涌动。

进攻时先行试探，真正出拳前，拳头是收回来的，因为收回的拳头打出去才更有力量。

接下来，楚汉争霸会上演怎样的跌宕起伏呢？

鸿门宴上的天选之人

飘雪楼主——著

中国出版集团
中国民主法制出版社
全国百佳图书出版单位

北京华景时代文化传媒有限公司 出品

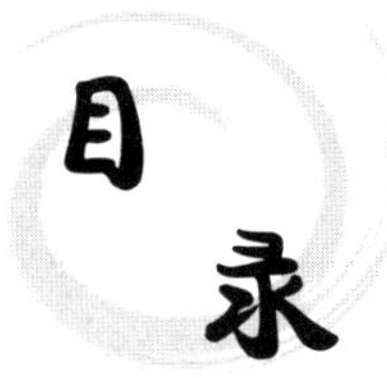

第十章

博弈的密码

逼反英布

在张良的下邑画策中，和另两位“自己人”相比，英布算是“外来人”。如果非要弄个武将排行榜，骁勇的英布是当仁不让的第一战将。项羽的成名之战——巨鹿大战就是在英布充当急先锋的情况下，偷袭秦军粮道成功，才使得项羽发起全面进攻，大破秦军。后来在分封大会时，项羽把英布封为九江王，也足以说明项羽对英布的认可和信赖。

如何才能从虎口夺食呢？虽然张良已经指出了两人关系正处于微妙的“别扭期”，这就是突破口，但凡事说起来容易做起来难。“派谁去九江才能成功抱得悍将归呢？”刘邦陷入了沉思。

正在这时，一个叫随何的人主动请缨。

随何原本只是刘邦身边的一名近侍，关键时刻挺身而出，使得这个原本默默无闻的演说家有了一展才华的机会。

他说服英布的过程可谓一波三折，被后人引为典范。下面，就让我们搬起小板凳好好坐下，慢慢来看随何这次九江之行吧。

随何兴冲冲地来到九江后，英布命太宰（古代一般指大臣，在秦汉时指专管膳食和宴会的官员）招待他，自己避而不见。一连三天过去了，随何再也坐不住了，他对负责接待自己的太宰说道：“我来这里已经三天了，大王连见都不肯见我，他心里分明是认为楚强汉弱，不能做最后的决断。但是，我既然来到了这里，好歹也得见上一面吧。谈得拢就谈，谈不拢就拉倒，这样拖着总不是办法吧。”

太宰只好去请示英布。英布想想也有道理：“既然如此，那就见面吧，在我的地盘上，还怕他不成？”

于是，英布接见了汉朝特派使臣随何一行。随何充分把握住了这次机会，展示了自己的演讲功力，堪称经典。

“请问大王，您和项羽可有亲戚关系？”随何一见面便来了个单刀直入。

“我们无任何血脉关系，只有上下级关系。我是被他分封到这里的一个诸侯王。”英布也许是被随何那种气势给慑住了，像一个小学生一样老老实实地答道。

“大王过得还如意吧？”随何第二问出炉。

“还行吧，一般。”

“只怕是不太行，很差吧？”随何的第三问咄咄逼人。

“这……”

“当初项羽攻打齐地时，曾向您发出‘遣兵令’，结果大王没去，只派了几千老弱残兵前去增援，算是敷衍过关了。还有，项羽回救彭城时，二度向大王发出‘遣兵令’，结果您这一次真是做绝了，不发一兵一卒。这又是怎么回事呢？”

“我……我病了嘛。”面对随何的发问，英布支支吾吾地答。

“不，不，”随何的头摇得像拨浪鼓，义正词严地说，“大王您其实没有病，只是有心病罢了。您表面上对项羽绝对效忠，但内心其实早就想弃暗投明了，只不过碍于当前汉弱楚强的形势，您下不定决心罢了。”

这下英布无话可说，只有洗耳恭听的份儿了。

“恕我直言，您如此拥兵自重，虽然打起仗来不会吃亏，但恐怕在政治上还是稚嫩得多。这样下去，恐怕到时候您会死无葬身之地啊！”随何开始发表“威胁论”。

“依你之见，我当如何？”英布弱弱地问了一句。

“关键时候是看清路，站好队。您当务之急当然是弃暗投明，加入汉王的阵营啊。”随何对此早已胸有成竹。

“项羽毁盟约、杀义帝、废旧王，此乃不仁不义、不忠不孝也；汉王收诸侯、高筑墙、广纳粮，此乃韬光养晦、谋图未来也。您把自己的身家性命全都托付给项羽是大错特错的，只有回头是岸，选择支持投靠汉王这边才是明智之举。”

英布闻言，沉默良久，心里很是触动，但嘴上却问：“不管是不是楚强汉弱，就算我有心归附汉王，但仅凭我这么一点兵马，怎能抵挡住项羽的不败之师？”

“不是让您一个人对抗项羽。您只要拖住项羽几个月时间，给汉王赢得反击的机会就行了。”随何说完这句话，开始亮出了自己的底牌，“汉王早已立下承诺，事成之后，必定封王封地给您。”

至此，英布已心有所动，但离付诸实践还有那么一丁点儿距离。

“容我三思。”英布以此结束了这轮谈判。

此后几天，英布那里毫无音信，随何察觉事态不妙，马上派手下十多个随从在军营中四处打探，结果得到了一条重要的消息：英布正在密室会见项羽的使者。

于是，形势进一步明朗：在这小小的九江，刘邦和项羽展开了激烈的人才争夺战。这个没有硝烟的战场同样充满了火药味。只是这场人才争夺战还没开打，项羽一方就已经落了下风。原因有二：

第一，刘邦派出的使者随何比项羽的使者稍稍快了那么几天，且这几天决定了整个局势。随何在项羽的使者到来之前就已经争取到了英布的心。

第二，刘邦派出的是智勇双全、巧舌如簧、胆识过人的随何，而项羽却随随便便派了几个粗鲁的武士充当使者。

在这场人才争夺战中，项羽明显对对手估计不足，他甚至没有考虑到刘邦会介入。单从这两点来看，项羽已注定在这场人才争夺战中失利了。

也正是因为这样，就在英布和楚国使者进行单方面会晤时，随何不请自来，出现在了会客大厅。他直指楚国使者："九江王已是我大汉的人了，你楚国的人还来这里干什么？"

随何语出惊人，把包括英布在内的人都惊住了。楚使呆了半晌才回过神来，关键时候，楚使个人素质不过硬暴露无遗，他在没有弄清楚事实真相的前提下，就单方面相信了随何所说的话，并且做出了中途离席这个极其错误的举动。

"大王再犹豫，事情一旦败露出去，可就追悔莫及了。"随何厉声提醒道。

英布终于站起来，暴喝一声："杀了他。"

楚使死了，随何笑了，英布终于解脱了，他只有一条路可以选择了，那就是跟随汉王一起去打江山。这样一来，随何凭着伶牙俐齿和过硬胆识光荣地完成了这项说服任务。

英布杀楚使归降汉王的事，项羽很快就知道了。一怒之下，他派出手下项声和龙且两员猛将，带三万大军去兴师问罪。值得一提的是，龙且是项羽手下的"绝代双杀"之一（另一个是钟离昧），作战风格以快、准、狠著称，在楚军中的威望很高。而项声也是项氏家族的人，与项庄、项他一样都是威不可挡的猛将。项氏家族里只有项伯勉强称得上谋士，其他包括项羽在内都是武士。

英布哪能被别人随便欺负，于是双方马上展开了阵地战。这场战争果然如刘邦所料，一连打了几个月，但最终的胜负还是分出来了，龙且胜，英布败。自古成王败寇，败寇英布只好带兵抄小路投奔正驻扎在荥阳的刘邦。

到了荥阳后，英布首先要去见他的新主子刘邦。刘邦接见他的地点不是议事大厅，而是内室。

选择内室见客，这在当时是件很没礼貌的事。乍一看，这似乎不符合表面功夫一流的刘邦礼贤下士的风格。原因很简单，因为当时刘邦喝醉了酒。醉了酒，失态也就难免。

这样怠慢的待客之道，英布自然感到不爽了，但人在屋檐下不得不低头。不爽归不爽，他还是很恭敬地向刘邦行了礼。刘邦在酒精的麻醉下，随便和他聊了几句家常话，然后手一挥，叫随何安排他去歇息。

出了内室，英布不干了，感觉受到污辱的他一气之下要拔剑自刎。《史记》对此记载了八个字："**布大怒，悔来，欲自杀**"。幸好随何及时阻拦，才免去一场血光之灾。接下来，随何充分发挥三寸不烂之舌的特长，为刘邦的怠慢行为进行了辩解。

事实上，随何这番辩解为最终留住英布起到了重要作用。要知道当时英布虽然只是一个小小的九江王，但对刘邦和项羽任何一方来说都是相当重要的砝码，甚至可以说他决定着楚汉之争最终的走向。

英布的重要性，醉酒后的刘邦给忘了，因此他即将面临这个举足轻重的人物流失的严重问题。如果真是这样，张良"下邑画策"中最重要的"搞定英布"将功亏一篑，楚汉之争胜利的天平将完全倾向项羽。

关键时候还是得看张良的，幸好随何拖住了英布，他马上为英布安排了隆重的欢迎仪式。

为了拉拢这个举足轻重的人物，张良可是下了不少功夫。他专门安排了两排威武的士兵跪着迎接九江王的到来，这极大地满足了英布的虚荣心。见面后，张良毕恭毕敬地对英布说道："在下先替汉王为大王接风洗尘。"

张良自知酒量有限，于是拉上了陈平，充分发挥了东道主的优势，两人你一杯我一杯轮流敬英布。山珍海味、美酒佳肴不说，还有歌女做伴，就这样，张良首先把英布稳在了汉营中，这给第二天刘邦彻底收服英布赢得了时间。

果然，第二天，刘邦把虚情假意的一贯作风表现得淋漓尽致。他亲自接见英布后，对他嘘寒问暖，关怀备至，还信誓旦旦地表示要马上派人到九江把他的家眷接来，以防卑鄙小人项羽下毒手。总之，对刘邦的这次接见，英布心里只有两个字：感动。

就这样，英布算是基本被刘邦搞定了。而彻底帮刘邦把英布搞定的人不是别人，正是项羽，因为这时候，项羽在九江把英布的全家老少都杀光了！这下，项羽算是帮了刘邦的大忙了。从此，英布对项羽恨之入骨，誓死血债血还，并死心塌地跟随汉王了。

值得一提的是，彭越这时也早已被刘邦"招安"过来了。这样，张良的"下邑画策"在短短不到一个月的时间里就全部实现了。韩信、彭越、英布三大旷世奇才积聚到刘邦身边。在经过彭城惨败后，刘邦又有了可以和项羽抗衡的资本了。

至此，楚汉之争主线的第一场大战结束，双方进入了蓄势阶段。随后，支线的第二场大战——安邑之战——拉开了序幕。

鲸吞魏地

在人才拉锯战中，刘邦尝到了甜头。随后，他再接再厉，马上又来了个三步走。这三步虽小，却对日后整个战局起到了至关重要的作用。

第一步：封太子，建根据地。

为了向天下人展示自己夺天下的决心，刘邦听从萧何的建议，把那个在逃难过程中被自己几番推下车的刘盈封为太子，很好地稳住了人心。并且根据形势所需，他还把对抗楚军的军事根据地建在了荥阳，自己亲自坐镇荥阳指挥军马调动。

荥阳地处河南西部山区与中东部平原的交汇处，易守难攻，是军事防御系统中的天然屏障。荥阳附近的敖仓是大秦帝国时建造的，储存了大量的粮食。因此，选择荥阳可以说是占据了天时地利人和。

而萧何依然留在栎阳，服侍年幼的太子，处理朝廷事务，负责军马粮草的征集，进行兵器衣食的运输，为刘邦在前线的部队提供了坚实的后勤保障。

单从这一点来看，刘邦用人的确是一流的。萧何没有行军打仗、冲锋陷阵的军事才能,却有很好的组织策划才能。让他管理国家内政和后勤，正是知人善用。而善于出谋划策的张良和善于带兵征战的韩信在前线出谋的出谋，打仗的打仗，各司其职，充分发挥各自的才华和潜能。难怪后人公认刘邦是中国历史上最会用人的皇帝。

正如刘邦自己所说：

“运筹帷幄之中，决胜千里之外，我不如张良；镇守国家，安抚百姓，供给军粮，畅通粮道，我不如萧何；运兵百万，战必胜，攻必克，我不如韩信。这三人都是人中俊杰，我能任用他们，是我取得天下的原因。项羽连一个范增都用不好，这是他之所以被我擒杀的原因。”

第二步：打造“伪楼烦骑兵”。

彭城的惨败，让刘邦最受伤的不是项羽的厉害，而是楼烦骑兵的厉害。这三万骑兵打起仗来简直不要命，要不怎么能以一敌十、以一敌二十，打败五十余万联军？

“没有自己的骑兵，永远都不可能击败楚军啊！”刘邦发出了深深的感叹。

属下很快就察觉到了刘邦心中的痛，推荐了秦朝旧将、名声在外的李必和骆甲两名骑士，请他们两人来当总教头，调教一支铁骑雄兵。

刘邦一听大喜过望，马上派人把李必和骆甲两人请来了。

然而，出人意料的是，尽管刘邦很真诚，但李必和骆甲两人拒绝了。理由很简单，他们觉得自己是秦国人，不足以服众。刘邦执意相留，两人只好说，我们留下来可以，但只能当军事顾问。

刘邦只好任命灌婴为中大夫令，李必和骆甲分别为左右校尉，组建了一支骑兵进行秘密训练。这支骑兵很快就有了崭露头角的机会。一次，项羽还是采取他的骑兵战术，以高举高打的方式攻击刘邦的步兵。这时候，刘邦的铁骑突然杀出，打了楚军一个措手不及，最后楚军一败涂地。

这么短的时间居然拥有了骑兵，项羽在惊讶之余，不敢再轻举妄动。于是，楚汉两军就这样以荥阳为界线对峙起来。

第三步：鲸吞魏地。

魏地的主子是魏王魏豹，他本来是个很安分守己的人，守着项羽封给自己的一亩三分地过日子就很满足了。然而，刘邦出关后一路西征，眼看其他诸侯王纷纷归附于他，迫于这样的强大舆论压力，他不得已只好选择了入伙。结果刘邦对他并不看重，后来又任用彭越为魏相，等于架空了他这个魏王。

魏豹心不甘情不愿，做起事来自然就消极。这样一来，刘邦更没有好脸色给他看了。羔羊也会怒吼，就在刘邦在彭城大败时，一直找不到理由离开的魏豹自然不会让眼前的机会白白溜走。他向刘邦打了个“探病母”的请假条后，选择了一走了之。魏豹前脚刚走出刘营，后脚就转投了项营。

刘邦这下急了，眼下正是用人之际，自己少了个魏王就少了一分力量，而项羽那边多了个魏王就多了一分力量，此消彼长，这让原本就处于劣势中的他感到了危机。不能眼睁睁看着魏豹离自己而去，得劝他回心转意！

这一次，刘邦没有再派随何出马，而是派出了自己手下的“第一说客”郦食其出马。郦食其自从到了汉营，凭着一张三寸不烂之舌，立下过许多功劳，深受刘邦器重。然而，他这一次的外交之旅却以失败告终。要知道，魏豹这时早已铁了心，郦食其无论如何也说服不了他。

郦食其虽然没能延续自己外交不败的纪录，但给刘邦带来了魏军的一些情况。

“魏军的大将军是谁？”刘邦问。

“柏直。”郦食其答。

“魏军的骑兵将领是谁？”刘邦问。

“冯敬。”郦食其答。

“魏军的步兵将领是谁？”刘邦问。

“项他。”郦食其答。

三问三答，对话到此戛然而止。对刘邦来说，有了这三个情报，就已经足够了。接下来，他马上起兵伐魏。

刘邦派出的是以大将军韩信领衔、以曹参和灌婴为副将的三人组合团。当时郦食其问这样安排的原因时，刘邦答：“魏王没有用身经百战的周叔做大将，而派柏直这个愣头青做大将，怎么是我大将军韩信的对手呢？魏军骑兵将领冯敬倒是骁勇，但比起灌婴来说还是稍逊一筹，至于步兵将领项他虽是项氏族人，但论文论武都不是曹参的对手啊。所以，派这三个人去伐魏，可以确保稳操胜券。”

事实证明，刘邦看人用人果然高人一筹。下面，我们就来看看这场龙虎之战。

韩信带领汉军很快就抵达了临晋。到了这里汉军就停下了，因为前面有一条黄河挡住了去路，而黄河那边就是魏王魏豹的地盘蒲坂县（今山西省永济市蒲州老城）。魏豹早已在黄河对岸步步为营严加防守。于是，如何渡河成了摆在韩信面前的一个大难题。

接下来就要看韩信的表演了。到了临晋后，韩信并没有急着率兵渡河，因为那样伤亡肯定惨重，而且还不一定能渡过去。他开始在黄河边上四处转悠起来。别看他转悠得很清闲，却是有目的的。他通过多种渠道了解到这样一个情况：河对岸的魏军防守很严密，只有上游的夏阳（今陕西省韩城市）守兵甚少，是个空当。

那么，为什么魏王在关键的夏阳疏于防守呢？夏阳一带因地理位置特殊，根本就没什么树木，船只很少很少，想渡河几乎是插翅也难飞过来。魏王认为夏阳是最安全的地方，所以只派了少量兵马来守。

韩信马上开始做准备工作。他一边派曹参带人到山里采木材，当砍柴的樵夫，一边派灌婴到附近集市上去收购瓦罂，当了一回采购员。两大将军不明所以，晕乎乎地办好各自的事后，韩信依然继续玩深沉，他二话不说递给他们一人一个锦囊，叮嘱他们用木材和瓦罂造木罂。

木罂的造法其实很简单，就是木桩夹住罂底，四周捆成方格，然后往里放上瓦罂，最后再把木罂连起来，这样木罂在水中便风吹不散雨打不落了。但是，渡河的船都已准备好了，现在还来造木罂，是不是白天点灯，多此一举呢？纳闷归纳闷，两大将军还是按时完成了任务。

韩信验收木罂后，在一个月黑风高的晚上，指挥渡河行动了。他首先令灌婴带一些老弱病残的士兵摇旗呐喊，做出要抢渡黄河的样子，吸引河对岸魏军的注意力。然后，他带领大部队抬着木罂乘夜向夏阳进发。到了夏阳后，他令众人放下木罂，让士兵们坐进木罂里，在夜色的掩护下，向黄河对岸划去。

此时，魏军的注意力都被灌婴在晋津佯装渡河的精彩表演给吸引过去了。可等了半天，只听见河对岸呐喊声阵阵，却没见实际动作。正当魏军纳闷时，韩信的大部队早已在夏阳一带悄然登陆了。登陆后，韩信立刻打了魏军一个措手不及，夏阳几乎没费吹灰之力就夺下来了。

这时候，西魏军的战略部署是以安邑为中心，魏豹亲自指挥，重点布防，试图力挽狂澜，阻止汉军前进的步伐。

然而，魏豹很快就明白理想与现实的差距了，因为在跟汉军的接触战中，他带领的魏军一败涂地，只能狼狈逃往魏国的都城曲阳，而被寄予厚望的安邑自然毫无悬念地成了汉军的囊中物。

连下两城，汉军士气大振，接下来便马不停蹄地向魏王的都城曲阳进军。魏豹这时充分发挥决战到底的精神，再次选择了主动出击。在没有等到将军柏直回都支援的情况下，他就出城去郊外迎敌。结果再次证明，魏军完全不是汉军的对手。魏豹再次发挥“钻山豹”精神，不羞遁走。

汉军大将曹参可不是吃素的，他开始狂追，最后把魏豹团团围在一座叫武垣（今陕西省垣曲县）的小城里。

曹参正要对困在“笼子”里的魏豹进行强攻，这时候韩信说话了：“狗逼急了会跳墙，不如让他自己乖乖来投降吧。”

果然，魏豹眼见自己已无路可走，在部将强烈要求活命的抗议下，只得向韩信投降。

随后，韩信又攻下平阳（今山西省临汾市西南），彻底拿下了魏国全境。

面对到手的魏国，刘邦做了三件事：

一是把魏国国土一分为三，改设为河东、上党、太原三郡。

二是对魏国降将进行奖罚。主动投降的魏国大臣、大将都得到了加官封爵的嘉奖，唯独“二进宫”的魏豹及家人被游行示众，最后落得个废官为奴的悲惨下场。

三是对魏国宫女进行留弃。魏豹的爱妾薄姬被纳为“后宫一秘”，成了刘邦的“压寨夫人”，其余宫女皆贬为平民，撵归回乡。

这便是支线的第二场战役：安邑战役。这场战役是汉军在彭城之败后取得的一次大胜利，一举扭转了汉军不利的局面，对楚汉双方来说，这是此消彼长的分水岭。

杀死陈余

搞定魏国后，刘邦很高兴，一边亲自坐镇荥阳和项羽继续对垒，另一边令韩信继续带兵向赵国进军。这时候，刘邦做了一个小手脚。他以荥阳保卫战为由，抽调了韩信一万精兵，一方面是作战的需要，另一方面也是提防韩信的需要。

韩信对刘邦的举动并不在意，信心依然很足，因为这一次，他带上了自己的智囊张耳。他之所以这么做，是因为赵国除了赵王歇这个名义上的主子，还有真正的主子——代王陈余。而陈余才是他真正要清除的对象。

张耳和陈余的事前面已说过了，这对曾发誓要同生共死的结拜兄弟，自从巨鹿之战反目成仇后便水火不相容。虽然后来刘邦在进军彭城时，利用假人头成功骗取了陈余的信任，从而达到了联盟的目的，但彭城失利后，陈余得知了真相，便毅然和刘邦决裂了。

这时候，刘邦派韩信征伐赵地，很显然就是要灭掉陈余，剪除项羽的羽翼。

眼看汉军大兵压境，陈余自然不会袖手旁观。他马上对赵王歇建议道：“大王，汉军要想进入我们赵燕之地，必须要经过井陉隘口这条路。所以，我们就在井陉口集结兵力，布下天罗地网，让他们有来无回。”

井陉是从山西的太行山进入河北平原的必经之地，被称为“太行八陉”之一。井陉的特点是，四周是崇山峻岭，而中间是低洼泽地。陈余的意思就是，屯兵在这里守株待兔，谅韩信插翅也难飞。

赵王歇觉得很有道理，准备照做。

此时，有一个人站了出来，提出了不同的意见。这个人便是广武君李左车。

李左车祖籍齐国，他的爷爷是战国时期著名的将军李牧。都说虎父无犬子，名门之后的李左车自然也不会差，他在中国历史上很有名气，对中国文化影响深远。关于他的传说有二。

传说一，相传中国象棋的棋子布阵，就是模仿李左车在广武山上的布阵，而象棋中的“车”，指的就是他本人。这个“车”在象棋中能纵横行走，作用极为重大，一般没有“车”保护，“帅”是很难保全的。

传说二，相传李左车是民间的“雹神”，有蒲松龄的《聊斋志异》和纪昀的《阅微草堂笔记》相关记载为证。

此时，汉军压境，李左车自然不会袖手旁观，马上提出了自己的高见。

“千里匮粮，士有饥色。汉军通过长达千里的运输线送粮，肯定不是一件容易的事。如果前方士兵因为粮草缺少而饿得面黄肌瘦，战斗力肯定会大大下降。井陉隘口是一条狭长的‘一车道’，战车不能并行通过，骑兵不能列阵通过，接连数百里都是这样。在这样的情况下，汉军的粮草车肯定被安排在后面，这便是汉军的命门所在啊！”

随后，李左车提出了自己的完美计划：“代王可深沟高垒，坚守在这里不动，让汉军主力部队找不到决战的机会。我可带三万精兵绕到敌人后面，截断其军粮。如此一来，汉军困于荒野之地，进不能进，退不能退，要吃没吃，要穿没穿，自然不战自乱。如此一来，汉军便成了瓮中之鳖，不出半月，定会为我所破。”

应该说李左车的计划相当完美，堪称经典。如果陈余按他的计谋行动的话，恐怕韩信再厉害也在劫难逃。然而，事实证明，这只是李左车一人一厢情愿的想法，因为他一说出口，陈余就一口回绝了。

陈余自然有他的理由：

“十则围之。就算是一倍于敌人的兵力，都要设法正面迎敌，战胜敌人。现在韩信号称几万人，而实际上只有几千人，再加上远道而来，已是强弩之末。而我们的兵力有二十多万，十倍于敌人的兵力，完全可以将敌人团团围起来打，最终全歼敌人。我们如果连这么弱小的对手都怕成那样，那以后遇到真正的强敌了，岂不是要躲进深山，闭门不出了？

“人挪活树挪死。古人云，君子之德如风，小人之德如草。我们带领的是义兵，就要堂堂正正、清清白白，我陈余光明磊落，怎么能像刘邦那样使用阴谋诡计呢？”

这些理论被陈余说得头头是道，然而，正是他的这种书生意气最后害了他。

李左车的妙计被拒绝后，他没有再选择劝说，而是发出了这样的感叹：“我等皆死无葬身之地矣！”

带领大军到达井陉隘口的韩信望着这奇特的地形，却是心惊肉跳，直到手下探子回报说陈余拒绝了李左车的计谋，他才长长地舒了一口气，叹道：“天助我也。如果陈余用了李左车之计，我就只有束手就擒的份儿了。”

发完感叹，韩信马上令大军火速前进。在离井陉三十里的地方，他让队伍停下来安营扎寨。

士兵们连夜行军，个个累得够呛，原本以为可以好好休息一下，哪知到了半夜，韩信却突然升帐，叫来两个正在做美梦的骑兵将领，交给他们一个光荣而艰巨的任务：各率一千骑兵，带着红旗，从小路进军，到赵营附近躲起来。待赵军出击，倾巢而出时，再迅速冲进赵营，拔下赵旗，插上我们的红旗。

布置完后，韩信马上又叫来一个将领，命他带一万精兵为先锋，直出隘口，背水列阵，等待厮杀。

那将领得令后，说了两句话："我坚决服从大将军的命令，但我只怕有负大将军的厚爱。赵军有二十万之众，我区区一万兵马去河边垒营，只怕还没走到河边，我们就成刀下之鬼了。"

对此，韩信笑道："你大可放心，我以自己的人格保证你的人身安全。你尽管去，赵军不会打你们的。正是因为赵军兵多，所以他们希望和我们的主力进行大决战，以达到全歼的目的。对你这队先锋，他们不敢轻举妄动，以免把主力吓跑了。所以，你们尽管大摇大摆地去做你们的事，赵军不会为难你们。"

事实果然如韩信所说，当这一万先锋进军时，赵军选择了漠视。于是，他们顺利抵达河边，然后开始在河边安营扎寨。

到了三更时分，韩信命士兵擂鼓奏乐，全部人马一起杀向赵营。

赵军等了这么久，就等和汉军进行大决战了，所以自然倾巢而出，誓要把韩信的汉军打成肉饼。但是，他们不会料到，当他们如潮水般冲出时，那两千潜伏在赵营边的汉军马上闯进赵营，开始了换旗的苦力活，很快就让赵营变了样。

而这时，韩信率领的汉军哪里是赵军的对手，很快就被打得只有逃的份儿了。汉军主力一路退到了汉军先锋在河边的军营处。因为营后边是河水，没有退路，所以汉军关了寨门，进行殊死抵抗。尽管赵军人多，但一时半会儿也拿不下汉营。

攻了大半天，没有丝毫效果，赵军决定先回营休整，补给后再来收拾被围困的汉军。然而，当他们回到营前时，突然都怔住了，自己的大本营里居然飘扬的全是汉军的红旗。

面对这突如其来的变化，赵军全都傻眼了。片刻之后，清醒过来的士兵纷纷丢盔弃甲，四散逃命。

这时候，尽管陈余用最大的声音进行了呼喊，说自己还活着，就在队伍正中央，但他的声音被四处嘈杂的声音掩盖了。眼看叫喊没用，陈余只好挥起手中的剑，开始斩杀逃跑的士兵。然而，这时候赵军已乱得像一锅粥，岂是斩杀几个逃跑士兵就能被拉回正轨的？

兵败如山倒，没辙了，陈余只好护着赵王歇开始逃命。然而，很快慌不择路的陈余就悲哀地发现自己走上了一条不归路，被河挡住了去路。

最后，张耳率领的汉军步步为营，步步逼近。面对孤立无助的陈余和赵王歇，张耳没有丝毫手软，手起刀落，一刀便砍下了陈余的头颅，紧接着又是一刀，砍下了赵王歇的头颅。

至此，陈余和张耳之间的恩恩怨怨终于画上了一个句号。只是这样血腥的结局多少有点令人唏嘘。都说相逢一笑泯恩仇，张耳却以这种“血债血还”的方式结束了两人之间的恩怨。

这便是楚汉之争支线的第三大战役：井陉战役。

事后，诸将都来向韩信道贺，异口同声地说：“恭喜将军，贺喜将军，立下这么大的战功。只是，将军不按兵法来打仗，居然能取得这么大的胜利，实在是令人看不懂啊！”

“我哪里没按兵法打仗了？如果我不按兵法行军，我们能打胜仗吗？”韩信反驳道。

“兵法上说，布阵要右靠山陵，左临水泽。将军这次令我们背水垒营列阵，这叫依照兵法吗？还有，您怎么知道我们就一定能赢？”众将道。

听完大家的疑问后，韩信笑了。

“尽信书不如无书。”他向众人解释道，“兵法是死的，人是活的，因此我们不能死背书，傻读书。如何把兵法灵活地运用到实战中来，才是身为将领必备的素质，才是取胜的关键。

“另外，置之亡地而后存。我们的兵马只有这么多，只有把队伍置于绝境，让每个人都知道后退无路，只能勇往直前时，才能激发出每个人的潜能来，从而产生强大的力量。如果不这样背水作战，想必你们早就逃得无影无踪了吧。

“凡战者，以正合，以奇胜。战争中常规为正，变化为奇，防守为正，突袭为奇。我派两千骑兵预伏于赵营四周，这便是奇兵；而主力背水布阵防守，便是正兵。这两者配合起来就叫奇正相合。先正面进攻，再佯装战败背水防守，这就是‘以正合’；而预伏的两千骑兵偷袭赵营，插上红旗，扰乱敌心，迷惑敌军，大破敌阵，这便是‘以奇胜’。”

韩信解释完毕，众人只有叹服的份儿了。

这时的韩信并没有被胜利冲昏头脑，他马上出台了一条奖赏令：凡有活捉广武君李左车者，赏千金。

事实证明，重金之下，必有勇夫。很快，李左车就被人擒住，送到了韩信跟前。

当捆得严严实实的李左车被带上来时，韩信迅速下座替他松了绑，诚恳地请他上坐，热情地献上茶后，这才开始说一些“久仰久仰”之类的客套话。

当然，韩信这样“卑躬屈膝”地对待一个阶下囚是有目的的。他有问题要向李左车请教。

“请问先生，我下一步该如何北攻燕，东伐齐呢？”

“败军之将不言勇，亡国大夫不图存。我现在就是败军之将，怎么可以参与谋划这么大的事呢？”

对此，韩信马上讲了古代百里奚的故事。战国时的百里奚在做大夫时，虞国灭亡了，于是他只好去了秦国做相，结果却辅佐秦国强大了起来，称霸诸侯。

韩信是借用这个典故，向李左车表明，赵军之所以会吃败仗，并不是因为自己比他强，而是因为代王陈余不听他的计谋。如果陈余采用他的计谋，现在身为阶下囚的人便是韩信了。

眼看韩信如此礼贤下士，李左车在感动之余，也献出了自己的计策。

“现在将军接连打了安邑、井陉两场胜仗，成功灭掉了魏国，俘虏魏王，亡了赵国，斩杀陈余，您已四海名扬。但是，接连征战，您手下的士兵已经超负荷运转了，眼下肯定十分疲劳，急需休息。一支疲劳之师只怕很难攻下燕国和齐国。一旦和他们耗下去，最终得利的是以逸待劳的楚国啊！”

韩信深以为然地点点头。

“善用兵者，不以短击长，而以长击短。”李左车继续说道，“您现在需要把自己连胜带来的冲击优势发挥出来，给对手施以强大的压力，让他们心理崩溃，主动认输，从而达到不战而屈人之兵的效果。因此，您需要做两件事。一是虚张声势地挥兵向北，做出全力攻打燕国的样子。二是派人以您的名义写一封书信交给燕王，劝他们投降。燕王一害怕，肯定投降，再派人告诉齐国，齐王一害怕，肯定也投降。这样一来，燕齐两国就能被完全平定了。先礼后兵，事半功倍，何乐而不为呢？”

“听君一席话，胜读十年书。”韩信忍不住赞叹道。

后来，果然不出李左车所料，汉军大造声势后，在形势和舆论的双重压力下，燕王臧荼最终选择了投降汉王。

自此，天下几大对刘邦不服的诸侯国都被刘邦搞定了。九江王英布和燕王臧荼归降刘邦，魏王魏豹成了阶下囚，赵王赵歇被处死了。除了三个反复无常的殷王司马卬、塞王司马欣、翟王董翳归项羽外，刘邦与项羽在这一系列的人才拉锯战中已然大获全胜。

这是一个群雄争霸的时代，大部分英豪都在为选边站队而苦恼。其中既不乏安于现状者、骄傲自满者，也不乏思考者、绝地反击者。人在征途的项羽显然属于前者，而人在囧途的刘邦则属于后者。

很快，项羽在彭城之战大胜的成果就被消耗殆尽，形势于他而言急转直下；而刘邦失利之后的阴影很快消去，已然东山再起。

好主意，坏主意

公元前 204 年，项羽继彭城大败刘邦后，再一次对刘邦发动大规模的进攻。楚汉之争的第二场大战役——成皋之战正式拉开序幕，一场好戏即将上演。

成皋之战历时两年半。整个过程，从荥阳到成皋，从成皋到函谷关，从函谷关到武关，从武关到荥阳，是一场循环战役。过程中各种阴谋阳谋、奇计诡计层出不穷，极为精彩。

在韩信大显神威时，项羽也动真格了。他带领大军直接向汉军的军事重地荥阳发动猛攻。

项羽最开始采用蛮攻硬打的策略，但荥阳毕竟是刘邦定下来在前方抗战的老巢，不仅地形易守难攻，而且城墙坚固，防守严密。项羽几次攻到城下都被刘邦用巧计打退了。

眼看这样强攻下去不是办法，好久没出现的范增终于露脸了。作为项羽手下第一大谋士，范增可不是吃白饭的。他献的计策看似平淡却很实在，那就是切断荥阳城外的敖仓粮道。

敖仓粮道是荥阳的唯一输粮通道，敖仓粮道一旦被破坏，荥阳城的数万汉军就没得吃了。这样一来，荥阳不就不攻自破了吗？

项羽听从了亚父范增的计策，将“断粮”的光荣任务交给了钟离眛。

钟离眛领命后，展开了疯狂的破粮行动。他采用的是游击战，行踪飘忽不定，打一枪换一个地方，这让防守敖仓粮道的曹参和周勃大为头疼。他们守了这里守不了那里，守了那里又守不了这里。试想，那条粮道从敖仓一直通到黄河边上，只比万里长城短那么一点点，怎么守呢？再说，钟离眛乃是项羽手下最得力的悍将，即使偶尔与曹参、周勃等人碰上了，来个硬对硬的较量，钟离眛也丝毫不落下风。

更难能可贵的是，钟离眛的情报传递工作也做得很好。他一边想办法破粮道，一边不断派人告诉项羽自己破粮的进展情况。所以，当项羽接到钟离眛的“敌人的粮道已断，现在城中缺粮”的情报后，便不再迟疑，再次指挥楚军向荥阳杀去，发动了最为猛烈的进攻。

这下刘邦的处境可就不妙了。城中无粮，再险峻、再坚固的城墙又有什么用呢？要行军打仗，要生存下去，就必须要吃饭，难不成守军都喝西北风？长此下去，就算不被项羽攻进城来，自己也会被活活饿死。

为了应对困境，刘邦号召大家群策群力，共谋出路。

很快，刘邦手下的第一外交官郦食其站出来献计：分封原六国诸侯，让他们以“国”的名义参与这次军事行动，只要他们牵制住了项羽，荥阳之围就能不解自破。

“当年商汤伐夏桀时，仍然把夏桀的哥哥封到杞地。周武王伐商纣时，仍然把纣王的哥哥封到了宋国。正是因为商周两国的开国之君仁爱礼让，分封了前任君主的后人，赢得了民心，所以商朝有五百年，而周朝有八百年。”郦食其娓娓道来此计的作用，“而秦国统一天下后，各国诸侯都得不到封赏，让六国后人连个立锥之地都没有，结果失去了民心，大秦帝国也因此只存在了区区十几年便灭亡了。大王要想得天下，只有效仿商汤和周武王的做法，再立六国的后人为诸侯，这样各国的君臣百姓都会对您感恩戴德，愿做您的臣。您的德义布及天下，南向称霸，到时候恐怕连楚国也要来朝拜您了。”

《史记·留侯世家》记载：“**昔汤伐桀，封其后于杞。武王伐纣，封其后于宋。今秦失德弃义，侵伐诸侯社稷，灭六国之后，使无立锥之地。陛下诚能复立六国后世，毕已受印，此其君臣百姓必皆戴陛下之德，莫不乡风慕义，愿为臣妾。德义已行，陛下南乡称霸，楚必敛衽而朝。**”

“好主意。”面对这样高深的理论，刘邦马上给出了中肯的评价。随后，他交给郦食其一项任务：赶制印玺。

对此，张良却提出了不同的看法，三个字：坏主意。

就在郦食其日夜不停地赶制印玺期间，张良找刘邦汇报工作。当时刘邦正在吃饭，举着筷子，一边吃一边对张良说：“爱卿呀，有人帮我出了个非常棒的主意，你来帮我分析一下。”他随后把郦食其献的“好主意”说给了张良听。

张良听完，很平静地说了一句：“大王的事业，只怕到此就要结束了。”

刘邦一听这话哪里还吃得下饭，赶紧放下筷子，询问原因。

张良拿起筷子做道具，开始对郦食其的长篇大论展开了反驳。

张良反问一：“当初商汤灭夏桀，之所以封其后人于杞地，是因为能置夏桀于死地，眼下大王能置项羽于死地吗？”

刘邦摇头道：“他不置我于死地我就千恩万谢了。”

张良反问二：“武王伐纣，之所以封其后人于宋地，是因为能取商纣的首级，眼下大王能随时得到项王的人头吗？”

刘邦摇头道：“他现在不摘我的人头我就谢天谢地了。”

张良反问三：“昔年周武王入殷，旌表殷代贤士商容的门楣，释放被商纣王关押起来的贤士箕子，在被商纣王杀害的贤士比干之墓前，上香致敬。眼下大王能封圣人之墓吗？”

刘邦摇头道：“不能。”

张良反问四：“武王能发巨桥之粟，散鹿台之钱，以救济贫苦之人。眼下大王能拿出钱粮救济贫苦吗？”

刘邦摇头道：“不能。”

张良反问五：“伐纣成功后，武王停息武备，修治文教，用虎皮将武器掩藏起来，以昭告天下不再用兵。眼下大王能偃旗息鼓，不再用兵吗？”

刘邦摇头道：“不能。”

张良反问六：“武王让马匹在华山阳坡上休息，以昭告天下无为而治。眼下大王能休马停战吗？”

刘邦摇头道：“不能。”

张良反问七：“武王在种满桃林的山丘上放牛，以昭告天下从此不再输送军需，眼下大王能放牛停运吗？”

刘邦摇头道：“不能。”

张良反问八：“目前这些天下的贤士、豪杰、游士，背井离乡跟随大王，他们为的是什么？还不是为了功名利禄，为了封妻荫子？如果现在就分封了各诸侯，那大家各事其主，都回家去了，还有谁来帮大王打天下呢？退一万步来说，就算分封了各大诸侯，但人都是善变的，到时候他们见楚国实在太强，还不又纷纷转投项羽了？那样，大王的事业不就结束了吗？”

刘邦无言以答，冷汗如雨。

这便是历史上著名的“八不可”，每一条都有暗示，其中第一条、第二条暗示刘邦实力偏软；第三条暗示刘邦威望偏弱；第四条暗示刘邦财产偏少；第五条、第六条暗示刘邦形势偏暗；第七条暗示刘邦环境偏恶；

第八条暗示刘邦需三思而行。

张良就是张良，他的八大反问把刘邦问得哑口无言。良久，刘邦回过神来，做了两件事：一是大骂郦食其，“这个读死书的臭腐儒，差点坏了老子的大事啊”；二是立即下达命令销毁制好的印玺。

小施离间计

不知不觉中，刘邦和项羽的这场荥阳拉锯战已经维持好几个月了，在此期间，项羽对刘邦下了黑手——派兵捣破了刘邦的运粮通道。

据《史记·高祖本纪》记载："**汉王军荥阳南，筑甬道属之河，以取敖仓。**"敖仓是秦朝为储存粮食而设立的一个大型粮仓，敖仓设在荥阳南岸的高坡上，并在敖仓和荥阳之间修筑了运粮的专用甬道。

尽管刘邦派了大量兵力守甬道，但还是没有逃过项羽的毒手，在数月的攻防战中，甬道被破。

自从项羽派兵捣破了刘邦的运粮通道后，刘邦的好日子便彻底结束了，接下来没粮的紧日子让他真真切切体会到了什么是冰火两重天。这时候的楚军像涨水一般越来越多，他们斗志昂扬，士气大涨，把荥阳围了个里三层外三层。

而汉军这时候吃不饱穿不暖，哪里还有心思打仗啊？刘邦无奈之下，只好把外城的兵马调到了内城，进行了最艰苦、最顽强的保卫战。然而，楚军也不是吃素的，攻起城来更加得心应手。

这时候，刘邦手下的几大谋士，萧何镇守汉中的老窝，负责后勤补给工作，他是指望不上了；手下第一外交官郦食其刚刚想出了个坏主意，已被“打入了冷宫”；超级谋士张良刚刚阻止了刘邦最大的一个昏招，暂时还没有想出其他良策。粗粗一看，刘邦手下最出色的几大谋士关键时刻都帮不上忙了。

然而，对善于用人的刘邦来说，他手下从来不缺人才。关键时刻，注定有新人要出彩了。

这不，新人说到就到。此刻，该陈平出场了。这位超级帅哥一出场就显得与众不同，他直接教会了刘邦三十六计中的一计：反间计。

在陈平看来，项羽现在虽然看似实力雄厚，但实际上他手下的人才并不多。谋士只有一个亚父范增，武将排得上号的只有钟离昧、龙且、季布、周殷等屈指可数的几个人。这时，只要利用项羽多疑的弱点，用黄金做诱饵离间他们与项羽的关系，使他们内部自相残杀，到那时，汉军自然可以打败楚军。

项羽为人虽然极为恭敬，重情重义，但他的缺点也很明显：一是暴力，在行军打仗时经常坑杀敌军；二是固执，他认定的事就算九头牛也拉不回来；三是狂躁，他自认为天下无敌，目空一切；四是多疑，他具有严重的个人崇拜主义思想，容不得别人比自己强，也容不得别人比自己高明，总是怀疑部下对自己的忠诚。

所以，陈平正是建议刘邦抓住项羽的弱点不放手，大力施行反间计，促使楚军内部相互猜忌，相互怀疑，以此削弱他们的力量，为汉军突围创造条件。

正处于水深火热之中的刘邦听了陈平的话后，就像抓住了一根救命稻草，在说了句“好计谋”的同时，大手一挥，从国库中挤出了四万斤黄金交给陈平当活动经费，去实施反间计。

都说有钱能使鬼推磨，果然，陈平在散尽千金的同时，效果也是很明显的。很快，楚军大营内谣言四起：钟离昧等人多年征战而未得封赏，有反叛项羽、投降刘邦之心。

谣言之所以叫谣言，那是因为传的人多了，信的人多了。这时候，项羽居然信了有人要造反，这仗是没法打了。攘外先安内，项羽当机立断做出决定："攻城的事停下来先缓一缓，马上派人去调查一下钟离眛将军的政治作风问题。"

调查员风风火火地去了，折腾了一阵子，然后又风风火火地回来了，给出的结论是：根本找不到钟离眛任何谋反的证据。对这样的结论，项羽显然很不满意。但是，在没有确切证据的情况下，总不能直接给钟离眛治罪吧。于是，项羽想出了一个绝妙办法，两个字——疏远。说白了，就是项羽不再信任钟离眛了。

这样一来，钟离眛等将领的才干无法发挥，前线作战的能力便大打折扣了。楚军对荥阳城的攻势也因此缓下来了。

至此，陈平的反间计初见成效。接着，他再接再厉，马上施行了反间计更深层次的"攻心战"。

陈平攻心战的目标是项羽手下唯一的谋士范增。只要把范增干掉，项羽就变成了无头苍蝇，变成了无根的野草，失去了方向和动力，实力和势力也必定大大降低。

当然，鉴于范增是条大鱼，一般的法子是不可能让他中招的，一般的招也无法让项羽上钩，要离间范增和项羽就不能再依葫芦画瓢，还得花大力气下狠招才行。思来想去，陈平想出了"求和"这条妙计。

连傻子都知道，此时荥阳已陷入楚军里三层外三层的包围圈中了，想求和恐怕是痴人说梦。但是，试一下总行吧。于是，陈平以刘邦的名义，给项羽写了一封信，大致意思是说：你看打仗多没意思，劳民伤财不说，而且有家不能回。咱们还是不打了吧，咱们以荥阳作为楚汉的分界线言和吧。

这时候，楚军和汉军耗了好几个月，项羽也感觉挺累的，也急需时间来休养生息，恢复士气和军力。因此，面对汉军的求和，他心有所动。但是，正在这个节骨眼上，范增及时出面阻止了项羽，理由可用一首打油诗来概括：城下问士兵，言主欲求和，只在此城中，城破何处去？意思就是说，刘邦现在就是被困在这城中央了，我们只要攻下它，刘邦就死定了，天下就铁定是你的了。

范增的话激起了项羽的斗志，于是他坚定地拒绝了刘邦求和的请求，继续围攻。

口头求和被拒后，陈平不放弃，马上派使者带着刘邦的亲笔信去楚营求和。项羽虽然坚决表示不接受求和，但出于礼节，还是接待了汉军使者，并且写了一封回信，大致内容是：你的好意我心领了，但咱们还是手底下见真章吧。

如果这封信直接交给刘邦的使者，那么陈平这招暗藏玄机的求和阴谋就会无疾而终，他苦心经营的计划将彻底失败。然而，陈平是何等人物，他当初在项羽手下也不是白待的，项羽的脾气和性格他又岂能不知道？

果然，回信写好后，项羽说话了："来而无往非礼也。既然你汉王亲自派人送信给我，我当然要派人送回信给你了。"

所以，别看项羽平日里做事五大三粗，但此番却粗中有细，他这样煞费苦心地派心腹之人去送回信是有目的的。目的简单明了：送信是假，去荥阳城中探虚实是真。

楚使进城后，一出好戏上演了。

刘邦首先在总导演陈平的指引下，喝了两大碗高浓度白酒，因为接下来刘邦要进行醉酒表演。先期准备刚刚做好，时间也到了，楚使登场了。

楚使一登场见到的情景是这样的：刘邦正红着脸在酒桌上打盹，身边东倒西歪地放着几个空酒坛子。如果楚使不是早知道他的身份，第一反应肯定是：这人是一个醉生梦死的酒鬼。

听到士兵的传报,“酒鬼”刘邦这才慢腾腾地睁开惺忪的睡眼问道:“楚使来干什么？”

楚使掏出信笺递上去。刘邦这时变身“影帝”,他伸出颤抖的手想来接，但身子一个趔趄，人都差点跌倒于地，自然没有接住。

侍卫捡起信笺恭恭敬敬地递交到汉王手上。刘邦看也没看就随手放在了几案上，然后又自顾自地趴在桌上睡去了。

这时候，陈平从后台跳到场上来对楚使说：“大王喝多了，走，我先请你吃饭去。”

楚使刚落座，一担担宰杀好的鸡鸭鱼肉就被人挑着从他身边走过，似乎生怕楚使不知道他们的食物都是上等新鲜的。当然，这时候陈平也没闲着，走进厨房门口，大声对里面的厨师说：“酒菜挑最好的上，这个贵宾可得罪不起！”

安排好这些后，两人进行了简单的交流。

“亚父最近可好？你这次带亚父的信来了吧？”陈平开始下套了。

“什么信？”楚使果然上当了。

“我不是亚父身边的人，我是项王身边的人啊。”楚使接着补充。

“我还以为你是亚父身边的人呢！”

对话至此结束，陈平拂袖而去。

陈平的举动弄得楚使莫名其妙。

他虽然心里很不是滋味，但既来之则安之，饭总得吃吧，总不能饿着肚子回去吧。接下来他左等右等，终于上菜了。

菜是上了，却打了折扣，什么鸡鸭鱼肉，什么山珍海味统统都没有，上来的只有几盘黑不溜秋的小菜，一碗米饭再加一壶淡酒。楚使实在饿坏了，虽说这菜寒酸了点，但出门在外就将就着吃吧。

他吃了一口菜：这菜哪里是菜？不是没有盐味就是咸得不能入口。他吃了一口饭：这饭哪里是饭？带着一股浓浓的酸味。菜吃不得，饭也吃不得，最后只剩下酒了。他喝了一口酒：这酒哪里是酒？连白开水都不如。

楚使不是傻子，自然知道这跟厨师的手艺没什么关系，他明白自己被人忽悠了。按陈平前后的态度对比，作为亚父身边的人和作为项王身边的人所受的待遇就是不一样，简直是一个在天上一个在地下。看样子饭局是没法再继续下去了，楚使愤怒地冲出了汉营，马不停蹄地出了城。第一时间把城里的所见所闻都如实汇报给了项王。

“哎呀，我的好亚父啊，连你也吃里爬外，胳膊肘往外拐，都跟刘邦好到这种地步了，下一步便是要谋杀我了吧！”项羽听后，马上发挥狂躁暴怒的性格特点，对范增的态度来了个一百八十度大转弯。

这时候的范增还被蒙在鼓里，他不顾年老力衰，不停地劳碌着，不断地出谋划策，希望早日攻下荥阳，而项羽此时的心思早就不在攻城上了。

“攻城攻得好好的，怎么就停下来了呢？”范增坐不住了，跑去问项羽。一见面，范增就直话直说：“现在趁敌人粮道被破，正是进攻荥阳的良机，一旦错过了，机会就不再来了。”

项羽这时正在气头上：“我就不听你的，看你怎的？”这样的语气已经很严重了，类似于唱反调的赌气行为：你要这样，我偏生就要那样，反正就是要和你对着干。

君臣之间说这样的话明显是一种极不信任的态度。这一句也罢，项羽生怕范增没弄明白似的，末了还补充了一句：“只怕我一进荥阳城，被人卖了还得帮人家数钱呢！”

范增开始还被项羽的话弄得莫名其妙，但后面这句话就算是傻子也明白是什么意思了。他没料到项羽居然会对自己起疑心，心中很是失望，便借口“天下大事已定”为由要“告老还乡”。

据《史记·项羽本纪》记载：**“范增大怒，曰：‘天下大事大定矣，君王自为之。愿赐骸骨归卒伍。’”**

其实，他这完全是试探项羽之意，要他迷途而返，消除对自己的误会。但是，令人感到意外的是，项羽当时嘴巴像贴了膏药似的，连一句挽留的话也没有，似乎铁了心要让范增离开自己。

这下范老头子下不了台了，说出去的话如泼出去的水，怎么也收不回来了，只能走一步算一步了。刚开始那几天，他走得很慢很慢，目的只有一个，希望项羽能来追他。他内心是多么希望能帮项羽打下天下，功成名就时再荣归故里啊！

然而，他没有等到“萧何月夜追韩信”那动人一幕，多少次他回头看走过的路，就是看不见他要等的人。终于，范增绝望了。

他当初参加义军时，家乡人都对他一大把年纪还有这种举动表示很不理解。因此，封了历阳侯后，他便派人到家乡去报喜，那是他人生中最风光的时候。可是，现在自己却这样灰溜溜地回去了，这张老脸往哪里搁？

精神上的打击，加上奔波的劳累，走了不到半个月，范增日益消瘦不说，身上还长了个小红疮。别看一个小小的红疮并不起眼，但就是这样一个小小的红疮要了范老先生的命。

当时路上的医疗条件有限，再加上范老先生心中始终解不开那个结，这颗红疮越来越大。最终，范增就是因为这颗大红疮的破裂，含恨而去了。

人生如白驹过隙，忽然而已。范增临死前终于感悟到，原来自己苦苦追寻的功名利禄如过眼云烟。追了一辈子，求了一辈子，那又如何？还不如快快乐乐地过好每一天。

人生如梦，梦如人生，可惜范增明白得晚了点。

至此，陈平反间计的“攻心战”暂时告一段落。这看似简简单单的计谋却取得了良好成效，楚军第一谋士居然既无还手之力，也无招架之功，最终落得个客死他乡的悲惨下场。

当然，关于范增的死，民间还流传着另一种说法。据民间野史传说，范增其实并没有死于毒疮，而是借着金蝉脱壳之计，逃出了项羽对他的监视。最后，范增带着自己的家人隐居到九遮山的山洞之中。范增还教导山中的百姓种植农产品，修筑山路，使山中的百姓过上了很好的生活。

后来，项羽兵败自刎乌江之后，消息传到了隐居在九遮山的范增耳中，他叹道：“竖子不听吾言，终有今日！”直到这时，山中的百姓才知道他就是项羽身边最著名的谋士亚父范增。然而，当旁边的村民问他是不是范增的时候，他却矢口否认，第二天，范增就从九遮山消失了，不知所踪。

金蝉脱壳

范增死了，项羽醒了，痛定思痛的他明白了这一切原来都是刘邦的反间计作怪。虽然有点迟了，但好歹还算是悬崖勒马。这时候，项羽又表现出果断英勇的一面。他把钟离眛等人都叫来，用很真诚的语气向他们道歉。这对一向心高气傲的项羽来说是需要勇气的。

事实证明，这是一直糊涂的项羽难得清醒的时候，他手下的部将们也都被他的真诚举动感动得热泪盈眶，纷纷表示誓死效忠楚国，全力攻克汉军大本营，替范增报仇雪恨。

霸王伤我千百遍，我待霸王如初恋。选择霸王，一生无悔。这是钟离眛等人对项羽的心声。

冰释前嫌后，项羽变成了一只发怒的狮子，楚军此时就像是一群饥饿的野狼，立即化悲伤为力量，对荥阳进行了疯狂的进攻。一时间，城内城外，一个猛攻猛打，一个默默挨打。

刘邦的日子更加不好过了，因为城门随时都有被楚军攻破的可能。

这时，所有谋士都黔驴技穷了。刘邦站在城上，见楚军不断向城里发起进攻，心情异常沉重。他仿佛闻到了死亡的气息。荥阳城此时已是山穷水尽，刘邦除非长了翅膀，否则逃生的机会几乎为零。

正在这关键时刻，有一个人站了出来，他主动找到了刘邦，献上一条妙计，四个字：李代桃僵。

献计的人叫纪信，他和刘邦是老乡，据说也是最早跟随刘邦的人，当年还亲眼见过刘邦斩那条白蛇。纪信的“李代桃僵”说白了就是让人假扮刘邦，假装投降，用来迷惑项羽，而真正的刘邦趁机逃走。

对纪信的妙计，无计可施的刘邦自然举双手赞成，但问题是，谁愿意来当这个替死鬼呢？

刘邦的苦恼很快变成了惊喜，因为纪信拍着胸脯表示，自己愿意来当这个替死鬼。

牺牲自己的生命去救别人，这叫舍己救人。从这一点来看，纪信的思想品德的确很高尚。“城破了臣也是一死，如果我一人之死能换取千万人的性命，那么我这一死也就很值得了。”纪信平静地解释道。

刘邦是幸运的，危险时刻，纷乱关头，总有敢于赴汤蹈火的人挺身而出，救他于水火之中。

有了纪信甘当替死鬼，陈平胸中那点原本快用完的才华突然又迸发出来一些灵感。陈平眼珠那么贼溜溜地一转，居然想出了突围的万全之计：假意投降项羽，在李代桃僵之计中又放了一枚烟幕弹。从事后来看，陈平在这场荥阳保卫战中立了大功，风头盖过了大军事家张良。

项羽接到刘邦送来的“投降信”后，脸上顿时盛开了一朵花。他大笑起来，这笑声震天动地，直透云霄。

那是一个漆黑得伸手不见五指的晚上，紧闭了数月之久的荥阳城门终于在“吱呀”声中打开了。清脆的声音惊醒了钟离昧，他睁开惺忪的睡眼后，知道激动人心的时刻终于来了。

此时，楚兵们高举的火把照亮了漆黑的夜空。先期出来的是一群老弱病残和妇女，稀稀落落，走了大半夜，一直持续到天亮。不要以为刘邦这边的效率太低，这就是他们故意放的烟幕弹。

这一耽搁，天快蒙蒙亮的时候，刘邦的投降仪式才正式开始。几个没精打采的士兵耷拉着脑袋缓缓推着一辆雕有龙凤花纹的龙车出来。龙车虽然慢得像蜗牛爬步，但在漫长的等待后，车越来越近，透过薄薄的车帘，刘邦的头影若隐若现。

“汉王投降了！汉王投降了！项王万岁，项王万岁万万岁！”楚军开始欢呼起来。对他们这些始终跟随项羽征战在第一线的战士来说，刘邦的投降意味着解放，而解放就意味着功成名就，可以封妻荫子，可以告老还乡，可以安享晚年……这些正是他们拼死拼活所盼的结果啊！

到了营地，龙车戛然而止，楚军都停止了欢呼，个个屏息敛气，都翘首期盼这一历史性的时刻。然而，龙车里的汉王却毫无下车的意思，空气仿佛凝固了一样，气氛有点压抑。这时，有人把这个情况及时向项羽汇报了。

项羽一听火冒三丈，亲自走到龙车前扯下龙车的围帐，把那“刘邦”从车里轰了出来。

事实证明，假刘邦的易容术并不高明，除了有几分朦胧的相像外，真伪一看便知。正在项羽不可置信，楚兵们面面相觑时，假冒刘邦的纪信开始说话了：“项羽老匹夫，你中计了，真正的汉王早从后门走了。他们现在已走远了，你们想追也来不及了，哈哈！”

这是他最后的笑声，因为随后项羽为他安排了火刑。

《史记》对此记载如下：“**汉军绝食，乃夜出女子东门二千余人，被甲，楚因四面击之。将军纪信乃乘王驾，诈为汉王，诳楚，楚皆呼万岁，之城东观，以故汉王得与数十骑出西门遁。**”

纪信死了，他生前没有得到利禄，身后也没有得到功名，但他的大名却被永远印刻在了中国历史的岁月长河中，成了不可磨灭的印记。传统京剧中有一出《纪母骂殿》的戏目，大致内容就是说，刘邦夺取天下当了皇帝后，因为没有追封纪信，遭到了纪信母亲的登堂骂殿。最后闹得刘邦下不了台，拂袖而去。

风紧，扯呼

刘邦神不知鬼不觉地逃走了，却苦了荥阳的三位守将，他们分别是主将周苛和副将枞公、魏豹。

周苛是沛县人，是刘邦的老乡，他和自己的表弟周昌曾随刘邦入关破秦，因此深受刘邦信赖。枞公和刘邦同样是出生入死的患难兄弟，刘邦把他任为副将也不足为奇。唯一令人不解的是魏豹。

魏豹想必大家都不陌生，他是典型的机会主义者。项羽强的时候跟项羽，刘邦强的时候跟刘邦，项羽再强的时候又回到项羽身边。他用一系列的实际行动，证明了什么叫见风使舵。

彭城大败后，魏豹的出尔反尔惹怒了刘邦。大将军韩信很快为刘邦出了这口恶气——平定魏国，活捉了魏豹。

俗话说脱毛的凤凰不如鸡，沦为阶下囚的魏豹很快体会到了什么叫冰火两重天，他的身份由贵族变成了奴仆，他的爱妾薄姬沦为刘邦的女人。可以肯定的是，薄姬是个绝世美女，因为刘邦在逃命的过程中都不忘带上这个小美人。

对此，寄人篱下的魏豹敢怒不敢言，只能打碎牙齿往肚子里吞。在这场荥阳保卫战中，刘邦对他委以重任，显然不是看中他的本领，而是想通过这种方式让他直接为自己“尽忠”。

但是，魏豹心中是有很大情绪的，他哪里有心思守城？和周苛、枞公的满腔热情相比，他显得消沉颓废许多，大有当一天和尚撞一天钟的意思。因此，面对项羽的猛攻，魏豹名义上总在喝酒装醉，但实际上却在心里思考着下一步该怎么办。或者说，他一直在反与不反中苦苦挣扎。

原本，按魏豹一贯的风格，此时应该会再投靠项羽。但是，他的家人现在都还在城里，贸然去投，且不论项羽能不能再接受他的“三进宫”，让周苛他们知道了，自己和家人都没有好果子吃。

“得弄个万全之策才好。”魏豹心里琢磨着。

然而，就在魏豹暗自密谋时，周苛和枞公也不是吃素的。他们对魏豹反常的表现给予了强烈的关注。关注之余，周苛和枞公两人还忙里偷闲，进行了一次紧急政治磋商，两人商议的结果是：与其等魏豹来造反，不如先下手为强，把他干掉再说。

于是，第二天晚上，周苛派人把正在喝酒的魏豹叫到了自己帐中。魏豹来后，枞公负责接待工作，又是端茶水又是上水果，随后就和他探讨起战局。眼看两人越谈越来劲，周苛没有那么多废话，他拔出刀，手起刀落，就地解决了魏豹。

除掉了魏豹后，荥阳城里暂时没有了不和谐的音符，周苛和枞公的防守更加严密起来。因此，尽管楚军奋力猛攻，但这座看似岌岌可危的城池还是屹立不倒。

这时候，项羽也没心思围攻荥阳了。他派部将攻击荥阳，自己则带领大部队去追击刘邦，并且一鼓作气直接追到了成皋。刘邦好不容易以金蝉脱壳的方式逃出了虎口，自然不敢再与项羽争锋，马上选择了继续逃跑，这一跑便跑到了关中。

这样一来，项羽千里追踪的战术没法再执行了，因为如果不攻克成皋，他不敢再进攻，否则被汉军前后夹击，要想脱身便难于上青天了。

到了函谷关，刘邦立即调集兵马，打算去救仍在荥阳坚守的周苛和枞公。就在这个节骨眼上，一个姓辕的儒生及时献计，让刘邦在黑暗之中看到了胜利的曙光。

辕姓儒生的计谋分两步。

第一步：调虎离山。

“目前形势敌强我弱，贸然去救荥阳等于自投罗网。我建议大王率大军南出武关，做出佯攻楚国都城彭城的态势。”

第二步：围魏救赵。

“项羽听说彭城被围后，自然会率主力部队南下。这时我们只要坚守不出，一来可以为荥阳、成皋的汉军争得喘息的机会，二来可以给韩信的归来赢得时间。如此开辟多个战场，项羽定会分身乏术，兵力分散，力量也就大大削弱了。待我军休养生息，士兵恢复后，再与楚军决一死战。”

刘邦行军打仗的本领虽然有限，但他善于用人，善于听从计谋。他采纳了辕生的建议，立马带领众将士出武关，直奔河南的南阳、叶县等地而去，做出进攻项羽老巢彭城的迹象。

此时，项羽身边只有钟离昧和龙且几位猛将了，大谋士范增已被陈平的反间计给干掉，没人再为项羽出谋划策了。他一听说刘邦出了武关，可能要对自己的老窝彭城再度进攻，二话不说，就带兵火速救援去了。

荥阳城中的周苛和枞公本来已支撑到了极限，眼看就要守不住了，不料楚军一夜之间走了个精光，两人直呼神灵保佑。

而项羽可不是闹着玩的，他一出手就知道有没有，很快就把失地给收复了。

打不起还躲不起吗？彭越充分发挥了他游击战术的风格，跟项羽玩起了捉迷藏。今天躲到这里，明天躲到那里，反正越是深山老林他就越喜欢往里钻。项羽正在气头上，开始还不惜一切代价去追。这样折腾来折腾去，项羽在不知不觉中已错过了楚汉之争的优势期。从此以后，他由主动开始变为被动了。

等项羽醒悟过来，不陪彭越玩捉迷藏，再度马不停蹄地赶到南阳时，刘邦已经躲到成皋去了。

项羽懒得再和刘邦耗时间，于是决定继续围攻荥阳。他当时的想法还是不错的，这荥阳是刘邦的军事重地，攻下来对本军的士气和实力的增长都有很大的帮助。

事实证明,项羽这招歪打正着,成了一个奇招。周苛和枞公自解围后，便开始灾后重建工作。在接到上级的救援物资后，他们终于摆脱了食不果腹的囧境，挣扎到了温饱线以上。正当他们要大力发展生产，奋发图强有所作为时，项羽的“回马枪”打了他们一个措手不及。

项羽大军杀到城下时，荥阳城里的汉军都没反应过来是怎么一回事。一眨眼的工夫，周苛和枞公就成了阶下囚。

据说，攻下城后，一向嗜杀的项羽突然大发善心（也许是范增的死给他的影响），还想把骨气很硬的周苛和枞公两人拉到自己麾下来。

面对项羽抛出的高官厚禄的诱惑，周苛的反应却出乎项羽的意料。

“好女不嫁二夫，忠臣不事二主。霸王，您的美意我心领了，但我生为汉王的臣,死为汉王的鬼,这一点永远都不会变。”周苛义正词严地说道。

拒绝完项羽后，周苛觉得还不够，继续补充说道：“您根本不是汉王的对手，与其日后成了俘虏再受辱，不如现在就投降吧！”

项羽好话说尽，承诺也给了不少，没有感动周苛不说，反倒引来他这番不吉利的话，项羽暴怒道：“不成功便成仁，那就怪不得我无情了！敬酒不吃吃罚酒，那就休怪我无义了！”

项羽马上叫人上道具：一口大铁锅，一桶油，一大捆柴火。架好锅，上好油，烧旺火，等到锅里的油烧得亮晶晶、热腾腾地直翻滚时，项羽命人把周苛丢进油锅里去。

油炸活人，水煮活人，项羽的酷刑一直令人大开眼界，项羽的残忍也一直令人发指。

而枞公则死得痛快些。他因为没有逞口舌之快，所以没有受到项羽的折磨，直接被送上了断头台，一刀下去，一了百了。

项羽攻下荥阳后，士气大振。接着，他挥师向刘邦的所在地成皋进军了。

荥阳的突然失守让刘邦感到无比震惊。在他眼里，荥阳一直都是固若金汤，连荥阳都破了，那么成皋会如何呢？刘邦不敢再想后果，对几番死里逃生的他来说，凡是涉及“风险”两字的事情，他都不想再亲自体验了，于是，刘邦果断决定赶紧逃。

为了逃得更隐蔽些，刘邦这次只带上了一个贴身保镖——夏侯婴。

他一走倒是没什么，就是苦了守城的军士了。眼看项羽的大军就要杀到城下了，众将都去找刘邦商议破敌之策，直到这时他们才知道刘邦早就带上亲信夏侯婴逃了。既然刘邦这么“仁慈心善”，不给别人添包袱，守城的其他将领也就都跟风了，并美其名曰保护汉王。

众将撤得差不多了，后知后觉的成皋另一员守将英布这才明白是怎么回事。他也不是省油的灯，二话不说，闪人要紧。于是，等项羽大军来到成皋时，这里俨然成了一座空城。

公元前 204 年，项羽进驻成皋的同时，宣告成皋战役结束。

第十一章 爱拼才会赢

巧夺兵权

翻阅刘邦的一生，可以看到他几乎一直在路上：当游侠的时候是在打打杀杀，混迹于黑白两道上；当亭长的时候是在忙忙碌碌，奔波于上传下达的官路上；当逃兵的时候是在躲躲藏藏，亡命于芒砀山的羊肠小道上；举事的时候是在寻寻觅觅，走在生死未卜的人生征程上；现在到了楚汉争霸的时候是在东奔西逃，提着脑袋逃窜在亡命的路上……

刘邦当皇帝之前的生活，一个“逃”字便可以概括。然而，看似东奔西逃、极为狼狈的刘邦，很多时候似乎都到了山穷水尽的地步，但每到关键时刻，他都能逢凶化吉，转危为安，没有谁能捉住他，战神项羽也不例外。

总的来说，项羽有三次绝好的机会拿下刘邦。第一次是在鸿门宴上，刘邦主动送上门来，项羽要拿下他易如反掌。但是，刘邦的花言巧语迷惑了项羽，致使范增眼睁睁地看着刘邦被放虎归山。第二次是在彭城大战时，项羽率三万铁骑出奇制胜，致使刘邦的几十万大军一夜之间灰飞烟灭。无奈之下，刘邦只好什么也不管什么也不顾，撒腿就跑，结果在围追的过程中，项羽手下的丁公和季布等人却手下留情，让刘邦从眼皮子底下成功逃脱。第三次是在荥阳保卫战中，刘邦在苦苦防守之际，利用陈平的反间计拔掉了范增这个楚军军师，致使项羽化悲伤为力量，对荥阳进行了毁灭性的打击。结果，刘邦在抵挡不住的时候，利用替身假投降而成功逃脱了项羽的魔爪，再次溜之大吉……

可以说，论逃亡无人能出刘邦之右。这一次，刘邦知道成皋是守不住的，所以干脆先逃一步。刘邦带着他的私人保镖兼“小车队长”逃向了修武。

刘邦之所以要往修武跑，是因为那里有两位重量级人物：大将军韩信和名士张耳。

其实，自从刘邦和项羽在荥阳进入拉锯战后，韩信就一直带兵在外扫除不服从刘邦的各诸侯国。灭魏平赵后，燕王臧荼也很识时务地归降汉王，唯有齐地还在负隅顽抗。

韩信在听取了李左车的建议后，一方面采取休养生息的政策，把大军驻扎在修武和齐地遥望，做出随时进攻的态势；另一方面采取恐吓威逼的方式，引导各种舆论对齐地施压，力争达到不战而屈人之兵的目的。

刘邦这时都成“光杆司令”了，他只能去找韩信。他带着夏侯婴跋山涉水到达修武后，天色已晚，两人没有直接去找韩信，而是在当地找了一家很简陋的旅馆住了一晚。

俗话说独在异乡为异客，委身于异地的小旅馆，刘邦自然是一夜无眠。好不容易熬到了天亮，刘邦便带着夏侯婴前往韩信的大营，然后直接收缴了韩信的兵符。整个过程出奇顺利，因为韩信太配合了。

平白无故被收了兵符，韩信为什么连一句疑问都没有呢？原因很简单，因为他当时还在睡觉，还没起床。

韩信睡得正香，刘邦取他的兵符自然轻而易举了。刘邦之所以这么做，原因有三：

第一，刘邦自卫的需要。多年的逃亡经历让刘邦变得十分谨慎，可以说已经到了草木皆兵的地步。虽然韩信是他亲手封的大将军，但本着害人之心不可有，防人之心不可无的原则，此时他落魄如斯地逃到这里，自己人也不可不防啊！更何况，现在修武除了韩信这个主帅外，还有张耳这个二号首长。张耳自从在内耗中成功灭掉陈余后，声名扫地，成了千夫所指的对象，这样不念旧情的人你想不防都难啊！

第二，刘邦自强的需要。弃成皋而逃，刘邦走得太匆忙太慌张了，只带着贴身保镖夏侯婴，把自己的家底和老本全丢掉了，手下的士兵也都四散奔逃。在战争年代，手下没有士兵寸步难行，只有拥有可供自己亲自指挥的军队，才能立于不败之地。

第三，刘邦自保的需要。刘邦这次弃成皋而逃，虽然是形势所逼，但行为还是不太光明磊落。其实，刘邦对自己的人格魅力还是有自信的，他相信手下那些良臣猛将很快就会像跟屁虫一样追到这里来，不过他们心里肯定会充满怨气。如果自己拥有韩信的军事指挥权那就不一样了，有了这么多士兵做后盾，他就可以向众将展示超一流的组织能力和号召能力。属下们自然又会对他服服帖帖的。

总而言之，刘邦巧夺兵符，最终目的只有一个，那就是获取权力。拿到兵符后，刘邦马上把营中各大将领召集过来，把他们的头衔和职位都稍稍调动了一下，然后分派到各营中去，瞬间便完成了对这支军队的大洗牌。

干完这一切后，后知后觉的韩信和张耳终于从睡梦中醒过来。明白是怎么回事后，两人吓得冷汗如雨。关键时刻，两位将领强压着惊恐和愤怒，马上跑来诚恳地向刘邦请罪。

“你们的防备太松懈了，巡逻的人数明显不够，”刘邦开始给这二人上政治课，“这样敌人来偷袭就不妙了。再说太阳都照屁股了，你们两个主帅却还在睡觉，连兵符这样重要的东西都乱丢乱扔，搞不好连脑袋都会搬家的。”

上完政治课后，刘邦做出决定：张耳率本部回赵地镇守；任命韩信为相国，招募一批兵马，日夜操练后迅速攻齐；而驻守在修武的士兵全都留下来归他自己管理。

对于刘邦此次逃亡的所作所为，《史记·淮阴侯列传》描述如下：“晨，自称汉使，驰入赵壁。张耳、韩信未起，即其卧内上夺其印符，以麾召诸将，易置之。信、耳起，乃知汉王来，大惊。”

刘邦就是刘邦，他的小算盘打得就是好。张耳去赵地，可以镇住那里不时发生的小暴动，也可以和他形成掎角之势，这在战略上很重要。韩信就可怜多了，他的兵都被刘邦夺去了，如今只能重新招兵买马，重新操练，最后还要以最快的速度去平定齐地。

刘邦巧夺兵权，效果是看得见的，《史记·高祖本纪》的记载是：“汉王得韩信军，则复振。”

我们不得不佩服刘邦，他果然料事如神，那些随后跟风而来的众将，本来个个都窝了一肚子的火，无不在心里埋怨刘邦薄情寡义，但看到他一夜之间又兵强马壮，拥趸甚众，无不对他刮目相看，打心眼里对这个主子多了一分敬意。

半月之约

待众将领集中到修武后，刘邦召集大家商议下一步的行军路线和行动方针。于是，在怎么对付楚军的问题上，汉军内部形成了两派：防守反击派和主攻派。

防守反击派认为，楚军本来就强大，他们才几乎兵不血刃地连克荥阳和成皋，士气正旺，现在主动跟他们交锋，无异于鸡蛋碰石头，自不量力。所以，如今应当避其锋芒，击其惰归。

防守反击派的代表人物是夏侯婴和卢绾。夏侯婴自彭城逃难以来，就一直陪在刘邦身边，后来又陪刘邦经过了荥阳和成皋两次大逃亡，对逃亡的凶险深有体会，因此，他不主张再和项羽硬碰硬了。而卢绾与刘邦是同年同月同日生的发小。刘邦对这两人都信任有加，对他们提出的防守反击的战术思想自然也很重视。

而主攻派认为，楚军与汉军长期交战，一直都被汉军牵着鼻子走，已是一支疲惫之师，到了强弩之末。荥阳和成皋是汉军的军事重地，现在把它们夺回来，既能鼓舞大家的士气，又可以狠狠地打击项羽。所以，进攻才是眼下最好的防守。

主攻派的代表人物是樊哙和陈平，他们也是重量级的。樊哙是刘邦的连襟，战功显赫，是一员不可多得的猛将。而陈平自从弃暗投明后，在荥阳保卫战中立下汗马功劳。他此时在刘邦心中的地位已可与萧何、张良、韩信并列。

两边都有重量级人物撑腰，这下可苦了刘邦。他站在一个岔路口，不知道该如何选择。

就在防守反击派和主攻派争得不可开交，刘邦左右为难时，中立派顺势而生了。中立派认为，既然目前攻不能放手去攻，守又不能消极去守，那就攻守结合，边攻边守，边守边攻，既可厉兵秣马，又可以打击敌人，一举两得，何乐而不为呢？

中立派的代表人物是郑忠。郑忠一直是个默默无闻的人，按理说他的计谋谁也不会听，但问题是他很巧妙地照顾了防守反击派和主攻派两方代表的颜面，因此，他的理论一出台，刘邦就像抓到了一根救命稻草，马上拍板，做出了三大战略部署。

第一，汉军大部队高筑壁垒，按兵不动，养精蓄锐，以待天时；派少数人迂回到楚军后背去使暗招子，扰乱敌人后方。

第二，派将军刘贾、卢绾两人率两万人马，从白马津渡过黄河，深入楚军后方，与在那里玩游击战的彭越将军联手，重建敌后战场。

第三，派英布前往淮南，联合他岳父衡山王吴芮一起开辟淮南战场，进一步牵制和分散楚军兵力。

在这三大部署中，关键的是刘贾、卢绾与彭越联手，重建敌后战场这一招。彭越本已查到楚军的粮草辎重就在燕郭西（今河南省延津县）一个超级偏僻的大山坳里，正愁手下的兵力不够，不敢贸然下手。卢绾和刘贾的到来无异于雪中送炭。三人聚在一起简单商量了下，便决定马上采取行动。

三人分工明确。彭越熟悉地形，负责放火烧辎重；卢绾和刘贾在外面等着，负责杀敌。

在一个月黑风高的夜晚，彭越带领手下神不知鬼不觉地摸到了那个超级偏僻的大山坳里。深更半夜，楚军都在营帐里呼呼大睡，几乎没有太多防备。等火烧屁股了，他们才惊醒过来，赶紧逃命，根本就不管粮食了。

想逃命可没那么容易。彭越放完火，就该卢绾和刘贾上场了。最后，除了极少数腿脚长跑得快的，绝大多数楚军都成了刀下之鬼。

这次偷袭事件对项羽的打击极大——粮道被毁可是要命的！

彭越这时也充分展现出了其悍将作风。他并没有小富即安，而是马上带领强大的"彭家军"再向楚地其他地方进军。很快睢阳（今河南省商丘市睢阳区）、陈留（今河南省开封市陈留镇）、外黄（今河南省民权县）等十七座城镇就变成了汉军的一亩三分地。

"彭家军"这一闹腾，把楚军的后方闹得鸡犬不宁。更为重要的是，后方的危机直接关系到前方的战局。项羽在成皋坐不住了，他决定亲自带兵去对敌。

然而，问题马上就来了：他去对敌，那谁来守成皋呢？

这时候，项羽最为倚重的几员大将，钟离眜镇守在军事重地荥阳，肯定是不能考虑了；龙且作风硬朗，办事果断，倒是不错的人选，但项羽已把他定为支援齐国的唯一人选了。其他一些猛将，比如季布、周殷等人也都被汉军牵制住了，抽不开身。

思来想去，项羽最终把守成皋的大将选定为大司马曹咎。其实项羽选曹咎担此大任，并非因为曹咎有惊天动地之才能，而是为了感恩。

当年，项羽跟随他叔父项梁隐身于栎阳县（今陕西省西安市）时，项梁被仇家妒恨，因为莫须有的罪名锒铛入狱。项梁和曹咎是老相识，正巧那时曹咎在那监狱当监狱长，他写了一封信给当时相当于司法厅厅长的司马欣，司马欣碍于情面就把项梁给放出来了。

后来，项梁和项羽起义后，曹咎闻风而动，举家支持项氏，结果很受重用。项羽在封王大会上，拜他为大司马，并且封为海春侯。要知道，在项羽军中，除了范增被封为侯外，连钟离眛、龙且等名将都没有获得这样的殊荣，由此可见项羽对曹咎的器重和信任。

考虑到成皋地理位置的重要性，项羽在走之前，还做了两大安排。

一是本着一个好汉三个帮，一个篱笆三个桩的原则，任命原汉中三王中的塞王司马欣和翟王董翳为副将，协助曹咎一起守成皋。

二是本着知己知彼，百战不殆的原则，给曹咎进行了战术部署。项羽给了曹咎最为稳妥，甚至可以说是稳操胜券的办法："谨守成皋，则汉欲挑战，慎勿与战，毋令得东而已。我十五日必诛彭越，定梁地，复从将军。"也就是说曹咎只要坚守不出半月就是胜利。

曹咎拍拍胸脯说："请霸王放心，不就是坚守半个月吗？我一定奉行您的命令，坚持到底！"

眼看曹咎签下了军令状，项羽提着的心终于放下了，随后带领楚军浩浩荡荡地往后方杀去。事实证明，项羽就是项羽，他的剑指到哪里，哪里就会抖三抖。

彭越连夺十七城，还来不及高兴呢，就惊愕地发现项羽大军已经攻到自己所在的外黄城下了。都说一物降一物，别看彭越平日里勇猛异常，威不可挡，但在项羽面前他就像一只病老虎，哪里还有半点生机。彭越默默地躲在外黄城里，打死也不敢出城跟项羽比个高低。

项羽可不吃这一套。他大手一挥，楚军开始攻城。城破了脑袋就得搬家。彭越虽然不敢出城迎战，但防守却一点儿也不马虎。在第一天的攻防战中，双方伤亡都很大。

项羽眼看彭越还有点斤两，便亲自来指挥攻城。

这下，彭越终于体会到项羽的强大了，因为外黄城已有好几处快被撞破了。幸好在这个关键时候，老天帮了彭越一把——天黑了。项羽也没有察觉到外黄城已危如累卵，只要再强攻一阵就大功告成了。他很体恤士兵，不打算让士兵们饿着肚子，在这黑灯瞎火中继续工作，当即鸣金收兵。

项羽一收兵，彭越就有了逃生的机会。他带领手下的士兵，在夜深人静时进行了突围。夜晚楚军的防守力量毕竟有限，很快就被彭越的人马冲出了包围圈。等睡梦中的项羽惊醒过来，带领大部队去追时，彭越早已跑得没有踪影了。

项羽追不到彭越，便把怒气撒到了外黄城的百姓身上。坑杀的首要条件就是要把人都集中起来。于是，项羽命人在外黄城里四处张榜，通知城中百姓，凡是男性十五岁以上者一律到城东集合，违令者斩。

外黄城百姓面临着一场前所未有的浩劫。

看了榜单后，城中百姓人心惶惶。项羽的残暴大家都有所耳闻，他们早料到项羽下一步要干什么了。在这危急关头，混乱的人群中出现了一名十二三岁的白衣少年。这个孩子的出现不经意间改变了大家的命运。

这个白衣少年并没有像其他少年侠士一样，手里提剑去找项羽，而是赤手空拳直接去了。他风度翩翩地来到楚军营前，面不改色心不跳地说，他要见项王一面。楚军守门士兵见这少年气派不凡，心中都暗暗称奇，便问他为什么想见项王，少年说他要为项王出主意。

自从范增死后，项羽身边几乎没有人能再为他出主意了，什么事都得靠他自己决定。现在，虽然只是一个乳臭未干的小孩说要献主意，但饥不择食的楚军士兵还是破例把他带到了项羽帐前。

项羽一听有个小孩来求见自己，亦是大感好奇，马上接见了他。

“小朋友，你胆子不小啊，你可知道我是谁吗？我可是西楚霸王啊！”

一见面，项羽便给了少年一个下马威。

“我连死都不怕，难道还怕大王吗？再说，大王原本就是个好人……”白衣少年显得很镇定，一脸平静地说。

“哦！”项羽听了大感好奇。

“因为天下人都说大王您体恤民情，爱护百姓。”白衣少年微笑着说。接下来，他使出浑身解数，好好地拍了拍项羽的马屁，说他如何如何英勇，城中百姓如何如何仰慕他，城中百姓无时无刻不在等待他的到来，等等。

项羽一听飘飘然起来，但嘴上还是忍不住问：“既然城中百姓仰慕我，为何我来攻城时他们还要帮助汉军防守呢？”

“彭越入城后，城中百姓慑于他的淫威不得不屈服于他。但是，百姓只是做做表面功夫，彭越知道守不住才连夜逃走的。这是百姓在暗中相助大王啊！如果连支持大王的百姓也被坑杀了，那天下的百姓会如何看待大王啊？这天下又有谁敢归顺大王呢？得民心者得天下，大王难道不想得天下了？”

少年的话彻底征服了项羽。这次，他不仅听从了这个毛头小子的建议，还赏给了他不少银两。

项羽也有从善如流的时候，真是太阳打西边出来了啊！然而，他收复失地的喜悦并没有维持多久，噩耗就传来了——成皋失守了！

成皋攻防战

刘邦终于有新动静了。他把大军开到成皋城下，决定先取成皋，再夺荥阳，最后对楚军各个击破。

刘邦的战略部署归功于郦食其献的计。

“得粮仓者得天下。”郦食其解释道，“项羽当初攻下荥阳却没有夺取敖仓粮道，这是一个很大的失策。现在咱们应该抓住项羽的失误给他狠狠的打击，先想方设法重新夺回成皋和荥阳，占据敖仓粮道，凭借成皋之险，控制太行山，占据蜚狐口，守住白马津。这样一来，不仅能彻底堵死项羽进军汉中的道路，而且还会让楚军因为粮草出问题而军心涣散。”

“得民心者得天下。项羽残暴不仁，作恶多端，我们利用舆论攻势，争取更多的民众站在我们这一边，然后再多面出击，让项羽疲于奔命，彻底击败楚军指日可待！”

应该说郦食其的这番军事分析是很精辟的。也许是上次印玺事件刺激了他，他一直想将功补过，所以这次出马前，他已做了万全的准备。

刘邦对郦食其的分析深以为然。如今成皋的防守相对薄弱，而它的地理位置又十分重要，号称“绝成皋之道，天下不通”。机不可失，时不再来，郦食其的话也是刘邦心里所想，所以项羽前脚刚走，刘邦后脚便率大军直抵成皋城下。

汉高祖四年（公元前 203 年）十月，刘邦率兵渡过黄河，攻打成皋。新上任的主帅曹咎牢记项羽的话，避而不战，严防死守。结果刘邦连攻了几天，非但没有取得任何进展，还损失了不少人力物力。

夜里，刘邦心情郁闷，走出营帐散步。透过月光，他眼睛定定地望着成皋坚固的城墙，心里意识到："屯兵于坚城之下，乃兵家大忌；强攻于坚城之上，乃灭亡之道。如果不能尽快拿下成皋，等项羽班师回来了，只怕再无机会了。"

月光如水，洒下晶莹一片；月光如梦，洒下温柔一片。刘邦转而一想，突然反应过来："既然强攻不行，那就暗攻，既然刚猛行不通，那就玩阴柔。"

"诱敌而出，设伏而击。"刘邦喃喃说道，紧缩的眉头随之舒展开来。

这个计谋成立的前提是，曹咎是个粗鲁耿直的人，极容易动怒，对他进行唾骂引他出城来战，便可大功告成。

刘邦果然不是一般人，他早就判断曹咎正是这样的人。接下来，战场变成了骂场，一骂就是三天。

第一天，刘邦派出一些巧舌如簧的士兵，进行了轮番轰炸。面对这样赤裸裸的骂声，别说曹咎了，楚军士兵们听了都个个义愤填膺。他们纷纷请求出战，给汉军一点颜色瞧瞧。就在曹咎快要爆发时，副将司马欣和董翳及时进行了劝阻。

总之，曹咎的这一天比一个世纪还漫长。

第二天，刘邦创新了骂人术。他把骂人队伍分成两派，一派专门负责骂，一派专门负责笑。这边士兵骂几句，那边士兵就哄笑几声，一唱一和，十分热闹。第一批人骂累了、笑累了，再换第二批人上。这样进退有序，笑骂之声一直持续了一整天。曹咎气得咬牙切齿，恨不得把这些汉军生吞活剥，但在司马欣的劝说下，再想到自己立下的"军令状"，他最终还是嚼碎牙齿往肚子里吞，强忍住了。

总之，曹咎的这一天比十八层地狱还昏暗。

第三天，汉军再度创新，把骂改成诅咒了。诅咒比骂人狠毒百倍。据说一些心肠极毒辣之人，写下仇人的名字，再加上咒语，埋在百年大树底下,算是最狠毒的诅咒方式了。当时刘邦并没有采用这样的诅咒方法，他动用的武器是白色幡旗。白色幡旗是死人才用的东西啊！幡旗一面画的是猪狗之类的牲畜，另一面写着“曹咎”两个血腥大字。汉军充分发挥动嘴又动手的风格，边骂边诅咒，还把幡旗放在地上，用剑戟乱刺……

总之，这一招比利箭穿心更让曹咎难以忍受。曹咎本来就是一个本领小、气量小的人，面对汉军这样肆无忌惮的恶毒诅咒，他再也忍不住了。完全失去理智的曹咎连司马欣和董翳也懒得通报了，大手一挥，就直接带着亲信士兵杀出城去。等司马欣和董翳想要去阻拦时，曹咎等人早已出了城。

而那些骂人的士兵见曹咎杀过来了，吓得屁滚尿流，丢了幡旗以百米冲刺的速度往汜水河上跑。曹咎一口恶气没处出，哪里肯这样白白放过他们？

于是双方你追我跑来到了汜水边。没路跑了那就游泳吧。汉军纷纷跳入河中，等他们都游到河对岸时，楚军才游到河中央。

“快，快，冲过汜水，把汉军剁成肉泥！事成之后，重重有赏！”曹咎准备发起渡河的最后冲刺。

然而，正在这时，四处突然擂鼓喧天，杀声四起，只见刘邦一马当先，大声叫道：“曹咎匹夫，快快下马受降，刘某在此恭候你多时了。”

此时，刘邦早就安排好的“半渡而击之”的战术开始实施了。潮水般的汉军铺天盖地冲杀而出。

曹咎的大军在河中央，仓促之间进退无路，很快自乱了阵脚，溃不成军。曹咎望着波光粼粼的河水，突然感到一股透彻心扉的寒气，呼吸变得急促起来，一种压抑感笼罩着他，那是死亡的气息。

水能载舟，亦能覆舟。自秦末群雄四起后，多少功成名就是因为水，多少功败垂成也是因为水；多少金鼓喧阗是因为水，多少悲歌绝唱也是因为水。

君不见，因为水，项羽在黄河边做出了著名的破釜沉舟之举，结果一战成名天下知；君不见，因为水，还处于奋斗阶段的章邯在白水河边的废丘做出了坚守到底的决定，结果一世英名随水漂；君不见，因为水，还在逃命的刘邦在睢水边做出了铤而走险之举，结果一生传奇得继续；君不见，因为水，还处于创业阶段的韩信在泜水做出了背水一战之创新，结果一战征服天下心；君不见，因为水，手握实权的陈余在井陉口做出了自取灭亡之愚举，结果一代豪杰东逝水。

而此时此刻，因为水，曹咎体会到了什么叫穷途末路，感悟到了什么叫欲哭无泪。

正当曹咎的心快跌到谷底时，他的两个好伙伴司马欣和董翳率领援军及时赶到了，费了九牛二虎之力终于把他救上了岸。

然而，经过这样一番折腾，曹咎和司马欣、董翳三人一回头，统统被惊得面如土色，因为他们发现成皋城上早已换成了汉军的大旗……

"中了刘邦的奸计！"羞愧的曹咎再无颜见项王了。他深情地望了一眼眼前的汜水，此时的汜水早已被楚军的尸体染成了红色，那么触目惊心，那么惨不忍睹。汜水悠悠，血流漂杵，他心戚戚然："看来水是我此生注定无法逾越的一道屏障，时也，命也。"然后，曹咎漠然地拔出身上佩带的宝剑，没有丝毫犹豫，没有半点迟疑，自刎谢罪。

看着曹咎的身子缓缓地倒下去，司马欣和董翳的心也一点点凉透了。兵败城破，他俩同样难辞其咎，主帅阵亡，他们又该如何向霸王交差呢？

罢了，罢了，与其行尸走肉地活着，与其背上败军之将的恶名，不如学曹咎以死谢罪，一了百了。于是，他们也双双挥剑自刎了。

至此，这场成皋之战就以这种悲壮的方式结束了。最终，刘邦成功收复成皋。那些原本属于他的金银财宝、美女宫殿再次物归原主。更为重要的是，敖仓粮道又成了刘邦的地盘。

当断不断，反受其乱

在古代，谋士是指为他人出谋划策的有识之士。他们往往以军师、幕僚的身份出现。他们有建议权，没有决策权，更没有更改主帅决定的权力。因此，他们的战略思想和战术策略，都必须征得主帅的同意才能实施和检验。

谋士的成功或失败，很大程度上掌握在决策者手中。如果侍奉的是明君，那么即使是死，也是“士为知己者死”，死得其所，死得有意义。相反，如果侍奉的是昏君，那就不得不抑郁而死，含恨而终，死不瞑目。

谋士的命运不在己，而在于主子。这也正是谋士的悲哀！

刘邦手下第一外交官郦食其，最终也成了一个悲哀的谋士。

重新夺回成皋，郦食其功不可没，正是在他的战略思想的指导下，刘邦才得以顺利啃下这块硬骨头。也正是因为这样，刘邦对这位年近七旬的老人更加器重。

然而，郦食其的生命此时也快走到了尽头。他未得善终，因为他被大将军韩信“杀死”了。

韩信为什么要杀郦食其？他们同侍一君，如果不是因为个人恩怨，那就是因为争宠了。韩信和郦食其显然是后一种。

当然，以韩信的智商，他是不可能亲自动手的。韩信使用的是“借刀杀人”之计，他借的“刀”是田广。

随着楚汉争霸拉锯战的进行，田广一手抓好军队建设，一手搞好农业建设，不知不觉中，把齐国打造成了兵强马壮、国富民强之地。

楚汉相争不单单是项羽和刘邦两人之间的纷争，还涉及其他诸侯。前面已经说过，项羽在这场人才争夺战中只得到了秦朝两员旧将——司马欣和董翳，而刘邦却得到了九江王英布、燕王臧荼等。现在天下唯一不安定的就是齐地了。偏偏齐地还是块硬骨头，跟其他诸侯的“顺风倒”不一样，齐地军民在自己的国土上自食其力、自力更生，对项羽和刘邦都不买账。

齐国的态度不明确，让刘邦大感头疼。现在，他正与楚国争得不可开交，要是关键时候被齐国从背后捅一刀子，那还了得！别看刘邦长年东躲西藏，过着逃亡生涯，但他早就颇有远见地把平叛工作交给了韩信。按刘邦的话说，虽然自己有点狼狈，但好歹牵制住了项羽，大将军便可安心扫平不安分的诸侯了。

韩信的兵马被刘邦夺走后，他只得去赵地重新招兵买马。幸好他有非凡的军事才能，很快就把新招来的士兵训练得有模有样，不到一个月便组成了一支威武雄壮之师。有了兵马，韩信磨刀霍霍准备全力攻齐。但是，偏偏在这个时候，郦食其出现了，还跑来跟韩信抢战功。

郦食其为什么不知好歹，早不来抢晚不来抢，非得在这个时候来抢呢？这得从刘邦重新夺回成皋后说起。

成皋失而复得，刘邦却高兴不起来。他知道项羽得知成皋失守后，马上就会带兵来对付自己。项羽的勇猛刘邦已领教了多次，他只要一想就觉得胆战。

看到刘邦怕成这样，惶惶不可终日，不久之前崭露过头角的郑忠心里那个急啊。郑忠为刘邦分忧道："要是齐地能早一点平定就好了。只要齐地一安稳,就可以把大将军叫来,只要大将军在,就能抵御项羽的报复。"

刘邦一想，觉得很对，也只有用兵如神的韩信在，自己才能打败不可一世的项羽。但是，他刚把韩信折腾成一个光杆司令，又立即命他重组军队去伐齐，就算是神仙，也需要时间啊!

可眼下时间紧迫，刘邦心里琢磨着，如果能把齐国招降过来就好了。郦食其跟了刘邦这么久，刘邦的心思他一猜就中。于是郦食其主动请求去齐地做说客，说服齐王归汉。刘邦当然很满意地答应了。

郦食其到齐国时，田横正忙着做防御工事，以抵挡韩信大举来犯。不过，面对郦食其的到来，他倒是在百忙之中抽出时间，陪田广会晤了这位优秀的外交官。

一开始，双方谈得很融洽，但客套话一过，郦食其便开始亮剑了。

他直截了当地问齐王："如果您只能在项羽和刘邦之间选择一个，您会选谁呢？"

田广虽然年少懦弱，但一点儿也不傻，他回答得很圆滑："世事难料，福祸相依，在没到一锤定音的时候，谁也不能预料。"田广的意思很明确，他现在还不会轻易决定选哪一方做自己的庇护伞。

郦食其见他油盐不进，不来硬的是不行了，于是说了一句石破天惊的话："依我看，这天下必定是汉王的。项羽乃不忠不义不孝之徒，岂能得天下？"

接下来，郦食其又开始陈述刘邦在楚汉之争中占据的优势，最后反问田广道："大王若不顺应形势归顺汉王，将来大军压境还能自保吗？"

田广一听就慌了神，用询问的眼神看着田横，意思是："丞相啊，这事该怎么办？怎么办？"

田横也被郦食其的高谈阔论说得有点心动了，但在做决定前，他提出了一个条件：韩信必须先撤军。他的意思也很明确，既然你们有心来招降我大齐，为什么还在我国边境驻扎一队虎视眈眈的兵马呢？

郦食其本来考虑到这个齐王是个难剃头，得费不少口舌，想不到这么快就有被搞定的迹象了，不由大喜过望，当即拍拍胸膛说："不就是撤兵嘛，小菜一碟。既然都是一家人，还用得着兵戎相见吗？"

承诺完齐国，郦食其马上写了一封信给韩信送去。韩信接到信后，心中满是惊喜："我正要发兵去打呢！既然郦先生只动动嘴皮子就搞定了，也就省得我兵马劳顿之苦了。"于是，韩信马上决定撤兵。

就在这个节骨眼上，韩信手下一个叫蒯彻的谋士出现了。他的出现直接决定了郦食其的命运，也使原本可用和平方式解决的齐国问题再掀波澜。

"将军要撤兵南下？"蒯彻问。

"嗯，齐王已降，现在我们可与汉王会合，共同对付项羽了。"

"臣以为不妥。"

"有何不妥？"

"现在撤兵，有三误。第一，这些天将军奉命招兵练兵，花了不少心血，正要一试身手，岂能半途而废？第二，郦先生一时凭嘴皮子说服了齐王，但人心难测，得提防齐王变心啊！第三，将军此番花了不少心血，眼看就要立下大功了，如果就这样被郦先生三言两语搞定，抢了战功，得不偿失啊！"

韩信听完这话，陷入了沉思。自上次被刘邦"微服私访"夺取兵权后，他诚惶诚恐，总想马上立下大功，将功补过，以重新得到刘邦的宠爱。蒯彻的话说得他有点心动了。

心动不如行动，韩信自然知道此时如果自己突然发兵扫平齐地，趁其不备，定会旗开得胜，立下赫赫战功。就在他要采取行动时，另一个难题又浮出水面了，那就是郦食其的个人安危问题。现在，郦食其正在齐国那里等他的回信，一旦他突然发兵，齐王肯定不会放过郦食其。

韩信的顾虑，蒯彻早已料到了，他劝韩信道："郦先生已经不义在先了。将军奉命攻齐在先，而郦先生主动要求说和在后，他这明显是要和你抢战功嘛！人家都欺到你头上来了，你还顾及人家，愚蠢啊！"

韩信本来就对汉王的"不完全信任态度"心有余悸，在功名利禄面前，他最终还是选择了妥协，大手一挥，下令进军。

齐军怎么也不会料到主动求和的汉军在一夜之间会突然发动进攻，被韩信打得措手不及，顿时兵败如山倒。韩信很快就攻到了齐国的军事重镇临淄城下。

站在临淄城下，韩信再次面临严峻的良心拷问，因为他此时又接到郦食其写来的一封信。这封信直接关系到郦食其人头的去留问题。

继续进军肯定可以彻底攻下齐国，立下不凡战功，但必须要以郦食其的人头做代价。而如果撤军，可以保住郦食其的人头，但他所有努力就会功亏一篑，付之东流。

面对这样的选择韩信不禁犯难了。他和郦食其共事多年，此时真要拿郦食其的人头做代价，他还是有点于心不忍。而蒯彻既然插手了此事，就大有插手到底的英雄气魄。

"当断不断，反受其乱。一个老头的性命，怎么可以跟旷世功业相比呢？"蒯彻一上来就咄咄逼人。

"逼死郦老头事小，违抗汉王令可是要杀头的啊！"韩信心中释然了许多，但还是有顾虑。

"将军今日带兵来攻齐，不正是奉汉王之命吗？如果就这样退兵了，不但被郦老头夺去战功，而且他还会说一些不利于将军的坏话，那时候就吃不了兜着走了。"蒯彻的大道理一套一套的。

在蒯彻反复的攻心之下，韩信终于下定了决心：走自己的路，让郦食其死去吧！

既然韩信不肯罢兵，齐王就不客气了。他把一切罪过算在了郦食其身上。也不知道齐王什么时候学会了项羽的作风，在郦食其面前架起了一个很大的油锅，然后对他说："你看着办吧。"

郦食其见自己难逃一死，心中反而坦然了，他嘴角挂着一丝冷笑，那是一种看淡生死后的释然，也是一种对自私人性的嘲讽。就这样，郦食其结束了自己光辉的一生。后来，刘邦对他进行了厚葬，算是告慰了他在天之灵。

危机与转机

刘邦拿下成皋的消息很快传到了项羽的耳朵里。项羽当时怒目圆睁，长叹一声道："悔不该意气用事，重用曹咎这个庸才啊！"

成皋的重要性不言而喻，此时项羽的表现就和诸葛亮因马谡失街亭而痛心疾首一样，他心里第一次感到了前所未有的危机。

十五天，坚守十五天居然成了一种奢侈，这不得不让项羽重新考虑一个问题：楚军中可委以重任的人才太少了。

面对成皋的失守，项羽静不下心来把这个问题想明白。他马上挥师，报仇雪恨。当时刘邦大军已经乘胜开到了荥阳城下，与这里的虎将钟离眛展开了硬对硬的较量。项羽的到来就像一场及时雨，不但解了荥阳之围，还杀得汉军退至广武山上。

广武山位于荥阳东北三十余里处，地势险要，左边是一望无际的荥泽，右边是四季河水泛滥成灾的汜水。更绝的是，广武山中间有一个巨大的山涧，像一把刀子一样把整个广武山分为东西两半。山涧宽一百米，长八百米，深二百米，是一条常人无法逾越的天然屏障。

此时，汉军驻扎在涧西。他们依涧而守，占据了有利地形。这可就苦了在涧东的项羽了。虽然这只是一条涧，但涧里的水像野兽般汹涌而下，那边又有居高临下的汉军把守，楚军想渡过去简直比登天还难。

对此，项羽只好在广武山涧东筑垒，与汉军长期对峙。就这样，楚汉相争进入了第一个冬眠期。

冬眠期就冬眠期，反正双方都养精蓄锐，这样耗下去谁怕谁。但是，当时的楚军却经不起太久的等待，很快，项羽就陷入痛苦的烦恼之中了。

第一，粮草危机。

此时的刘邦拥有敖仓之粮，吃上一年半载也不愁；而楚军后方的粮被彭越今天烧一堆，明天抢一堆，已经糟蹋得不成样子了。加上荥阳储备的粮草又有限，临时去征集粮草的话，这大冬天到哪里去征集呢？民以食为天，军中乏粮，军心不稳，连温饱问题都解决不了，谈何行军打仗？因此，粮草问题成了项羽的一大心病。

第二，战局危机。

除了温饱问题，项羽还有一个担心的问题就是齐地的战局。因为韩信的横空出世，归附他的诸侯王赵王歇、魏王豹，包括陈余这些名士或成了刀下鬼，或成了阶下囚，而唯一"健存"的齐地是项羽对抗汉军仅存的潜在盟友了。如果齐地再失陷，那项羽就是孤家寡人一个了。如果他一直被刘邦拖在这里，而韩信、英布、彭越三虎一旦联合起来，四处倒腾，那楚军便会陷入四处挨打的境地。到那时，只怕是神仙也无能为力了。

危机，前所未有的危机；危局，一溃千里的危局。

想到这里，项羽再也坐不住了，他知道自己不能这样坐以待毙，必须主动出击。对此，项羽使出了"项氏三板斧"。

项羽的第一板斧：生死逼降。

刘邦知道此时的项羽早已恨不得生食其肉，一旦自己落到项羽手里，只怕连骨头都不会剩下。所以，项羽想要说服刘邦投降，无异于痴人说梦。

明明知道不可能，但项羽还是决定试着招降刘邦，因为他手中握着两张王牌——刘邦的父亲刘太公和老婆吕雉。刘太公和吕雉都是在刘邦彭城兵败逃难时被楚军擒获的。后来，大难不死的刘邦到了下邑后，就此事特别窝火，他知道父亲和妻子落在了项羽手上，就像项羽在自己身边安装了一颗定时炸弹。

在这个关键时刻，项羽决定引爆这颗定时炸弹。

他叫人把刘太公和吕雉绑在大木案上，旁边架起一口大锅，锅下火光熊熊，锅内热气腾腾，令人望而生畏，不寒而栗。

“刘邦，你还不赶紧投降，不然明年的今日便是你老爹的忌日。”项羽声如洪钟，铿锵有力，震得两岸山涧嗡嗡作响。

汉军面面相觑，个个吓得脸无血色，因为刘邦接下来的决定，将会直接影响到他们的命运。

面对项羽的最后通牒，刘邦却显得镇静自若。按照常理，一边是自己至亲至爱之人，一边是自己至追至求的事业，如何选择的确是一件令人头疼的事。然而，这样一个大难题，到了刘邦手里却变得容易了。

试想，一个在逃命过程中连自己的亲生儿女都可以不要的人，现在会为了父亲和妻子毁掉自己的事业和江山吗？更何况，他和父亲的关系一直就很微妙，说白了他们并不融洽。刘邦的出生本来就带有浓厚的传奇色彩，他父亲从小就一直唠叨：“这个小子怎么一点儿也不像我呢？”

不管刘邦是不是赤龙的化身，他终归还是从他母亲肚子里出来的，因此，刘邦在父亲和母亲二者之间，爱母亲明显多于爱父亲。也正是因为母子情深，他刚刚在沛县参加起义时，听说母亲去世的消息后，全然不顾自己的宏图大业，先到中阳里安葬了自己的母亲。

宁可耽搁自己的起义事业，也要风风光光地送母亲最后一程，由此可见，母亲在刘邦心里的地位有多重要。如果此时木案上绑的是母亲，说不定刘邦还会难以取舍，但此时他面对的是感情关系一般的父亲，自然可以做到心静如水，无动于衷。

至于妻子吕雉，虽然帮助他在最短的时间内实现了人生“逆袭”，但这一切都得益于她娘家人的支持和帮助。此一时彼一时,原来的“白富美”如今在刘邦的眼里已是“豆腐渣”，毫无杀伤力。

也正是因为这样，面对项羽赤裸裸的威胁，刘邦说出了被后人公认为最无赖的一句话来：“我俩曾同侍义帝，并且还是拜把子兄弟，因此，我爹也就是你爹。如果你真要煮杀你爹，那就分一杯肉汤给我喝吧。”

尽管刘邦耍起了无赖，但项羽也不是好惹的，他马上就发飙了：“既然你想喝肉汤，那我就煮好了送给你喝！”

项羽在怒极时最擅长做的事就是烹煮人肉。刚进咸阳城时，因为一言不合，他一怒之下烹煮了韩生。在攻克荥阳时，因为招降不成，他一怒之下烹煮了周苛。此时，因为威逼不成，项羽一怒之下便要撕票，直接把刘太公投入油锅之中。

如果说刘邦的无情是举世无双的，那么项羽的残忍更是独一无二的。故事发展到这里，就连刘太公本人也认为自己大限将至了，但意外再度上演，在鸿门宴上大放异彩的项伯又露面了。

这是一个有趣的现象，行军打仗、出谋划策的时候，我们总找不到项伯的身影，而一旦关系到刘邦的命运和利益时，他就一定会出现。养个叔叔做内奸，这也许是项羽最终兵败刘邦的重要原因之一。

一向刚愎自用、一意孤行的项羽，基本上是听不进别人的意见的，就连对他忠心耿耿的亚父范增，他都是“时而听之，时而不听之”，这足以说明项羽是超级自负的，但他唯独对吃里爬外的叔叔项伯言听计从。

看来，项伯果然是看着项羽长大的，对项羽的脾性特点了如指掌，拿捏得恰到好处,每次都能一针见血地击中项羽的“七寸”,让他服服帖帖，乖乖顺顺。

此时项羽要杀刘邦的父亲，项伯马上苦口婆心地对项羽进行了劝说：“自古忠孝不能两全，现在天下大事尚未尘埃落定，谋大事者为了天下，从来都是不顾家小的。像刘邦这样的野心家，不可能会为了孝而放弃自己的事业，你现在就算杀了他全家，杀了他所有的亲人，也没有什么用啊，相反只会增加他对你的仇恨。”总之，项伯的话概括起来就是六个字：杀无益，留有用。

项羽没辙了，一来叔叔的面子总得给啊，二来叔叔的话也有几分道理。他摆了摆手，无奈地叹道：“暂且留下这个该死的老头吧。”

兵法有云，多算胜，少算不胜。刘邦在项羽面前最大的优势，就是他善于谋，精于算。项羽只能看到眼前，而刘邦却看到了后面的几步、几十步，甚至几百步。

别的不说，单从这次人质事件我们就可以看到刘邦的计算力之深。早在两年半之前，刘邦的家人，包括父亲刘太公和妻子吕雉都成了项羽的阶下囚。项羽善待俘虏，好酒好菜伺候着，在别人看来肯定会感动，但在刘邦心里造成的却是一种无以言表的痛楚。他知道，项羽的心没那么仁善，他迟早有一天会把父亲和妻子这两张王牌打出来，让自己左右为难，进退无路，生不如死。最终，他冥思苦想出了“兄弟之父不可辱，朋友之妻不可欺”的妙招，把两个人拴在了一根绳子上：在我身上种下什么样的因，留给你的便是什么样的果。

刘邦早已把这一套应对之策研究透彻，在心里也能倒背如流了。正是因为这样，面对项羽突如其来的威逼，他才会显得从容不迫，应对自如。可惜，当时的项羽并没明白这一点，还以为自己拿人质来做威胁是一件很令人害怕的事，最终在项伯的劝说下，做了顺水人情，饶刘邦的亲人不死。

总而言之，在流氓刘邦面前，项羽的第一板斧以失败告终。

伪装者

项羽的第二板斧：比武论箭。

握在手里的定时炸弹竟然不灵了，这大大出乎项羽的意料。这样一来，他抓破头皮也想不出好办法对付刘邦了。最后没辙了，他独自走到阵前，想向刘邦进行一次约谈。

项羽说出的开场白极富创意：“天下动乱，我俩人人有责。要不咱们单打独斗，一决雌雄！”

决战广武涧之巅，胜为王，败为臣。应该说项羽的想法是不错的，愿把整个天下拿来当赌注，谁赢了这天下就归谁。他想以一种和平方式解决这场长达数年的楚汉之争，使天下老百姓早点解脱战乱之苦，这样对谁都好。但是，问题来了，刘邦肯跟他玩这样一场没有必胜把握的赌局吗？

答案是否定的。刘邦是不可能用这种方式来跟项羽赌天下的，原因有二：

第一，此时刘邦的形势极为有利。他压制住了项羽，韩信平定了齐国，英布和彭越捣得项羽后方不得安宁。屋漏偏逢连阴雨，此时项羽大军的粮草还出现了问题……只要跟项羽耗下去，项羽的日子便会越来越难过，天下的形势就会越来越明朗。刘邦现在自然用不着和项羽拼命。

第二，此时刘邦的年龄已经五十四岁了，是一个年过半百的老头了，而项羽刚刚到了而立之年，正是血气方刚、精力最旺的时候。就算刘邦心有余，他也力不足啊！他这一副老骨头，能打得过原本就以彪悍著称的项羽吗？此时刘邦若答应项羽单挑的邀请，才是脑袋进水了。

话虽如此，面对项羽咄咄逼人的架势，刘邦也很难为情。比吧，必输无疑；不比吧，又怕天下人耻笑。刘邦脑袋瓜一转，回了项羽这样一句话："比武就是力斗，我是一个文明人，斗力这样粗鲁的事我不干，如果真要比试，咱们就文斗吧。"

武力只是征服天下的手段，而智力才是纵横天下的法宝。不过，这种深奥的道理，项羽显然一时半会儿是不能明白的。也正是因为这样，他听了刘邦的回话后，一头雾水，疑窦丛生："文斗，怎么个文斗法？"

刘邦既然决定"武戏文唱"，那自然要把这出戏唱下去。他胸有成竹地答道："咱们来比射箭，看谁的箭法更胜一筹。"

"比射箭？"项羽冷笑一声，心中暗喜，"我以为是个什么文斗法，射箭那可是我的强项啊，当年还有人送我一个'射神'的绰号。这老头今天怎么了，居然提出比我的长项，他脑子没进水吧？"

此时的项羽哪里知道，刘邦已花重金请来了一个楼烦的大力神射手，据说曾在中原一带射遍天下无敌手，人称"射仙"。

"射神"对阵"射仙"，一场好戏马上就要上演了。

项羽还以为是刘邦亲自和自己比射箭呢，因此，他想也不想地就射出了一箭。"嗖"的一声，涧的另一边，一面硕大的"刘"字大旗应声而倒。

项羽对自己的射术太自信了，认为射出这一箭后，刘邦肯定连箭都不敢发就伏地认输了。

"好箭法！"楚兵鼓起掌来，涧那边惊魂未定的汉兵也情不自禁地响起了稀稀拉拉的掌声。

刘邦用两道又冰又冷的目光扫视了一下鼓掌的汉军，掌声戛然而止。待四处安静下来后，他才拿起一张弓，装腔作势地比画着，却半天也没有拉起来。

楚军和汉军都感到诧异时，突然听到一道凌厉的破空之声响起。项羽正在等刘邦伏地认输，突觉一道寒光扑面而来，本能地低了一下头。说时迟那时快，一支箭羽擦着他的发髻而过，十分惊险。项羽虽然躲过一劫，但他身后三名楚兵成了替死鬼。那支凌厉无比的箭连穿三名楚兵的胸膛才停住。一箭三雕，当真令人叹服啊！

就连一向自诩天下射术第一的项羽也被震得云里雾里。他怎么也想不到刘邦的射术这么高。正要认输时，他却发现刘邦还傻傻地站在那里，手中握着的弓箭并没有发出来。原来，刘邦刚才也被楼烦勇士的那一箭三雕给惊住了。等他回过神来时，项羽已发现了他背后另有高人相助。

那楼烦勇士初试身手，便射出了水平，射出了气势，不由信心大增，也不管此时项羽已被气得怒目圆睁，摸出身边的箭，搭上弓，准备当场就把项羽给解决掉。

面对“射仙”蓄势的一箭，项羽并没有表现出慌乱的样子，他甚至站在那里连动都没有动。身子没动，嘴却动了，项羽发出了一声“狮子吼”，那当真惊天地泣鬼神，震得整个广武山都摇了三摇。

楼烦勇士刚要拉弓，一听这动静便双手一颤，双脚不听使唤地直打哆嗦，嘴里叫着“妈呀妈呀”，吓得丢了弓箭连滚带爬地逃命去了。

刘邦也被项羽这一声怒吼吓得四肢瘫软，只差心脏没从胸膛里跳出来了。他也想逃命，但此时他的双腿却僵在那里不听使唤。临危不乱，这是刘邦多年来南征北战修炼出来的素质，他深吸一口气，很快就恢复了平静。

都说人争一口气，佛争一炷香。为了给自己争回面子，为了给汉军鼓劲加油，为了离间分散楚军，刘邦没有再迟疑，张口就对项羽大骂起来，把项羽的罪行一条条如数家珍般地娓娓道来，归纳成了项羽的“罪十条”：

第一条罪：负约。楚怀王曾与诸将约定，先入定关中者王之，但你却把我封到蜀汉，拒不封我为秦王，此乃违背盟约也。

第二条罪：忘义。你假传怀王之命令，杀死宋义，夺其兵权，取而代之，此乃不义也。

第三条罪：擅劫。你擅自调动军队，威逼诸侯兵入关，此乃滥用职权也。

第四条罪：擅烧。你焚烧秦国宫殿，掘秦始皇陵，擅自敛财，此乃烧杀抢掠也。

第五条罪：擅杀。秦王子婴已经归降，你却擅自将其杀死，且屠灭嬴氏一族，手段残忍，此乃滥杀无辜也。

第六条罪：虐俘。你坑杀二十万归降秦军于新安，此乃禽兽之举也。

第七条罪：裸封。你分封天下时，将自己的亲信分到好地盘，将原来的诸侯王驱逐到穷地盘，此乃任人唯亲也。

第八条罪：贪婪。你将义帝赶出彭城，自己霸占了彭城，又掠吞了韩国的地盘，霸占了魏国的梁地，此乃贪得无厌也。

第九条罪：弑君。你派人暗杀义帝于江南，此乃不忠不孝也。

第十条罪：恶霸。你作为人臣而杀主，作为将主而杀降，分封天下而不公，主持政事而不平，违背约定而不信，一意孤行而不道，擅自烧抢而不仁，欲壑难填而不义，滔天罪行为天下所不容，野蛮行径令世人所不齿，此乃十恶不赦也。

人生最大的悲哀莫过于，最了解你的人，不是你的亲人，不是你的亲信，不是你的队友，而是你的死对头，你的大冤家，你的劲敌。

刘邦竹筒倒豆般一股脑地指出了项羽的十条罪，可以说他平日里是下了不少功夫的，早已把这个对手研究得明明白白，对方的缺点、优点，对方的人脉、人际，对方的命门，对方的一切一切，包括脾气性格，包括衣食住行，包括兴趣爱好，统统都研究了个仔细。

孙子曰："知己知彼，百战不殆。"也正是因为刘邦对对手研究得如此深和精，在局势不利时，他从来都没有自乱阵脚，总是能冷静地对待和处理，总是能做到力挽狂澜，总是能等来柳暗花明。

与其说刘邦是一个极为可怕的对手，不如说项羽是一个极为可悲的对手。刘邦的可怕在于谋事早三年，下手快半拍。项羽的可悲在于行事小错大错不断，事后错上加错，他既没有承认错误的勇气，也没有弥补错误的智慧，只是蒙头在错误的道路上渐行渐远，最终迷失了自我，让自己走上了不归路。

此刻，刘邦不仅以十大罪剥开了项羽的伤口，揭露了项羽的弱点，还趁热打铁，往项羽的伤口上撒了一把热盐。

"项羽，你不过是一个恶贯满盈的逃犯，而我刘邦是一个为民除害的捕快。

"逃犯哪里有资格向捕快挑战？识时务者为俊杰。你如果识相的话，速速受降，我可以保你坦白从宽，后半生继续享受荣华富贵。"

刘邦的言语如刀剑般刺入了项羽的骨髓和心扉，让他痛得几乎不能呼吸。对此，恼羞成怒的项羽恨不得把刘邦千刀万剐、五马分尸。

项羽不再浪费口舌跟刘邦文斗了，而是直接动武。他屏息、上弓、拉箭一气呵成，只听见"嗖"的一响，刘邦中箭而倒……

这真是："口是伤人斧，言是割舌刀，闭口深藏舌，安身处处好。"

项羽眼看刘邦中箭而倒，嘴角终于露出了得意的笑容："骂吧，骂吧，你可以逞一时之口快，但我也不是好糊弄的，我可以射死你不偿命。这下你知道我的厉害了吧！"

“项羽你这个竖子，卑鄙无耻，暗箭伤人，居然射中了我的脚趾，果然不愧为神箭手，厉害啊！”正在这时，刘邦发出了惊天动地的一声怒吼。

“明明射中了他的胸口，为什么他只说射中脚趾呢？”项羽闻言困惑了，惊呆了。然而，他毕竟是经过大风大浪的人，沉默片刻，立马清醒过来。

“不管射中你哪里了，你现在还能说话，就说明上一箭还不足以致命。既然如此，那就再吃我一箭吧！”项羽立马搭弓，准备再补上一箭。

刘邦的话惊醒了项羽，同样也惊醒了身边的士兵。眼看主子到了最危险的时候，他们赶紧用身体掩护刘邦，把他抬回了军帐。

御医赶紧上前，拔箭、敷药、裹伤、留观……一系列抢救措施做完后，御医说话了。

“大王福大命大。箭偏离心脏就那么几毫，否则神仙也难救了。大王您现在急需静养，不然会留下后遗症。”御医交代完毕便退下了。

一时间，汉王重伤的消息如瘟疫般传播开来。汉军士兵们听了个个垂头丧气，萎靡不振；楚军士兵们听了个个人心振奋，斗志昂扬。一衰一盛，一消一长，一沉一浮，强弱立现。汉王的生死会直接决定楚汉之争的胜负啊！

刘邦中箭，谣言四起，他手下的超级谋士张良痛在心里，急在心里。本着尽职尽责尽忠尽孝的原则，张良马上向病床上的刘邦提出了一个建议：“请大王起来巡营。”

“我胸口痛得都快不行了，哪里还能去巡营啊！要不你代我去巡营得了。”刘邦强忍着伤痛说。

“这个我代不了您，也帮不了您。如果我们再放任您重伤的信息扩散开来，那么敌人很可能会以为您被射死了。如果是这样，已是弹尽粮绝的项羽肯定不会放过机会，定会倾巢来攻。而我们的士兵也会因您的病情而军心涣散，无心恋战。到那时，整个汉军就岌岌可危了，我们的大汉帝国梦就要彻底玩完了。”

张良说得剖心析肝，刘邦听得眉头紧锁。

“解铃还须系铃人。现在的谣言都是因为大王您受伤而起的。有传言您重伤不起的，有传言您一命呜呼的，有传言您性命垂危的。现在要想辟谣，要想扭转不利的舆论，唯一的办法就是您亲自巡营，让士兵们看到您完好无缺，这样一来，谣言就不攻自破了。”

面对张良提出的“爱身体更爱江山”的提议，刘邦很快清醒过来，马上把他的忠言付诸行动。

刘邦第二天就下了床。他强忍伤痛，让医官裹好自己胸口的伤，穿上整洁的衣服，坐上车辇，然后去巡逻。

汉军士兵们看见汉王刘邦满面春风，笑容可掬，一切都正常不过，无不欢欣鼓舞，认定汉王果然只是受了点轻微的脚伤。而涧那边的楚军士兵看了无不大失所望。就这样，刘邦很好地麻痹了项羽，使自己转危为安。

以前巡视是一种享受，这次巡视则是一种折磨。刘邦感觉到这一圈的巡视，比一个世纪还漫长。果然，回到营帐，他便瘫倒在床上，剧痛难忍，这回是真的爬不起来了。

张良封锁了一切有关刘邦伤势的消息，悄无声息地为刘邦进行了“转院”处理——送到了成皋。

刘邦到成皋静心养伤，安心养病。而这一切，项羽被蒙在了鼓里，从而硬生生地错过了绝地反击的好机会。双方再次陷入了僵持之中。

所谓瞒天过海，就是故意用高明的伪装手段迷惑、欺骗对方，使对方放松戒备，然后突然行动，从而达到取胜的目的。

刘邦在中箭后第一时间就“辟谣”，说只射中了脚趾，这是瞒天过海之术；张良让重伤的刘邦巡营，显示其安然无恙的样子，这也是瞒天过海之术；送刘邦到成皋调养治疗，做到神不知鬼不觉，这同样是瞒天过海之术。

刘邦在受重伤后，还能这样工于心计，这是项羽所不具备的。可以说，项羽和刘邦在广武山的这次单挑堪称经典。这也是项羽最后一次能直接把刘邦一举置于死地的机会，可惜他再次错过了。

总而言之，随着双方重新进入大对峙阶段，项羽的第二板斧也以失败告终。

一意孤行的龙且

逼迫人质失败，单打独斗失败，项羽虽然情报工作落后，但还是真真切切地感到了时不我待的危机感。他没有再犹豫，果断地再度出招。

项羽的第三板斧：抗汉援齐。

考虑到正面交锋效果不明显，主线战场线长面广，项羽决定转变思路，从支线战场找突破口。

楚汉相争支线第四场战役，也是最后一场战役，潍上战役因此拉开了序幕。

前文讲到，韩信为了立功，听从部下蒯彻的建议，硬是不听从郦食其和平解决齐地问题的建议。齐王田广把“妖言惑众”的郦食其扔进了油锅，然后把橄榄枝抛向了项羽。

项羽自然接受了齐王田广的好意，双方重归于好，很快进入了“蜜月期”。因此，面对韩信对齐地的步步紧逼，步步蚕食，项羽尽管“终日奔波，憔悴不堪”，却没有坐视不管，马上决定抗汉援齐。

考虑到韩信是位杰出的军事家，自从关中出兵以来，鲜有败绩，这一次项羽派自己最为得力的干将龙且做主帅，外加虎将周蓝、项冠为副帅，并且给了他们二十多万楚军。单从这一点来看，也足以证明项羽对这场战役的重视。

龙且在项羽手下和钟离昧并称为“绝代双雄”，可谓战功累累。

在项梁时代，项梁率起义军支援齐国，和秦军主力决战于东阿，龙且就是急先锋。他一骑绝尘，势不可当，如入无人之境，威武之气震慑住了敌军，为义军大胜利立下了头功。这一战，龙且名声大震。

在项羽时代，英布背叛项羽投奔刘邦，龙且挂帅出征，在淮南打得不可一世的英布满地找牙，最终狼狈地逃回了刘邦的大本营。这一战，龙且声名远播。

那么，这一次龙且抗汉援齐能否大胜而归呢？

话说龙且一到齐地，就得到了齐王的热情接待。他们两军一联手，顿时珠联璧合，人声鼎沸，士气高昂。

韩信本来顺风顺水，正要把齐地踏平在自己的脚下，突然听说楚军最为得力的猛将龙且来了，心里顿时像被泼了一盆凉水。凭他在赵地临时征集的那点兵，怎么能和龙且的二十多万大军相比呢？韩信不禁有点畏惧了。就算他本领再高，巧妇难为无米之炊，要行军打仗，如果手中没有兵马，你就算有千万妙计也白搭。

正是因为这样，韩信当时一度想撤兵避其锋芒，但转念一想，他又打消了这个念头，毕竟如果此时撤军，他的整个军事行动将半途而废，所有的努力将前功尽弃。如果是这样，还不如早听郦食其的建议议和呢！在功名利禄的诱惑面前，韩信最终决定还是硬着头皮上。

在这一仗开打前，韩信还做了一件必须要做的事，那就是马上向刘邦请求派兵支援。面对韩信的求援，刘邦犯难了。眼下他正被项羽压得喘不过气来，要是派兵去支援，那么自己这边的兵力就会严重不足。

正在这时，张良出场了。刘邦就是这一点好，他拥有的人才太多了，不像项羽，没了范增后，就只剩下自己这个光杆司令了。

此时，虽然萧何和韩信不在刘邦身边，但汉中三杰之一的张良在啊！更何况就算张良不在，那也还有陈平呢。

正是这些贤臣谋士的轮番献计，使刘邦每次在最危急的时候都能逢凶化吉。刘邦虽然自己没啥本事，文不能文，武不能武，但他有一个最大的优点，就是善于拉拢人才，听从这些人才的金玉良言。

这是刘邦能胜过项羽的地方，光是这一点就足够了，因为刘邦这一优点恰恰是刚愎自用的项羽的致命弱点，这也是刘邦为什么能最终在长达四年的楚汉相争中取得胜利的重要原因。

看到刘邦一脸为难，张良说话了。

“大王，我军现在有这条深涧做屏障，楚军一时半会儿还攻不过来。大王可以放心派兵去支援。”

于是，刘邦听从了张良的建议，派曹参、灌婴两员大将带领数万人马秘密出发了。

韩信在得到了两员猛将的支援后，信心大增。汉军与楚军也随即在潍水边正式对垒。

交锋之前，龙且手下有个门客献出了一条妙计，可助楚军以逸待劳，大挫汉军。

“天时不如地利，地利不如人和。”门客向龙且进言道，“汉军人数虽少，但挟平魏灭赵之威风远道而来，同心同德，目标一致，就像拧成的一股绳，锋锐难挡。而我们楚军和齐军虽然人多，而且是本土作战，但离心离德，各怀心事，就像貌合神离的夫妻，毫无斗志。因此，我们虽然占据天时和地利，却失去了人和这个重要条件，一旦打起仗来，吃亏的肯定是我们。”

龙且点点头，皱眉问道：“那该如何是好呢？”

“避其锋芒，击其惰归。深沟高垒，坚守不战。一来，我们要让汉军找到不拼命的目标，二来要走群众路线，联合发动齐地的广大百姓，共同保卫家园。这样一来，韩信在齐地非但没有立足之地，还没有供粮之道，不出几个月，汉军便是瓮中之鳖了。”门客回答。

都说高手在民间，此话果然不假。这样的高论如果龙且采纳了，纵使韩信有三头六臂，齐地也注定是他人生的滑铁卢了。而如果是这样，龙且或许可以凭借一人之力，扭转整个楚汉之争的格局。

然而，事实上，龙且想都没有想就直接拒绝了这个建议，原因是龙且对和韩信这场大战充满了信心。

龙且是项羽手下最为彪悍威武的将领之一，和他家主子一样，几乎攻无不克，战无不胜。在他眼里还没有征服不了的对手，还没有迈不过的大山。因此，让龙且像缩头乌龟一样躲在城里不出战，是一件让他很没面子、感觉很痛苦的事，甚至比直接杀了他还难受。

在龙且看来，韩信年轻时靠漂母的嗟来之食才得以解决温饱问题，危急时靠钻人家裤裆才得以苟活下来。这样一个懦夫，虽然先前在军事上取得了一些胜利，但那都是他走运，这次必定会被自己打回原形。

引用龙且的原话就是：**“吾平生知韩信为人，易与耳！寄食于漂母，无资身之策；受辱于袴下，无兼人之勇，不足畏也。且夫救齐，不战而降之，吾何功！今战而胜之，齐之半可得也。”**

有什么样的主子就有什么样的部下。项羽那是啥脾气？说话直来直去，办事我行我素，一条道非要走到底。他手下的良臣猛将也随他。

因此，龙且在拒绝部下的妙计后，马上磨刀霍霍，厉兵秣马，等着与韩信面对面地决一死战。

然而，就在他准备大干一场时，潍水对岸的汉军一夜之间消失得无影无踪了。

对韩信的突然消失，龙且迷惑了：是渡过河“乘胜”追击汉军，还是继续留在老窝观察敌情呢？

不过，龙且的犹豫一闪而过。他本来就没把这个曾受过“胯下之辱”的韩信放在眼里，现在看到他突然撤军，第一反应就是认为韩信因为害怕逃命了，所以，他很快就做出了一个大胆的决定：追击。

龙且立功心切，但他的部将却很清醒。副将周蓝尽职尽责地劝说道：“韩信素来诡计多端，他突然退兵肯定有诈。如今最稳妥的做法，还是坚守不出。”

以不变应万变是个好方法。然而，事实再度证明，理论说得再好、计谋想得再妙也没用，关键还得看主帅的决定。龙且当时充分体现了作为项羽最为得力大将的“项氏风格”——刚愎自用，他不顾众将的劝说，马上率兵渡河去追韩信。

忠言逆耳，良药苦口。自负的龙且注定要为此付出惨痛的代价。

追到潍水中央的龙且居然没发现河水似乎在一夜之间变得特别浅，骑着马就可以蹚过河去。他手下部将周蓝发现了这个问题，但还没来得及说，龙且就已经一马当先地渡过了潍水——他要生擒韩信立战功。

周蓝没办法只得追随龙且而去，然而，他的担心很快就变成了现实，楚军的大部队正走到河中央时，突然听见“哗啦”一声，大水像猛兽一样猛扑过来，顿时泛滥成灾。这下楚军就是想逃也来不及了，数万人马顿时被河水冲走。

这真是一场百年不遇的大水啊，它不但冲走了众多楚军，还把楚军一刀两断地隔离在潍河两岸。岸东的大量楚军，这时候已被突如其来的洪水阻住了去路，只能眼巴巴地望着河西的主将龙且和周蓝。

此时，岸西只站着龙且和周蓝以及最先渡过河来的一两千士兵。他们望着身后泛滥成灾的大水，已是瑟瑟发抖。

龙且再鲁莽也知道这没来由的河水肯定不是自然灾害了。这的确是韩信事先安排的，他连夜叫士兵用空粮袋装好沙子，堵住了河上游的水。

韩信渡河去，只是为了引来龙且这条大鱼而已。等他一过河，上游就开始放水。

这次河水泛滥成灾，是人祸。我们不得不佩服韩信，他果然是“打水仗”的高手：打章邯是靠白水河水淹城而胜，打陈余是靠背水一战而胜，此时打龙且又是靠半渡击之而胜。

最后，龙且被斩杀，周蓝被生擒。随后，韩信率大军直捣城阳，将齐王田广、齐相田光生擒在手。而刘邦派来的两位援军将领曹参和灌婴也不负众望，曹参挺进胶东，击溃齐国大将田既；灌婴进军嬴下，斩杀齐国名将田横。

明朝章婴在《诸葛孔明异传》中说：“**诛暴救弱，谓之义兵，兵义者王；敌来加己，谓之应兵，兵应者胜；争小故，致大寇，谓之忿兵，兵忿者亡……恃国家之大，矜人民之众……谓之骄兵，骄兵者败。**”

骄兵必败，诚不虚也。龙且在战略上藐视对手，在战术上也藐视对手，盲目自信，犯下“骄兵必败”的错误，失败也就在所难免了。

不久，齐国彻底被汉军征服。至此，项羽使出的第三板斧非但没有达到预期的效果，反而损兵折将，生生砍下了自己的左膀右臂。

如果说睢水是刘邦心中永远的噩梦，那么潍水便是项羽心中永远的痛。

至此，项羽的三板斧使完了，结果都是失败，大失败，完完全全的失败，彻彻底底的失败。

第十二章

潜龙于渊

权力赌徒

龙且就是项羽的“龙骨”。龙骨在，项羽便活动自如，现在龙骨突然断了，项羽这龙头便再摇摆不得了。

这时，尽管楚汉双方还在广武山对峙，但项羽已经很清楚自己的处境了，只是在尽人事地坚守，反击的机会基本上为零。

再僵持下去，便是坐以待毙；再对峙下去，便是自取灭亡；再消耗下去，便是万劫不复。这一刻，项羽伤感地想起一个人来，想起他白发苍苍的模样，想起他的身影，想起他慈眉善目的脸，想起他殷殷期待的眼神，想起他的谆谆教诲。

千古奇谋成绝响，世间再无范增人。项羽的心在流血，那是怎样的一种后悔，那是怎样的一种忏悔。可惜这个世上永远没有后悔药，没有孟婆汤，没有忘情水，有的只是血与泪。

人死如灯灭。项羽知道范增不可能回来了。逝者只能缅怀，活人才值得去争取和珍惜。为此，他马上想到了韩信。

韩信杀死龙且，按理说，项羽与韩信的梁子是彻底结下了。但是，此一时彼一时，项羽虽然粗鲁，虽然高傲，虽然不可一世，但在这种万般无奈的局势下，他思来想去，最终决定低下高昂的头颅，去劝降韩信。

项羽这么做，原因很简单，他现在只能勉勉强强和刘邦打成平手，韩信拿下齐地已经对他的侧翼形成了严重的威胁，一旦韩信率齐地的大军伐楚，那么就会和刘邦、英布、彭越形成四面夹击之势。这样一来，他将面临灭顶之灾。

生死存亡比颜面重要，远大梦想比恩怨重要。无奈之下的项羽出此下策，与其说是灵光一现的感悟之举，不如说是被逼无奈的豪赌之举。在权力游戏之中，豪赌本来就是不惜一切代价，不计一切后果的。刘邦如此，项羽亦如此。

项羽这次派能说会道的盱眙人武涉执行劝降任务。

武涉到了齐国，见过韩信后，马上开始展露口才，自问自答了三大问题。

“我们为什么要起义？因为天下百姓受暴秦的压迫和剥削，已经活不下去了，所以天下英雄豪杰四起，共同举事，齐心协力推翻了暴秦。

“起义为什么？说大一点，起义是为了解救天下黎民百姓，说小一点是为了体现自己的人生价值。起义时，我们拼死拼活不言苦，起义成功后便是论功行赏，封王封侯，然后各自关起门来休养生息，安详度日。

“个人能为起义干什么？虽然每个人能力不同，但大家都是为了和平，有了好日子我们就应该且行且珍惜，保护好起义的胜利果实。但是，刘邦无事生非，偏生挑起战争，打破天下这原本平和的局面。他先是侵夺三秦之地，又出关攻楚，他的醉翁之意谁都看得出来，那就是独吞天下。我们项王多次把他击败，捏死他如捏死一只蚂蚁般容易，但项王怜惜他同为起义人，不忍心残害于他，一次次将他放生。然而，他从来不知道悔改，今天放了他，明天又带兵来攻，这样贪婪、卑鄙、无耻的人真是少见啊！义军队伍中怎么会有这样的败类呢？”

韩信静静地听着，一言不发，显然他知道这只是武涉用作铺垫的开场白，接下来才是“亮剑”的时候。

“鸟尽弓藏，兔死狗烹。”武涉终于切入了正题，“现在刘邦之所以这么重用你，是因为项王这个强劲对手的存在，而你能打仗、善打仗，还有存在和利用的价值。现在的形势，是你决定天下的走向，你支持刘邦，项王就没戏了；你支持项王，刘邦就玩完了。一旦你帮刘邦打败了项王，刘邦第一个开涮的对象肯定是你，因为那时的你不但已无利用的价值，而且还会因为功高震主而触怒他，引起他的猜忌。所以，他不对你下手对谁下手？”

“你曾经当过项王的手下，也算是故交了，一旦你帮了项王，他定然会把旧情新恩一起算。这样一来，你们二人共取天下，共同封王，共享富贵，岂不两全其美？”

应该说武涉的第一段话说得很到位，不仅从客观上分析了楚汉争霸的形势，也从深层次上指出了韩信潜在的危机。但是，他的第二段话却脱离了实际。武涉本意是想牵上“旧情”这根弦，但却在无形中触到了韩信心中的底线。

原本一直沉默不语的韩信，听到这里冷笑一声：“当年我在项王手下打工时，项王把我当草一样看，官不过郎中，位不过执戟，言不听，谋不用，所以我才会远投汉王。而汉王把我当作宝来用，拜我大将军之职，予我数万军队，我才会有今天的成就和地位。我可不会好了伤疤忘了疼。项王的好意我心领了，这样大逆不道的事我实在做不出来。”

其实，韩信之所以在关键时刻如此“感情用事”，除了武涉在说服过程中画蛇添足提起旧事外，还有一个更重要的原因，就是武涉来游说他的时机不好，来晚了。刘邦棋高一着，早已比项羽先一步派使者到了这里，直接将韩信封为新一任的齐王。

刘邦之所以这么做，不是他有多么慷慨，主动对韩信论功行赏，而是被逼出来的。而逼刘邦的不是别人，正是韩信自己。

之前在修武县，刘邦平白无故地夺了韩信的兵权。韩信虽然表面上服服帖帖，没有任何怨言，但心里还是有疙瘩的。

此次他在齐国立下了赫赫战功后，心里就更加不平衡了："如果没有我，谁能这么快就将齐地如秋风扫落叶般荡平？如果没有我，谁能这么快斩断项羽的'龙骨'？如果没有我，汉王您能这么高枕无忧吗？"

于是，心有不甘的韩信就给刘邦写了一封信，信写得很委婉，大概意思是说齐地是一个很复杂的国家，而且齐人个个都很善变，如不立一个齐王，恐怕很难镇住他们，为了齐地的稳定，我愿先代为管理齐地。

信虽然写得很委婉，但实际上谁都看得出来，韩信这是在逼刘邦封他为齐王。韩信这么做也是为了投石问路，试探刘邦对自己的态度。

当韩信派的人把信送到刘邦手里时，刚刚伤愈的他因为元气还没有完全恢复，心中正憋着一股气。他一听说韩信想做齐国的"代王"，脸上顿时就乌云密布起来："我现在困守在这人不见人、鬼不见鬼的地方，他不但不派兵来支援我，还想自封为齐王，真是狗嘴巴上贴对联——没门！"

刘邦的反应把信使吓得脸色发白、心头发颤、腿脚发抖，心里道："我怎么这么倒霉来送这封信啊，这次只怕要吃不了兜着走了。"

关键时刻，又是张良和陈平起作用了。不过，碍于信使在场，张良和陈平没有说话，而是用肢体语言进行暗示，两人一左一右使劲地踩了刘邦一脚。

刘邦就是刘邦，他是何等机敏之人，回头见张良和陈平的眼神马上会意过来，话说到一半立即改口道："大丈夫做事光明磊落，顶天立地，韩将军立下这么大的功劳本来就该做真正的齐王，怎么能做代理的呢？"

"原来如此，虚惊一场啊！"这下信使一颗悬着的心才落下来，放心地回去交差了。

随后，刘邦为韩信举行了隆重的分封仪式，并特派张良亲自带着黄金将印去齐地主持授封仪式。

张良把韩信扶上齐王宝座后，趁他欢喜之时，赶紧劝他尽快发兵攻楚。正在兴头上的韩信自然满口答应了，马上发兵去前线策应刘邦。

封为齐王，韩信对权力的欲望得到了满足，膨胀的野心得到了满足，因此，他对刘邦的忠诚度也进一步提高。所以，项羽派出的说客武涉这时才来，显然在时机上慢了半拍。

这时韩信心里只有当齐王的风光，哪里管武涉说什么。他直接把武涉拉到饭桌旁一起大快朵颐，酒足饭饱后便客客气气地把他送走了。至此，项羽算是失去了最后一根救命稻草。

在这场长达四年的楚汉之争中，项羽再无反击的能力和手段了。好在命运还是垂青项羽的，这时依然还有“贵人”想帮项羽一把。此人便是韩信手下的“超级谋士”——蒯彻。

忠诚与背叛

三国时期的魏、蜀、吴鼎立引无数英雄豪杰竞折腰。三国鼎立的前提就是要出现三个能一呼百应的人物。三国时虽然人才辈出，但曹操、刘备、孙权三人凭借出色的才华脱颖而出，最终成就了各自的宏伟霸业。

而就在三国之前，项羽和刘邦进行楚汉相争时，其实也可以形成三国鼎立。那时唯一能和项羽、刘邦相提并论的人便是韩信。他平魏灭赵，降燕伐齐，战功赫赫，更重要的是，连项羽手下最为得力的悍将龙且在他面前都不堪一击。

这时候，韩信因为平定了齐地，势力强大到足以左右楚汉相争的格局了。刘邦在不得已的情况下，赶紧分封他为齐王，而项羽也放下架子对他进行劝降。

但是，韩信小时候受尽了苦难，受过胯下之辱。当初在项羽麾下时得不到重用，是刘邦封他为大将军，从此才有了一展才华的机会。滴水之恩当以涌泉相报，所以韩信婉言谢绝了项羽的招降。

这么看来项羽肯定没戏了，但蒯彻的出现使事情似乎又有了转机。

在蒯彻的暗示下，韩信马上跟他约谈了一番。两人的对话从拉家常开始。

“臣最近在学习相术。”蒯彻话中有话。

“哦，都学到些什么呢？”韩信一听，好奇地问。

“相人其实只有三招，从骨相上看贵贱，从气色上看喜忧，从决断上看成败。”蒯彻回答道。

“哦，那你帮我看看相吧。”韩信不知不觉已中套。

“大王要我说真话还是说假话？”蒯彻欲擒故纵。

“说实话，把假话留给别人去说吧。”韩信眉头微蹙。

“我观大王的相。如果单看面相，大王最多只能封个侯而已，而且还会有危险。而如果相大王的背，却是高贵得无法形容。臣看了一辈子的相，还没有看到过这样的富贵相。”蒯彻不紧不慢地答。

“先生请详说。”韩信喜忧参半。喜的是自己的背相居然这么好，忧的是为什么面相只能封侯，而且还会有危险。

这是蒯彻下的一个套，目的就是引韩信上钩。果然，面对韩信的询问，蒯彻可以顺理成章地“亮剑”了：“您面相的命运就是您追随刘邦的命运，而您背相的命运，才是本该选择的命运。”

“那我该如何选择自己的命运呢？”韩信此时就像小学生对老师一样，用崇拜和渴望的眼神望着蒯彻。

蒯彻没有再卖关子，开始发表长篇大论。《资治通鉴·卷十·汉纪二》记载：“蒯彻曰：‘天下初发难也，忧在亡秦而已……楚人走彭城，转斗逐北，乘利席卷，威震天下；然兵困於京、索之间，迫西山也不能进者，三年於此矣。汉王将数十万之众，距巩、雒，阻山河之险，一日数战，无尺寸之功，折北不救。此所谓智勇俱困者也。百姓罢极怨望，无所归倚；以臣料之，其势非天下之贤圣固不能息天下之祸。当今两主之命，系於足下，足下为汉则汉胜，与楚则楚胜。诚能听臣之计，莫若两利而俱存之，参分天下，鼎足而居……愿足下熟虑之。’”

这段话归纳起来有四层意思。

第一，形势判断。现在楚汉之争已有三年，刘邦和项羽互有胜负，如今对峙于广武山之中，双方都是强弩之末。天下百姓如今已怨声载道，都想早点平息这场劳民伤财的争斗。

第二，战术分析。项羽和刘邦现在处于平衡状态，大王您加入任何一方，天平都会发生致命的倾斜。这说明您现在的作用是举足轻重的。然而，现在您不是熊掌和鱼翅不可兼得的问题，而是明哲保身的问题，其实您的支持对别人重要，对自己却一文不值，因为不管您支持谁，最终胜利的一方都不会放过您，到那时，您是胜利方最大的威胁，这样一来，您想不死都难。

第三，最佳选择。既然谁也不能支持，那就只能顺应形势，选择自立门户这条路了。

第四，战略部署。大王现在应以齐地为中心，和项羽、刘邦来个三足鼎立，这样便可立于不败之地。如此一来，一是三分天下，鼎足而居后，谁也不敢轻举妄动，如果刘邦、项羽其中一个轻易冒犯，您可联合另一个对其进行军事打击。二是您拥有齐国这块肥地，恩威并施，使燕、赵两国都臣服于您，再励精图治，待时机成熟，这天下便是大王您一个人的天下了。

这便是蒯彻“三国论”的四大论点。应该说他的理论的确很高明，正如他名字一样精练而透彻。

韩信听后，沉默良久，才道：“汉王对我恩重如山，情深似海，叫我现在背叛他，我于心不忍啊！”

对此，蒯彻不再讲理论，而是直接用现实生活中的例子来攻韩信的心。他举的正是张耳和陈余反目成仇的事。两人原本有饭同吃，有衣同穿，胜似亲生兄弟，最终却反目成仇，甚至到了都想置对方于死地的地步，这就是人的欲壑难填，这就是人的私心难测。

“您和汉王的情义比得上当年的张耳和陈余吗？”蒯彻最后反问道。

韩信知道不如，但他还是不为所动，并重复了跟武涉说的话，告诉蒯彻在危急时刻刘邦宁可把自己的衣服给他穿，宁可自己没得吃也要先给他吃，这种大恩大德无以回报啊！

蒯彻直切命脉地说：“此一时彼一时啊！您现在的功劳已经震主了啊！归附楚国，楚国人不会完全信任您；归附汉国，汉王会因为您的存在而惊恐。在这种情况下您已无安身之处了。”

蒯彻再次重申自己的主张：只有自立门户才能成就一方霸业，亦可免去将来的血光之灾。

这下韩信无言以对了，这是权的诱惑，赤裸裸的权的诱惑。韩信惶惑了，苦恼了，犹豫了，最后只好说：“先生先去休息吧，让我再考虑考虑。”

其实，无论人的一生是贫贱还是富贵，都逃脱不了一定的生命定律。韩信是用兵如神的神人，但同时也是有血有肉的凡人，因此人生的定律，他同样难以超越。

韩信考虑了几天，最终道义战胜欲望。他认为自己当个侯就已经足够了，因此选择了沉默是金。

对此，蒯彻对韩信进行了最后的劝说：“拘小节者难成大事，成大事者不拘小节。天予不取，反受其咎；时至不行，反受其殃。机不可失，时不再来！”

而韩信只回了一句：“我心已属，唯汉独尊；我意已决，请勿复言。”

对蒯彻来说，他这次献计既是为韩信好，也是为自己好。如果韩信听从了他的计谋，进行一次超级豪赌，那么不管成功失败，他都能一夜之间千古留名。人生能有几回搏，人生能有几回赌？而从事后诸葛亮的角度来看，韩信正是因为不采纳他的建议，最终落得个“狡兔死，良狗烹”

的下场。悲也，叹也！

而权力赌徒蒯彻眼看劝不动韩信，知道韩营之大，已无自己的容身之处，于是选择了卷起铺盖走人。为了让自己走得“风雨无阻”，他还使用了“假癫不痴”之计,把自己弄成疯癫之人,从此归隐山林,云深不知处。

不成功便成仁，不成仁便成仙，蒯彻果然是一代世外高人。

议和阴谋

刘邦从来都是一个勇于争先的人，在项羽使用三板斧后，他自然也不甘落后，马上来了个三步走。

刘邦的第一步就是封韩信为齐王，在安抚韩信的同时，催促他赶紧出兵伐楚。这一招有点类似于权钱交易，对双方来说互利互惠。

果然，韩信在虚荣心得到了极大的满足后，谢绝了武涉和蒯彻的劝说，拒绝背叛刘邦。同时，为了更好地证明自己的忠诚，他马上令灌婴为先锋，挥师南进。结果灌婴不负众望，在薛郡成功击败了楚将公杲，随即占领了淮水一带的县邑，包括项羽的家乡，直逼项羽的都城彭城。因此，刘邦的第一步可以说走得非常成功。

刘邦的第二步便是封英布为淮南王，令他赴九江截断楚军的后路。英布和韩信一样，在虚荣心得到了极大的满足后乐颠颠地上路了。

英布率军在九江一带和楚军的大司马周殷展开了激战。周殷是项羽手下的一员猛将，深得项羽器重，但这一次面对更为强悍的英布却无能为力，连连败退，一溃千里。因此，刘邦的第二步同样走得很漂亮。

刘邦的第三步便是厚葬阵亡士兵、安抚死者家属。

这样一来，四海臣服，万众归心。别的不说，单拿“捣蛋鬼”彭越来说，自从刘邦出了这条“玉律”后，他对项羽的后方大本营打得更起劲了，他手下的士兵们也更卖力了。他们飘忽不定的游击战术令楚军防不胜防，挡不胜挡，粮草也频频告急。后方的危机也令身在前线的项羽感到了深深的恐惧。

值得一提的是，此时的刘邦喜事连连，因为天上掉了块馅饼正好砸在他头上——平白无故捡到一支三千多人的貉族骑兵。

这支骑兵的到来完全归功于陈平，因为这群貉族骑兵的头头是一个叫郭逸的汉人。这郭逸和陈平是同一村的，从小就是好朋友。长大后，郭逸跟随父亲到洛阳做起了丝绸生意。那时北方的貉族人拿宝马和银器去换丝绸，而郭逸强就强在一张脸上，他长得那可不是一般的帅，用现在的话来说就是帅呆了。因为帅，他被貉族一个郡王看上，于是强行把他招为上门女婿。

后来，郡王死了，他便代替了郡王的位置。恰巧这一年郭逸回家探望老母时,听说陈平在刘邦军中很是风光,就来看看。这一看竟看出了“情缘”来。在陈平晓之以理动之以情的劝说下，郭逸最终决定带领手下几千骑兵来支援。他的数千名英武高大的骑兵一出现，顿时就起到了稳定军心的作用。

总而言之，刘邦的第三步也展现出了良好的成效。

然而，刘邦并不是一个小富即安的人。他清醒地认识到，虽然与自己的日新月异相比，对手项羽是日暮西山，但瘦死的骆驼比马大，尽管项羽已今非昔比，但他毕竟有雄厚的底子，还能做困兽之斗。更为重要的是，他此时还握有一张王牌——人质情感牌。

前面已经说了，为了逼他就范，项羽以撕票做威胁。虽然刘邦采取了独具特色的战术，让项羽的威逼成了一张空头支票，但他意识到人质在项羽手里终究是祸害，正如欠下的账终究有归还的一天，如果让这笔账永远存在，那自己就永世不得翻身。

为此，三步走之后，刘邦还使出了一个盘外招：议和。

这时，刘邦手下的“第一外交官”兼“第一说客”郦食其已经在齐地光荣献身了，而在九江说服英布归降的随何此时也找不到人了。

好在关键时刻，刘邦手下从来不缺人才，这一次依然不例外。刘邦军中还有一位知名的“铁齿铜牙”——陆贾。

陆贾是一个大学者，著有《新语》一书，能说会道，三寸不烂之舌说遍天下无敌手。刘邦对他寄予厚望，马上派他去项羽的大本营进行谈判。

这时候项羽最头痛的就是粮草。他和刘邦对峙这么久，后方粮草早就供应不上了。吃饭成了摆在楚军面前的第一难题，温饱问题没有解决谈何打仗。

就在这个绝望的时候，刘邦的使者陆贾来了，带来了个出人意料的提议——议和。

刘邦不是昏头了，就是心里有诈，项羽想到这里，还没待陆贾张嘴，便马上来了个先发制人：“请你把带来的黄金珠宝带回去，转告刘邦一句话，士可杀不可辱，战可打不可和。一切废话都免谈，咱战场上见真章。”

可怜的陆贾空有满腹经纶，空有雄辩之才，但却没有展示的机会，因为项羽根本就没让他张口。最终，陆贾只能长吁短叹地无功而返。

刘邦一看自己的“阴谋”没有实现，不由大为失望，于是准备对楚军发动大规模进攻。

正在这时，有一个人主动站出来，对刘邦说：“失败乃成功之母，大王对议和之事只提了一次就打算放弃，这不是大王做事的风格啊！臣愿再去项营试试。”

这个毛遂自荐的人叫侯公，论年龄，他也是一个风烛残年的老头了，但他和范增一样，拥有一颗不老的心。刘邦对此很高兴，马上派他再上虎山行——到了项羽的大本营。

项羽第一次拒绝陆贾是因为心里最本能的反应——面子、疑心。此时面对侯公的到来，他就像溺水的人突然抓住了一根救命稻草。此一时彼一时，再耗下去，没有粮草的士兵军心涣散，只怕到时想和都和不了啊！

项羽内心虽然有点激动，但表面上装得很镇定。他不冷不热地对侯公说："汉王派你来干什么？"

"议和。"侯公回答得很干脆直接。他说："楚汉相争这几年，生灵涂炭，民不聊生，而且交战双方都筋疲力尽，到了缺衣少粮的地步，不如议和算了。"

"汉王有什么条件吗？"项羽问。

"我家大王只想与你划下界线，从此各守一方，永不相犯。"侯公答。

"就这一个条件？"项羽再问。

"嗯，还有一个附加条件。请求大王放了太公和吕后等人质……"

这个附加条件一提出，项羽很生气，后果很严重。

好在侯公马上对项羽进行了说服工作："大王放了太公和吕后等人质，不但汉王对你感恩戴德，天下人都会认为你是仁义之王。得民心者得天下，将来这天下还有谁是你的对手？"

这话说得项羽心里很受用，他向来吃软不吃硬，有点飘飘然的感觉了，再加上当时形势也不容乐观了。于是，接下来，胳膊肘往外拐的项伯又派上用场了。他被项羽派出来和侯公进行议和条款细节的谈判。

项伯那是啥人才，打仗不行，谈判老在行了。两人三下五除二就达成了共识。双方协定以鸿沟（在今河南省境内，自开封市至淮阳一线）为界，平分天下。鸿沟以西归汉，鸿沟以东归楚。作为附加条件，项羽必须先放人质：刘邦的父亲刘太公和夫人吕雉等亲人。

对此，《史记·项羽本纪》记述如下：**"汉王复使侯公往说项王，项**

王乃与汉约，中分天下，割鸿沟以西者为汉，鸿沟而东者为楚。项王许之，即归汉王父母妻子。军皆呼万岁。汉王乃封侯公为平国君。匿弗肯复见。曰：'此天下辩士，所居倾国，故号为平国君。'"

双方达成初步协议后，项羽派使者随侯公到汉军处。刘邦自然没有意见，双方正式签字画押。这就是历史上楚河汉界的由来。

协议签订后，项羽马上做了两件事。

首先，他履行承诺，立马按约定放人质，包括刘邦的父亲刘太公、妻子吕雉、二哥刘仲、儿子刘肥等亲人。

其次，奉行盟约，立马按约定开始撤军。

一切看似都出奇顺利，一切仿佛都重归平静。

然而，项羽不会料到，这平静的背后，是巨大的阴谋，因为此时的刘邦非但没有撤军，反而选择了进军。

刘邦之所以这么快公然违背盟约，全拜张良和陈平所赐。

张良和陈平在刘邦准备后撤之时，以双剑合璧的方式给他上了一堂生动的政治课，归纳起来，就是两点意思。

第一，兵不厌诈。什么盟约，什么条款，只不过是一张纸。在利益面前，可以把盟约和条款统统变成废纸，关键看你如何选择，如何去做了。

第二，时不我待。现在汉军已经坐拥了半壁江山，诸侯都已经归顺，形势好得不能再好；而楚军现在缺兵少粮，疲惫不堪，已经是强弩之末了。这时候正是消灭楚国的绝好时机。如果现在放过项羽，那便是放虎归山，养虎为患啊！

刘邦听了，点了点头道："原来我这个政治家根本就不懂政治啊！"说完这句话，他马上做出了大胆之举：撕毁条约，追击项羽。

当然，以上是史书的记载。难道刘邦的议和真的只是为了亲情吗？

答案是否定的。亲情固然是一个原因，但更重要的原因是天下。

前文提到，当初刘邦在攻入关中时，在武关用“糖衣炮弹”对秦将进行诱惑——招降。结果就在秦将心有所动，正要行动，准备和刘邦联合进攻咸阳时，刘邦却突然反悔，杀了个回马枪，因此牢不可破的武关被他轻松拿下，从而得以直捣咸阳。

前事不忘，后事之师。上一次通过招降，刘邦达到了自己的目标。同样的道理，这一次通过议和，他也达到了自己不可告人的政治目的。

刘邦做出要撤兵的态势，一来是为了迷惑楚军，二来是为了伪装自己。迷惑楚军很容易理解，假戏只有做得越细，才会越逼真；伪装自己就是高境界了，以退为进，通过别人的劝诱来顺水推舟，走自己既定的方针路线，通过装糊涂装宝，成了披上羊皮的狼，让人看不到他的真实面目，以达到伪装成“老好人”的目的。

果然，刘邦有了部下的支持，马上对项羽迅速展开了“千里追踪”，一口气追到了阳夏（今河南省太康县）。这时候，他突然发现形势有点不对劲，因为他约定的另一路人马——韩信和彭越的大军并没有出现。于是刘邦赶紧放慢脚步，准备等韩彭大军到了，再联合出击。

然而，这天底下没有不透风的墙，这时真正的“老好人”项羽终于发现了刘邦的阴谋诡计，他马上命令正在撤退的楚军做了四个动作：立定，稍息，向后转，跑步走。

结果，项羽和刘邦再次进行了面对面的接触战。

这一战的交锋地点在固陵。交战双方的兵力对比是汉军二十万对楚军十万。虽然楚军兵力不济，但却取得了最终的胜利。

都说哀兵必胜，是因为人处在绝境时，往往会爆发出惊人的力量。此时的楚军便是这样一支哀军，他们个个对刘邦的言而无信、反复无常、出尔反尔义愤填膺。汉军人数虽多，但也挡不住楚军的攻势。这又是一场以弱胜强的典型战例，项羽在这场“回首战”中，成功斩杀了两万多汉军，当真是收获颇丰。

刘邦眼看打不赢，再度发挥能跑善逃的特长，带领残兵败将退到陈下，挖掘深堑，筑壁自守。双方再一次进入了僵持状态。

打了胜仗的项羽此时却心如刀绞——举国形势一片黑天，心神恍惚——长期征战累啊，心猿意马——想攻又想守，想进又想退，心如死灰——关键时刻已经没有谁来帮自己了。

而刘邦却是心急火燎——长期坚守在这里不是办法啊，心烦意乱——韩信和彭越大军怎么迟迟不来呢？心乱如麻——人心难测，思前想后，能不乱吗？因此，心有所思的他马上向自己的智囊团团长张良问计："兵困于此，权宜之计，援军未到，如之奈何？"

张良心领神会地说了两句话：

"久拖楚必亡。咱们只要和项羽这样僵持下去，楚军便再无回天之术，早晚都会死翘翘。久旱逢甘霖。只要给韩信和彭越足够的动力，圆了他们心中的梦想，援军自然马上就到。"

随即，张良说出了具体做法，八个字：分地封王，共享天下。

之前韩信虽然被封了齐王，但却没有被封地。彭越虽然有自己的一亩三分地，但却没有封王，还只是个魏国相。

张良建议刘邦赶紧封一块地给韩信，让他这个齐王实至名归，再封一个王给彭越，让他体验体验王者至尊的感觉。这样满足了他们的要求和虚荣心后，再邀他们来会战，便会招之即来，来之必胜了。

对此，刘邦只有遵照执行的份儿了。他一是下达封地令，把陈地到东海的地盘都封给韩信，二是下达封王令，封彭越为魏王，管辖睢阳北部直至谷城一带的地盘。

这双管齐下后，效果是看得见的，很快韩信便挥师南下，火急火燎地来支持刘邦。

项羽听说这个情况后，马上派上柱国项他出马，结果两军在九里山上演了生死斗。龙且都不是韩信的对手，项他更不是韩信的对手了，结果可想而知，楚军大败，项他被擒。

与此同时,彭越大军很快也向楚军境内开进。人都有见风使舵的思想，此时见韩信和彭越有了动静，淮南王英布也坐不住了，马上发兵来支援刘邦。

其实，他心中那点小九九明眼人一看便清楚，数路大军围攻，楚军必败无疑，这样顺手牵羊的功劳不拿白不拿，这样唾手可得的胜利果实不取白不取啊!

英布不但自己来了，而且还带来了两个人：刘贾和周殷。

刘贾是刘邦的亲戚，当时在淮南协助英布“攘外”，结果眼看楚军一落千丈，本着“不战而屈人”的策略，渡过淮水，对项羽镇守后方的楚大司马周殷进行了劝说，通过威逼利诱和攻心策略，成功策反了周殷。

俗话说，人为财死，鸟为食亡。尽管周殷是项羽手下的强力悍将，尽管他深得项羽器重和喜爱，尽管项羽待他不薄，但刘贾的威逼利诱彻底征服了他，他认为与其再苦苦支撑着这无法扭转的败局，落得个无法善终的结果，不如顺应形势，及时悬崖勒马，回头是岸。

归顺汉军后，周殷和刘贾反戈一击，拿下了九江郡等地，然后又协助英布收复了六安，最后英布、刘贾、周殷三人带领联合部队与刘邦会战项羽。

在项羽的战术思想里，只有进没有退，只有胜没有败。然而，这一次，面对四面围攻而来的汉军，不退不行。而这一退，便是一溃千里，再无回头之路。

第十三章 远去英雄不自由

垓下大决战

公元前 202 年冬，北风呼呼地吹，像是悲歌，也像是挽歌。项羽率楚军退到了垓下（今安徽省灵璧县东南）。楚汉之争的决战时刻终于到来了。

在决战之前，我们先来看看双方的军事情况。

刘邦这边已聚集了四路大军。

第一路：刘邦自己率领的嫡系汉军，手下主要谋士有张良、陈平（此时萧何还坐镇汉中），主要将领有周勃、樊哙、曹参、灌婴、夏侯婴等人。兵力有十万左右。

第二路：齐王韩信率领的齐军，手下主要谋士是李左车，主要将领有孔熙、陈贺等人。通过不断扩张，此时的兵力已达三十万之众。

第三路：梁王彭越率领的梁军，手下的主要将领有栾布等人，通过"游击战"不断扩军，此时兵力有五万人左右。

第四路：淮南王英布率领的九江军，手下的主要将领有刘贾、周殷等人，经过多年积累，此时的兵力有五万人左右。

总而言之，刘邦这边主要谋士不下十人，主要悍将不下二十人，其余大小将领不下百人，兵力总数超过了五十万人。

项羽这边的楚军已是孤军一支，情况不容乐观。他手下的谋士如今只有项伯一人，主要将领有钟离昧、季布两人，其次还有他项氏家族的“四大剑客”：项声、项冠、项他、项悍。总之，项羽这边主要谋士几乎为零，主要悍将在十个以内，兵力总数约十万人。

通过分析，我们可以看出，双方实力相差悬殊，汉军优势明显，楚军劣势明显。

但不管强也好，弱也罢，不到最后时刻谁也不会轻易服输，更何况是从来不服输、从来不认输、从来不低头的项羽。

果然，大决战开始前，处于绝对劣势的项羽开始发动思想攻势，他豪气干云地对楚军说了这样两句话：

“咱们楚军向来只有前进没有后退，只有胜利没有失败，哪怕只剩下最后一个人了，也决不认输。

“咱们楚军经历的风雨何其多，因此，不到最后一刻，谁胜谁败都不好说。只要咱们奋力一搏，拼死一斗，就能创造出奇迹来！”

鼓舞好士气后，项羽便进行军事部署。他将十万楚军一分为三，呈“品”字形布局。他派钟离昧为右军主帅，带领二万楚军屯于垓下东北方向；派季布为左军主帅，带领二万楚军屯于垓下西南方向；自己居中，带领楚军主力迎战，并做好战略转移的准备。

在楚汉之争的多次交锋中，多半都是刘邦先出招，而项羽以不变应万变，后发制人。此时，项羽率先出击，主动部署，只能说明此一时彼一时，形势已经到了非常危险的局面。可以说，他是在进行一场豪赌，是生还是死，成败在此一举。

主动出击可以起到先发制人的效果，但劣势也很明显。正如人无完人一样，战斗部署不可能毫无破绽，因此，主动出击往往容易过早地暴露一些不足和缺点。

随后出招的刘邦仔细观察了项羽的军事行动，通过主动查、仔细找、大家提等方式，他很快摸到了项羽的命门所在。

刘邦思来想去，只做了一件事，那就是将整个大会战的军事指挥权交给韩信。

对一向谨慎、一向视权力为生命的刘邦，能这样做真是难能可贵。可以说，他也在进行一场豪赌，赢还是输，在此一击。

而刘邦之所以这样做，一是形势所逼，项羽的决战态势让他感到了沉重的压力，为了能战胜项羽，他大胆下注，冒死一搏；二是能力所限，他本人直接跟项羽硬碰硬，从来都占不到半点便宜，而韩信先前的指挥作战能力征服了他的心，为了能战胜项羽，他创新思路，孤注一掷。

事实证明，“赌徒”刘邦这一次的做法完全是正确的，把军队的总指挥权交给韩信，是知人善用之举。

在接到调兵的符节后，韩信本着一颗感恩之心，马上进行了战略大部署。令人意想不到的是，一向用兵如神的韩信这次借鉴了对手项羽的布阵之法，也排出了“品”字形阵势。

他派陈贺为右军主帅，带领五万汉军屯于垓下东北方向；派孔熙为左军主帅，带领五万汉军屯于垓下西南方向；自己居中，带领汉军主力三十万大军和楚军正面作战。

当然，在走“别人的路”的同时，韩信还做了两个创新之举：

第一，他精心挑选了汉军当中最为出色的十个将领，包括樊哙、英布、彭越、周勃、曹参、灌婴等勇冠三军的人物，然后把自己的主力中路军分成十队，每个将领负责一队。以十面埋伏布阵，阵与阵之间层层相围，层层接应，紧密而有序。这就是历史上著名的“十面埋伏”。

第二，他把刘邦和周勃两路大军安排在自己中路主力军的身边。

安排十面埋伏，韩信美其名曰“布阵”；安排刘邦，他美其名曰“督战”；

安排周勃，他美其名曰“断后”。但是，只有韩信一人知道，他之所以这么做，其实是为了给自己上一道“三保险”。

韩信懂得项羽的强大。彭城一战，三万精兵单挑刘邦五十余万联军，结果大获全胜。此时项羽尽管已是日暮西山，但他毕竟还有十万军队，又处在生死决战的关口，他的三十万主力军在正面交锋中，能否抵挡得住这十万楚军的强攻，还是个未知数。要知道项羽在当时有“天下第一攻击手”之称，他采取的高举高打，直线攻击的战术简洁明了，也最富成效，往往在正面交锋中无人能掠其缨，无人能挡其锋芒。

更让人畏惧的是，没有和项羽面对面交锋过的人，永远都无法体会他的强大。

就如古龙笔下的小李飞刀一样，虽然只有一刀，但只要一出手，例无虚发，一刀封喉，一刀致命。即使你知道他的威力，百倍千倍防范也是徒劳，因为你永远不知道这小李飞刀什么时候出手，也许在你举手投足的一瞬间，寒光一闪，人就已经倒下了。

项羽就如小李飞刀，就是这样高深莫测。有时你明明已经把他围得里三层外三层了，但他或是怒吼一声，或是宝剑一挥，转眼间便可以冲出防线，扬长而去。

韩信以“十面埋伏”布阵，本身就能让项羽在直线攻击中受到巨大的阻力。此外，他把刘邦和周勃放在后面也是以防万一之举。万一项羽突破了自己的“十面埋伏”，万一自己败了，还有刘邦的五万大军在后面支援。万一这样还是挡不住楚军，有周勃的五万大军断后，可再战，也可以掩护逃跑。

韩信就是韩信，果然高明，这是个万无一失的布局。不管楚军有多强大，不管到时发生多大的变故，他至少可以做到进退自如，至少可以保护主力部队安全转移。

明朝万历年间编纂发行的《全汉志传》给出了垓下之战的战场位置和十面埋伏的由来："（韩）信与（李）左车共议地面，指九里山为中央，东至定国山，西至鸡鸣山，南至凤凰山，北至大河，四下八方，留兵四野，十面埋伏。"

至此，楚汉双方布阵完毕，正式开战。

韩信首先使出了诱敌的计谋。

韩信亲自带领三万精兵去挑战项羽，大决战的序幕正式拉开。请大家注意，韩信带的人马数量是三万，不知是巧合，还是韩信有意所为，这正是项羽当年回救彭城时所带的兵马人数。

项羽心里正在感叹这被围被困的滋味不好受，见韩信主动来挑战，而且不多不少，只带了三万兵马，当年彭城之战的一幕幕电光石火般浮现在他眼前，三万铁骑，自己就把刘邦五十多万联军冲得支离破碎，打得鬼哭狼嚎，那是多么豪迈之举，多么英雄之举，多么霸气之举，可谓前无古人。

可眼下，韩信居然仅带三万兵马来挑战，项羽自然怒不可遏："三万人马胆敢来挑战我十万精兵，简直是目中无人！"他大手一挥，率楚军倾巢而出，呼啦啦地冲杀出去，那架势似是要把韩信剁成肉泥才解恨。

韩信这么点兵马怎么抵挡得住项羽倾巢之军，于是只能边打边退，边打边撤，边打边逃。

项羽恨不得马上抓住可恶的韩信抽他的筋、剥他的皮，所以对韩信穷追不舍。

我追啊追，你逃啊逃，项羽像是刚出山的狮子，势不可当，而韩信则像是惶惶的野兔，狼狈不堪。

正在这时，只听一声响，十面埋伏中的第一队人马出场了——周勃和灌婴带着汉军杀出来了。

项羽正手痒呢，面对四面涌现出的敌人，他一身绝技得到了充分的发挥。只见他指南打北，指上打下，指东打西，直打得周勃和灌婴两人手忙脚乱。不多时，项羽率领楚军就冲出了包围圈，第一关顺利闯过。

在闯第二关之前，项羽说了一句开场白："都说韩信用兵如神，原来也不过如此啊！"

如果你是一个三国迷，一定会知道曹操在兵败赤壁、败走华容道时，曾在逃跑路上的险要处发出过三次感叹，而每一次嘲笑诸葛亮不会用兵时，都会出现诸葛亮早就派在那里的伏兵。最后如果不是知恩图报的关羽放了他一马，只怕他在华容道就要结束其光辉的一生了。

现在这种情况就和曹操那次如出一辙。项羽的感叹话音未毕，只听见杀声又响起，两边又闪出两路伏兵来，由樊哙和曹参领军。

项羽同样使出浑身解数。不多时，樊哙和曹参也招架不住了，纷纷败退。项羽继续带领楚兵向前杀去。

就这样，项羽每冲出一路敌军，还来不及喘气，就又会出现一路敌军。最后，他凭借个人的勇猛，并且以牺牲了大量楚军为代价才连冲出了七八阵。项羽不是傻子，已然明白了敌人已经进行了严密的布防，只是当下楚军只有一条路可走——向前冲，自己只有一个目标可攻——斩首。先斩韩信的首级，再斩刘邦的首级。这样一来，汉军再多也无济于事了，这样一来，就可以力挽狂澜，笑傲天下了。

明知山有虎，偏向虎山行。我们不得不佩服项羽的英勇和果断。果然，当项羽发出"斩首行动"的指令后，士兵们再次士气大振，排山倒海般地向汉军的心脏之地冲去。汉军被楚军的气势所慑，纷纷溃退，眼看就要全线失利了。

正在这时，楚军的后面却突然慌乱起来。项羽虽然攻得起劲，但还是察觉到了后军的异样，于是赶紧来了个"蓦然回首"。

这时，士兵过来禀报项羽说："汉将孔熙和陈贺击溃了我军左右两翼，正迂回到我军背后进行包抄。"

项羽的作战风格向来是把骑兵放在前面冲锋陷阵，把步兵放在后面全面推进。这次大决战也不例外，他的骑兵在前面冲，步兵则跟在后面。而韩信早就看到了楚军的软肋所在，命孔熙和陈贺左右两翼大军埋伏两侧不动，不参与和楚军的正面作战，等楚军骑兵全部都过了，他们再对楚军步兵发起进攻。这样一来，楚军自然抵挡不住。

"韩信以十面埋伏诱我军深入，再以两翼之军袭我后方，让我军首尾不能相顾，战术果然高明啊！"项羽一边感叹，一边马上做出了紧急应对措施——撤军。楚军前队改后队，后队改前队，依次回撤，全力突围。

撤军是项羽做出的明智之举，因为他终于意识到了交战对手韩信的强大。既然韩信的布局如此精密，再向前冲，那便是自投罗网，自寻死路；只有撤军，从哪里来到哪里去，方是最佳的脱身之计。

正在这时，只听见杀声四起，韩信开始反攻了，但见汉兵遍地开花，骑兵、步兵层层有序，那个壮观，难以形容。换作一般人只怕早就被吓死了，但项羽可不是一般人，战神章邯都不是他的对手。关键时刻，他临危不乱，让钟离昧和季布两大猛将断后，他亲自充当先锋，指挥楚军有条不紊地向外冲去。

人就是这样，当你总是站在高处时，你就会想，要是有一天能有一个真正的对手多好啊，那样就不会这么孤独寂寞了。可当真正的对手站在你面前，并且就要把你推下悬崖时，你又会想，这一战不能败啊，这一败不但一世英名从此没了，而且连尸骨也无存啊！每到这个时候，不管是谁，求生的欲望都会特别强烈。越是困境越能激发人的斗志，就是这个道理。

楚军突围的最后结果是：项羽还活着，和他一起活着的还有三万残败楚军。

《史记·高祖本纪》中有明确记载：**“高祖与诸侯兵共击楚军，与项羽决胜垓下。淮阴侯将三十万自当之，孔将军（蓼侯孔熙）居左，费将军（费侯陈贺）居右，皇帝（刘邦）在后，绛侯（周勃）、柴将军（棘蒲侯陈武，史称柴武，盖因棘蒲为柴）在皇帝后。项羽之卒可十万。淮阴先合，不利，却。孔将军、费将军纵，楚兵不利，淮阴侯复乘之，大败垓下。”**

楚霸王项羽总共只有十万人马，这十万人马中还包括后勤补给部队，最终十万人征战三万人还，这就意味着这一战折了七万人。而这七万人，战死四万，被擒三万。

一战折了三分之二以上的兵马，这是项羽出道以来最为惨痛的一败，也是他感到最不可思议的一败。

其实他不会料到，韩信这一次痛并快乐着。说他快乐，是因为这次大决战自己终于打败了项羽，而能在正面作战中打败项羽的人凤毛麟角，可以说是史无前例。能做到这点，韩信能不高兴吗？说他痛，那是因为歼敌一千，自伤五百，他们在擒杀七万楚军时，汉军也阵亡了十几万士兵。

面对韩信的铁桶阵，项羽能突围成功，这本身就是一种奇迹；面对汉军的瓮中捉鳖，楚军还能在突围的过程中反戈一击，杀死十多万汉军，这本身就是奇迹中的奇迹。

这对一向用兵如神的韩信来说，当然是一种痛了。

好在，此时的情况是楚军输不起也伤不起，而汉军却是输得起也伤得起。

汉军死了十多万又如何，还剩下四十万啊！而楚军折了七万，只剩下三万。兵力对比情况由战前的五比一，演变成了现在的十比一。

项羽这时才真真切切地感受到了什么叫穷途末路。那么，也许有读者会问了，为什么一向战无不胜攻无不克的项羽此时没能像彭城大战一样，再次创造奇迹，打败汉军呢？原因很简单：此一时彼一时。

要知道，在彭城大战中，刘邦他们当时因轻而易举就夺得项羽的老窝彭城而沾沾自喜，存在夜郎自大、麻痹大意之疏漏。而项羽当时做出果断的决定，只精挑细选了三万精兵从齐地出发进行强有力的反击，他们行动迅速，作风勇猛，以迅雷不及掩耳之势打了刘邦联军一个措手不及。

但是，在现在这场垓下之战中，项羽虽然拥有十万之众，但这是一支疲惫之师。由于粮草短缺，楚军现在连吃饱饭都成了问题，还谈什么打仗？而刘邦的联军从四面八方围来，他们都是有备而来，而且士气高涨，最终目标就是彻底击败项羽。这和他们在彭城的骄傲轻敌思想已是截然不同了。

况且，彭城之战是刘邦直接和项羽面对面打，此时刘邦身边多了一个用兵如神、料事如神的韩信，再加上将领和兵力都超出楚军若干倍，这就注定了楚军必败的结局。

谋事在人，成事在天

垓下大决战以楚军大溃败而告终，从而宣告了楚汉之争的主线四大战役落下帷幕。现在汉军要做的一件事就是收拾残局。

面对楚军采用缩头防守的战术，刘邦此时的心情也是喜忧参半。

喜就不用说了，如今形势已经发生了翻天覆地的改变，汉军胜券在握；忧的是虽然大败了楚军，但楚军毕竟还剩下三万多人马，考虑到项羽的英勇，考虑到楚军的顽强，考虑到许多未知的因素，如果楚军以后坚守不出，那岂不是要像荥阳保卫战一样，又要进入长久的僵持之中了？

一万年太久，只争朝夕。

正在这时，韩信出现了。他刚刚率大军凯旋，满面春风，笑容可掬。刘邦马上问计于他："爱卿，项羽如果一直坚守不出，我们如之奈何啊？"

哪知韩信听了哈哈一笑，没有直接回答刘邦的问题，而是反问道："大王，问您一个问题，如果一只鸟儿不肯叫，该怎么办？"

"等它叫？"刘邦弱弱地答。

韩信点了点头，又摇了摇头，然后说道："要想让鸟儿叫，办法有三种，一是等它叫，二是求它叫，三是逼它叫。您觉得哪种最好？"

刘邦这回学乖了，直接摇了摇头，表示不知道。

“这个要看时机和火候。比如在起义之初，我军势单力孤，要想让鸟儿叫，我会求它叫，因为只有它叫了，才能帮助和保护好我们，我们才有机会脱颖而出。比如在争霸之中，双方势均力敌，要想让鸟儿叫，我会等它叫，因为我那时没有足够打败对手的能力。”韩信说到这里，顿了顿，才接着道，“然而，现在此一时彼一时，让一只鸟儿叫，最佳的办法是逼。为什么这么说呢？我们现在占据天时、地利、人和的绝对优势，击败对手如探囊取物，如果在这样良好的局面下，还一直苦等，一直苦求对手叫，可能就会坐失良机啊！”

“现在，项羽被我们围得里三层外三层，这的确是良机。只是具体该怎么做呢？”刘邦显然听出了韩信已有妙计在胸，喜出望外。

韩信也没有转弯抹角，直接说出了四个字：四面楚歌。

楚歌是指中国古代楚国之地的歌曲民谣。大诗人屈原的代表作《离骚》就是楚歌中的代表之作。每个人都有故乡情结，因此，对楚军来说，楚歌便是他们心中的动力源泉和精神支柱。

通过唱楚歌的方式，动摇楚军的军心，瓦解楚军的士气，这的确是一个好办法啊！

接着，韩信道出了“四面楚歌”的具体实施步骤，分两步：

第一步，组成一支楚歌文艺演唱队。

第二步，组成一个舆论媒体宣传团。

第一步很容易，让楚军的降兵和汉军中能歌善唱者结成“对子”，一支声势浩大的楚歌文艺演唱队便组成了。

第二步稍有点难度，因为当时条件有限，如何让楚军都能顺利听到楚歌？这舆论媒体宣传团至关重要。

没有通信设备，没有扩音设备，没有千里传音的特异功能，楚歌文艺演唱队人数再多，再卖力，声音再洪亮，分贝再高，也只能让楚军营垒外围的士兵听到楚歌，而营里的楚军就算非常想听，也听不到啊。

“如果我们唱出的楚歌不能让楚军士兵都听到，效果就会大打折扣啊！”刘邦直言不讳地说出了自己心中的疑惑。

对此，韩信显然早就想到了，但他却故意沉吟半晌，才喃喃地说：“兵法云，射人先射马，擒贼先擒王。以我们现在的条件，想让每个楚军士兵都听到楚歌，那是痴人说梦。我认为，楚军中现在只要有一个人能听到这歌声，咱们这计便大功告成了。”

“爱卿先别说，我们各自写在手上，然后再看是不是同一个人。”刘邦说着和韩信各自写起来。写毕，两人同时伸出手，然后缓缓地摊开手掌，但见两只大小不一、黑白分明的手掌上都写有两个触目惊心的字：项羽。

“项羽听到四面楚歌，定然以为楚国已经全部被我们占领了，认为自己已经是穷途末路了，这样可以一举击垮他的信念，击溃他的意志。到时候我们再发动总攻，楚军便招架不住了。”韩信揭开了此计的谜底。

刘邦赞道：“这一招攻心战术实在是高啊！”

“谋事在人，成事在天，只不过这计谋能不能成功，还得看一个人，一个关键的人——项伯。”韩信说着和刘邦相视大笑起来。

项伯是个什么样的人，前文已提过。说他是刘邦安插在项羽身边的“特务”和“内奸”一点儿也不为过。鸿门宴刘邦能过鬼门关，拜他所赐；分封汉中给汉王刘邦，拜他所赐；广武涧对峙，刘邦的“亲友团”能得以保全，拜他所赐；楚汉议和最终能签约成功，拜他所赐……

此时，接到刘邦派人送来的金银珠宝，如果项伯不认真“履职”，那么项伯就不是项伯了。果然，当天夜里，他走进了项羽的大营。

此时，对第一次成为缩头乌龟的项羽来说并不好受。眼看叔父进来，他仿佛看到了救星一般，跳将起来，上前一步，一把握住项伯的手，问道：“外面的形势怎么样了？”

“现在军心不稳，士兵颓废，还请大王去巡营，给士兵们鼓鼓劲，加加油，打打气啊！”

项羽一生中只听两个人的话，这两个人便是叔父项梁和项伯。项梁对他恩同生父，项羽敬重他；而项伯善于察言观色，从来只报喜不报忧，深得项羽之心，所以项羽对他也是言听计从。

此时，在项伯的建议下，项羽迅速调整了一下心情，准备让士兵们看到他良好的精神面貌，准备给士兵们许以重诺，让他们在逆境中看到绝地反击的胜利希望……

事实证明，项羽准备了很多，憧憬了很多，幻想了很多，但到了营垒边都没派上用场，因为他听到了四面楚歌，他的心被这突如其来的歌声打碎了。

歌声强劲，似有万箭穿空的力量，又似有惊涛拍岸的魄力；歌声悲怆，似鬼哭，又似狼嗥，如怨如怒，如哭如泣，如悲如诉；歌声婉转，忽强忽弱，忽高忽低，百转千回，催人泪下。歌声很容易引起人的共鸣，让人想起自己的亲人，想起自己的故乡，想起自己心爱的人……

对此，项羽感到震惊、震撼、震怒。

“是谁在唱歌，故意扰乱我军心？怎么会有这么多人唱楚歌？难道我楚军的土地全部被汉军占领了吗？”项羽愤怒地问道。

答案已经不需要项伯再回答了，他已经成功完成了自己的使命，可以回去安心睡大觉了。

唯有项羽此刻心如刀割，心冷如灰，心碎如死。

哀莫大于心死。心已死，人活着又如何？

霸王别姬

夜已深，夜风凛凛，肆无忌惮地拍打着营帐，发出刺耳的悲鸣声。人已归，一灯如豆，项羽瘫坐在木凳子上，双眼紧闭，脸色如墨。他心如潮水，往事一幕幕浮现在脑海中。起义六年多来，楚汉争霸四年多来，他就像是一台高速运转的机器，一刻也没停歇过，一秒都没懈怠过，但结果又如何？

一路高歌，一路风雨兼程，只是经过风霜雨雪的洗礼后，最终的结果却是风雨飘摇。曾经的风流倜傥变成了如今的“风烛残年”，曾经的风驰电掣变成了如今的风尘仆仆，曾经的风雨无阻变成了如今的风雨如晦，曾经的风起云涌变成了如今的风声鹤唳，曾经的风云变幻变成了如今的风流云散……

项羽心中一痛，浑身一颤，眼中一热，一滴泪滑眶而出。男儿有泪不轻弹，只因未到伤心处。此时此刻，西楚霸王又是怎样的伤心欲绝呢？

陪在身边的虞姬见项羽如此悲伤，不由心痛如绞，泪如雨下。

虞姬虽然不是项羽的正妻，却更胜项羽的妻子。项羽对她非常宠爱，征战一生，项羽什么都可以不带，唯独虞姬是个例外，是必带的。

项羽之所以宠爱虞姬，首先是因为虞姬很美。她柳叶眉、丹凤眼、樱桃嘴，一顾倾城，气质清丽，带着不识烟火的纯真，眉宇间泛着淡淡冷冷的忧愁，显得多愁善感。其次是因为虞姬有才。她琴棋书画样样精通，而且跟随项羽六年之久，对项羽是一往情深。

“大王，喝一杯酒驱驱寒气吧。”虞姬擦干自己的眼泪，端了一碗酒递到项羽跟前。只有她最懂项羽此时此刻的心情，只有她最清楚项羽需要什么。

果然，闻到酒香，项羽马上清醒过来。他接过酒，头一仰，一口饮尽杯中酒。对他来说，此刻太需要用酒精来麻痹自己的神经，太需要用酒精来消除自己心中的忧愁了。

乖顺的虞姬斟来第二杯酒，第三杯酒……

借酒消愁愁更愁，抽刀断水水更流。

此时正值隆冬时节，寒风呼啦啦地吹打着帐篷，阵阵冷意直透过来。虞姬不知不觉中也感到了一股冷意。但冷归冷，她还是默默地守在项羽身边，静静地看着这张熟悉的脸，仿佛这一夜过去了，就再也没有机会看了。

项羽也定定地看着这位心爱的女人，眼中满是怜惜。蓦地，他心底又涌上来一股钻心的痛。现在自己已陷入了四面楚歌之中，生已是一种奢望了，死才是解脱。

可是，他甘心这么死去吗？如果就这么死去，那多年来的奋斗，多年来的努力，多年来的心血和打拼，就付之东流了。

可是，不甘心又如何？他还能从汉军这铜墙铁壁中冲出去，还能东山再起吗？还有虞姬，在现在这种局面下，他连自己都无法保全，根本没有能力再保全她了。

良久，他突然拔剑而起，慷慨悲歌：

“力拔山兮气盖世，

时不利兮骓不逝。

骓不逝兮可奈何，

虞兮虞兮奈若何！”

歌中的意思是，曾几何时，我的力气能拔山；曾几何时，我的气势能吞天。然而，那都是过往云烟了，现在的形势已经发生了翻天覆地的变化，就算有乌骓宝马也是枉然啊！乌骓宝马，你说我该怎么办呢？虞姬啊虞姬，你说我又该怎么办呢？

在吟唱悲歌的同时，项羽泪流满面。这已经是他一天之内第二次流泪了。第一次流泪是为无可奈何飘逝的局势，这一次流泪是为了自己心爱的女人。两行清泪下，多少悲痛流。

左右侍从也都被项羽这首千古悲歌和他的眼泪所感染，纷纷痛哭流涕。

其实，项羽作为一个顶天立地的男子汉，在歌词中居然问虞姬怎么办，显然是醉翁之意不在酒。他不是向虞姬问计，而是向虞姬问情：现在天下的形势已大变，我已经没有能力保护好你了，此情此景，我该如何处置你，你该何去何从呢？

这时，在项羽的心中，已认定虞姬自杀是最好的选择。一来可免她落入汉军之手，二来可免他落得个不仁不义的名声。

因此，项羽这时的哭，一半是出于真心——作为一个男子汉大丈夫，不能保护自己心爱的女人，悲伤而哭；另一半则是出于作秀，他哭得越厉害，给虞姬施加的压力也越大。

爱之深，痛之切，诚不虚也。恨之深，护之切，诚不假也。

看着霸王这副模样，虞姬岂会不懂？她起舞而歌，也表明了自己的心意：

“汉兵已略地，

四方楚歌声。

大王意气尽，

贱妾何聊生。”

歌中的意思是，汉兵已经完全平定了楚地，现在我们的楚军大本营四面八方都是令人断魂的楚歌之声，大王您的意志和斗志都已经消磨殆尽了，我又有什么脸面再苟活于世呢？

唱完歌后，虞姬突然拿起项羽放在桌上的剑，结束了自己的生命。

一首歌，千古绝唱；一把剑，绝唱千古。歌有声，剑无情，人消逝，情未了。

千古绝唱唱到今，绝唱千古今还唱。一代美人就此香消玉殒，留下的是叹息、伤感，还是哀怨呢？

在虞姬的骨子里，她是为项羽而活的。然而，看似弱不禁风的她，同时又是人生的强者，亲手导演了自己人生中的最后一场戏。

那么，历史上的虞姬真的自杀了吗？历史上最早记载“霸王别姬”这段故事的，应该是陆贾的《楚汉春秋》，但这本书在南宋之后就失传了。现在能看到最早的记述霸王别姬故事的史书就是《史记》了。《史记》中有关虞姬的文字很可能是司马迁从陆贾的《楚汉春秋》中引用或转述过来的，也就是说，司马迁写《史记》时，参考过《楚汉春秋》。需要注意的是，《史记》中司马迁并没有写虞姬自杀身亡。司马迁为什么没有写？原因可能有两个，一是陆贾可能在《楚汉春秋》中也没有写虞姬自刎一事；二是《楚汉春秋》中可能记述了虞姬自杀身亡的事，但司马迁认为值得商议，所以没有采用。而笔者认为虞姬自杀的可能性最大，因为从当时严峻的形势来看，深爱着项羽的虞姬怕拖累他，为了自己的爱人，为了自己的信仰，最好的选择莫过于自刎。

从政治和军事方面来说，项羽是败军之将，刘邦是胜军之王，但从人格力量和美学角度上看，项羽在最后一搏的生死关头，所展现出来的儿女情长、英雄气短更有人情味，更具个性光彩，与刘邦相比，显得更真、更善、更美。从虞姬的和歌还应该看到很重要的一点，虞姬深知刘邦的为人，项羽兵败后，她担心自己成为汉军的俘虏，那样，就有惨遭刘邦蹂躏的危险。“贱妾何聊生”一句，真实生动地反映了虞姬处于生死之际的复杂感情。因此，虞姬宁死不入汉宫，不愿成为刘邦的战利品。

当然，不管虞姬是自刎而死，还是死于他杀，她的下场都是凄惨的。另据《情史·情贞类》记载：“（和歌之后）**姬遂自刎。姬葬处，生草能舞，人呼为虞美人草。**”一把剑，两刎颈，成就了英雄项羽和爱妾虞姬千古爱情的凄婉美谈。张爱玲在读中学时所写的《霸王别姬》里却感叹：“啊，假如他（项羽）成功了的话，她得到些什么呢？她将得到一个‘贵人’的封号，她将得到一个终身监禁的处分……他们会送给她一个‘端淑贵妃’或‘贤穆贵妃’的谥号……”的确，就算西楚霸王当了皇帝，虞姬也不过是众多妃嫔中的一个而已。而虞姬这种宁愿死也不愿意成为刘邦战利品的复杂感情，被清朝一位诗人演绎得淋漓尽致：“君王意气尽江东，贱妾何堪入汉宫。碧血化为江边草，花开更比杜鹃红。”清朝另一位诗人何溥的《虞美人》也表达了同样的意蕴：“遗恨江东应未消，芳魂零落任风飘。八千子弟同归汉，不负君恩是楚腰。”

虞姬生前像项羽一样光芒四射确有其事，但是她死后异常凄凉也是一个不争的事实，甚至她究竟葬身何处，在今天都一直存有争议。

有种观点认为，虞姬自杀后被埋在肥东石塘镇附近的西黄村。这种观点主要是建立在一个肥东流传了上千年的传说的基础上。根据这个传说，楚汉相争之时，项羽兵败垓下，在肥东洒泪告别虞姬，后来虞姬被汉兵追至今肥东的石塘镇附近，饥乏交加，求食于一家从事牲畜买卖和肉食加工出售的店主，店主可怜虞姬等一行人，便以锅中卤煮之熟驴肉配料给这些饥饿的人食用。俗话说，饥不择食，虞姬等也顾不得体面，就大口大口地吃了起来。风卷残云之后，也顾不得和店主告别，他们就匆匆丢下一些钱财，又向远处逃走了。可是，天不遂人愿，由于吃东西耽搁了时间，所以追兵很快就赶了上来。面对一群杀红了眼的敌军，虞姬一个弱女子，而且又是美貌异常的弱女子，为了不落入敌军之手，为了表示她对深爱的西楚霸王项羽义无反顾的忠诚，虞姬将宝剑一横，向着霸王作战的方向深情地望了一眼，然后就自刎而亡了。虞姬死志十分坚定，她选择了在江边自刎，死后尸体落入江中，未被敌军得到。后来，虞姬尸首随水淌于一石桥下被阻，当地人发现后将虞姬安葬在石塘镇的西黄村，“石塘”因此取尸淌谐音而得之。今天在该地确实可以见到一座虞姬墓，不过这个传说究竟是否属实，还没有人去考究。按照传说中的内容来看，痴情的项羽与虞姬分路逃走的可能性不大。

另一种观点认为，虞姬自杀后被埋在灵璧。因为当时项羽被困的垓下就在今灵璧县城东南九公里处，虞姬自杀身亡后，在当时汉军猛烈的追击之下，如果项羽想突围，是不可能带着虞姬的尸体一起逃亡的，他很有可能将虞姬的尸体就地埋葬。这种观点的可信度是比较高的。据史料记载，在项羽被困垓下之后，韩信为了引诱他突围，便故意让士兵们唱张良所编写的歌谣：“人心都背楚，天下都属刘。韩信屯垓下，要斩霸王头。”暴躁无比的项羽在听到这首歌谣后果然中计，开始突围，但是几次突围都没有成功。汉军的士气越来越旺盛，此时，张良又叫汉军唱楚地的歌曲，项羽的士兵绝大部分都是楚地人，在听到楚歌之后，思乡之情顿时弥漫全军，士气更为低落。在这种形势万分危急的紧要关头，项羽同大将虞子期和桓楚商量，决定天亮前突围。美丽而又聪明的虞姬为了不成为项羽突围的累赘，便趁项羽不备，自杀身亡了。虞姬死后，项羽含悲忍痛，掩埋了虞姬的尸体，等天亮便率军突围了。由此可见，虞姬被埋的地点只可能是项羽被困之地，在当时那种形势之下，项羽即便想带虞姬尸体一起突围，也是不可能的。

还有一种观点认为，虞姬的头与尸身分别被埋葬在两个不同的地点。尸身被埋在灵璧县，而头被埋在了定远县。在今天的灵璧县城东、宿泗公路南侧（也就是当时项羽被困的地点）所见到的虞姬墓里，只安葬着虞姬的尸身；而位于安徽定远二龙乡的虞姬墓里，则安葬着虞姬的头颅。这种观点与上述第二种观点在虞姬自杀身亡的原因上是相同的，不同之处在于，持这种观点的学者认为，在虞姬自杀后，项羽曾经带着虞姬的尸体向南突围，不料汉兵追至，项羽被迫丢下虞姬的尸体。后来，人们便将项羽丢下虞姬尸体之处称为“霸离铺”，在项羽突围成功后，虞姬的尸体便被来不及突围的楚兵移葬于“霸离铺”东两三公里处，人们因此将虞姬葬身之处所在的村庄改名为“虞姬村”，两处地点自得名以来，至今沿袭不变。这种观点尽管有一定的合理性，但是持这种观点的学者并没有指明为何虞姬的头被莫名其妙地砍下来埋在了定远县，因此不足为信。今天在定远县境内的虞姬墓，很有可能只是当地的百姓根据传说而进行的一种不切实际的推测。

当然，不管虞姬是如何死的，只有一种死不代表毁灭，那就是自落的花、成熟的果、发芽的种、脱壳的笋、落地的叶。虞姬就是如此，要不后人怎么会把一种娇小柔美的花命名为“虞美人”呢？生如夏花，死如秋叶，这个被淹没在战争洪流中的美丽灵魂在九泉之下可以瞑目了。

喋血乌江

虞姬死了，项羽也了却了心中事。这时的他已没有任何值得眷念和留恋的了。他仰望着天，天再也遮不住他的眼；他俯视着地，地再也埋不住他的心。项羽决定孤注一掷——突围！

突围前，项羽把自己最得力的干将钟离眜叫到营帐里问道："钟将军，现在情况怎么样？"

"大王，现在形势十分不妙，在歌声的作用下，我们的士兵开始动摇了，已经有人开始逃跑……"钟离眜说到后面时声音哽咽起来，几不可闻。

"韩信果然是人才啊，他亲手导演的这一曲四面楚歌胜过千军万马啊！试想想，哪个人没有父母，哪个人没有妻儿，哪个人没有亲人，哪个人不思念自己的故乡？士兵们选择逃亡也在情理之中，不要怪他们，也不要阻拦他们。天要下雨，娘要嫁人，由他们去吧。"项羽叹道。

"可是，大王，再这样逃下去，只怕过不了几天，咱们这么一点人马就土崩瓦解了。"钟离眜双眼通红，强忍着泪水不流下来。

"逃吧，逃吧，咱们这点残兵败将，就算不逃亡，也坚守不了多久了。"项羽叹道，"或许只有他们不约而同地逃亡，咱们才有逃亡的机会。"

"大王的意思是……"

“现在咱们已经到了山穷水尽的地步。”项羽说到这里，顿了顿，然后一字一句地道，“我打算突围。”

对忠心耿耿的钟离昧来说，最希望听到的就是“突围”两个字，然而，一向高傲的项羽平常是不可能选择这种下策，做出这种有损于自己形象和面子的事。钟离昧正在琢磨着如何劝说项羽突围，甚至还搜肠刮肚地想出了“留得青山在，不怕没柴烧”等说辞，不想项羽却主动提出要突围。

钟离昧以一种视死如归的态度对项羽说道：“微臣一定力保大王突围成功！”

“不用了。”项羽摇了摇头，叹道，“现在里三层外三层都是汉军设下的包围圈，如果带领大部队突围，必然会惊动汉军主力，那样一个人都突不出去。因此，要出其不意才能突围出去，所以，我只打算带八百骑兵。”

“大王的意思是要我……”钟离昧毕竟跟了项羽这么多年，很快明白了他心里的想法。

“对。我走了，你必须留下来，因为只有你能代表我在军中。”项羽说着，双手捧起自己的虎符和兵印递到钟离昧面前。

“我走之后，你就是楚军的最高司令了。你只要坚守半个月，我一定会卷土重来，营救你出去，杀汉军一个片甲不留……”

钟离昧身子一颤，双膝一跪，泣道：“臣只怕有负大王重托啊！”

“谁能横刀立马，唯我钟大将军。”项羽定定地看着钟离昧，喃喃道。

“臣定当效死，等待大王卷土重来。”钟离昧把虎符和兵印接到手中。

“我是不死战神，你是不败将军，这天下没有谁能阻挡我们前进的脚步。”项羽走出营帐，跨上自己最心爱的乌骓马，带领身边最精锐的八百铁骑趁着夜色出发了。

此时，忽明忽暗的月光，照在大地上映出清光一片，无比温柔。项羽像幽灵一样，悄无声息地穿过汉军布下的重重关卡。这真是一支神兵啊，做到了“关卡度若飞”。

冬天的夜冷而长，八百铁骑敏而捷，如灵蛇出洞，一路兔起鹘落。穿过汉军的重围后，项羽马上恢复了雷厉风行的英雄本色，率众开始策马狂奔。个中过程有多惊险，恐怕只有亲身经历的人才能体会。

天亮了，从睡梦中惊醒过来的刘邦知道了项羽弃军而逃的消息，感到非常震惊。他怎么也想不到一向自负的项羽居然也会做出这种弃军而逃的事情，这是非英雄非君子的行为啊！

震惊之余，刘邦开始震怒。他怎么也想不到项羽几百铁骑居然能突破自己布下的天罗地网，一旦让他成功逃脱，这不但对自己是奇耻大辱，而且还是放虎归山啊！

刘邦当机立断，马上做出了弥补之举，派灌婴带五千精壮铁骑追击项羽。

灌婴在来垓下进行大会战之前，刚刚到彭城端了项羽的老巢，致使项羽大军无处可退，只能往一马平川的垓下撤军，从而最终落得个无险可守，进退维谷的绝境。

此时，在这关键时刻，刘邦依然派灌婴出马，就足以说明他对灌婴的信任和器重。因为项羽是夜里突围的，也就是说，他至少跑了好几个时辰了。如果派大军去追，肯定是无济于事了。因此，派五千铁骑去追，是刘邦做出的明智之举。

项羽只带了八百铁骑出逃，他派五千铁骑去追，以六敌一，就算项羽有三头六臂也插翅难飞了。刘邦反应之快，思维之敏，辨判之细，策划之深，确实值得佩服。

项羽突围之后，选择了一路狂奔，很快跑到了淮水边。项羽停下马来，然后回头一看，他高大威武的身子不由一颤，一股凉意涌上心头，因为他发现自己所带的八百铁骑，此时竟然只剩下了一百多人。

乌骓马就是乌骓马，真的是举世无双，快如闪电啊，竟然硬生生地甩下了近七百人。

一百多人,如果遇到汉军该怎么办？项羽再英勇,也感到了情况危急，眼下容不得片刻逗留，他马上带领这一百余铁骑继续逃命，并且很快逃到了阴陵（今安徽省定远县西北）。在这个节骨眼上，他突然发现了一个严重的问题——迷路了。

那是一片荒草地，向左走还是向右走，项羽左右为难了。

这时，一个正在田间劳作的老农左右了西楚霸王的命运。

"老丈，请问往哪儿走才是回江东的路？"项羽终于放下了自己一直高高在上的架子，亲自去向老人问路。

那老人抬起头，盯着这个满脸风霜却气宇不凡的男子良久，对他的身份已猜到了几分。他心想："以前听闻项羽为人凶残，坑杀过很多人，今天怎么跑到这里来了，看来一定不会有好事。"于是他随手一指，说道："向左走。"

而正道却是向右。

就这样，项羽向左走了，结果没行多远就陷入了大泽中，根本就是寸步难行。直到这时，项羽才知道自己居然被一个不起眼的老农给忽悠了。以前谁都对自己毕恭毕敬，现在连一个老农都敢骑到自己头上来，真是落毛的凤凰不如鸡啊！想到这里，一股前所未有的绝望涌上了项羽的心头。

这时候，汉军已经追来了。项羽只得带领剩下的骑兵从大泽转向东城（今安徽省定远县东南）。此时，他的随从只剩下了二十八骑，而汉军穷追不舍的居然有数千人之多。

项羽勒马转身看着身边这二十八个虽然身处绝境但神色依然平静的忠实跟随者，心里百感交集："你们个个都是热血好男儿，可我却辜负了你们。”

这时，项羽大声说道：“我起兵至今八年，身经七十余战，所向披靡，还不知道失败是什么滋味，才终于称霸天下。不料现在却被困于此，我想让你们知道，这是天亡我，并非我不会打仗啊！”

随后，他把二十八骑分成四队，每队七人，命令他们向四个方向冲杀，但无奈敌人太多，他们不可能冲出重围。项羽对他们说：“我先斩一个汉将给你们看看。”说着就冲进敌军中斩杀了一员汉将。

这时，汉王的郎中杨喜立功心切，也来蹚这浑水。他向项羽围逼而来，项羽大喝一声，这声“狮子吼”一出口，汉军顿时倒下了一大片。

杨喜也被吓得人马俱惊，摇摇晃晃地差点从马上掉下来。他赶紧掉转马头逃命去了，据说吓得跑了好几里路才停下来，差点没得失心疯。

趁此空隙，项王与骑兵又分三处会合了。但是，汉军毕竟人数太多，而且他们个个都想擒住项羽立下战功，因此，倒下一批又有一批上来了。

喑噁叱咤，千人皆废。项羽的狮子吼果然非同寻常。项羽这时将所有怒气都发在这些士兵的身上。他纵马冲入敌阵中，见人就杀，见兵就砍，蜂拥而上的汉军顿时又倒下了一大片。待聚集后项羽清点骑兵人数，发现只损失了两名骑兵。

项羽昂然道：“怎么样？”

骑兵们齐声道：“大王说到做到，乃真英雄。”

在做到了斩将之后，项羽趁汉军惊魂未定，再次选择了突围。他一马当先，势不可当，汉军纷纷溃退。项羽成功率领二十六铁骑再次扬长而去。

一路狂奔，项羽突然勒马而止，一种前所未有的绝望袭上心头，因为他被一条一望无垠的大河拦住了去路。

这条河的名字叫乌江。

何处是家乡？举目两茫茫。正在项羽黯然神伤时，身边有人惊喜地叫道：“大王，您看，河边有船。”

项羽回过神来，定睛望去，一位童颜鹤发的老者出现在了他的眼前。只见这位老者屹立在江边，寒风吹在他饱经风霜的脸上，仿佛遗世独立，一动不动。他身后停着一只很小的船，只能再载一人。汹涌而泛黄的河水拍打着船舷，小船随波荡漾，发出吱呀吱呀的声响。

项羽不再迟疑，缓缓走向老者，他的脚步是那么沉重，仿佛每走一步都心潮澎湃，仿佛每走一步都心如刀绞。

“老伯，这船是……”项羽终于走到了老者跟前，刚张开嘴，那老者便惊醒过来似的，抢先一步对他行礼道：“我是乌江亭长，请大王上船吧。”

一个老农给项羽误指了一条路，以至于他陷入绝境；而此时又有一个老者出现在他面前，却是想救他一命。看来老天真是公平，至少对项羽来说，已经没有任何偏袒了。

“我现在已不是大王，只是一个败军之将而已。”项羽黯然道。

乌江亭长摇摇头：“胜败乃兵家常事。留得五湖明月在，不愁无处下金钩。咱们江东地方虽然不大，但仍然有千里之地，人虽然不多，但也有数十万之众，建立霸业绰绰有余了。这一带只有我这有渡船，请大王赶紧上船。只要上了船，汉军纵使千军万马也无可奈何了。”

这的确是一个忠心耿耿的亭长，不但准备了大道理，还准备了小渡船，可谓水货、干粮都备齐了。按理说，此时已走投无路的项羽没有拒绝的理由。

然而，出人意料的是，项羽却把头摇得像拨浪鼓，突然哈哈大笑起来。那笑声却是凄凉无比，令人毛骨悚然。

“天要亡我，就算渡了江又有什么用？”项羽叹道，“况且身为败军之将，我无颜回乡！”

总而言之，项羽在这个生死关头，思想出了问题。他没有顾及自己的性命，却是想着面子。

“请大王火速渡江。现在只有我有船只，汉军追不到我们的。”亭长眼看项羽如此糊涂，急得像热锅上的蚂蚁。

“不能因为我的再次到来，而让故乡重遭战火的洗礼；不能因为我的再次到来，而让故乡再次陷入水深火热之中。”项羽坚持地摇了摇头，把自己的乌骓宝马交给亭长，“你是我们江东的长者，这匹宝马已跟随我五年了，是天下最好的宝马，可以日行千里夜行八百，我不忍心看着它与我同亡，就送给你吧。江东父老看见它就如看见我一般……”

亭长默默地牵过乌骓宝马，泪水洒了一地。乌骓宝马很有灵性地望着项羽，竟然同样也是泪光莹莹。

前文提过，项羽在突围前，上演了一出“霸王别姬”，算是了却了一段情。此时，他的乌骓宝马被亭长运走后，算是了却了一段缘。从此，霸王心中再无牵挂了，开始了最后的血拼。

血拼前，项羽命令所有骑士都下马，进行步战。这是一场没有悬念的拼杀，从马背上下来的骑兵如同手无寸铁的裸兵，于是二十多人很快成了汉军的刀下鬼。

杀人者，人恒杀。此时，唯独项羽继续进行着自己的个人表演。只见他冲进汉军当中，手起刀落，转眼间便斩杀了一大片，当真是势不可当啊。

但是，人毕竟是血肉筑成的，不是钢铁打造的，项羽付出的代价是身受十余处伤，鲜血已染红了身上厚重的铠甲。

血一点一滴从项羽身上流下来，他的生命也正一点点地走向尽头。项羽知道自己就要坚持不住了。这时，他看见背楚归汉的熟人吕马童，就对他说：“你不是我的老部下吗？什么时候跳槽到刘邦那儿去了？我怎么不知道啊！”

刘邦在彭城大败之后逃命的时候，正是运用“拉家常、攀亲戚”的做法，成功忽悠住了丁公，从而使自己顺利逃出。而此时身陷绝境的项羽主动找吕马童拉家常，虽然做法相似，但目标却截然相反，刘邦是为了逃命——纯粹的逃命，而他是为了叙旧——纯粹的叙旧。

俗话说：“鸟之将死，其鸣也哀。人之将死，其言也善。”此时的吕马童看着将死的项羽，不“鸣”也不“哀”，而是很善意地告诉大家：“他就是项羽，汉王悬赏千金缉拿的项羽。”

生命诚可贵，爱情价更高，若为悬赏故，二者皆可抛。

汉将王翳一听，赶紧勒马跑上前准备验货。项羽见了他，凄然一笑，“你很勇敢，比吕马童那缩头乌龟强多了。我就成全你，把人头送给你吧。”

三十一岁的项羽一边说着，一边眺望着远处的夕阳，心里叹道：“夕阳无限好，只是近黄昏。”然后，一代霸王不再迟疑，拔剑自刎而亡。

项羽为什么不肯过河？笔者推测可能有四个原因。

原因一：自尊心使然。

要知道项羽出生名将世家，虽然到他这一代时，富贵已经不在，但他与生俱来的性格与秉性还在，他落寞不落后，自强不自卑，对自己的尊严看得很重。说得再直白点，他奉行的是为尊严而活着。杀太守起义，推翻暴秦，楚汉争霸，都是在为尊严而战，都是为名利而战，都是为自己而战。衣锦还乡，就是为了展示给家乡人看，就是为了显示自己的体面，就是为了自尊的需要。由此可见项羽对尊严看得有多重。然而，就是这样不可一世、桀骜不驯，不管在什么时候都是仰起头，坚强之极的人，乌江亭长的一句话却如同一记耳光，狠狠地抽在他的脸上。

“江东虽小，也有良田千亩，人马虽少，也有成千上万，只要大王渡过江东了，定然能东山再起。”应该说亭长的话其实是中肯的、善意的，他没有刻意地贬低项羽之意，而是为他鼓劲、加油，希望他能东山再起、卷土重来。普通人听到他这样掏心窝的话肯定会感动得一塌糊涂。然而，项羽不是普通人，因此，他并没有感动，而是感喟。

感喟什么呢？一是曾经风光无限的他怎么一夜之间一败涂地，败得这么狼狈，这么彻底？二是自己一个人孤零零地渡过江东，肯定会让父老乡亲嘲笑，去的时候带了八千子弟兵，回来时就只有一个人，怎么向江东父老交代？因此，乌江亭长的话在无意中伤到了项羽的自尊心。一句看似鼓励的话成了中伤的话，对于项羽这样视尊严比生命还重要的人来说显然是无法承受的，所以临时改变主意不肯过江东。

原因二：疑心在作怪。

项羽性子里还有一个特点，那就是多疑。他平日里对自己手下的士兵很是爱护，士兵没衣服穿，拿自己的给他们穿；士兵没吃的，宁可自己不吃也给他们吃；士兵生病或离世时，他不但亲自去探望，有时候甚至痛哭流涕。对于项羽这样一个人来说，他能对手下体恤到令其热泪盈眶，这是相当不容易的，这说明他骨子里还是很温情的，还是很有人性的。但他最大的特点就是能共苦，却不能共同享乐。手下的士兵们一旦立了战功，项羽不是马上嘉奖或封赏，而只是口头赞扬赞赏，却无实际表示。有时候明明拿着封赏的牌令，就是舍不得交给立功的将士，这个牌令就这样拿在手里，揉捏搓磨，结果牌令的棱角都磨掉了，他还没有奖赏下去。也正是他有功不赏，让将士寒了心。有难能同当，有福不能同享，这说明什么呢？说明项羽与生俱来的多疑和提防之心。他在封赏部下时会想，这个人现在效忠我，以后会不会背叛我呢？我给了他权力，他会不会恩将仇报呢？正是因为有这样前后矛盾、左右摇摆的思想作怪，项羽在用人和行赏上一直做不到位，和刘邦有很大差距。他连自己的部下都提防着、警惕着，对陌生人自然会关上心门，更加封闭自己。

而这次逃亡，项羽在问路时先被一个老农给骗了，因此，当他再面对一脸善意、一脸真诚的亭长时，他是犹豫的，是怀疑的，自然不会完全相信亭长是一心一意来救他的。这很好理解，这就叫一朝被蛇咬，十年怕井绳。

原因三：悲悯心作祟。

抛开乌江亭长这个人物不说，有一种说法认为项羽自杀是想结束战争，消除战乱给百姓带来的痛苦。据《史记》记载，楚汉战争中刘邦和项羽僵持不下，“**丁壮苦军旅，老弱罢转漕**”，于是项羽对刘邦说：“**天下匈匈数岁者，徒以吾两人耳，愿与汉王挑战决雌雄，毋徒苦天下之民父子为也。**”意思是项羽想通过两个人一决雌雄，不要再让天下百姓跟着受苦，说明项羽的确有可怜天下苍生的情怀。当项羽率残兵败将突出重围来到乌江时，想到渡江以后还要卷土重来，再进行一次楚汉战争，那样将会给百姓带来更大的灾难，于是选择牺牲性命来结束连绵数年的残杀，还天下一个太平。

但这种说法带有太多的猜测成分，也与项羽的好战、残暴性格不符。项羽曾经坑杀二十万秦兵，火烧阿房宫三个月，是一个非常暴虐的人，他不大可能为了免除百姓疾苦而自杀身亡。

原因四：心有余而力不足。

还有一种说法，认为项羽不是不想过江，而是根本没有机会过江。我国著名学者冯其庸在其文章《项羽不死于乌江考》中，详细论证了《史记》《汉书》《楚汉春秋》关于项羽之死的描述，指出《史记》有关项羽之死的全部文字，除《项羽本纪》中有“于是项王乃欲东渡乌江”“乌江亭长舣船待”两处涉及乌江外，其余无一处写到项羽乌江自刎。反倒是明确提到：项羽“身死东城”，“使骑将灌婴追杀项羽东城”等。他还通过《括地志》和《江表传》等篇章作了关于地理位置的考察。经过实地查勘考证，项羽确死于东城，即今天的安徽定远县，此地离乌江有一百二十千米。至于《项羽本纪》中两处涉及乌江的记述，冯先生认为是司马迁记叙上的错误，并导致了以后的以讹传讹。

这种观点得到了很多人的支持。计正山先生依据《史记》《汉书》中的《灌婴传》，认为项羽并非在乌江自刎而死，而是在定远东城就因搏杀而死。垓下之围中项羽仓皇失措，带领八百兵马突出重围，往江东方向逃跑。长江以南是项羽的势力范围，是他发迹崛起的地方，即使在楚汉战争后期，衡山王吴芮、临江王共尉等依然服从项羽，听从项羽调遣，尤其是南楚临江王共氏，直到项羽死后仍忠于项王，抗拒刘邦。如果项羽顺利渡江，完全可以重整旗鼓、卷土重来，再一次击败刘邦。所以项羽的目标非常明确，就是渡过乌江，但逃至东城时被汉军包围，混战中即被灌婴杀死，而乌江离东城还有一百二十千米，所以项羽根本没有渡江的机会，也不是自刎而死。

但这种说法同样充满了推测和猜想，遭到许多学者的反对。根据《太平寰宇记》等资料记载，两汉时期的东城县，是江淮之间的一个辖境广阔的大县。从现在定远东南的池河上中游地区，越过江淮分水岭，包括今滁州市西南境、肥东东境、全椒西南境，直到今和县乌江的沿江一带。晋太康六年在东城县界设置单独的乌江县。章学诚在《和州志·补沿革》中曾指出：“**秦为九江郡之历阳及东城乌江亭地……晋太康元年属淮郡，其历阳及东城乌江亭地如故。**”也就是说，在楚汉战争时期，东城是一个范围广阔的行政区域，乌江是包括在东城县内的，因此司马迁所说的“身死东城”与“乌江自刎”并不矛盾，而是为避免同义反复而使用的描写方法。要知道司马迁所处的年代距离楚汉战争只有七十年左右，掌握了许多第一手资料，而且他治学严谨，在项羽之死这样的大问题上应该不会妄自猜测。

死后原知万事空

项羽自刎身亡后，追击的汉军进行了抢功比赛。可怜项羽马上就被他们分尸了。这些人你争我夺，你推我搡，最后刀剑都出手了。

有些人一直被欲望所牵引，在贪婪中扭曲了纯洁的灵魂。活着的项羽令人望而生畏，但死去的项羽却什么都不是，只不过是一具价值连城的尸体而已。为了争夺这具价值千金的尸体，汉军自相残杀，大打出手，也是欲望使然。

传说，为了争夺项羽的尸体，汉军死了百来人，伤了无数人，最后才分出了胜负。

获胜的不是一个人，而是五个人，他们每人都得到了项羽身体的一部分。后来，刘邦实现了自己重赏的承诺：王翳被封为杜衍侯，杨武被封为吴防侯，吕胜被封为涅阳侯，杨喜被封为赤泉侯，吕马童被封为中水侯。

可怜一代英雄最终落得个“尸分五裂”的悲剧下场。北宋著名女词人李清照作诗感叹道：“生当作人杰，死亦为鬼雄。至今思项羽，不肯过江东。”

项羽死后，灌婴并没有停止前进的脚步。他率领自己的铁骑横渡长江，直捣吴郡，以迅雷不及掩耳之势平定了吴郡诸县。

而刘邦在垓下也没有闲着。他率大军对项羽的数万残余势力做出了最后一击。失去了项羽这根“定海神针”的楚军根本没有还手之力，无奈之下，纷纷举起了双手。

然而，这一次，一向宽厚的刘邦却没有包容他们，而是下达了杀无赦的命令，结果可想而知，两万多楚军全部被斩首，尸骨如麻，血流成河。

紧接着，刘邦乘胜挥师向楚国各城邑进军。楚军要再抵抗就是拿着石头想砸天了，于是他们纷纷签了城下之盟。

当然也有例外。江北鲁国就坚持抗汉，拒不投降。

鲁国是孔大圣人的故乡。项羽最开始发迹时，曾被楚怀王封为鲁公，因此，在他们心目中，项羽永远是他们的主子，誓死要坚守到底。

这时候的刘邦已不再是绵羊，而是雄狮了。他这一路顺风顺水，天下大局已定，一听还有不服自己的，便亲自带兵来到鲁国城下，准备大开杀戒。

哪知当刘邦大军到达鲁国城下时，都被震住了。

只见鲁国城门紧闭，但城里却传来琅琅的读书声。

刘邦整个人都僵住了。他把两只耳朵竖起来，静静地享受着久违的天籁之音。冥冥之中，他仿佛又回到了少年的读书时代，又想起了和卢绾一起上学时的调皮样儿，想起了教书老师铁青着脸拿起戒尺打手心的样子，想起了自己不远千里投奔张耳求学时的样子，想起了这么多年东奔西跑拼搏的样子。

此时，刘邦面对鲁国这些忠诚的书生，被他们的爱国热情所感染，动了恻隐之心。极善于察言观色的张良这时说话了：“他们之所以还犹豫不决，那是等着大王您拿一样东西给他们看啊。”

刘邦心中一惊，问：“什么东西？”

张良淡然道："项羽的人头。"

刘邦恍然大悟："是啊，鲁人对项王的感情太深了，在他们心里肯定一直都不相信天神一般的项王会死去，现在只有拿着项王的人头给他们看，才可以绝了他们的心，令他们乖乖出城投降。"

随后，刘邦派两个汉兵拿着一根长长的竹篙，竹篙上挂着一颗血肉模糊的人头，在城下转了一圈。鲁王和楚军见了项羽的人头后，无限悲伤阵阵来，无尽泪水滚滚落。

刹那间，他们思想上的依靠土崩瓦解了。

这时，刘邦站在城下发话了："只要你们投降，不但可以免除死罪，而且我还会厚葬项王。"

本来鲁城的楚军誓与城池共存亡，但"厚葬项王"四个字打动了他们的心，于是他们打开了城门。刘邦进城之后，兑现了自己的诺言，以鲁公的礼仪厚葬了项羽。

在《三国演义》中，江南才子周瑜被诸葛亮"三气"身亡后，诸葛亮亲自去吴国，对周瑜进行了祭拜。诸葛亮伏在周瑜的灵柩前哭得死去活来，感动得东吴军士人人热泪盈眶，心潮澎湃。表演完毕，诸葛亮扬长而去，把"身后名"留在了江东。

当然，如果细翻历史，我们就会知道，这种猫哭耗子假慈悲并不是诸葛亮的专利，这一招的首创之人正是刘邦。

刘邦马上上演了四重唱：虚、情、假、义。

项羽出殡这一天，天空下起蒙蒙细雨。刘邦在装着项羽尸首的棺木下葬前，面呈悲色地宣读了祭文。

"追思怀王在时，我与你结拜为兄弟，虽无血肉之亲，却也同战秦人，共过生死。且大王拘太公不杀，虏吕后不犯，供养军中，整整三年，此番盛情，动人心扉。如大王地下有知，也能领悟我一番祭奠之意……"

等他念完了，众人还来不及舒一口气，老天似乎也被感动了，倾盆大雨随即落了下来。刘邦若有所思，若有所叹，终于流下了半是虚假半是真情的泪水。

如果说祭奠项羽体现了刘邦的“假”，那么接下来三件事，便体现了他的“虚、情、义”。

虚——对项羽“除名”。怎么个除名法？刘邦开始务虚，很快下了这样一道命令：天下所有人提到项羽时都只能叫他的小名——项籍，而不能叫他的大名——项羽。刘邦是想让项羽的名字从他的生命和视线中彻底消失。

作为自己多年的对手，项羽死后，刘邦是孤独的，但他同时也很难原谅项羽。永远都不准人再提你的大名！就让寒风带走一切吧，就让落叶埋葬一切吧，就让历史淡忘一切吧。胜者为王，败者为寇，谁叫你是败者，而我是胜者呢！

情——对项伯“扬名”。怎么个扬名法？面对这位对自己有“四重恩”的大恩人，对这位安插在项羽身边的“大亲家”，刘邦再次显现出自己的大气来，报之以“情”。他下令封项伯为射阳侯，赐姓刘氏。这下刘邦总算心安了，把人祖宗都给改了。

义——为项氏家族“正名”。怎么个正名法？刘邦出台了“三凡政策”，凡项氏家族成员一律免罪，凡项氏家族一律赐姓刘，凡项氏家族中有才干之人一律重用。

流血的帝途，不流血的义举，项羽在九泉之下终于可以安息了，从此他项氏家族的人得以保全。流血的帝途，流泪的家途，项羽在九泉之下究竟还是寒心了，从此他的项氏家族就这样消失殆尽了。

一切都结束了，楚汉争霸就此画上了句号。

第十四章
剑网无痕

韬光养晦的韩信

汉高祖五年（公元前202年）十二月，刘邦带领文武群臣回到了定陶（今山东省定陶县）。

来这里，刘邦不是为了观光旅游，也不是为了休养生息，而是有一件很重要的事要做：夺取韩信的兵权。

垓下大决战胜利后，韩信大军随即开赴定陶，招降了这里的楚军，进而把这里变成了自己的大本营。

而这一次的刘邦依然跟上次在修武剥夺韩信的兵权一样，采取的是突击策略。他悄无声息地来到了定陶，二话不说，直赴韩信军营，然后以迅雷不及掩耳之势把韩信的将印和符节拿到了自己手中。

整个过程，韩信都在傻傻地充当观众，充当路人，等他明白过来是怎么回事时，已为时晚矣。

而刘邦之所以会做出这种"下三烂"的举动，原因是他意识到了项羽死后，韩信取而代之，成了自己最大的威胁。善于用兵，善于遣将，善于计谋，善于征战，韩信是一位举世无双的将才啊，这样的将才能不提防吗！

刘邦是聪明人，当然知道剥夺权力是一项技术活，不能按兵不动，也不能操之过急，最好的办法是温水煮青蛙，慢慢地剥，慢慢地夺，一点一点地蚕食。

夺取兵权只是第一步，只是小试牛刀、投石问路而已，接下来刘邦的第二步，才是大刀阔斧地重拳出击。

刘邦以治理国家为由，下令把韩信改封为楚王，调到楚地。

韩信的心里就像打翻了五味瓶，酸甜苦辣咸都出来了。

按理说他当个楚王或齐王都一样，都是为百姓服务，都是治国安邦，但事实上，楚王和齐王却是有区别的。

首先，齐国强于楚国。齐国的地理位置优于楚国，它靠近汉王的大本营，在军事战略上是一个很不错的地方。而当年项羽之所以选择在楚地建都立业，是因为他想在家乡人面前炫耀自己，如果他当时听从那些儒生的意见在关中建都称霸，可以想象，刘邦想打败他简直是痴人说梦。而且，齐国的经济实力强于楚国。齐国稳定多时，国富民强，而楚军刚刚战败，百废待兴。

其次，踢皮球的不良之兆。刘邦一下子立韩信为齐王，又一下子改立他为楚王。这就像三岁娃娃的脸，说变就变。更像当年的楚怀王，人家楚王本来当得好好的，项羽突然要改立他为义帝，表面上是“升官”了，但实际上是被架空了。因此，这对韩信来说是一个危险的信号。

然而，面对刘邦咄咄逼人的前头两剑，韩信既无还手之力，也无招架之功，只有承受之实。他心里虽然一百个一千个不愿意，但还是不得不乖乖回到江南老家去当他的“西楚大王”。

回到楚地上任后，韩信马上做了三件事。这三件事都跟国事无关，算是一些鸡毛蒜皮的事，说白了就是他的私事。但是，这每一件事都感人至深。

第一件事：知恩图报。

前面已经说过，韩信从小失去双亲，后来是靠钓鱼外加乞讨为生的，而这期间，他常常食不果腹，饿得昏天黑地。

一次，在梦中，韩信感到有两个热馍馍在自己眼前晃动着，饥饿中的他不管三七二十一，抓过热馍馍张嘴就咬，不仅一口吞下了馍馍，还把自己的手指头咬出了一道血痕。当活生生的痛楚传来时，他才知道这原来不是梦。一个在河中洗丝棉的漂母向他伸出了援助之手，把自己节省下来的两个热馍馍拿给他吃。

两个热馍馍在我们今天看来毫不起眼，但当时在韩信眼里却是“生命的全部”，不但确保了自己不被饿死，还让他体会到了久违的人间温暖。

滴水之恩当涌泉相报，韩信报恩的时候到了。他来到垓下后，屁股还没坐稳，就赶紧派人去寻找当年给他热馍馍的漂母。他的手下也不是饭桶，苦苦寻找了半个月，终于带来了那位白发苍苍的老婆婆。

韩信见到漂母后，立刻跪地迎接。老婆婆见堂堂楚王居然向自己下跪，虽说以前有恩于他，但心中终究是诚惶诚恐的，赶紧跟着下跪回礼。于是，一老一少争着在地上磕头。

后来的事情顺理成章，韩信用最丰盛的山珍海味招待了自己的救命恩人，并赠给漂母一个装满了黄金的包袱。

第二件事：以德报怨。

少年时的韩信曾经受过胯下之辱，但他忍辱负重，最终靠自己的努力和拼搏建立了旷世功绩。那么当年到底是谁逼着韩信受胯下之辱的呢？

俗话说冤有头债有主，那个老大到底没能逃脱因果报应。流氓老大被带到韩信面前时，当年的老大此时变成了小弟，他在韩信面前双腿跪地，磕头如捣蒜，嘴里还念念有词：“大王饶命，大王饶命，小人当年有眼无珠，有眼不识泰山，有眼……”

就在他拼命求饶时，韩信哈哈大笑，笑得流氓老大怔在那里，半天也没有反应过来。就当他以为自己的生命将在这里画上一个并不圆满的句号时，笑够了的韩信一张嘴，就让他吃了一惊："你现在在做什么？还在当黑社会老大吗？"

"不，我已经不做老大好多年了。"流氓老大说。

"这么说来，你是浪子回头，早已金盆洗手了？"韩信显得很随和。

"嗯，实不相瞒，我现在还在家里待业呢！"流氓老大说着脸上微微发红。

"那好吧，我现在给你一份工作做。"韩信看着流氓老大认真地说道，"我给你一个中尉当，你看如何？"

"我……"流氓老大以为韩信在忽悠他。

"你到底愿不愿意？"韩信脸色一板，吓得流氓老大答应不迭："小人愿意，小人愿意。"

就这样，韩信把他逼上了官场。待流氓老大下去就职后，左右人不解地问韩信为什么不治他的罪，反而赏给他官职。韩信答道："当年正是因为有了他，使我受辱而又不能以死相拼，他激励了我不得不向前走。我今天之所以能坐上楚王的位置，完全是拜他所赐。这样的人我难道不应该感谢吗？"

以德报怨，这是一种怎样的心胸和情怀呢？

第三件事：以情尽孝。

当年父母死时，韩信还小，他没有能力也没有办法厚葬父母。现在，他被封了侯，功成名就了，终于能派人把父母的坟地修缮一新了。

修缮好后，韩信前去祭奠。他跪在父母坟前声泪俱下地汇报近年来的工作和生活情况，当韩信看见坟地四周还有许多枯木杂草时，不顾堂堂楚王身份，跪在地上，亲自用手一根一根地拔去那些杂草，大有将杂草清除到底之势。

随行的部下见状，自然不能在一旁袖手旁观了，于是，一场祭奠活动变成了“斩草行动”。

其情感人至深，其义暖意融融。

“做大事”的韩信之所以把这样的“小事”做得风生水起，目的只有一个：韬光养晦。

终于登基了

大凡开国皇帝，都有一个共同之处，他们统一天下后，本来可以顺理成章地称帝，但他们还要故弄玄虚推托一番，显得很谦虚的样子。

刘邦称帝时也一样。当时，诸侯纷纷以上书的形式，强烈要求刘邦称帝。

刘邦虽然早就想坐上皇帝的宝座了，但作秀这道程序还是有必要走的。他召集文武群臣，把这些呼吁自己称帝的奏折拿给他们看："寡人闻帝者贤者有也，虚言亡实之名，非所取也。今诸侯王皆推高寡人，将何以处之哉？"

群臣又不是傻子，异口同声地答道："大王起于细微，灭乱秦，威动海内。又以辟陋之地，自汉中行威德，诛不义，立有功，平定海内，功臣皆受地食邑，非私之也。大王德施四海，诸侯王不足以道之，居帝位甚实宜，愿大王以幸天下。"

几次三番推让后，刘邦一脸无奈地发话了："诸侯王幸以为便于天下之民，则可矣。"

汉高祖五年（公元前 202 年）二月初三，刘邦在定陶城边的汜水称帝。当文武百官齐刷刷地跪地高喊"吾皇万岁，万岁，万万岁"时，刘邦完成了由王到帝的转变。

称帝这天，刘邦还一连做了四件事。

第一，大赦天下罪人，以示皇恩。

第二，立吕后为皇后，立刘盈为太子。

第三，下令让大量士兵解甲荣归故里，免除他们的赋税。这一条是张良提出的。他劝刘邦说，现在天下已定，如果留这么多兵在各大将领手上反而不好，容易闹事，刘邦欣然应允。

第四，暂时定都洛阳。

在汜水称帝这天，刘邦按众人意愿暂时定都洛阳，但就在他准备带领手下的文武大臣去洛阳时，一个人的出现让定都之事再起波澜。

这个人的名字叫娄敬。

娄敬是齐国人，此时不远千里赶到汜水来，就是为了刘邦建都的事。这等没身份、没地位的人，本来要见真龙天子刘邦一面很难，但是娄敬因为有老乡虞将军在朝廷为官，因此，很快就见到了刘邦。

娄敬一进门就显示出与众不同来。首先，他的打扮太吸引人眼球了：身上穿着破棉袄，脚上穿着烂草鞋，头上扎一个马尾辫，手里拿着一根破竹竿，就差没拿一个破瓷碗了。

刘邦毕竟见多识广，知道越是这样有个性的人越是不可小觑。他二话不说，先安排了一顿丰盛的美餐为娄敬接风洗尘。这个娄敬果真非同常人，也不推托，大大咧咧坐下就是一阵大快朵颐。

等这个“乞丐”酒足饭饱后，刘邦才恭敬地问他有什么事要找自己。娄敬对刘邦的待人态度很是满意，于是也就不再拐弯抹角，直奔主题。

“陛下想建都洛阳？”娄敬问。

刘邦点了点头。

“在下以为不妥。”娄敬直言不讳地说道。

刘邦自然是洗耳恭听了。

娄敬接着说出了建都洛阳不如建都咸阳好的原因。他说洛阳地方狭小，地贫物稀，经济不够发达，交通也不是很便利，是一个弹丸之地；而秦地的咸阳东靠华山，南临黄河，四面都有险要关隘，是个易守难攻的风水宝地。在那里建都远比在洛阳建都要好。

说到这里，我们有必要提一下当年项羽选都的事。项羽当初选彭城作为自己称王的首都，也有个书生拼死相谏，也是劝说项羽在有着咽喉之称的秦地汉中称王。但是，固执的项羽选择荣归故里，定都彭城。后来的事实证明，项羽选择彭城为都的确是一大败笔。

前车之鉴历历在目，刘邦对娄敬的意见高度重视起来。于是，他第二天就召集朝中大臣商量定都这件事。刘邦刚说出娄敬的想法，马上就招致一片反对之声。

“秦地晦气啊，大秦王朝在那里才多少年就灭亡了。”

“是啊，定都洛阳的周王一统天下好几百年呢！”

“娄敬是个什么人物，他完全是书生意气，信口开河。”

“洛阳，绝对是一个风水宝地！”

刘邦想不到众人的反对意见如此坚决，于是在定都洛阳还是咸阳的问题上开始摇摆不定。最后，刘邦决定去问自从楚汉之争结束后就一直闭门不出的张良。

数日不见，张良虽然清瘦了许多，但精神依然矍铄。面对刘邦的询问，他旗帜鲜明地指出了建都关中的三大优势。

第一，地理优势。关中一带的地形，退可守，进可攻，闲可耕，乱可保，是天然的军事屏障和要地，建都关中，可以达到防患于未然。

第二，政治优势。刘邦当年入关后，与父老乡亲约法三章，秋毫无犯，深得关中百姓的拥护和喜爱。四年的楚汉争霸，关中百姓献出了人力物力献出了青春和热血。建都关中，正好可以更好地安抚他们，从而达到天下稳定的良好局面。

第三，人文优势。关中沃野千里，经济条件一直在全国首屈一指。同时，关中是历代君王的定都之地，是大秦帝国的老巢，历史文化源远流长，帝王制度比较完备。建都关中，正好可以更好地传承这些人文典故，从而达到更好地治理天下的宏伟目标。

“微臣以为，众臣之所以反对建都咸阳，是因为洛阳离众大臣的家乡比较近，大家有思乡之情的缘故。”张良最后总结陈词道。

刘邦一听，茅塞顿开，立即签署大汉帝王一号令：迁都咸阳。

但是，迁都咸阳还有一个棘手的问题。自从当初项羽到达咸阳后，一把大火把那里的宫殿烧成了一片废墟，如果迁都此地，必须重新修建宫殿。

鉴于修复宫殿的工程巨大，时间跨度也长，为了断绝众臣定都洛阳的念头，刘邦当即决定实行迁都工程，先把首都搬到了离咸阳不远的栎阳。众臣虽然不愿意，但也只能乖乖跟着刘邦走了。值得一提的是，那个娄敬因为进言有功被封为郎中令，赐姓刘。

宜将剩勇追穷寇

称帝后的刘邦并没有就此开始享受清福。作为一国之主，他自然有理不完的国事和家事。

国事方面，韩信兵权被夺，被降为楚王后，刘邦潜藏在心里最大的危机感没有了。但是，他并没有就此放松警惕。很快，刘邦就做了这样一件事：宜将剩勇追穷寇。

这里的“穷寇”就是指项羽及其分封的其他诸侯剩下的残余势力。这时候，该灭亡的已经灭亡了，该投降的已经投降了，刘邦之所以还进行“大扫除”，目的显然只有一个，那就是斩草除根。

为此，他重点做了两件事。

第一件事：招抚田横。

前面已经说过，田横虽然是田荣的弟弟，但田荣死后，他辅助田荣的儿子当了齐王。然而，齐王死于韩信之手后，田横自己也被灌婴围攻得喘不过气来，不得已只好投靠了彭越。

彭越倒是对他这个败军之将很是重用。然而不久，刘邦封彭越为淮南王，要求他带兵去协助围攻项羽。彭越得了王号，自然屁颠屁颠地去了。这下田横可就左右为难了，他一想起自己当初拒不归降大汉，并且和楚军联合抗汉，心里就一直打鼓："就算刘邦不计较，那韩信一旦计较起来可如何是好？"他想来想去，最终还是决定三十六计，走为上计。

他带着自己的亲信逃啊逃，不知不觉地就逃到了齐地即墨（今山东省青岛市）附近的东海边。他在这个海边发现了一座岛，一座很隐秘的如世外桃源般的岛屿。

相信大家都读过陶渊明的《桃花源记》——"**土地平旷，屋舍俨然，有良田美池桑竹之属。阡陌交通，鸡犬相闻。其中往来种作，男女衣着，悉如外人。黄发垂髫，并怡然自乐。**"这样美好和谐的画卷，这种与世无争、淡泊名利、逍遥快活的生活谁不神往？

此时，田横也在这个与世隔绝的岛上过起了世外桃源的生活。别看田横行军打仗的水平实在不敢让人恭维，但他为人极为豪爽，因此一些江湖游侠都慕名而来，一时间天下英雄豪杰会集于这座小小的岛屿。

田横虽然在这个岛上活得逍遥自在，但天下没有不透风的墙，他隐居在岛上的事很快就传到了刘邦的耳朵里。按理说人家都躲到世外桃源去了，也对你构不成威胁了，不如就随他去，但刘邦却不这么认为。他认为斩草必须除根，田横作为一个"准齐王"，留着他终究是个祸害，说不定哪天他到齐国振臂一呼，又会生出大乱子来。

当然，直接派兵去围剿没必要，于是刘邦对田横施行了招安政策。负责招安工作的使者可就有得受了，翻山越岭历经千辛万苦才终于找到了田横所在的桃花岛。

这时，田横在岛上过得快活似神仙，他哪里想到朝廷中去活受罪啊，于是以"当年烹杀了郦食其，如今他弟弟郦商在朝中为官，恐有冲突"为由婉言拒绝了。汉使哪里料到田横竟然敢这样不识好歹，胆敢拒绝，但他又不好强求，只好又悻悻地回朝廷向刘邦汇报了。

刘邦很快就摆平了郦商，他要郦商深明大义些，以国家为重，不要计较个人恩怨。郦商虽然恨不得生食田横的肉，但碍于皇命难违，只得勉强答应了。

于是这个可怜的使者又来到了桃花岛，这下田横无话可说了，他知道推托不过，最后决定只带两位门客一起去，让大家继续在这里过与世无争的桃源生活。

汉使一颗悬着的心总算放下了，这件苦差总算搞定。然而，事情的发展往往出人意料，眼看就要到洛阳了，田横在城外的一家小酒店里，做出了一件大义凛然的事，他自刎了。田横自刎的想法从他决定离开桃花岛时就有了。他深知刘邦素来阴险狡诈，到了朝廷只怕是凶多吉少，而且郦商肯定不会轻而易举地放过烹杀其兄的仇人，势必处处暗算他。

田横死后，刘邦见少了一个祸害，自然是求之不得，但表面的安抚工作还是要做的，于是为田横建了一座很大的陵墓。葬礼过后，两名跟随田横从桃花岛来的门客竟然以身相殉了，这让我们不得不佩服田横的人格魅力。

这两名门客的死极大地刺激了刘邦。他想一个人死后，如果有人甘愿为他殉葬，那么这个人该具有何等非凡的人格魅力啊！听说桃花岛还有五百勇士，刘邦的心又不安了，于是那个汉使又得再去一趟桃花岛。

汉使三顾桃花岛后，知道自己再也折腾不起这来来回回了，就骗岛上的人说田横已被皇上封为大王，现在召他们前往朝中报效朝廷。

众人听说主人召唤，都欣然前往。唯独田横夫人及家小不愿走，因为田横的密言犹在耳畔：岛在人在，岛亡人亡，绝不能离开桃花岛半步。

果然，这些门客一到洛阳，就听说田横已自杀身亡，满心的欢喜立马变成了悲愤。于是，他们不再去面见刘邦，而是直接去祭奠田横。祭奠完后，他们都齐刷刷地拔出了刀剑。当然，他们并不是要去替田横报仇，而是都砍在了自己的脖子上。伴随着倾盆大雨，五百门客都以身相殉了。

虽然刘邦只派使臣三顾桃花岛就把田横的事搞定了，但五百多人的相殉足以证明，田横也许并不是一个出色的君主，但他一定是个极具亲和力和号召力的长者。

刘邦做的第二件事，是追捕钟离昧和季布。

季布是继钟离昧、龙且之后，项羽手下将才中的“三号人物”。他屡立战功，深得项羽喜欢和器重。项羽在乌江自刎后，钟离昧和季布成了刘邦重点追捕的对象。毕竟刘邦知道他们两个是项羽的左膀右臂，一天不除去他们，心里就一天不安稳。

对此，刘邦下达了悬赏令：凡捉到钟、季两人者，赏千金；凡窝藏隐匿者，诛三族。

对此，他们只有逃命的份儿了。

季布是侠士出身，很讲义气，年纪轻轻便成名。相传在楚国有这样的谚语：得黄金百斤，不如得季布一诺。意思是说一百斤黄金还不如季布的一句话有分量。

后来，季布跟随项梁、项羽起义后，屡立战功。特别是在楚汉争霸中，作为大将的他多次打得汉军一败涂地，连刘邦本人见了他也要退避三舍。此时，刘邦悬赏重金来抓他就在情理之中了。

季布家与濮阳县一个姓周的人家是世交，素来友好。正是因为这层关系，在一个伸手不见五指的夜晚，逃亡中的季布敲响了周家的大门。周家几乎连想都没想就收留了他。然而，朝廷的“通缉令”很快就传遍了五湖四海，小小的濮阳县自然也不例外。

这下周家人可就犯难了，以他家和季家的交情，自然宁可死也要收留季布，然而此时的风声太紧了，弄不好季布没保护好，自己还会被连累诛三族。为了季布一个人的性命而搭上周家三族的命，这可不划算。

周老爷子思来想去，最后终于想出一个办法：让季布改头换面，重新做人。待季布改头换面后，周老爷子把他“卖”到了一个鲁地姓朱的大户人家为奴。

这朱老爷子是个江湖名门之辈，广结天下豪杰。他和周老爷子也是很要好的朋友，对周老爷子带来的家奴，他二话不说就慷慨解囊拍板买下了。

然而，令周老爷子始料未及的是，这朱老爷子自第一天起就对季布起了疑心。这倒不是说周老爷子的易容术太差，而是因为不管季布怎么改变，他与生俱来的英雄之气是无法改变的。朱老爷子通过明察暗访，很快就发现这个所谓的家奴竟是朝廷重金悬赏的季布将军。

对自己的发现，朱老爷子又惊又喜，他马上赶到京城去了。当然，朱老爷子并没有直接把季布交给朝廷，而是找到了老相识夏侯婴将军，看能不能通融一下。

由于两人是故交，面对朱老爷子的造访，夏侯婴热情地招待，又是杀鸡又是宰鸭，忙得不亦乐乎。

酒过三巡，朱老爷子趁着酒兴开始提季布的事了。令朱老爷子颇感意外的是，他精心准备的演讲词并没有派上用场，因为他刚一提到季布，夏侯婴就说他也很敬佩季布，他愿意亲自面见刘邦，看看能不能赦免季布的死罪。

这夏侯婴是啥人物，他是刘邦身边的红人啊！他几次救刘邦的性命于危难之中。他的话自然能引起刘邦的高度重视。刘邦思考良久，终于说了句：“赦免！”

于是，接下来街上换了一道赦免季布的新布告。随后的事就很简单了，季布自然到洛阳见到了夏侯婴，然后在夏侯婴的带领下见了刘邦。

曾经是战场上的对手，此时化敌为友，相逢一笑泯恩仇，季布低下了他高昂坚挺的头颅，然后说了一大堆感激的话，最后，他表示自己愿为国尽微薄之力。而刘邦大手一挥，说："我现在就给你一个职位——郎中。"

这是刘邦对待一级战犯唯一一次大开恩。

天下再无钟离眛

季布很幸运地免除一死，还当了个小小的芝麻官，虽然这个郎中和当年他在项羽手下的“右臂”相比相差太远，但好歹算是保全了性命。要知道，他是一个败军之将，一个亡国之臣，一个不折不扣的甲级战犯，能被赦免死罪就已经是老天开眼了，还能继续当个一官半职就更是祖上积德了。

同为甲级战犯的钟离眛的待遇就完全不同了。

说起钟离眛来，还有一个人物不得不提，他就是用兵如神、大名鼎鼎的楚王韩信。这是为什么呢？因为这里有钟离眛和韩信不得不说的故事。

当年韩信父母早死，韩信选择了钓鱼这项职业来谋生，副业是乞讨，而就是在钓鱼时，韩信认识了“老乡”钟离眛。钟离眛选择钓鱼和韩信不一样，韩信靠钓鱼谋生，他钓鱼却是以待天时。他学姜太公，把鱼钩弄成直的，常常这样一坐就是大半天。

当时韩信很不解，问道：“你这样怎么钓得到鱼啊？”钟离眛开始并没有理他，韩信问多了，他才看了两眼这个面色菜黄但双目有神的翩翩少年，说道：“昔日姜太公钓鱼，愿者上钩，他最终钓到了周文王这条大鱼，我为何不能学他也来这里钓一条大鱼呢？”

原来钟离眛一直在这里以待天时啊！

韩信三岁就开始学习兵法，于是他说起用兵之道亦是有板有眼、头头是道。钟离眛因此对他刮目相看。于是，两个志向远大的青少年常常在一起谈行军打仗的事，很快就成了好朋友。

不久机会来了，陈胜和吴广平地一声雷，吹响了起义的号角。钟离眛和韩信两人先后都参加到起义中去了。陈胜“壮志未酬身先死”后，两人又相继都投靠到了项羽部下。到了项羽部下，他们的待遇却完全不一样。在那种战乱年代，钟离眛凭着勇猛凶悍的表现脱颖而出，很快就得到了项羽的重用。

而韩信满肚子的经纶却因为深藏在肚子里暂时得不到发挥，只担了个小小的职位。时间一长，韩信就失望了。后来他主动炒了项羽的鱿鱼，投靠刘邦去了。于是，这两个原本相约共进退的好兄弟就各事其主了。

当年陈平献反间计时对刘邦说了这样一句话：“彼项王骨鲠之臣，亚父、钟离眛、龙且、周殷之属，不过数人耳。”可见，项羽对钟离眛十分器重，视其为“骨鲠之臣”。

楚汉相争项羽战败身亡后，曾经显赫一时的钟离眛成了败军之将，而曾经毫不起眼的韩信却成了大英雄。

项羽死后，钟离眛也和季布一样过起了东躲西藏、四处流浪的生活。后来在走投无路的情况下，他听说韩信当了楚王，于是决定来投靠韩信。韩信念当年兄弟之情，毫不犹豫地收留了他。然而，在通缉钟离眛重赏的诱惑下，个别知情人士还是将这个消息偷偷地告诉了刘邦。

这下刘邦自然就要让韩信交出钟离眛来了。韩信虽然知道事情已经败露，但他仍顾及兄弟之情，还是不愿意献出钟离眛。他知道刘邦那里并无证据，于是说自己这里并没有钟离眛，如果不信可以来调查。刘邦当时确实无凭无据，但通过这件事，他对韩信更多了一分疑心。

刘邦毕竟是聪明人，他知道做事情只能一步一步来，如果把韩信逼急了，一旦拉起反动的大旗自己可就吃不了兜着走了。之前把韩信降为楚王后，他心里才略感踏实些。然而，此时韩信窝藏钟离昧的事又让他寝食难安。

刘邦心里整天就琢磨这么一个问题："韩信这小子是不是真想造反啊？"没有调查就没有发言权。刘邦决定对韩信展开全面调查。当然，为了不打草惊蛇，刘邦没有明察，而是决定暗访，派人暗中监视韩信的一举一动。

每月十五，韩信都要出巡一次。这几个侦探一听就来精神了，那就调查韩信的出巡活动吧。他们分工细密，记录的记录，采访的采访。调查的结果是，韩信这次出巡的规模和气派一点都不比秦始皇出巡的场面小。

当年秦始皇那次出巡可是把刘邦震得云里雾里的，从那以后，他才有了一个伟大而崇高的理想，那就是做秦始皇那样的一国之君。因此，这时已坐在皇帝宝座上的刘邦，得知一个小小的楚王出巡场面居然可以和秦始皇相比，你说他心里能好受吗？他此时已经默默地给韩信定性了：此人确实是有造反之心。

刘邦很生气，后果很严重，赶紧叫来文武群臣议论这件事。这下那些文武大臣个个主动请缨，口号一致："朗朗乾坤，清平世道，韩信那小子居然如此放荡不羁，臣等愿带兵去讨伐。"

面对群臣一浪高过一浪的出兵请求，刘邦自然是很高兴了。他正要指定一个人出任征讨韩信的大将时，被陈平出面及时制止了。

"论行军打仗连战神项羽都不是韩信的对手，现在朝廷中又有谁是他的对手？"陈平的话似乎很有道理，"再说人家还没反，这样派兵去征讨不是逼他造反吗？"

刘邦一听，还真是这么回事，于是问计于陈平。

“陛下不如在云梦泽举行一次狩猎比赛，到时候召集天下诸侯来狩猎。这云梦泽离楚地很近，韩信自然要来拜见大王，到时候便可以出其不意地将他拿下了。”

这样的鬼主意正合刘邦的心意，于是，他马上写好诏书传到各诸侯那里，说自己要到云梦泽去狩猎，要他们到时候去那里见面。

韩信接到诏书后犯难了。楚汉之争落幕才几天，但他已经历了太多的喜怒哀乐，看到楚汉争霸中一串串成绩而激动不已，看到项羽等英雄的背影逐渐远去而黯然神伤，看到自己在无奈中奋勇抗争而感到无力，不断变换的快乐、悲伤、矛盾、痛苦、无奈、忐忑、急切、激动填满韩信的心，表现在他的面容上。

可是无论如何，他还得面对现实。以韩信的才能和智慧，他已经料到这是刘邦要对自己有所行动了。就在他忧心忡忡时，他的部将开始为他出馊主意了。他们说大王要想确保云梦泽之行的安危，必须先主动交出钟离眛才行。

交出钟离眛可以消除刘邦的疑心。韩信听他们说得也不无道理，于是陷入了左右为难的境地。此次云梦泽他不去就是违抗圣命，是要被杀头的；而如果去了，只怕凶多吉少。但是，如果真要他献出自己年少时的好兄弟，韩信亦是不忍！

韩信左思右想，最终在情义道德和功名利禄面前选择了后者，他决定交出钟离眛，以确保自己的安全。想通了后，他就直接叫来钟离眛，然后说出皇帝召他到云梦泽狩猎的事。

“是不是因为我躲藏在你这里，让你陷入了左右为难的境地？”钟离眛觉得有愧于韩信，弱弱地问了一句。

“唉……”韩信没有正面回答他这个问题，而是长长地叹了一口气。

其实韩信的态度和语言已足以表明立场了。钟离眛又不是傻子，自然明白他的真实想法。

在功名利禄面前，什么友情什么道义，根本就不堪一击。钟离眛冷笑道："我不是一个贪生怕死之辈，我现在布衣一个，死不足惜，但我担心的是你啊。汉帝猜忌于你并不仅仅是因为我在你这里啊！他是一直忌恨你的丰功伟绩，担心你功高震主啊！"

韩信默默地听着，一言不发。

钟离眛最后说："一旦我死了，刘邦的下一个目标就是你了。"

韩信这时铁了心，还是一言不发。

"公非长者！"钟离眛长叹一声，不再劝说，也不等韩信来动手，拔刀结束了自己的性命。至此，项羽手下的左膀右臂一死一活，活着的季布继续升官发财，死去的钟离眛是含恨而去，可悲，可叹啊！

韩信逼死钟离眛后，以为献上钟离眛的人头就可以彻底消除刘邦对自己的猜疑，然而到了云梦泽后他才发现，那只不过是自己的一厢情愿而已。

韩信向刘邦请安，刘邦二话没说就叫人把他给拿下了。直到这时韩信才如梦方醒，他还能说什么，说什么也没用了，他只能发出十八个字的感叹："狡兔死，良狗烹；高鸟尽，良弓藏；敌国破，谋臣亡。"

就这样，韩信被刘邦扣押了。这时候，朝中大臣个个都沉默不言，竟然没有人敢为清白的韩信求情。就在韩信危在旦夕之时，一个叫田肯的大学士进朝，他当着大家的面盛赞天子圣明。

乍一看，你也许会认为他是个溜须拍马的小人，无非是想得到刘邦的垂青而极尽吹嘘之能事，事实却并非如此。

"陛下拿住了韩信，又在关中这样的险峻之地建都，当真是连环妙计啊！"田肯用钦佩的语气说道，"可喜可贺，可赞可庆，可欢可乐，大汉江山从此可以稳如磐石了。”接下来，田肯举了两个例子来证明自己的观点。

第一，秦地地势险要，以华山为屏障，以黄河为城池，易守难攻，哪个不识相的诸侯想要起兵造反进攻秦地，那无异于鸡蛋碰石头，自不量力。

第二，齐地那是一个好地方啊！其经济、政治、文化都明显高出其他地方一筹，陛下一定要派自己的嫡系子孙去统治，才可以确保万无一失。

其实这两个例子都涉及一个人，那就是韩信。秦地是当年拜将后韩信为刘邦打的第一仗，也是非常漂亮的一仗，平定三秦使他的军事才华得到了充分的展示。而齐地也是韩信一手打下来的，后来韩信就被封为齐王。

拥着这样一块好地方，韩信如果真有异心，想造反的话早就反了，哪里会等到如今天下已定的时候再来造反呢？

很明显，田肯的两个例子是在提醒刘邦：不要忘掉韩信的功劳，不要以“莫须有”的罪名直接把韩信推向断头台，不要让天下人心寒。

由此可见，田肯说话的技巧非常高明。刘邦自然听出了他的言外之意，并且决定放了韩信，只是把他降为淮阴侯。

不按常规出牌的臧荼

就在刘邦通缉要犯，消除一切不安定因素时，此时已是燕王的臧荼却不等刘邦找上门来，就自己先造反了。

他造反的原因很简单，就是刘邦对项羽残余势力的追杀过于凶狠。他当年毕竟是项羽一手提拔为燕王的，后来他虽然无奈之下投靠了刘邦，但还是心怀内疚。如今韩信被抓后虽然没被处死，但一贬再贬，这让他这个项羽的老旧部大感不妙，强烈的危机感压得他喘不过气来。

于是臧荼决定造反。一般人想造反都是来暗的，突然发兵去打你个措手不及。但是，臧荼造反却与别人形成了鲜明对比，他既不去攻城，也不做其他军事部署，只是每天大张旗鼓地说“我要造反，我要造反”，生怕全世界都不知道他要造反似的。

哪里有这样造反的，这不是坐以待毙吗？燕王臧荼的儿子臧衍见了就劝他说不要这样造反，以现在咱们的力量来对抗汉帝那无异于鸡蛋碰石头。此时燕王臧荼正高举造反的大旗，哪里会听得进去儿子的劝阻呢？

臧荼的造反引起了刘邦的高度重视，他亲自带兵前往征讨。到了蓟城，双方摆开阵势，一句多余的话也没有说，直奔主题——开打。此时的士兵早就厌倦了战争，于是这仗刚一开打，臧荼手下的士兵便纷纷弃暗投明，反戈一击。

在叛军的帮助下，刘邦很快就活捉了还在高唱“造反歌”的臧荼。臧荼被擒下后，居然还敢执迷不悟地唱“造反歌”，刘邦哪里容得下他这般放肆？于是命人直接把他的头砍了，挂在城墙之上示众。

这里值得一提的是，在城破的同时，臧荼的儿子臧衍并没有跟着父亲傻傻地唱“造反歌”，而是利用易容术化装成老百姓的模样逃出了城，最后投奔了北方的匈奴。这为后来匈奴南下侵汉埋下了伏笔。

刘邦杀了燕王后，立谁为新燕王可成了一个难题。鉴于燕王公然造反的不良影响，刘邦已是心有余悸，因此在选新燕王人选时，非他的嫡亲或是心腹之人不予考虑。

思来想去，刘邦最后把目光锁定在了和自己同年同月同日生的卢绾身上。他们两个从小结为兄弟，如果他不是刘邦的心腹，那还能有谁敢说是？

那时候非刘氏被封侯的只有七人，刘邦考虑自己来提封卢绾为燕王不合适，容易引起群臣的不满，于是他就在朝廷上公开讨论立燕王的事。

这些文武大臣都不是省油的灯，他们早就从刘邦的嘴里左一句“卢绾和我真是有缘啊”，右一句“卢绾这些年没有功劳也有苦劳啊”听出了弦外之音——想立卢绾为新燕王。于是刘邦的问题刚一提出，众人便马上异口同声地说道：“太尉长安侯卢绾功劳最多，请陛下立他为燕王。”

虽然众人的反应之快有点出乎刘邦的意料，但他等的就是这句话，于是卢绾理所当然地被封为燕王了。

然而，一波未平一波又起。燕王臧荼的造反刚刚被平定，颍川侯利几又拉起了反叛的大旗。

这利几原本是楚国的一个小臣，做陈县县令。项羽身亡后，汉兵攻到城下，他碍于情势不得不投降。刘邦见他很乖顺、很识趣，就封他做了颍川侯。

利几满以为自己这样的选择肯定是符合全城百姓心意的，但事实上却出乎他的意料，他的投降竟然引来唾骂声无数。陈县人都十分拥戴忠厚仁义的项羽，而对奸诈狡猾的刘邦很是鄙夷。因此，他们对没有骨气的利几很是不满和愤怒，每个人都打心眼里看不起做奴才走狗的利几。

看到全城人都看不起自己，利几心里自然不好受，于是，当燕王臧荼造反的消息传来后，他也豁出去了，大叫了一声“我也要造反”。

其实他知道这样造反只有死路一条，于是先把家小送到了偏僻的地方隐居，然后伙同他两个儿子开始造反。

这小小的陈县城哪里能抵挡得住汉军的攻势？不到三天，城池就失陷了。这次刘邦更加恼羞成怒。他进城后，学项羽进行了屠城。最后，利几父子和全城的男丁几乎全部被杀光。

第十五章

斗破苍穹

论功行赏

当年项羽消灭大秦王朝后，开了一次分封大会，对天下各大诸侯进行了分封。但是，因为项羽感情用事，使得很多人都对他的分封不满，致使分封大会后，不是今天这个诸侯造反，就是明天那个诸侯言变。总之，项羽在西楚霸王的位置上就没有过一天安稳日子。而正是因为这些诸侯的叛乱，才使刘邦在汉中得到了喘息和厉兵秣马的机会，为他的东归创造了条件。

此时，天下形势基本已定，这么多功臣鞍前马后拼死拼活还不是图个功名利禄？还不是图个封妻荫子？于是，刘邦版的分封大会顺应形势召开了。

其实在分封大会前，刘邦已经封了七个异姓王，分别是：楚王韩信、梁王彭越、淮南王英布、韩王信、衡山王吴芮、赵王张耳、燕王卢绾。

这七个王中，此时的衡山王吴芮和赵王张耳都已经病死了，吴芮可能是年纪大了，真的寿终正寝了，但张耳显然还算是“正当年”，他的病死，只有一种理解，那就是解不开心中的结，放不下自己和陈余的恩恩怨怨，他们的王位由子嗣继承，因此，张耳的儿子张敖成了新赵王。张耳不会料到的是，自己的儿子张敖居然会成为刘邦的上门女婿，自己一辈子争来争去，什么都没有得到，终于在儿子身上得到了补偿。张耳在九泉之下想必也会感到一丝慰藉吧。而燕王卢绾是和刘邦穿一条裤子长大的，因此，他暂时也是安全的。

也正是因为这样，这六大王中，刘邦认为具有威胁的只有“四大天王”，即楚王韩信、梁王彭越、淮南王英布、韩王信。而这四人当中，又属韩信的威胁最大，也正是因为这样，刘邦才会在定陶发出“闪电行动”，打出了夺兵权、控军队、调封地等组合拳，消除了外在的威胁。随后，他又借钟离昧事件，在云梦泽发动了“捉鳖行动”，打出了除暴安良、为国为民的牌子，最终把韩信降为淮阴侯才善罢甘休。当然，事实上，这只是刘邦在打压异姓王中的投石问路之举。后面，我们会看到刘邦一波又一波的“剪翼行动”，这里暂且按下不表。

闲话不多说，下面且来看这次分封大会。

大会开始后，刘邦先客套了几句，然后直接进入主题，对各大功臣进行了分封：萧何封酂侯，曹参封平阳侯，周勃封绛侯，樊哙封舞阳侯，郦商封曲周侯，夏侯婴封汝阴侯，灌婴封颍阴侯……

但是，在刘邦的分封名单中，却不见汉中三杰张良和陈平。其实，这是刘邦故意卖的关子，他把自己最为信任的两大谋臣放在最后来分封，就是想把最大的悬念留到最后揭晓。

待众人静下来后，刘邦开始揭晓最后的悬念了：赏张良三万户，封为留侯。

这张良自刘邦一统天下后，他就整天待在家里修身养性。今天的英雄分封大会他本来也不想参加，但刘邦派人请了他几次，碍于情面也只得出席。面对刘邦的分封，张良却不买账，推托道：“臣自愿在家闭门练功，不愿再受封侯累赘。”

这时，刘邦来了个霸王硬上弓：“这个留侯你当也得当，不当也得当。”

这世上居然还有逼别人当侯的，真是世界之大，无奇不有。这就好比武侠小说中一些名师高人强行收自己喜欢的年轻后辈为徒一样。

当然，张良之所以总是推托，除了他一贯谦逊的作风外，更重要的是他从《太公兵法》中学到了“上兴邦安国，下全功保身”之法，悟出了功成名就后就该隐退的道理。单从这一点来看，张良比韩信明显高出了好几个等级。

刘邦最后分封的是陈平，他被封为户牖侯。当听到刘邦的分封时，陈平双膝跪地，泪流满面地说：“臣无功无德，请陛下另封他人。”

刘邦问：“你怎么没有功劳了？你的很多计谋都很好啊！没你的妙计我能打败项羽吗？”

陈平答：“这一切都归功于一个叫魏无知的朋友。当初如果没有魏无知的推荐，微臣哪能为陛下效力呢？”

听完陈平的解释，刘邦对他更是刮目相看，当即宣魏无知进宫，赏了他黄金千两。

这次分封看似皆大欢喜，但实际上藏有隐患。这些文臣受封时，那些冲锋陷阵的武将就不服了。他们说，我们是用鲜血和汗水换来这个侯的封号，像萧何等人哪里上过前线呢？为什么要封他为侯，而且还排在第一的位置呢？

刘邦没有直接与这些武将理论，而是不紧不慢地讲了一个猎人和猎狗的故事。

“追杀野兔，靠的是猎狗；而发号施令，靠的是猎人。”刘邦知道这些武将终将明白自己这句话的。如果没有这些文弱书生运筹帷幄之中，就算他们勇冠三军，那又如何？能决胜千里之外，能打下这江山吗？

外族人分封完毕，接下来刘邦还对自己家族的人进行了分封：长兄刘伯早逝，无封；次兄刘仲封为代王，管辖代地；小弟刘交封为楚王，管辖淮河以西；堂兄刘贾封为荆王，管辖淮河以东；刘肥（刘邦的情妇曹氏生的儿子）被封为齐王，吕后的儿子刘盈早就定为太子了，所以不用再分封了。

分封完毕后，刘邦的老爹刘太公不服了。他提出了抗议，说是自己的大儿子刘伯尽管英年早逝，也应该追封他一个侯爵，不应该什么都没有。

其实，刘邦当年不务正业时，大嫂对他很是冷淡，一年四季想到他家打打牙祭都不行，对此刘邦怀恨在心，这次分封自然没搭理他们。但是，在刘老爹心里毕竟手心是肉手背也是肉，因此对刘邦苦苦相求。刘邦最后被逼急了，又碍于老爹的颜面，最后决定还是封一个侯——武哀侯——给大哥当，同时封他的儿子刘信为羹颉侯。

刘信被封侯后喜怒交加。喜的是自己终于也被封为侯了，怒的是谁当了这个侯也不会好受。这倒不是说刘信被封的侯有名无实，相反他的实权还很大，但问题是这个侯的封号太不雅观了——羹颉的意思就是吝啬。

种瓜得瓜，种豆得豆，欠下的账总是要还的，诚不虚也。

当然，本着饮水思源的原则，刘邦最后封自己老爹刘太公为太上皇，还为他修建宫殿。

其实，在刘邦心里，对母亲的感情明显比对父亲的要深。母亲去世后，他宁可放弃事业，也要为母亲风风光光地送最后一程；而父亲被项羽所擒，在战场上以烹杀相威胁时，他竟然可以厚颜无耻地说，烹杀我父亦是烹杀你父，到时候请别忘了分我一杯羹。

当然，虽然这可能是因为刘邦当时情非得已，不可能为了刘太公把唾手可得的江山拱手送给项羽，但从这里，我们或多或少可以看出些端倪来。但是，不管怎么说，毕竟是血浓于水的亲情，所以刘邦马上立父亲为太上皇。

刘邦给刘太公名，这是理所当然，情理之中的事，但刘太公却并不买儿子的账，而且还提出了要“辞职回家”的想法。

当然，这不是刘太公糊涂了，而是他怀旧了。

刘太公这时候已经到了享清福、安度晚年的阶段，但整天待在宫中的他脸上却没有半点笑容，原因很简单，叶落归根，深居宫中的他思念生他养他的故乡啊！

刘邦一听父亲要走就急了："这怎么行啊！你可是堂堂的太上皇啊，怎么能归隐山林呢？"

于是，刘邦接下来干了一件大孝事。他在栎阳附近选择了一块荒地，然后找来一个叫吴宽的能工巧匠，让他仿造家乡模样建造一座别墅群。

这吴宽果然是人才，他亲自去沛县画了刘邦家乡的风貌，然后照着图上的样子，在栎阳建造了另一个小中阳里。田舍房林，包括小桥流水都建造得精巧别致，几乎与原地一模一样。

刘太公看后，这里摸摸那里瞧瞧，仿佛真回到了故乡。然而，他转了一圈后，原本兴奋和喜悦的脸色又暗淡了下来。有了故乡的样子，但没有故乡的人，他能开心得起来吗？

刘邦这回好事做到底，马上又召集村里左邻右舍，熟人朋友，来了个千里大迁移。于是，刘太公每天生活在"故乡"里，和故乡人说着话，时不时地干点农活，又恢复了往日的快乐。

将考验进行到底

分封大会后，刘邦的心里并不安宁。对他来说，犒赏手下大大小小的功臣是自己应该做的，问题是，他对自己手下一些劳苦功高的大臣还是不放心。

此时，刘邦的“心中三烦”分别是韩信、萧何和张良。

韩信前面已经说得够多了，尽管刘邦对他一降再降，一贬再贬，但对他的提防却一点都没减少。

还有就是萧何，这位对自己有“知遇之恩”（推荐他为泗水亭亭长）、“拥立之功”（力保他为沛县县令）、“劝谏之策”（在咸阳劝他轻财重典）、“镇守之绩”（在汉中为前线汉军源源不断地提供粮草和士兵）、“治国之劳”（汉朝初期一切规章制度都出自他之手）的人，按理说刘邦是不会有任何怀疑之心的。但是，深知打江山难，守江山更难的刘邦，本着防人之心不可无的原则，还是把他列到了“危险人物”之内。

再次就是张良。可以说刘邦之所以能活着，之所以能打败项羽，之所以成就帝业，没有张良的出谋划策是万万行不通的。但同时，这样能谋善划的人存在，本身就是一种赤裸裸的威胁。

刘邦的“心中三烦”恰恰是“汉中三杰”，由此可见刘邦为人之谨小慎微。他举贤都不避亲，同样的道理，提防也不避亲啊！

本着有备无患的原则，刘邦决定对手下的三大重量级人物韩信、萧何、张良来一次“摸底测评”。通过测评，再有针对性地实施下一步行动计划。

刘邦第一个测评的对象是韩信。

刘邦召韩信来聊天。韩信刚开始还盘算着“来者不善，善者不来”这八个字的含义，但见刘邦尽和他扯一些无足轻重的陈年旧事，慢慢地也就放松了警惕。后来的话题就顺着刘邦的思路谈到了行军打仗上来，此时的韩信哪里知道他眼下正面临着严峻的考验。

“你看夏侯婴将军能带多少兵啊？”刘邦试探性地问道。这个夏侯婴是刘邦最心腹的人，刘邦这样问自然是有目的的。

“三万吧。”韩信一字一句地回答道。

“樊哙呢？”刘邦把自己的另一个心腹，同时也是自己的连襟拿出来问。

“五万左右吧。”韩信一脸平静地回答。

“那朕呢？”刘邦的提问进一步升级。

“最多十万。”韩信当时脑筋也许是短路了，依然实话实说起来。如果仅仅是这样也罢，但当刘邦提出最后一问时，事情就再没有挽回的余地了。

“那你自己呢？”刘邦使出了撒手锏。

“多多益善，多少兵我都可以带。”韩信只想起自己垓下和项羽大决战时的无限风光，但却忘了此时和自己说话的人正是要考核他的顶头上司。

“既然如此，你为什么还被朕所擒呢？”刘邦脸上虽然还是不动声色，但心中已有想法了。

俗话说：“满招损，谦受益。”如果此时韩信换一种方式和语气来说话，或许还有回旋的余地。但韩信此时还是一根筋到底，好像要把所有对刘邦的不满都发泄出来。

“陛下虽然不是统兵打仗的料，但却很会拉拢将领和人才。况且陛下还有天相助，非人力所能为也。”

提问就此结束，不用再问什么了，刘邦微笑的背后是忌恨。

测评就此结束，不用再测什么了，刘邦苦笑的背后是决裂。

对此，刘邦给出了处理办法——冷处理，决定以后不再重用韩信，慢慢让他泯为众人矣。这一点，我们从后面刘邦宁可冒着生命危险亲自出征打匈奴，也不愿再起用“战必胜”的韩信就可以看出来。

刘邦第二个测评的对象是张良。

相比韩信的咄咄逼人和锋芒毕露，张良就显得深沉和老练多了。自从刘邦当了皇帝，他深居简出，很少抛头露面。据说张良闭门不出是因为他练武功去了，他练的是养气辟谷之术。按理说他都这么一大把年纪了，还练什么气功啊，但问题是他当时不练不行啊！要想多活几年，他就得练。

由于上次对韩信的测评很不满意，刘邦这次对张良的测评显然更加小心翼翼了。他因人而异，这次不再提出带兵的问题，而是问了一个较为深沉的问题。

“这些天，朕微服私访时，看到街头巷尾一些军吏交头接耳，似乎在谈一些不可告人的事，爱卿可以为朕指点迷津吗？”鉴于张良对自己一向忠心，刘邦一开始问话时，语气明显很友善。

“依臣愚见，他们极可能是想谋反。”张良答。

“朕待他们不薄，他们为什么要谋反？”刘邦接着问。

“这应该都是分封惹的祸。”张良边说边看着刘邦，顿了顿，才又接着道，“陛下如今所封之人都是亲信，而诛杀的却是和自己有过节的人。这怎么能不让一些人感到害怕呢？这会让他们产生没有被封就会被杀的错觉。在这些思想毒瘤的影响下，他们惊慌失措，自然会想到造反了。”

“那我现在该怎么办呢？”刘邦刚开始只想把前天晚上散步街头看到

的一种奇怪现象随便拿来问问张良，却不料一石激起千层浪，居然问出了这么严重的后果。

“陛下最讨厌谁？”张良反问道。

“这个还要说吗？雍齿呗！”刘邦想也不想就答道。

雍齿当年的出尔反尔，使刘邦进退两难，要不是慷慨的项梁借了五千人马给他，他的起义之路只怕在当时就要中断了，因此，刘邦对他恨之入骨。

“陛下只需封雍齿为侯就可以平息众人的反叛之心。”张良很从容地回答道。

刘邦没有再问为什么，因为张良的意思他马上就明白了。对话就此结束。如果说韩信的测评没有及格的话，那么张良的测评无疑是满分了。

随后，刘邦重赏张良，并封仇人雍齿为什邡侯。这一做法很快就杜绝了一些心有不甘之人的叛逆之心，消除了潜在的隐患。

刘邦第三个测评的对象是萧何。

鉴于萧何是刘邦的老乡，而且从起义时就跟随着自己，后来在楚汉之争中忠心耿耿地守在后方，所以刘邦对他的测评说简单不简单，说难也不难。

刘邦给萧何安排了一个重要的阳光工程：去咸阳修复被项羽烧毁的宫殿。萧何接到任务后，二话不说就走马上任了，并用事实证明了自己的忠心。咸阳宫的修复和未央宫的创建在他的全面监督下，井然有序，扎实有效，三个月后便全面竣工了。

竣工后，刘邦来“验工”。当他走进未央宫中看到那豪华气派的殿宇时，一双眼睛突然变得贼亮贼亮。不过，他心里虽然很满意，但对一直陪在他身边的萧何却说了这样一句话：“天下未定，连年苦战，成败还不可知，为什么要把宫殿建造得这么豪华？”

这句话说白了就是在训斥萧何，而聪明的萧何并没有慌张，回答道：“非壮丽不足以表达天子的尊严与庄重！”

刘邦听后马上转“怒”为喜。他之所以派萧何做这件事，一是想看看苦尽甘来的萧何还愿不愿继续干苦力活，换句话说就是，如果萧何直接推托不去，那就说明他心高气傲，心怀鬼胎；二是看看萧何是不是真的具备敬业的职业道德和职业素养，换句话说就是，如果萧何敷衍了事，随便应付，那就说明他心不在焉，心怀叵测。

最后，刘邦认为萧何的作风是纯朴的，行动是纯真的，道义是纯正的，于是决定重用萧何。随后，刘邦下令在未央宫四周添筑城垣，作为京邑，改称长安。随后，文武百官皆从栎阳迁往长安。

至此，刘邦对“汉中三杰”的第一轮测评结束。刘邦对韩信测评的重点是用兵之法，对张良测评的重点是治国之术，对萧何测评的重点是做人之道。他最终目的只有一个：测出他们的忠诚度。最后，萧何和张良顺利过关，暂时进入了“安全门”，而韩信却因不合格而进入“待定席”，等待他的将是怎样戏剧性的命运呢？

治国先治仪

自从当了皇帝，刘邦可谓日理万机，整天忙得不可开交。就在他不断考核部下对自己的忠诚度时，还有一个问题也摆在了他的面前，那就是宫中的礼仪问题。

他手下这些功臣们，倚仗打江山时的劳苦功高，每次入朝宴会，个个都放纵不羁，场面闹哄哄的像赶集，有时候谈功论战，有时候说朋道友，更有甚者还会当众脱鞋抠脚……

一天，刚当上皇帝的刘邦特别高兴，召集朝中文武大臣举行了一次盛大的“国宴”。菜上三道，酒过三巡，他突然提出了一个很有哲理的问题：“列侯诸将无敢隐联，皆言其情。吾所以有天下者何？项氏之所以失天下者何？”意思是说，朕为什么能得天下，而项羽为什么会失天下呢？

对此，刘邦曾在故乡共事过的黑道老大王陵代表众人进行了这样的回答：“陛下慢而侮人，项羽仁而爱人。然陛下使人攻城略地，所降下者因以予之，与天下同利也。项羽妒贤嫉能，有功者害之，贤者疑之，战胜而不予人功，得地而不予人利，此所以失天下也。”

“公知其一，未知其二。”刘邦听了点了点头，又摇了摇，略作沉思后，才缓缓地说道：“夫运筹帷帐之中，决胜于千里之外，吾不如子房。镇国家，抚百姓，给馈饷，不绝粮道，吾不如萧何。连百万之军，战必胜，攻必取，吾不如韩信。此三者，皆人杰也，吾能用之，此吾所以取天下也。项羽有一范增而不能用，此其所以为我擒也。”

翻译成白话就是：运筹帷幄之中，决胜千里之外，我不如张良。镇守国家，安抚百姓，提供粮饷，我不如萧何。统率百万之兵，所向披靡，战无不胜，我不如韩信。而这三个旷世奇才都能被朕所用，所以朕最终取得了天下。项羽连唯一一个范增都用不好，他能不败吗？

刘邦的分析引来了众人掌声雷动，君臣随之开始痛饮，场面比赶集还热闹。在酒精的刺激下，很多人甚至忘了君臣之礼，敲桌子的、哼小调的、猜酒令的、打饱嗝的……他们的姿势更是丰富多彩：半躺着的，斜坐着的，摸脚丫的，加上已喝趴下的，那场面真是精彩。当真是今朝有酒今朝醉，明日愁来明日愁。

后经人提醒，刘邦觉得这样不成体统，于是苦思起良策来。正在这个时候，儒生顺应形势派上用场了。

刘邦以前很不喜欢儒生，他读了近十年的书，胸中还是空空如也，所以对那些满腹经纶的儒生很抵触。后来，虽然在西征途中他遇到郦食其，对儒生的偏执看法有所缓解，但儒生仍然得不到他的青睐和重用。当然，他不重用儒生，并不代表儒生就永远没有出头之日。

这不，说儒生就来了一位儒生，他的名字叫叔孙通。

叔孙通是薛郡（今山东省滕州市南）人，春秋时鲁国权臣叔孙氏的后人。他的人生格言是人往高处走，所以他的人生之路也可以用四个字概括：弃暗投明。他一直行走在弃暗投明的路上。

叔孙通因为精通儒术被秦始皇召进宫，但仕途却一直惨淡。陈胜、吴广发动起义后，他靠着细密的计谋和无畏的胆识，选择了第一次弃暗投明——投奔项梁。项梁在定陶被章邯大败，喋血沙场后，叔孙通选择了第二次弃暗投明——投奔楚怀王。项羽入关后，明升实降，逐离义帝，叔孙通选择了第三次弃暗投明——投奔项羽。刘邦出汉中后，率数路诸侯联军直捣彭城，叔孙通选择了第四次弃暗投明——投奔刘邦。

此后，尽管刘邦面临风风雨雨，九死一生，但叔孙通没有再选择弃暗投明，而是一直坚守在刘邦身边，这真是难能可贵，或许他是想用迟到的忠诚来换取刘邦的青睐吧。

然而，刘邦对他这样劣迹斑斑的人并不感冒，叔孙通一直没机会展现自己的才华。在战争年代，像他这种文不文、武不武的儒生基本没有立足之地，为此，他选择了等。终于，楚汉争霸结束时，他知道好日子不远了。

果然，此时刘邦对宫中礼仪的烦恼，叔孙通看在眼里喜在心里，于是他毛遂自荐，走到刘邦身前说："如果陛下想治理好天下，当务之急就是要去找一些儒生来讲礼仪。"

刘邦正苦恼着，本来叔孙通提起这件事让他眼前一亮，但他一看到叔孙通那副儒生的样子，不知怎的心里就是不爽："朕用三尺剑骑马打下的江山，哪用得着儒生呢？"

"陛下在马上打下江山，难道还能在马上守天下吗？"叔孙通反问道。

这一句反问让刘邦哑口无言。隔了半晌，他才说出苦衷来："朕一向不太重视儒生，现在需要儒生，又到哪里去找呢？"

这等于是默认了接受叔孙通的建议。叔孙通知道机不可失，赶紧道："鲁地乃儒生之乡，那里的名儒多如牛毛，可以到那里去找儒生。"

"好，就这么办！"刘邦同意了他的建议。

于是，叔孙通火速去办这件事了。他果然不负众望，很快就从鲁地带回了几百号儒生。然后，叔孙通和儒生们商量着先列出了朝廷的礼仪大纲，并且制定出了一系列教程。待一切准备工作搞定后，接下来就是培训朝中大臣了。

第一批学员是百来位朝中重量级大臣。经过一个多月的魔鬼训练，在众儒生的言传身教下，这批学员很快就被训练得有模有样了。据说这批学员毕业时，刘邦还亲自来考核。当他看到手下这些重臣无论是言谈还是举止都颇显仁者风范时，满意地点了点头。随着第二批、第三批学员陆续毕业，朝中重臣差不多都参加了“宫廷礼仪培训”。正在这时，咸阳的长乐宫已成功修复，刘邦大喜，遂率文武大臣回到咸阳，在长乐宫庆贺元旦。

历史证明，无论何种好的政治主张，何种规章制度，做到了上下同心，彼此呼应，就会达到预期效果，否则就会失败流产。从这个角度看，善于谋求共识是政治家的基本素质。

汉高祖七年（公元前200年）元月一日，朝贺典礼如期举行，整个过程秩序井然，大臣们按官位高低有序地站着。一切布置好后，刘邦乘坐着辇车出来了，随着一声“皇帝驾到”，群臣依次跪下，大声喊道：“吾皇万岁，万岁，万万岁！”

“众卿都免礼平身。”刘邦大手一挥，众臣站起身来，依然有序地站着。

接下来，刘邦发表了热情洋溢的讲话。他的话匣子一打开就像滔滔江水绵绵不绝。这下可苦了群臣了，顶着太阳晒了好几个小时。尽管如此，他们都站得像杆枪似的，谁也不敢像以前那样交头接耳讲半句悄悄话。直到晌午时分，群臣个个腿脚发麻时，刘邦才宣布庆贺仪式结束。

随后便是宴会时间了。整个酒宴中，群臣不再像以前那样，没有次序地来敬酒，乱哄哄地猜酒令。他们此时是按职位高低，一一捧觞来恭喜刘邦。整个典礼过程隆重而有序，没有一个人敢造次。

刘邦对此番景象很是满意，叔孙通的“礼仪训练营”也顺利通过了他的考核。于是，刘邦下令封叔孙通为太常，赐黄金五百两，其他儒生也都被封为郎中令。

自秦始皇“焚书坑儒”事件后，儒生终于咸鱼翻身，实现了鲤鱼跳龙门。

第十六章

边塞那些事

匈奴的发迹史

对刘邦来说，他已经成功干掉了项羽和其他各大诸侯，并且把对自己有威胁的功臣也敲打了一番，可以做到“稳坐钓鱼台”了。但是，他并没能享受这难得的安稳日子，因为匈奴公然蔑视他的权威，恶意挑衅。刘邦是个眼睛里一粒沙子都容不下的人，自然不会坐以待毙。

刘邦与项羽的楚汉之争百转千回，惊心动魄。同样，他跟匈奴的战争也是一波三折，波澜起伏。

在这场强强对抗之前，我们先来了解一下匈奴的前世今生。

当年的匈奴人，是生活在北方广大草原和戈壁滩上的游牧民族，对中国历史和世界历史都产生过巨大影响。

匈奴人像游侠一样漂浮不定，过着逐水草而居的游牧生活。他们主要靠放牧马、牛、羊、骆驼等牲畜为生，平时也狩猎。匈奴人常食畜肉，常吃奶酪，喜欢住毡帐。

匈奴人身材矮而粗壮，头大而圆，阔脸，颧骨高，鼻翼宽。男子上胡须浓密，而颌下仅有一小撮硬须，长长的耳垂上穿着孔，佩戴着耳环，头部除了头顶上留着一束头发外，其余部分都剃光，眉毛浓密，杏眼，目光炯炯有神。

在服饰上，匈奴人喜欢穿长齐小腿、两边开衩的宽松长袍，腰上系有腰带，腰带两端都垂在前面。由于寒冷，袖子在手腕处收紧。一条短毛皮围在肩上，头戴皮帽。鞋也是皮质的，宽大的裤子用一条皮带在踝部捆扎紧。男子的弓箭袋系在腰带上，垂在左腿的前面，箭筒也系在腰带上横吊在腰背部，箭头朝右边。

匈奴人没有文字，没有书籍，只用口头语言来表达。他们信奉一种以崇拜天和某些山神为基础的萨满教。

匈奴人的婚姻风俗很自由，做儿子的可以娶后母为妻，做兄弟的可以娶嫂子为妻。另外，他们还有嗜血的风俗。在订盟约时，匈奴人要用人头盖骨制成的容器喝血。在悼念死者时，会用小刀把脸划破，让血流出来。

匈奴人从小就善骑射，被称为在马背上长大的民族。凭借这一本领，匈奴人常常到处掠夺奴隶，抢夺财物，扩大地盘。他们一直对中原这块肥美的地方虎视眈眈。

战国时乱世纷争，匈奴人多次发兵侵入中原。他们每次都空手而来，满载而归，带回大量的金银财宝、绫罗绸缎、粮食牲畜，当然还包括美女佳人。尝到了甜头的匈奴人自然来得更勤更快了，每次都变本加厉，胃口越来越大。

“是可忍，孰不可忍？”在忍无可忍的情况下，当时的秦昭王下了一道命令，修建了一项抵御匈奴人的宏大工程——长城。但是，由于当时处于混乱时期，即便是这样仍然不能阻止匈奴人南下。

这下可激怒了赵国边将李牧。李牧二话不说，直接就和匈奴人干上了。

但是，匈奴人有一招很厉害，那就是人多势众时就打，势单力孤时就逃。而且，他们内部还有这样一个不成文的规定：逃跑不算耻辱，反而是英雄。谁逃得最快最好，谁就是英雄。

李牧虽然很想一举歼灭他们，但无奈匈奴人吃了点亏后，就变成了缩头乌龟，和李牧的军队玩起了捉迷藏。他们常常在这里打一枪，换一个地方，然后再在那里打一枪，又换一个地方。如此一来，李牧空有豪情壮志，拿他们没办法，只好采取“防守反击”的策略。

长此以往，赵王不满意了。他直接撤了李牧的职务，派人取代了他。代替李牧的人诚惶诚恐，认为既然赵王不喜欢消极防守，那就只有一条路可以走了——主动出击。

因此，每次匈奴来犯时，他就会还以颜色。但是，匈奴人不是吃素的，他们一旦发起飙来那可不是闹着玩的，因此赵军反击的结果往往是赔了财物又折兵。这可不是赵王愿意看到的结果。赵王没辙了，再次找到李牧，语气诚恳地对他说，还是你小子上吧。言外之意是别人比你更差。

李牧本来是想建功立业，做出一番流芳百世的功绩来，但一听这话心里就不是滋味了。赵军现在一败涂地，你才又想到找我，早知如此，何必当初。于是他就推托不肯再上任了。此时的赵王越是见他推托，就越认为他是一个人才，越是要他去做“边防大元帅”。

最终，李牧碍于赵王的面子不好再推托了，于是，他提出了一个相当重要的条件：“王必用臣，臣如前。”意思就是说，如果大王一定要我去守边关，我只能采取闭关防守的老办法。

赵王此时就怕他不肯再去守边关，别说一个条件，就算一百个条件也会答应。就这样，李牧又重新回到了他熟悉的最前线。

李牧第二次上任后，还是和以前一样，关起门来主动躲开匈奴，摆出一副事不关己，高高挂起的样子。因此，匈奴人也逐渐大胆起来，有时甚至敢公然在他眼皮子底下摸几只鸡，偷几只狗，然后大摇大摆地走了。

但是，这一切李牧都熟视无睹，是他真的太懦弱，还是别有用心？答案一直等到了三年之后才解开。

这一天，匈奴人又来占便宜了。一直坐城观天的李牧突然打开了那扇一直紧闭的大门，和匈奴人来了一个硬碰硬。

匈奴人在李牧出其不意的出击下吃了大亏，哪里肯善罢甘休？于是，他们回头叫上了数十万人马雄赳赳、气昂昂地来了，大有报仇雪恨之势。

李牧不跟气势汹汹的匈奴人正面接触，他发出军令：“撤！”

撤的后果是很快就连丢了几座城。匈奴人得了城池后，心里那个美啊没法形容，还不断感叹：“中原人不过如此耳。”于是他们乘胜接着追击李牧。

当他们追到一个狭窄的小山谷时，李牧终于露出了狰狞的面目，他的计谋一步一步实现了。赵军封住谷口，毫不客气地把匈奴大军送上了西天。

数十万匈奴瞬间灰飞烟灭。

这是战国时期，中原人民抗击匈奴一次史无前例的大胜利。从此，不可一世的匈奴人收敛了许多，边关也暂时获得了安稳。

秦始皇统一中国时，匈奴人再度乘机出击，从而成就了抗匈奴名将蒙恬。蒙恬以暴制暴，打得匈奴人鬼哭狼嚎。再后来，秦始皇为了彻底摆脱匈奴人的纠缠，干脆直接从临洮（今甘肃省岷县）到辽东修造了一座看不到尽头的城堡。这便是至今被列为世界七大奇迹之一的“万里长城”。从此，中原和匈奴盈盈一墙间，脉脉不得语。

然而，陈胜、吴广拉开起义的序幕后，大秦王朝最终在新生代起义领导人项羽和刘邦的带领下被推翻了。此后，项羽和刘邦又进行了长达数年的楚汉之争。中原战火纷飞，局势动荡。被一堵墙挡在门外的匈奴人虽然没有入侵中原，却也开始了一次翻天覆地的内部骚乱。

拉开匈奴内部骚乱的人是一个叫冒顿的年轻人。

冒顿的父亲叫头曼，他是当时匈奴的单于。冒顿因为是头曼的长子，很早就被立为继承人。

但后来形势突变，因为头曼迷恋一名爱妃，所谓爱屋及乌，也就偏爱起她的儿子来。随着这名爱妃不断吹着温柔的耳边风，头曼对待冒顿的态度就变了。种种迹象表明，他大有废了冒顿之意。可废总得有个理由啊，于是头曼想到了一个借刀杀人的妙计。

当时，匈奴西边还有一个国家——月氏。据说月氏拥兵十多万，兵强马壮，实力不可小觑。头曼当时为了拉拢月氏，常常送人质去月氏，以安其心。

这一次，头曼把冒顿直接送去当人质。冒顿刚到月氏，头曼就立马发兵偷袭月氏。月氏不干了，马上就要砍冒顿以泄其恨。但是，当时的冒顿凭着敏锐的洞察力，发现了自己处境不妙，闻得风声，连夜偷了一匹马就回来了。

头曼见儿子死里逃生，没辙了，只好给他安排了一个新职务——一万骑兵的首领。

回来后的冒顿心知肚明，开始培养起自己的心腹人马来。他天天带这些心腹人马去训练，从射鸟到射动物再到射人。冒顿为了培养他们的血性，甚至可以把自己的妻子拉到山林中去当靶子射。每次打靶归来，他妻子都哭得跟泪人似的。但是，他手下的人马却得到了最好的锻炼。

训练好后，冒顿就邀请父亲头曼去狩猎。头曼哪里知道这其中的玄机，于是欣然而去，结果被冒顿和他手下当靶子给练了。这一年正是公元前209年，也就是陈胜、吴广点燃起义圣火这一年。

干掉父王后，头曼宠爱的阏氏和她的宝贝儿子自然也都给头曼陪葬了。就这样，冒顿轻而易举就取得了本就属于自己的政权。

当时，匈奴旁边还有几个少数民族部落，实力最强的是东胡。由于冒顿年纪轻轻就夺得了权位，邻国东胡就有想法了。东胡大王想试探一下这个弱冠少年的胆识，于是来了个投石问路。他派了一名使臣到冒顿那里，使臣到了那里也不拐弯抹角，直接就向冒顿要一样东西——一匹马，一匹千里马。

“头曼生前有一匹千里马，我们大王十分喜欢，冒顿公子能不能成人之美，献给我们大王呢？”群臣一听，个个怒火朝天，都说自己国家的东西怎么能随随便便送给他人。冒顿做了一个“嘘”的动作，然后说话了：“本是同根生，何惜一匹马？”于是这匹千里马就这样被送给了东胡王。

东胡王得了马还不满足，于是不久又派使者来，说想要冒顿的一位爱妾。

群臣这下个个都咬得牙齿咯咯作响，个个摩拳擦掌，只等冒顿一声令下就去把东胡给灭了。但是，冒顿的反应出人意料，他叫手下部将把刀剑统统放下，又发话了：“女人如衣服，兄弟似手足，衣服破了可以再补，兄弟之情断了就不能再弥补了。”于是，他把自己最心爱的女人也送给了东胡王。

东胡王搂着如花似玉的小美人，嘴都笑歪了。都说人的贪欲是无止境的，这一点我们从东胡王身上就可以看出来。

投石问路，路也问了；真情相试，试也考了。这下东胡王已不满足这些蝇头小利了，他要的是冒顿的地盘。

“在东胡和匈奴之间，有一块公地，我们大王想要在那里建一栋别墅，还请冒顿公子成全啊。”东胡使臣没隔多久，又跑来嬉皮笑脸地对冒顿说。

这下冒顿还没等群臣开口，就大手一挥，直接把东胡使臣送上了断头台。

面对冒顿的举动，手下都很惊愕，大惑不解。先前东胡王咄咄逼人，我们当时都苦苦相劝大王给他点颜色瞧瞧，结果大王一直忍气吞声，现在却又为何做出公然撕破脸皮之举呢？

"此一时彼一时也！"冒顿一本正经地道，"一匹马，乃身外物。一个女人，乃身边物。唯一块地，国之物也，岂能白白送人！"

不出几日，冒顿大军突然出现在东胡军面前。东胡王哪里料到胆小如鼠的冒顿敢来跟自己打仗啊！猝不及防之下，东胡兵败如山倒，连东胡王也在这一战中被灭了。冒顿舍小利而获大利，就这样吞并了东胡。

灭东胡后，冒顿又相继向其他部落出击。他东灭东胡，西征月氏，北破丁零，南征楼烦，还吞并了乌孙、楼兰等三十六国的大片土地，在大漠南北和现今的东北、西北以及中亚、西伯利亚的广大地区建立了盛世伟业。

在北方建立霸权后，野心勃勃的冒顿会就此甘心吗？答案是否定的。他很快就把目光锁定在了大汉王朝。

人心不足蛇吞象。冒顿想进入中原，就必须经过最北方的代地。为此，身为一方诸侯的韩王信早已有了准备。他把大部队调到马邑，做出了严阵以待的态势，只等匈奴大军一来便迎头痛击。

韩王信苦苦等待的冒顿终于来了。冒顿没有直接攻城，而是写了一封信射进城里。韩王信哪里料到这么寒冷的天，这一万多匈奴人竟然会如天神下凡般突然出现在眼前，而他身边只有几千守军。韩王信看了信，是让他开城门，这下该如何是好啊！

顺便提一下，这个韩王信与其他诸侯有一个共同的特点，就是翻脸像翻书一样快。当初刘邦攻克彭城时，韩王信马上归降刘邦。彭城兵败后，韩王信马上掉转马头归降项羽，后来见势不对又归降刘邦。

此时，这些匈奴人的威严使韩王信"顺风倒"的风格再次显现。面对这样一群"狼人"，韩王信对守城一点信心也没有，但他同时也有顾虑：如果真的投靠了他们，匈奴人的生活，他们这些地地道道的汉人能适应吗?

韩王信正在犹豫，他的部将来劝他派人去向刘邦求救。韩王信当时想想也没有其他办法了，于是派了一个士兵趁夜色溜出了城，然后向刘邦所在的咸阳进发。

但人的脚力毕竟有限，哪能跟马相比，因此，他走着走着就感到力不从心了。当他累死累活到达咸阳时，时间已过了五六天了。

五六天并不长，但对被困在笼中的韩王信来说就是度日如年了。好不容易熬到了第七天，终于熬不住了，于是他派人出城去和冒顿进行归降细节的谈判。

那边刘邦接到信使的报告后，马上调兵遣将，准备去救被困在马邑的韩王信。

若要人不知，除非己莫为。就在这时，传来了韩王信正和冒顿谈判的事，刘邦的心顿时凉了半截，于是他决定暂时按兵不动。他直接给韩王信写了一封信，以求他能及时回心转意。

韩王信就利益和政治地位问题与匈奴进行了数轮艰苦的协商，但由于双方存在语言障碍，想找精通两国语言的翻译官当真是难于上青天，再加上韩王信对这些匈奴人的底细还不是很了解，所以谈判进程十分缓慢。

刘邦的信一到，倒是帮韩王信下定了决心。说白了，韩王信为什么谈得这么慢，就是对刘邦还存有最后一丝幻想和不舍，对匈奴还存有最后一点戒备和提防。接到信后的他不再犹豫了。

刘邦的这封信，说白了是一封问责信：“我封你为韩王，是叫你镇守北方为国效力的，不是叫你和匈奴人勾三搭四的……”

受到责备的韩王信不再犹豫，马上开门把匈奴人迎进了城里。冒顿进了马邑城后，欢喜之余，马上拜韩王信为大将，让他充当先锋，越过句注山，南攻太原。

韩王信的彻底背叛激怒了刘邦。他不顾年老体衰，决定亲自挂帅出征，去擒韩王信灭冒顿，以解心头之恨。

真情对对碰

汉高祖六年（公元前 201 年）十月，刘邦挑选三十万精兵，从咸阳直接向太原出发。由于是刘邦亲自出征，很多元老级重臣都跟随他出征了，其中包括樊哙等武将，也包括陈平等谋士。

不过，刘邦手下的“三杰”没有参与这次军事行动。

萧何从来都是管理后方的后勤部部长，前方打仗的事他向来不亲自参加，况且他此时还在帮刘邦搞工程建设，不去在情理之中。

张良迷上气功后，整天闭门不出。刘邦曾亲自上门慰问这个昔日自己手下的顶梁柱，但他已变得面黄肌瘦。因此，张良没有出征也是情有可原的。

而韩信连降三级后，已是一个再普通不过的侯了，即使他想出征立功，刘邦也不会再给他机会。

刘邦大军很快就抵达了马邑。这个马邑是冒顿好不容易才拿下来的，自然不能轻易交还给汉军，于是冒顿马上派左贤王和右贤王带一万二千人马去支援马邑。冒顿以前战无不胜，满以为自己这次派这么多人去已足够扫平汉军了。然而，他很快就发现自己错了。

左、右贤王的一万二千铁骑到达马邑后，和马邑城的匈奴残兵合在一起，马不停蹄地赶到晋阳。在这里，他们正好迎来了汉军。

左、右贤王以前在打东胡征月氏等战役中几乎没有吃过败仗，这时仍然发挥其惯用伎俩，采取骑兵特有的战术：高举高打。

第一批上前的是冲锋队。按左、右贤王的战略意图是想把汉军冲得七零八落，然后再大快朵颐。以前他的冲锋队那可叫一个绝啊！个个都不顾生死冲进敌阵中，把人家好好的阵形搅得一团糟，为随后自己的大举进攻提供机会。

但此时，面对汉军，他们这一招却不管用了。因为他们的冲锋队一溜烟地向前冲，瞬间就消失得无影无踪了。只有刺耳的惨叫声从地底下发出来。不用说，先锋队的人都掉入汉军早就安排好的陷阱里去了。陷阱里布满了竹签等东西，上面又遮盖了茅草和虚土。就和猎人狩猎一样，只不过规模和工程大很多而已。

冲锋队失利后，左、右贤王并没有灰心丧气，他们充分发挥了不抛弃、不放弃的“士兵突击”精神，马上派出了第二批敢死队。

这批敢死队小心翼翼地绕过刚才的线路，一步一个脚印地朝着目标而去，眼看就要跟汉军有个亲密接触了。可汉军对这群“狼人”并不感兴趣，只听一声指令，汉军万箭齐发，顿时天空中下了一阵箭雨。最后这批敢死队几乎全部中箭身亡。

前面两击不中，他们使出了最后的绝招。左、右贤王大手一挥，第三批敢死队拿着刀，背着剑，拿着挡箭牌，接着奋力杀向前。虽然挡箭牌帮他们挡住了箭雨，但也挡住了自己的视线，他们只能跟着感觉向前冲。

事实证明，这种跟着感觉走的策略并不好，因为他们很快就人仰马翻了。被摔得缺胳膊断腿的他们这才发现，原来这是地面上一根根毫不起眼的绳子惹的祸。

摔倒在地的匈奴兵还来不及站起来，两边的沟底又涌现出了汉人的骑兵，上去就是刀剑相加，顿时一片血肉模糊。

眼看绝杀技都不奏效了，左、右贤王还不知道知难而退。他们发出了决战的信号，全军都呼啦啦地向前冲去，看架势非要跟汉军拼个你死我活了。然而，他们冲了一阵才发现，自己冲进的是汉军的包围圈，四处都是汉军。

眼看情况不妙，左、右贤王这下才充分发挥打不赢就逃的作风。两人一人在前开路，一人断后，终于杀出血路逃了出去。只是他们逃出重围后，回头清点人数，这才发现，冒顿给他们的一万二千人马只剩下了不到三千。

什么叫欲哭无泪，左、右贤王这时才体会到。冒顿听说自己最为倚重的将领居然打了败仗，非常吃惊，他们可是被人称为黑白双煞的无敌战神啊！怎么这次不败金身被汉军破了呢？冒顿揉了好几次眼，几乎不敢相信这是事实。

“一万二千人马现在只剩下三千人马了？”冒顿痛惜道。

左、右贤王哭着说他们是如何如何中了刘邦的奸计，如何如何拼命才得以逃命。直到这时冒顿才知道，原来这支汉军不是等闲之辈。他下令全军集结，共同对付汉军。

此时已是十一月，大雪越下越来劲。汉军感觉马上就要被大雪的寒冷和压迫所吞没了。

中原人哪里遇到过这样寒冷的天气？汉军士兵被冻得缩手缩脚，手肿如包，有的连兵器都拿不稳，更别说打仗了。这时候，刘邦在城里也没有闲着，他一边祈祷老天赶快停止下雪，一边祈祷那个千刀万剐的狼王冒顿千万别这时候跑来打仗。

刘邦就是刘邦，他不愧为天子，既然是老天的儿子，他的祈祷当然奏效了。雪虽然还没有停，但冒顿在几十里外停止不前了。

此时天寒地冻，汉军不适应这般寒冷的天气，个个都在和冷空气做斗争，如果打起仗来真是凶多吉少。在大好机会面前，心狠手辣的冒顿怎么就像被孙悟空施了定身法一样，突然裹足不前了呢？

刘邦感到很奇怪，于是他派了已被自己重用的娄敬去打探虚实。雪停了，风小了，天空也变亮了，然而好几天过去了，就是不见娄敬回来报告消息。

刘邦坐不住了，总不能在这冰天雪地中长期住下去吧，又冷又饿的，喝西北风啊？这时他真渴望能和冒顿好好打一仗，早完事早回家。

与其坐以待毙，不如主动出击。于是，刘邦决定主动前去寻找冒顿，和他们进行决战。沿途的匈奴百姓见了汉军就像老鼠见了猫，吓得非躲即窜。

胆小如鼠，不足为虑嘛。刘邦不由对匈奴人多了几分轻视之意。沿途不时有扎过帐篷烧过火的痕迹，这下刘邦更断定匈奴人是心虚撤军了，于是更加放心大胆地去追击。

当他们到达广武时，这才碰到姗姗来迟的“探子”娄敬。此时的娄敬已变得蓬头垢面，他跪在地上对刘邦说:“陛下，臣以为不宜再进攻啊！”

刘邦自然要问为什么了。

娄敬说他这些天至匈奴军营中见到的都是老弱病残，他们个个弱不禁风似的，这和剽悍勇猛的匈奴人哪里有一点相像呢？所以，娄敬判断这很可能是敌人的诱敌深入之计。

此时刘邦正追在兴头上，他正为自己马上可以全歼胆小如鼠的匈奴大军而踌躇满志，非但听不下娄敬的建议，反而以“妖言惑众”为由把他给抓起来了，还派人把他从战争的最前线直接送到广武的黑深大牢里去了。

娄敬不由泪水涟涟，发出了这样一声叹息：“陛下啊！我们这一见是永别吗？”

被娄敬这么一搅和，刘邦一怒之下，变本加厉地提升了进军速度。骑兵在前，步兵随后，行军过程当真层层有序。

这时候，匈奴人的狼皮、羊皮、虎皮等皮衣派上了用场。骑兵还好，有马可坐，步兵们可就苦了，他们身上都是几十斤重的铠甲，能走多快？于是，当骑兵到了平城时，步兵和一些落队的骑兵都被远远地甩在了后面。

这时天气突然变得奇好。刘邦终于看到了蓝天白云，下令在平城休息休息再说。

“今天的天气真不错啊！”进城后的刘邦解开厚厚的皮毛衣，躺在座椅上，望着头顶暖暖的太阳，柔柔地来了这么一句。然而，他话音未落，一阵刺耳的叫声便惊醒了他，接下来马上有探子来报，说冒顿四十万大军突然出现在城外二十里的地方，大有包围平城的迹象。

刘邦大吃一惊，这平城城小墙薄，被困在这个城里就只有死路一条了。他当机立断，马上下达了撤军的命令。

这时，匈奴骑兵的叫声越来越大，已从四面八方围集而来。汉军仓皇之下，交起手来，哪里是人家的对手，只有节节败退的份儿。

好在天无绝人之路。就在刘邦认为凶多吉少时，前面出现了一座大山救了他一命。刘邦喜出望外，下令向山上撤退。这山口两边是峭壁巨石，中间只两丈来宽的口子，易守难攻。匈奴人虽然勇猛，但又哪里能冲破这一夫当关，万夫莫开的关口呢？

这座山叫白登山（位于今山西省大同市东北）。

虽然一时半会儿攻不上去，但冒顿是聪明人，知道此时的汉军不到十万人马，而且山上又没有挡风避雨的屋子，这天寒地冻的，只要把汉军围在山上几个月，在饥寒交迫之下他们就会不攻自破了。于是，他马上叫手下四十万人马把山的四周都围了个水泄不通。

白登山脱险计

刘邦上山后，眉头紧锁：这光秃秃的山上既无衣又无食，身上自带的粮食只够吃五天啊！更要命的是，他的步兵又被冒顿派人半路拦截了。

几天过去了，匈奴人只围不打，刘邦的眉头锁得更紧了，像结了一层寒霜，怎么办啊？他最怕的就是冒顿围而不攻啊！这样下去，几天的粮食吃完后，那就只有死路一条了。

就这样度日如年地过了三天，刘邦知道再等下去不是办法，于是暗思破敌之策。这时，刘邦身边没有张良、韩信等人物，第四谋士陈平就是重中之重了。

陈平，现在该是你出彩的时候了。

陈平是个精细人，自从被困在山上后，就一直在思考破敌之策，后来他找了几个匈奴人谈话。这次谈话不经意间改变了一切，因为他了解到了冒顿的一些特殊习性和嗜好，一条妙计油然而生。

他低声在刘邦耳边一阵嘀咕。刘邦一听喜出望外，马上从军中找来了个能言善辩且懂星相术的李公去办这件事。为什么非要懂星相术呢？因为这个很重要，所谓谋事在人，成事在天，就是这个道理。

李公先扮成匈奴人的样子，提着一个大黑皮箱出发了。李公到了匈奴的大本营里，没有直接去找冒顿，而是去找一个女人，一个年轻漂亮的女人，一个令冒顿言听计从的女人。这个女人就是冒顿的妻子——阏氏。

冒顿非常疼爱阏氏，用一句话来形容就是“揽阏氏于怀抱兮，乐朝夕与之共”。

李公直奔阏氏“闺帐”，用金银打通了门卫。阏氏听门卫说有自称“通上下五百年历史，能知祸福运程”的相士求见，心中好奇，自然就接见了。

见了面后，李公也不说话，先送上礼物。他打开黑皮箱，但见那古色古香的箱子里装满了金银珠宝、绸缎之类的东西。这些都是阏氏最喜爱之物，她看了眼睛直发光，一张脸竟如阳光般灿烂。她当下就笑纳了。

收了礼物，她来了个“来而无往非礼也”，直接问他有何求。李公说他并无所求，他此番来只是想转告她一个现象。

阏氏做洗耳恭听状。

李公说：“近几天看天上月亮和星星都呈灰暗之色，就连早上的太阳也灰蒙蒙的像是打水里捞出来的一般，您知道这是为什么吗？”

阏氏问：“这是为什么呢？”

这正合李公的意，于是他顺着话就往下面说了：“这是日月星辰在告诉我们，眼下与汉人这场战争打不得啊！”

阏氏一听大感好奇，于是问一个亲信侍卫是不是有这么一回事。侍卫得了李公不少好处，自然说是。

听了侍卫的话，阏氏又联想到曾听说过刘邦腿上有七十二颗痣是真龙天子下凡的传言，心里有点害怕了：“人家既然是赤龙的儿子，肯定会得到老天的保佑，想杀他只怕对自己不利……”

李公眼看阏氏已有动摇的迹象，不再等待，使出了撒手锏，变魔术似的从怀中掏出一样东西送给阏氏。阏氏打开一看，却是一幅画，画中是一个美女，美人一顾倾人城，再顾倾人国。

阏氏一看把自己的美貌给比下去了，自然不干。她一脸不悦地问道："先生拿这幅美人图有何用处？"

李公要的就是这种效果，但脸上不动声色："汉帝被单于围困，想罢兵修好，特把金银珠宝奉送给您，求您代为化解。汉帝担心单于还不肯答应，愿将国中第一美人献于单于，只是美人不在军中，所以先把画像呈上，现已派人去接，很快就会到来，还请您代为转达。"

阏氏头摇得似拨浪鼓："这倒不必了。"她把那幅画还给李公的同时，还附带了一个坚定的承诺，"退兵的事包在我身上"。

陈平就是陈平，料事如神，用金银珠宝加天气变化和美女将阏氏就此搞定，而搞定了阏氏就等于搞定了冒顿。果然不出所料，冒顿被阏氏的耳边风一吹，决定马上撤军。

已断粮好几天的汉军正处在崩溃的边缘，冒顿的突然撤兵让他们丈二和尚摸不着头脑，他们不敢相信这是事实，只是看了又看，探了又探，望了又望，最后才不得不承认：匈奴大军确实走了。

汉军心花怒放，喜极而泣。

刘邦心有余悸，无心再战。

于是，汉军就此完成了他们的首次草原"数日游"——撤军了；于是，刘邦就此完成了这次失败的征战——打道回府了；于是，樊哙就这样没来由地被委以重任——留在代地守边疆了。

在回途的路上，刘邦做了三件事。

第一件事：亡羊补牢。他把娄敬从牢里提出来，重赏这个力劝他不要孤军乱进的忠臣，加封他为关内侯，食邑两千户。

第二件事：论劳行赏。刘邦加封出奇谋解白登山之围的陈平为曲逆侯（由原先的户牖侯变为曲逆侯），赏在这次和匈奴对决中护驾有功的夏侯婴食邑一千户。

也许有人会问了，这一次脱险，陈平功劳最大，为什么他只是由侯变侯？如果按侯是同一级来算，这哪里是升，分明是平调嘛。

其实，这里面是有玄机的。这曲逆侯管辖的地方叫曲逆县，而曲逆县是边关的一个重要城镇，是与匈奴做生意的主要通道。中原的丝绸、金银、粮食、瓷器直接卖给匈奴人，这样富得流油的地方是谁都梦寐以求的啊！

就这样，陈平一跃成了曲逆侯。陈平自从归顺刘邦后，满肚子经纶和才华得到了充分展现。他屡建奇功，七出奇计，堪称经典。

第三件事：迁怒于人。刘邦把对匈奴失利的怒气全部迁怒到了赵王张敖身上。

张敖是张耳的儿子。他生得唇红齿白面如冠玉，那叫一个玉树临风。吕后见他一表人才，通过多方面观察和研究，最终认为他诚实可信，后与刘邦一番商议，便决定把女儿鲁元公主嫁给他。因此，这个张敖说白了已是刘邦的准女婿了。

刘邦这次在回朝的途中，正好经过赵国，于是顺道去看望自己的准女婿。面对准岳父的到来，张敖心里那个激动啊，他热情地把吃了败仗灰头土脸的刘邦迎进府中后，极尽恭维之能事。别的不多说，他甚至连端茶送饭的事都亲自来做，为的只是讨准岳父的欢心。

看着忙忙碌碌、进进出出的张敖，刘邦心里有想法了："这样的男人简直就跟妇道人家一样，哪里有半点王者之气？我当初决定把女儿嫁给他，看来真是看走了眼啊！"

他在张府住了几天，见张敖天天都是这样献殷勤，更是打心眼里看不起他。一天喝了酒后，他就把张敖大骂了一顿，然后怒气冲冲地起程回洛阳去了。

这段小插曲看上去是刘邦霸道，张敖温顺，但其实不然。这只是故事的开始，好戏还在后头。

刺客不带刀

俗话说树欲静而风不止，刘邦虽然班师回朝了，但他的心情并不好，因为此时边关的匈奴一直让他寝食难安。这时候的冒顿对汉朝已是很不屑了，认为不过如此，于是他下令让韩王信不断骚扰汉的边疆。

面对不断发来的边疆急报，刘邦真想找出一个能独当一面的大将去迎击韩王信。然而，此时他放眼整个朝廷，只有一个人能完成这项任务，这个人就是韩信。以韩信对韩王信，按理说这是绝配，但在刘邦的内心却是绝苦——这个人用不起啊！

也正是因为这样，刘邦虽然对上次被困于白登山的事心有余悸，但此时朝中无大帅，他思来想去，最终只得自己再度挂帅亲征匈奴了。

这韩王信虽然身经百战，也算是个风云人物，但听说刘邦的汉军又来了，便学会了匈奴人的战略思想，不敢来“真情对对碰”了，而是玩起了“让你猜猜我是谁”的游戏。

就这样，可怜的刘邦劳师动众，忍着酷寒在边疆转了一个多月连个匈奴人的影子都没有见到。此时边疆北风呼呼地吹，刘邦知道自己再这样找下去，只怕没有等来匈奴人，自己就先冻成僵尸了。于是，一个月后，刘邦带着众将又呼啦啦地打道回府了。

然而，就在回来的路上，刘邦险些遭到刺客的刺杀。

说起被刺的原因，正是刘邦上次迁怒于赵王张敖而引起的。

当时刘邦因为心情不佳，在赵王府中当众谩骂张敖，随后拂袖而去，结果弄得张敖不断反思自己做得不好的地方，不停地自我批评。结果他手下的人就有看法了，都为他抱不平。丞相贯高和赵午等人，都是身经百战的德高望重之辈，他们跟随张敖的父亲张耳多年，都是忠心耿耿之人，张耳死后，他们又辅佐张敖。看到主子受了天大的辱骂，这口气他们无论如何也咽不下去。

他们本来想马上造反，但想到张敖忠厚老实，又是刘邦的准女婿，知道他肯定不会同意。于是，他们思来想去，最终决定刺杀刘邦。

他们当时的想法是，如果成功了，就都留在张敖身边，辅佐他治国安邦；如果失败了，就都离开张敖，让他不受牵连。应该说他们的确是深明大义之人，想法很周密，无论成功与否都不会把张敖扯进来。正当他们摩拳擦掌等待机会时，刘邦却自己送上门来了。

刘邦这一次班师回朝，正好又要路过赵地。因为去年闹翻了，刘邦自己也不愿意再去张敖的府上。眼看天快黑了，他便命人找了一家客栈，准备在客栈里将就一晚，天亮了再继续赶路。

于是，大汉版的《新龙门客栈》马上就要上演了。贯高等人对这个客栈进行了精心的安排：店里的老板和伙计，以及一些食客都是杀手乔装打扮的，而且厢房的夹层里也都藏好了杀手。可以说贯高等人在客栈里设下了一个必杀之局。

设局是需要智慧的，入局是需要时机的，破局是需要本事的。贯高等人设局之后，就看刘邦如何入局、如何破局了。

刘邦在参加完地方官吏的盛宴后，因一路劳苦想早点休息，便起身前往早就预订好的客栈。

《三国演义》里有落凤坡上落凤雏的故事。当时刘备率庞统西进去攻打蜀中的刘璋。但是，在途中，庞统因贪功狂进，中了敌人的埋伏，在落凤坡上壮烈牺牲了。因为庞统绰号凤雏，他在落凤坡的死去，冥冥之中似有天意，令人唏嘘不已。

刘邦在用计方面肯定跟庞统没得比，但在第六感方面却比庞统高了数倍。就在入局——去客栈的路上，刘邦的第六感出现了，他突然心神不定起来，还问手下的人："这是什么地方啊？"

"回陛下，这里叫柏人。"左右亲信毕恭毕敬地回答道。

"柏人柏人……"刘邦念着念着，脸色突然阴沉下来，"柏人。柏通迫，柏人不就是被迫于人的意思吗？看来此地不宜久留。"

刘邦这时凭着超强的敏锐性，察觉到了"入局"的潜在威胁，转念间打消了去客栈夜宿的念头，马上采取了"破局"之策——不再停留，连夜回京。

就这样，贯高等人精心安排的暗杀计划泡汤了。对此，他们只能仰天长叹："谋事在人，成事在天。"

刘邦回到宫中后，匈奴人又恢复了本来的面目，隔三岔五就会南下，侵扰汉朝边境，进行一番抢掳烧杀后便逃之夭夭。正所谓来也匆匆，去也匆匆。汉朝边境守将根本就拿他们没有一点办法。

刘邦更是头疼，他已经亲自带兵出征两次了。第一次被困于白登山差点连老命都赔进去，第二次匈奴人根本不买他的账，让他独自在寒冬边城里受了一个多月的活罪。

经过两次大折磨，已是风烛残年的刘邦对匈奴人已心有余悸。派兵去打吧，只怕赔了夫人又折兵。匈奴人不拘小节，他们打得赢就打，打不赢就闪，你能拿人家怎么办？打，拿人家没办法；不打吧，就更加拿人家没办法。

这时候,刘邦身边已没有四大谋士了。关键时刻,他想到了一个人——娄敬。鉴于娄敬当初不远千里来说迁都的事，他对这样忠心耿耿的人很是喜欢和看重。再加上第一次出征边关，刘邦没听他的意见，差点就送了命。这时，刘邦找来娄敬，就像抓住一根救命稻草似的，直接就问他匈奴的问题怎么办。

“陛下不会只想到用武力解决边关问题吧？”娄敬没有直接回答刘邦的问题，而是弱弱地反问了一句。

“除了武力难道还有其他办法吗？”

“这天下刚刚安定，士兵们还没有从战争的疲惫期调整过来，只怕很难有所作为。此时打仗，难度系数太高啊！”

“那你说怎么办？”

“臣有一计，不用一兵一卒就可以使双方化干戈为玉帛。俗话说擒贼先擒王，陛下只要搞定冒顿就能搞定匈奴了。”

刘邦只有听的份儿了。

“只是这个计谋能不能成，关键就在陛下了。”随后娄敬说出了他的计谋，两个字：和亲。

“如果陛下能把嫡系大公主嫁给冒顿为妻，再多赠些嫁妆，把婚礼举办得庄严而隆重，用气势震住匈奴人，他们就不敢再轻举妄动了。”

应该说娄敬的计谋的确很妙,有“香车美人”相送,还有“糖衣炮弹”相赠，要想不成功都难啊！刘邦在点头的同时也在为难。娄敬的计谋是要他“牺牲”公主来换大汉江山的安宁和平静。但是，有一个明明白白、清清楚楚的问题，他只有鲁元一个女儿是正室公主，要想把亲生女儿送入狼虎之口，不说别的，单是“母老虎”吕后那一关就过不了啊！

刘邦知道说服吕后的工作和出征匈奴的难度系数是一样的。不过，他还是相信事在人为这句话，于是决定直接和吕后面谈。

自从当了皇帝，因为有三宫六院七十二妃，刘邦每天晚上对付这些美貌如花的妃子都来不及，因此很少宠幸人老珠黄的吕后。也正是因为这样，刘邦一见到吕后，表现得极为温柔，握住吕后的手亲了又亲，闻了又闻，仿佛吕后那早已粗糙如松树皮的双手如少女的手般柔软。

正在吕后被这突如其来的温柔弄得心中小鹿乱撞时，刘邦说话了。他委婉地说出了想拿女儿与匈奴和亲的事。吕后本来想听刘邦说花前月下的甜言蜜语，此时听到这话，一瞬间就从迷离中惊醒了过来："我只有这么一个女儿，你如果要把他嫁给匈奴人，我还怎么活啊！"吕后开始发威了，她几乎是在咆哮。

"舍小家为大家，这个道理你都不懂吗？"刘邦的声音也很高昂，和刚才判若两人。

"什么舍小家为大家，我就是不懂。我只知道我只有鲁元和太子一儿一女，而且鲁元早已和赵王定亲，马上就要嫁过去了。你现在却要拿自己臣子之妻送给敌人，不怕被天下人耻笑吗？"吕后厉声责问道。

面对吕后的发飙，刘邦的腿开始发软了。

"这是和亲又不是去受罪，再说把女儿嫁给赵王，这赵王只不过一个侯王而已，而那冒顿却是堂堂的匈奴大王，一国之主啊！我们的女儿能嫁给这样的人也算是造化了。"刘邦辩解道。

"匈奴人历来蛮横凶残，那冒顿更是有过之而无不及，他弑父自立就是一件罪大恶极之事。我的女儿怎么能嫁给这样心狠手辣之人呢？你不要再浪费口舌了，言尽于此，请勿复言。"

劝说工作到此结束，最终刘邦以失败告终。当然刘邦并不死心，为了用女儿换来自己的太平日子，他还派了许多能说会道的良臣去做说服工作，可那吕后软硬不吃。她的策略也很简单，来一人骂走一个，来两人骂走一双。刘邦万般无奈之下只好放弃了把女儿嫁给冒顿的想法。

然而，和亲政策并没有就此作罢，刘邦不愧是刘邦，他马上转变思路，创新思维，举办了一次大型的“寻找公主”选秀活动。只要是脸蛋和长相跟鲁元公主相像，身材和气质也颇佳的少女，就可以参加这次活动。经过层层选拔层层筛选，最终还是让刘邦找到了一个相貌和神情都特别像公主的人。

冒顿听说刘邦愿把女儿屈嫁给自己，自然又是点头，又是哈腰，对刘邦的称呼和态度马上转变了。既然你情我愿，刘邦还特意派娄敬去匈奴那里和冒顿签订了“和平共处若干条约”。签字画押一气呵成，一锤子下去，双方成交。

刘邦用“假公主”和亲的办法暂时稳住了匈奴人。

和亲风波

不管怎样，和亲事件就这样告一段落。这件事的直接后果是，在冒顿大捡便宜时，赵王张敖也捡了个大便宜。

这次和亲虽然有惊无险，但吕后已是觉得山雨欲来风满楼，她怕夜长梦多，于是干脆选了个日子，把才满十六岁的鲁元公主嫁了过去。这个并不被刘邦认可的张敖就这样成了大汉皇朝的第一女婿。

但是，他这个女婿并不好当，因为随着刺杀事件的暴露，他也将面临一场前所未有的大浩劫。

窦娥冤的故事想必大家都很清楚。六月飞雪，那是怎样的一种冤情呢？这时的赵王张敖，也就是刘邦的女婿，将面临比窦娥还冤的情况。

“若要人不知，除非己莫为。”没过多久，贯高和赵午等人密谋暗杀刘邦的事就浮出了水面。

这里还得提到一个人——孙理。

贯高和赵午等人策划刺杀案时，孙理生病在家，因此并没有参与这件事。后来他病愈上朝时，听到朝中一些大臣说起暗杀的事。言者无心，听者有意，他细细打听，竟然发现整个刺杀的过程惊心动魄，要多悬有多悬。

赵国朝中大臣都为这次暗杀事件没有成功而深感惋惜。唯独孙理暗自窃喜起来，他苦苦等待的报仇雪恨的时候终于来了。他想都没想，就做出了一个大决定：告发贯高和赵午等人。

孙理和贯高等人同朝为官，他为什么要胳膊肘往外拐呢？

这事得从孙理的儿子孙逸说起。这孙逸说白了就是一个花花公子。他仗着父亲是朝中高官，耀武扬威起来，整天惹是生非，干一些不良勾当。

有一天，孙逸在街上鬼混，恰巧有一顶轿子从他身边飘过。透过薄如蝉翼的卷帘，轿中一个曼妙的身影若隐若现。

“莫非是天仙下凡来了？”孙逸这一看看得热血沸腾，又见这轿子除了两个轿夫外，并没有其他的仆人跟从，他当机立断，下令手下的狗腿子把轿子拦了下来。

孙逸掀开帘布，往轿中一看，那姑娘果然有闭月羞花之容，沉鱼落雁之美。

“把她抬到府上去。”孙逸淫笑一声，开始明抢了。

“这是乔大人之女，孙公子休得无礼啊！”轿夫自然认得这恶棍，他想乔大人在城里也算是有头有脸之人了，孙逸再骄奢淫逸，嚣张跋扈，乔大人的面子总得给吧！

事实证明，孙逸就是孙逸，他此时已是目中无人了：“什么乔大人不乔大人，我孙大人比谁都大！”他手一挥，手下那帮狗腿子便蜂拥而上，几下就把轿夫打趴下了，然后抬起轿子就直奔孙府。但是，还没走多远，这行人就被闻风而来的乔老爷拦住了去路。

乔老爷子那表情虽然恨不得生吞了孙逸，但他还是强忍着怒气，要求孙逸把他女儿放了。

当时的孙逸被乔姑娘的惊世容貌迷傻了，眼看抢劫美女就要成功了，他哪里肯善罢甘休？煮熟的鸭子能让它飞了吗？想带女儿回去，没门。

双方既然谈不拢，那就只好付诸武力了。一片混战中，乔老爷的管家被穷凶极恶的孙逸来了个一剑穿心。乔老爷的女儿虽然最终没被孙逸抢走，但乔家也损失了一条人命。

乔老爷子不干了，他马上把这件事告到朝中去。鉴于光天化日之下强抢民女，最终还惹出血案来，这样的案情太重大，赵王决定把案子交给贯高和赵午来处理。

贯高不愧是老臣，他在查这次“流血事件”的同时，还顺藤摸瓜，查到了孙逸之前多起打死、打伤人的旧案。

善有善报，恶有恶报。做人如果做到孙逸这种毫无廉耻、恶贯满盈的地步，连神仙都救不了。况且，贯高又是一个秉公执法的人，于是，他宣布“孙逸恶意杀人伤人罪”成立，且数罪并罚，判了孙逸死刑。

孙理听说儿子被判了死刑，这下可慌了。他才两个儿子，另一个天生就是傻子，说白了孙逸就相当于他唯一的儿子。他能眼睁睁地看着自己儿子走上断头台吗？于是，他连忙带着重金，找贯高求情。

贯高并没有接受他的“心意”。孙理急了，他也不管自己的身份和地位，居然给贯高跪下了。当时的场面真是悲凉和尴尬，但贯高还是不为所动。

“国有国法，家有家规，王子犯法与庶民同罪。像你儿子这等恶贯满盈之人绝不能留下来。”贯高义正词严地说道。

孙理的后门没走通。贯高维持原判，孙逸很快就掉了脑袋。

从此，孙理和贯高等人的仇恨算是结下了。此时闻听贯高等人谋反的事，他心中窃喜，赶紧马不停蹄去找刘邦告密。

刘邦一听，二话不说，就派人把赵王张敖抓起来了。孙理告的是贯高和赵午等人谋反，但刘邦自然明白擒贼先擒王，先把赵王抓住再说。

部下谋反，肯定是主人指使的。张敖被擒后，参与密谋的众臣，知道东窗事发，他们难免一死，于是不等刘邦派人来抓，他们就开始练抹脖子的功夫了。自赵午开了个头后，其他重臣纷纷效仿，顿时宫中鲜血直流。

倒了一批又一批的重臣后，余下之人也大有前仆后继、死而后已的态势。这时候贯高出现了，他的到来阻止了大家继续抹脖子。

“谋杀皇上的事是我们自己主张的，”贯高大声说道，“跟大王无关。如今大王受牵连被抓了，我们不能光在这要死要活啊，我们要把命留着去替大王申冤啊！”

于是，接下来出现了感人至深的一幕。朝中官吏押着赵王全家及老臣们向京城进发，一些大臣自愿剃了头发，戴上枷锁，甘愿为奴也要追随他们一起入京受审。

到了京城后，除了鲁元公主，其他人一律按罪人对待。而张敖数次上书要求见刘邦，结果却如泥牛入海，无半分音信。狡猾的刘邦已经把这个案子交给廷尉来处理了。

因为张敖是刘邦的女婿，廷尉暂时把他软禁起来，并不敢乱动私刑，不过贯高等人却饱受了皮肉之苦。

贯高是个硬骨头，他始终一口咬定自己是刺杀事件的主谋。贯高既然总是不肯招供，廷尉为了审出些东西来只得用刑。几天过后，几乎所有的刑都用了，贯高身上早已血肉模糊，体无完肤，但他嘴里还是那四个字：“我王冤枉。”

廷尉没办法了，再审下去也审不出个结果来，只得向刘邦汇报了情况。这时候，鲁元公主早已找到吕后求情，吕后也对刘邦进行了各种劝说，但刘邦对这次刺杀事件始终耿耿于怀。听完廷尉的工作汇报，刘邦又惊又怒，既然硬的不行，那就来软的，于是他决定从贯高的好友入手。

这时候，一个叫泄公的人登场了。

这个泄公和贯高是在一个村子里长大的，后来又都效力于刘邦。只是一个始终跟着赵王，一个跟着刘邦到了中央。

昔日的一对好友在狱中相见了。已是奄奄一息的贯高见了好友自然也很高兴，必要的寒暄过后，两人谈起了故乡，话匣子一打开就像泛滥的洪水一发不可收。但是，泄公此行不是来叙旧的，他很快就刺探起赵王谋反之事来了。

人在狱中，死期在即，面对孤笔薄纸，心境可想而知。然而，此时面对泄公的“言行逼供”，贯高是这样回答的：“有什么比自己的性命还重要呢？我之所以这样袒护赵王，是因为赵王一直被蒙在鼓里，压根儿就不知道刺杀一案。他没做的事，难道我这个做臣子的硬要说他参与了才是说实话吗？”

泄公完成了他的使命，可以去复命了。

而这时的廷尉也没闲着，他迅速审问了其他一些老臣，他们和贯高的口供是一样的，都说整件事是他们自作主张，和赵王无半点瓜葛。而吕后这时也坚持进行说服工作。这个霸道的女人甚至说出这是刘邦想方设法剪除异姓之王的一场屠杀。吕后的话给了刘邦很大的震惊和压力。

就这样，这个案子查了又查，问了又问，最终得出的结论是：没有一个人说刺杀是赵王主使的。

查无证据，又在舆论压力之下，刘邦无可奈何地降赵王为宣平侯，将他无罪释放。

放了赵王，那么这次暗杀密谋的主使贯高该怎么处置呢？这可是一个大问题。

这时候，刘邦也意识到了自己当时在对待赵王的态度上是不对的，再加上贯高面对严刑逼供威武不屈，面对软磨硬泡也矢志不渝，因此他决定连贯高也一并无罪释放。

泄公一听刘邦肯放了贯高，自然很是高兴，第一时间就去牢里告诉好朋友这个消息。但令他意想不到的是，这一去竟是和好友诀别的。

“赵王被无罪释放了。”贯高听到这个消息，一下子从牢里跳起来，大叫道：“苍天啊，你果然开了眼！”

“不但赵王被放了，连你也一块被赦免了。”泄公接着说。

“作为臣子，我却谋害皇帝，还有什么脸去见皇上呢！大错已铸，恐怕是难以更改了。”贯高的反应出乎泄公的意料。

贯高说完这句话后突然把头撞上了墙，顿时头破血流，一代名臣就此归去了。

总而言之，贯高的死令整个朝廷都震惊了。后来，无罪释放的张敖亲自穿上孝衣，为这个元老级忠臣举行了一场隆重的葬礼，将一代名臣的忠骨埋在了他的家乡。

第十七章

太子保卫战

宫心计

刘邦后宫有三个女人不可不讲。她们是后宫第一夫人吕雉，后宫第一美人戚姬，后宫第二美人薄姬。

后宫第一夫人：吕雉。

吕后是刘邦的原配夫人，当年身为富婆的她委身下嫁刘邦，后又在楚汉之争中被项羽擒至楚营达三年之久。都说人是会变的，刘邦当了皇帝后，吕雉也完成了自己的蜕变，由村妇变成了皇后。她言谈举止很有风度，不愧是出自名门。

打仗的时候，这个女人没有展现出巾帼之风，但当了皇后之后，她注定将登上历史的舞台成为主角。在刘邦后宫的尔虞我诈之争中，离不开总导演吕后的精心策划。

后宫第一美人：戚姬。

前文提到，刘邦在彭城兵败逃离项羽追杀的过程中，成功娶到了号称楚国第二枝花的戚姬戚美人。那晚在陋室的萍水相逢，戚姬把自己献给了刘邦这个半百老头。也就是那一夜风流后，戚姬竟然怀了孕，还生下了一个白白胖胖的儿子——刘如意。

刘邦得了天下后，并没有忘记这位自己朝思暮想的大美女，马上就把她接到了宫中。她的到来很快就把刘邦的心给吸引了过去。再加上她有白白胖胖的儿子做保证，因此，在刘邦心目中的地位大有一鹤冲天之势。

也正是因为这样，吕后马上把戚姬列为后宫黑名单的榜首人物。

后宫第二美人：薄姬。

薄姬同样是一位绝世美女。她原本是魏王魏豹的宠妃。魏豹后来不识时务背叛刘邦，致使韩信大军压境，最终落得个可悲下场。后来，刘邦无意中对薄姬的“惊鸿一瞥”，成就了一段姻缘。

值得一提的是，这个薄姬跟着魏豹时，魏豹总想她能为自己生个儿子，但她的肚子就是不争气。事实证明，还是刘邦的威力大。薄姬跟了他后，居然很快就怀孕了。十月怀胎后，薄姬生下的也是一个白白胖胖的儿子，刘邦给他取名为刘恒。母凭子贵，有了儿子撑腰，薄姬在刘邦心目中的地位也节节攀升起来。

由此可见，刘邦身边最红的三个女人都各有特点。吕后虽然人老珠黄，但拥有原配之宜，这是她最大也是最不可动摇的优势。而戚姬和薄姬拥有如花般的脸蛋，年轻美貌是她们最大的优势。

薄姬虽然无力撼动后宫的格局，但正是因为她的存在，后宫之中充满了更大的变数和悬念。

这后宫三强还有一个共同的特点，那就是她们各自都生有一个白白胖胖的儿子。

吕后生的儿子叫刘盈，也就是现在的太子。戚姬生的儿子叫刘如意，后被封为赵王。薄姬生的儿子叫刘恒，后被封为代王。

都说三个女人一台戏。刘邦后宫的好戏开始上演了。

首先出招的是戚姬。戚姬因为最受刘邦宠爱，所以吹枕边风的机会就多。

“陛下的儿子很多都被封王了，为什么不给如意封王呢？”戚美人开始“吹风”。

“朕的儿子自然都会有封号。如意还小啊，哪能当一国之君呢？”刘邦搪塞着。

“他不能理朝，那就给他找一个好相国啊！臣妾只有这么一个儿子，你不封他我心里不安啊！”戚美人开始施压了。

“没问题，记住了。”事实证明，戚美人的浑身解数还未使全，刘邦就缴械投降了。

机会总是留给有准备的人。第一次亲征匈奴很失败、很受伤的刘邦回到洛阳，屁股还没坐稳，他的胞兄刘仲就衣冠不整地闯进来，告诉他一个惊人的消息：“匈奴人已打到他的代地来了。”

刘邦正一肚子火气没处发，见刘仲这狼狈的样子，他也不顾兄弟之情了，当即就罢免了他的代王职位，改立他为合阳侯。而新的代王自然而然就给了戚姬的儿子如意。刘邦还命阳夏侯陈豨为代相。

就这样，在刘邦焦头烂额之时，戚姬却取得了自己和吕后之争的第一场局部胜利。

一招得手后，戚姬并没有满足，她再接再厉，第二招随即出手。前面已经说过，经过长达数月的审理，赵王的冤案最终得到了公正的裁决。不过，赵王张敖从此不再是赵王了，而变成了宣平侯。

那么，赵王之位就空缺了出来，需要再立。立谁呢？刘邦想也没想，就立了如意。有人提出疑问说如意已经是代王了，但刘邦反驳道：“他当了代王就不可以当赵王吗？”就这样，年仅八岁的如意马上集两王于一身，代地被纳入赵地，如意成了赵王。

这一切都得归功于他的母亲戚姬。戚姬仗着刘邦的宠爱，不断吹枕边风，刘邦自然对她百依百顺了。如此一来，她的儿子人虽然小，但官却越做越大，风头之劲盖过了太子刘盈。

刘盈作为一个十多岁的小太子，正值逍遥快乐的年纪，哪里会想到这个小小的如意已经威胁到了自己的太子地位。不过，他的母亲，也就是大汉皇朝第一位皇后——吕后，自然不会袖手旁观。

就目前的后宫之争来看，前两轮都呈一边倒的局面。第一轮：刘邦封戚姬的儿子如意为代王，戚姬胜。第二轮：刘邦加封戚姬的儿子如意为赵王，戚姬再下一城。

前两轮的争斗戚姬都取得了胜利。随着形势的变化，第三轮的争夺显得尤为关键。

如意被封了两次王后，戚姬接下来还会仅仅满足于多捞几个王吗？她已把目标直接锁定在了太子之位。吕后不可能袖手旁观，她将誓死力保自己儿子的太子之位。一时间，烽烟顿起，一场太子争夺战和保卫战马上就要拉开序幕了。

臣不能奉命

也许有人会说，这个戚姬胃口真大啊，这么快就想把自己的儿子拉上太子位。不过，戚姬之所以这样做，也是情非得已。

既然她是刘邦最宠爱的女人，就注定会这么想这么做。戚姬已是人在江湖，身不由己，不争取也不行啊！自己的儿子既然当了代王、赵王，而如果不能当太子，那一旦刘邦归西后，她和儿子还有活路吗?

因此，除非戚姬像其他宫女一样，是一个默默无闻、一点都不得宠、对吕后构不成任何威胁的人。如果是这样，什么都不用去幻想，平平安安地过完一生就算是大富大贵了，但她不是，她已经没有退路了。

戚姬和吕后的第三轮太子之争是从一次狩猎开始的。这次狩猎，刘邦带着太子刘盈以及宠妾戚姬。途中，有一只大兔子在草丛中，刘邦想考验太子的箭术，于是叫他射这只兔子。

太子自然立马上箭拉弓，但他拉满了弓半天也没有射出去。良久，他把弓放下吸了一口气，然后再次拉弓，可惜还是没有射出去，又放下弓吸了一口气。如此反复了几次后，兔子被惊觉了，撒脚就是一阵猛跑，很快就不见了踪影。

兔子都跑了，箭却连射都没有射出来，刘邦很生气，后果很严重:“想不到你的箭术这么差，不说射的本领了，连拉个弓都成这样！”

这时候，还痴痴望着兔子远去方向的刘盈收回了目光，很平静地回了一句令人吃惊的话：“父皇，不是儿臣射术不精，是因为儿臣发现这只兔子是一只快要生小兔的母兔啊！儿臣每次弓要离手之时，都不忍下手啊！”

由此可见，当时的刘盈是多么善良仁厚的少年啊！可惜当时刘邦并不买他的账，说出了这样一句意味深长的话来：“如此憨厚的小子将来能打理好朕的江山吗？”

其实，刘邦这个感叹也有一定的道理。试想，一个连一只兔子都舍不得杀死的人，是不是太心软了点呢？对平常人来说，心软未必不好，但对将成为一国之君的人，他能把江山守住吗？

从来官场如战场，该出手时还是要出手，该狠心时也要狠心啊！做臣子的如此，做皇帝的亦是如此。

因为戚姬当时就在刘邦身边，这一幕自然不能逃过她那双美丽的慧眼。于是回到宫中，戚姬就开始借题发挥了。她说话之前也很注重技巧，首先用盈盈玉手给刘邦斟了几杯热酒，然后等刘邦酒劲上来、情意正浓时，她张嘴了：“陛下以为，太子与如意哪一个更适合做皇帝呢？”

“如意。”刘邦想也没想就答道。说完这句，他也不等戚姬相问就又解释道，“太子太仁厚了，一点都不像我啊！”

“既然如此，太子一旦成了天子，他还能把你辛辛苦苦打下来的江山守住吗？”戚姬反问道。

“恐怕有点难啊！”刘邦一想到太子打兔子那一幕就来气。这样的妇人之仁能成什么大气候？

“既然如此，陛下为什么不立如意为太子呢？如意可不是一般的孩子，无论是弯弓射雕还是琴棋书画，无论是才情还是智商都比太子强上百倍千倍啊！”戚姬步步紧逼。

“这个恐怕不行，太子是很早的时候就立下的，不能随意更改啊！”刘邦虽然有点醉意，但关键时刻脑子还是清醒的。

“有什么能比江山更重要呢？”戚姬弱弱地反问了这么一句。

美人更重要！当时刘邦心里是这么想的，爱江山更爱美人嘛。

“陛下难道仅仅以为我是在为儿子着想吗？我这是为你们刘氏的万代江山着想啊！”说着戚姬使出了女人的无敌撒手锏——眼泪。

她一把鼻涕一把眼泪，哭得那个梨花带雨，哭得那个伤心欲绝，哭得那个昏天黑地。总之，哭得那个死去活来时，刘邦那个心疼啊没法形容，他只能下定决心换太子。

换立太子的事很快就被提上了日程。当然，吕后也不是吃素的，她早已闻到风声，并密切地注视着刘邦的一举一动，思忖着对策。没多久，刘邦就召集朝中文武重臣，开始商量换太子的事。吕后此时也没闲着，她专心致志地躲在大殿的东厢房里，当了一回忠实的观众。

吕后虽然紧张异常，但她并没有慌张，因为以她的聪明才智和高人一等的判断力，早已算定了拥护原太子刘盈的人会多些，因为毕竟太子是在楚汉相争时就立了的，又没有什么大的过错，怎么能说废就废呢？

刘邦待众人都到齐后，说出了他这次召集众臣的最终目的：换立太子。他的话刚一出口，众臣的反对之声就如滔滔流水不绝于耳。

“自古废长立幼乃是取乱之道。秦始皇就是没有早立长子扶苏为太子，才使赵高这样的奸臣统领政权，把大好江山白白葬送了，这是前车之鉴啊！”

“太子没有什么过错，凭什么换了他？”

“吕后对汉室江山既有功劳，又有苦劳，她的儿子是最佳继承人。当初陛下参加起义时，吕家人倾家荡产地支持，可以说没有吕后就没有汉王朝的今天。”

……

几乎所有在场的大臣都在口沫横飞地阐述反对换太子的理由时，众臣中唯有周昌一个人傻傻地站在那里，脸红得像三月里的姑娘，一个字也没有说。

正所谓，众口铄金，积毁销骨。刘邦见众人这般咄咄逼人的架势，也不禁心有余悸，于是把目光投向了周昌。他把全部希望都寄托在了周昌这根救命稻草上："周爱卿，你说如何呢？"

刘邦这样问是有目的的。一来如果周昌说可以换太子，那么他的底气又会上来，虽然只有一个人支持，但总比没有人支持好。更何况周昌素来以宽厚仁义著称，在众臣中还是很有分量的。二来如果周昌不赞成，他也正好有一个台阶可下，大不了顺着他的意思，更换太子的事就此作罢。

不过刘邦此时竟然忘了周昌有口吃的毛病。他这一问，那周昌可憋了大半天才挤出这么一句话来："陛……陛下……废……废掉太子，臣……臣……臣不能奉命……"

众人闻言都一改紧绷的脸，大笑起来。刘邦也笑起来了。话说到这个地步了，他还能说什么呢？废立太子的事只能这样暂且作罢了。

众人退朝后，吕后找到了周昌。她不顾自己的身份和地位，竟然给这个“救命恩人”下跪了。周昌当时那个震惊和感动都是溢于言表的。在个人羽翼未丰时，吕后就是这样隐忍着来拉拢朝中大臣，让他们忠心耿耿地效忠自己和太子的。

通过废立太子的事，戚姬和吕后双方的较量再度升级。如果说以前她们在后宫的争夺还是犹抱琵琶半遮面的话，现在就已经撕破脸皮进行公开的较量了，由暗斗变成了明争。可惜的是，在这极为关键，可以说成败在此一举的第三轮较量中，戚姬几乎耗尽了全部力量，但最后获胜的却是吕后。

这一轮的失利，对戚姬的打击是巨大的。可以毫不夸张地说，戚姬已有一只脚站在悬崖的边缘了。她本来以为把刘邦搞定，太子一事就搞定了，然而，她一直苦苦等待的好消息没有来，满脸阴沉的刘邦来了。

刘邦阴沉的脸已经告诉了她一切。一切尽在不言中，戚姬满怀喜悦的期待顿时化为乌有。她甚至怎么都想不明白为什么皇帝也有做不成的事。直到这时，她才知道事态的严重性。她这才后悔起来，看来废立太子这步棋自己走得太匆忙、太草率了，她满以为这步棋怎么走都可以稳操胜券,但棋盘上的风云变幻出乎了她的意料。一步行来错,回头已百年。戚姬又不是傻子，她知道自己一旦失败，面临的将是万劫不复。

因此，在刘邦面前，她又使出了撒手锏——眼泪。事实证明，她的撒手锏每次都是奏效的，刘邦原本受伤的心没有人去安慰，现在反而需要来安慰别人了。于是他向最心爱的女人立下了这样一份保证书：好男人不应该让心爱的女人受一点点伤……

戚姬有了刘邦的保证，虽然稍稍宽心，但她心中的疙瘩却是如乌云般挥之不去。从此，她的脸上再也没有笑容了。

刘邦看在眼里急在心里。昔日周幽王弄了个“烽火戏诸侯”，只是为了博他最心爱的红颜一笑。千金难买一笑。怎样才能让自己心爱的女人放下心中那千千结，重新展开笑颜呢？

这时，御史赵尧主动献计了。他只说了十个字：为赵王选相，万事无忧矣。

刘邦是明白人，一听就明白是怎么回事，他马上就召周昌进殿来。这周昌在上次开换立太子大会时，虽然也是反对派，但正是他那幽默搞笑的“臣不能奉命”解了刘邦的围，让他有台阶可下。再加上周昌在楚汉相争中也立下了汗马功劳，在众臣中的威望是很高的。

当刘邦说出了要立他为赵王的代相时，本来已被吕后那一跪震惊到的周昌一个趔趄差点跌倒。他也是个明白人，他很想做个中立派，他知道自己一旦卷入这场后宫的争夺战中，将会引火烧身。

然而，此时君命如山，他又怎能违背呢？就这样，不久，周昌护着如意离京上任去了。太子争夺战总算暂时告一段落，这场战役最终以戚姬的失败告终。

而戚姬仗着刘邦签发的“保证书”，表面上仍可高枕无忧，但刘邦将来百年之后，他的“保证书”失效后，她该怎么办呢？她能斗得过心狠手辣的吕后吗？他儿子有周昌辅佐就真能永保平安吗？

反就一个字

周昌是个正直的人，但正直的人也得为人做事，也有自己的一亩三分地，也不可避免地要为自己的利益着想。也正因为如此，周昌上任后，就和陈豨起了冲突。

在分封大会时，陈豨被刘邦封为阳夏侯。后来，刘邦经不住戚美人的蛊惑，封如意为代王时，由于如意太小，戚姬又舍不得让她才八岁的宝贝儿子远离自己去代地上任，于是陈豨的身份转身一变，由“阳夏侯”变成了代国的“代相”。

由于如意还是个小孩，代国之地就是陈豨说了算。说白了，他就好比是代王。也正因为这样，代地的英雄豪杰无不对他敬重有加。而陈豨又礼贤下士，因此更得人心，陈府每天都门庭若市。

周昌来了之后，代替了陈豨的地位，成了代相。陈豨则光荣地退居二线了。对此，陈豨并无怨言，相反，他对周昌还是很敬重的，经常去“问候”这个新代相。

然而，陈豨如果像普通人一样去找周昌，以周昌的为人和性情自然是很乐意的，但问题就出在每次去周府时，陈豨都太过重视自己的礼仪了。他每次随行的人员都有近千人，车子近百辆，场面可以用一个字来形容，那就是“牛”。

这样壮观的场面着实让周昌吃惊啊！他经常在刘邦身边，就算皇帝出巡也不过千把人，而这个陈豨的出访竟然可以跟皇帝相媲美。

第一次，周昌除了惊羡外，并没有其他的想法。第二次，周昌除了感慨外，也没有其他的想法。第三次，周昌除了惊羡和感慨外，就有其他的想法了。周昌再也坐不住了，马上赶到京城去见刘邦，并且以密谈的形式说出了陈豨的“作风问题”。

刘邦听说自己至高无上的权威受到了挑衅，怒不可遏，于是下令御史府（相当于现代的最高检察院）全权负责调查这件事。御史府的官员们一番忙碌的调查后，得出的结论和周昌的几乎一模一样：陈豨很多举动反常，似有造反之意。

陈豨很快知道了刘邦派人来秘密调查的事，他意识到事情的严重性，于是马上召开了一次内部政治会议。会议一开始，陈豨就抛出刘邦调查自己这个话题，问他的部下该怎么办。他手下这些门客正唯恐天下不乱，马上给陈豨举了两个例子来告诫他。

例一，韩信在楚汉争霸中起到了力挽狂澜、扭转乾坤的作用，如今却被除去了封国降为侯，现在还“软禁”在京城中，空有侯名，什么事都不能做。

例二，原赵王张敖是刘邦的女婿，根本就没有反意，却以“莫须有”的罪名被除去了封王降为侯。

两个例子一举出，陈豨的心顿时凉了半截，都说用人不疑，疑人不用，既然刘邦都对自己起了疑心，那他还坐在这里干什么，难道坐等刘邦挥刀来砍自己的头颅吗？思来想去，陈豨最终决定造反。

当然，他反之前，还想去说服一个人，只要这个人肯和他联手，那么他成功的机会就会大大增加。

这个人就是淮阴侯韩信，统军百万的帅才，带兵打仗，战无不胜，天下英雄无人能出其右。

陈豨派了一个说客对韩信进行说服工作。韩信看完陈豨的信后，半晌才说出这样一句话来："当初我兵权在握，谋士蒯彻劝我反叛，那时如果反，可能现在就是三分天下了，但当时我没心动。现在天下形势已定，我不想再蹚这浑水了。"说客没有说服韩信，只得回去交差。

就在陈豨密谋造反的时候，刘邦也没有闲着。他忙得很，因为他痛恨也深爱着的父亲刘太公去世了。之所以说痛恨，是因为当年刘太公对他太有偏见了，总是看不起他。他甚至还清楚地记得父亲当年那句常挂在嘴边的"不务正业的小子"，那句话像一片乌云在他心头挥之不去。那时候他对父亲是有看法的，说白了，他心里还带着些许恨意。

那一年的元旦，刘邦举行了朝中盛宴，刘太公作为太上皇自然也参加了。酒席上的刘邦突然想起不堪回首的往事来，心中有点泛酸，于是，他就对刘太公说了这样一句话："记得在家时，父亲大人总说我不务正业，还总是说我不如二哥。父亲大人，现在你觉得你两个儿子谁的产业大呢？"

太上皇很是尴尬，只是笑笑，什么也没有说。

但父亲毕竟是父亲，母亲早逝，对刘邦来说，他只有这么一个父亲了。因此，他原谅了父亲当年的偏心。为此，他还为这个可爱的父亲建了一个"仿中阳里村"，让父亲住在宫中也像回到了家乡一样。

种种迹象表明，刘邦大有对父亲越来越好之迹象，但就在这时候刘太公走到了人生的尽头。看来他真是福大命不大啊！

皇帝父亲的葬礼自然安排得很隆重。因此，朝中的大臣也就都要来参加。陈豨也收到请柬了。收到请柬后，他就犯难了："该怎么办呢？是不是该去呢？如果去了会不会有危险呢？"

这时，他的部下提醒他说："当初刘邦就是利用狩猎的机会把韩信擒住的。这次刘邦既然对大王您已产生了怀疑，现在去参加葬礼肯定凶多吉少啊！”

“是啊，这么说来那是不能去了。既然不能去，那就只有立即起兵这一条路可走了。”被逼上梁山的陈豨痛下了决心。

公元前197年秋，陈豨与韩王信的部将王黄、曼丘臣等人正式起兵造反。

陈豨自立为代王，发兵攻打赵、代之地，但刘邦早有提防，于是他草草办理了父亲的葬礼，然后亲自带着大军来平叛了。刘邦的大军走到代地附近（邯郸），就下令安营扎寨不再前进。他在这里做了三件安抚人心的事。

第一，免去丢失了二十多座城池的常山太守与太尉的罪过，并且继续重用他们为常山太守与太尉，火速灭敌。

第二，在赵地找了四个壮士，封他们四人为将，赐一千户封邑。让他们充当先锋队，为其他各路大军的到来赢得了宝贵时间。

第三，花费大量的金银珠宝去收买王黄和曼丘臣的部下，在金钱效应的带动下，让王黄和曼丘臣两人几乎成了光杆司令。

做了这几件事后，刘邦采用了武侠中最为经典的武功招数：以静制动。面对刘邦的“不动”，陈豨却坐不住了，他开始行动，把自己的部下分成了三路来和刘邦展开对战。

第一路：由王黄、曼丘臣带兵一千（只有这么多人可派了，因为他手下的士兵纷纷倒戈到刘邦那里去了）屯于曲逆。

第二路：由张春率一万人渡过黄河攻聊城，侯敞负责接应。

第三路：赵利守东垣，另勾搭上韩王信共同进军。

“敌不动，己不动，敌若动，己先动。”这是武学中的至理名言。

看似刘邦在邯郸静悄悄的，但陈豨刚刚行动，刘邦就行动了。刘邦采取的是最稳妥也最安全实惠的办法：瞄准目标，各个击破。

刘邦针对陈豨的叛军进行了如下部署：

第一路：由郭蒙及曹参对付张春。

第二路：由樊哙来对付侯敞一路。

第三路：由灌婴去曲逆，目标直指王黄、曼丘臣。

第四路：由柴武负责去平定韩王。

刘邦则亲自率大军，任郦商和夏侯婴为大前锋，直逼东垣。

以上是刘邦针对陈豨而出的招。除此之外，刘邦派了周勃去偷袭赵地的都城（陈豨的老窝）。事实证明，刘邦果然是出色的军事家，以牙还牙，双方对阵的结果均以汉军告捷结束。

周勃不负众望，他的大军以最快的速度荡平了武郡，动摇了陈豨的根基。接着，捷报频传：郭蒙大败张春；樊哙平定清河常山，斩杀了侯敞；灌婴更是势不可当，赶走了王黄和曼丘臣。

面对各路大军的全线胜利，刘邦亲自坐镇的这一路同样不甘落后，他们也顺利拿下了赵利守的东垣城。对陈豨打击更大的是，王黄和曼丘臣被灌婴打败，押送给了刘邦，免去了刘邦一番“相思”之苦。对待甲级战犯，刘邦不再心慈手软，马上把这两人送上了断头台。

而此时唯一不明朗的就是柴武对韩王信这一路了。

韩王信投靠匈奴后，心里并不快活。他虽然得到了冒顿的重用，但再多的钱财也不能消除双方血性上的差异。更要命的是，他忍不住思乡之情了。都说叶落归根，他也早已过了不惑之年，想到自己的下半辈子将再也无法回到家乡了，他心里那是啥滋味，谁也说不清。

也正是因为这样，接到陈豨的求救信后，他便决定南下支援，顺便回到中原去看看。然而，这一看，又看到了什么呢？他刚刚出发，就看见了一个故友——柴武。

也不知是巧合还是刘邦的故意安排，两个昔日好朋友此时却在战场上相遇了。两人眉目传情了一阵，并没有交手的意思。双方就此僵持着。

但是，柴武的仁慈之心很快就消除了，因为这时其他各路大军已频频告捷了。唯有他这一路还是静悄悄的没有一点动静。

“如果主子将来怪罪下来，我的乌纱帽就不保了。我岂能为了友情，而葬送了美好的未来？”柴武想到这里，拔出身边的剑，一剑斩断自己的衣袍。

既然此情无计可消除，那我就来个割袍断义好了。柴武割袍断义后，老友的情义才下眉头，计谋就上心头了。当然，说是计，也是最简单的计谋而已，因为柴武来了个突然大撤军。

本来叙旧的好朋友突然走了，韩王信心里很是失落，于是他马上决定去追击。当然，他此时追的目的也不再是想跟柴武重修于好，而是想捉住他去向冒顿请功。

可惜，事实证明，韩王信没有经过大脑的这一举动是很不明智的。他追啊追，当追入一片丛林时，他的人生也走到了尽头。中了埋伏的韩王信被好友柴武亲手斩于马下。

最后，走投无路的陈豨只好选择了走韩王信的老路——投靠匈奴。

穿老鞋走新路，那叫不拘一格；穿新鞋走老路，那叫故步自封。陈豨投靠匈奴便是穿新鞋走老路之举。事实证明，他走这条路，不仅伤了脚，而且走向了一条不归路。

平定陈豨的叛乱后，刘邦马上又对赵、代两地分而治之。赵王如意管他的赵地，代地由他的另一个宝贝儿子刘恒来掌管。

这个刘恒乃是刘邦另一个爱妃薄姬的儿子。除了戚姬，刘邦最宠爱的就是薄姬了。如果说戚姬如同山野里娇小可人的百合花的话，那么薄姬就是幽谷妖娆冷艳的郁金香。

刘邦虽然也喜欢这个冷美人，但毕竟他最爱的还是热美人——戚姬。再加上他后宫佳丽三千，因此，冷落冷美人也在情理之中了。

说白了，封刘恒为代王，就是刘邦对薄姬的一种补偿。而即将去上任的新代王刘恒马上就得寸进尺，向刘邦提出了一个更为苛刻的条件。他以自己年幼为名，要求母亲薄姬一同去上任。

刘恒这样做是有深意的（其实是薄姬教刘恒这样做的）。一方面母亲在宫中遭冷遇，本来就可有可无；另一方面却是因为后宫之争。前段时间戚姬和皇后的太子之争，已让后宫之争的问题真真切切地摆在众人面前了。

吕后现在正在拉拢后宫的其他贵妃们。而戚姬仗着是刘邦最宠的妃子，也不甘落后，自然会全力出击。薄姬也是聪明人，她自然不愿意卷入后宫的是是非非中。

海阔凭鱼跃，天高任鸟飞。离开是最明智的选择。然而，她到代地后就真的可以暗淡刀光剑影，稳处一方平安吗？

成也萧何，败也萧何

物以类聚，人以群分。芸芸众生，于纷繁复杂的社会生活中，总是有序无序地分分合合、散散聚聚。“观其友，知其人”时常是应验的。慎重交友，理论上说容易，做起来又较难。人与人之间，相识相知，需要一个过程，也需要经事历变。不论畏友、密友，不论昵友、贼友，都不会一下子认清辨识出来。朋友之间，情义无价。顺境与逆境，辨别度是不一样的。顺境识人，热雾满目；逆境识人，冷清可见。鉴别、考验往往在危难之时。

大家都知道，韩信之所以能发迹，之所以能被刘邦重用，完全是萧何的功劳。当时他不断地向刘邦推荐,并且不惜追出千里去挽留这个人才，才使得这个当年默默无闻的人才得到了刘邦的重用。

刘邦拜韩信为大将军后，韩信终于走上了历史的舞台，特别是东归时他对汉中三王初试牛刀后，其天才般的军事才华终于有了用武之地。因此，功成名就后的韩信感谢了很多人。感谢生他养他的父母，感谢小时候给他热馍馍的漂母，甚至还感谢那个逼他忍受胯下之辱的小混混。而在韩信心里，他最想感谢的人就是萧何。

这是一份挚友之情，密友之意，昵友之亲。然而，人生的风云变化是纷纷扰扰，醉乱人眼的。

前面已经说了，陈豨被刘邦逼得叛乱时，他首先想到的就是联合用兵如神的韩信一起造反。而韩信虽然被刘邦连降三级，一再打压，却早已抱定了“咬定青山不放松”的忠诚思想。但事情的发展并不允许韩信得过且过地活下去。正所谓，树欲静而风不止。直接拉韩信下水的是他手下一个叫尹中胜的人。

尹中胜悄悄地到吕后那里告发韩信造反，不为名也不为利，就是为了他哥哥尹中魁。

其实，尹中胜的哥哥尹中魁也没干什么大事，只干了一些勾搭女人的偷情勾当，谁知却惹到韩信的头上来了。尹中魁利用英俊的外表和韩信一个侍妾陈姬好上了。如果韩信不发现那倒也罢了，但韩信是啥人物，他不知道的事，自然也会有人告诉他。告诉韩信这件事的是他的另一个侍妾孙姬。告发的原因不说大家也明白，同是侍妾相煎能不急吗？

韩信虽然是率兵百万的帅才，为人做事也不拘小节，但他又岂容别人动自己的女人呢？于是尹中魁马上去蹲监狱了。韩信立刻派人审讯他，待证据齐全后，他就要向尹中魁开刀问斩了。

对这一切，尹中魁的弟弟尹中胜看在眼里急在心里，他马上就想出了一条救兄长的妙计来：在前不久陈豨派来使者说服韩信造反的事上大做文章。

尹中胜的造访正中吕后下怀。此时，她已成功捍卫了自己儿子的太子之位，正野心勃勃地想在朝中树立自己的威信，于是，韩信很光荣地成了她的磨刀石。吕后知道韩信也不是省油的灯，要对付他也不容易，于是她找来了一个得力的帮手——萧何。两人在密室中进行了一次对话。

“韩信吃了豹子胆，居然想与陈豨里应外合来造反，该如何处理这件事啊？”吕后直接问。

“证据何在？”萧何吃了一惊，轻声反问道。

“都是尹中胜的举报，他说韩信要趁高祖出征之际袭击太子啊！”吕后说道。

“口说无凭，只有拿到他造反的真凭实据才能定罪啊！”萧何其实对韩信还是挺信任的。

“当年韩信是你一手推荐和提拔起来的，如果真出了什么大事，只怕你这个做丞相的也脱不了干系啊！”

这句话说到萧何心坎里去了，他默然不语起来。

“韩信不服朝廷管理已经很多年了，如今又要谋反叛乱，这样的人留着岂不是对我大汉皇朝的威胁？”

“皇后的意思是……”萧何看着吕后眼神中透露出来的杀机，感到了一丝寒意。

“你既然已明白，就出一个主意吧，能把韩信神不知鬼不觉地干掉最好。”

“是……臣……这就想想。”萧何已是满头大汗了。

随后，聪明的萧何出了一个主意：诱歼韩信。

“咱们先造声势，佯说高祖已凯旋，陈豨也已被擒住了。朝中大臣听到这样的好消息必定都会前来朝贺。到时候，韩信如果能自动送上门来最好，如果他不来，也不用着急，我亲自去请他来。这样，皇后您只需要先派杀手埋伏在宫中，韩信一到，就杀无赦。”

这无疑是一个绝佳的好主意，吕后连连称好。于是萧何马上就把这件事付诸行动了。

听到刘邦平叛陈豨凯旋的消息，朝中大臣们的反应很是积极热烈，第一时间纷纷到朝中表示祝贺。只有韩信的脸上面无表情，无喜、无嗔、无怒、无怨，难道他是真的已修炼得心静如水了吗？

答案是否定的。其实在他内心里，他真希望刘邦这次最好是失败，败得一塌糊涂最好。如果是这样，已被“架空”的他才会再次显示存在的价值，吃了败仗的刘邦也许才会想到用兵如神的他。因此，听了刘邦大获全胜的消息，他反应很冷淡，并没有像其他大臣一样去朝中道贺。

既然韩信不肯自动送上门来，萧何于是采用了下策，亲自去请韩信。到了韩府，韩信正在下围棋。一番寒暄后，萧何来了个单刀直入：“近日从前线传来好消息，高祖打败了陈豨，马上就要回朝了，这件事你不会不知道吧？”

“听到了一点风声。”韩信淡淡地答道。

“既如此，大臣们都去朝中道贺，为何唯独不见你去呢？”萧何反问。

“我近日身子不舒服，所以……”韩信搪塞道。

“你是朝中重臣，别人都去了，你不去，只怕有点说不过去啊！”萧何说道，“今儿我正好有空，不如我陪你去宫中转转吧！”

“如此，恭敬不如从命了。”韩信对这位大恩人哪里会有提防呢！

就这样，韩信当即换了衣服跟着萧何去了宫中。这一去，便成了韩信人生中的绝唱。韩信刚踏进宫中的大门，早已“恭候”多时的武士们就把他捆成了个“活木桩”。

惊呆了的韩信，急忙回过头找萧何求救，这时却发现萧何已没了踪迹。

利则相攘，患则相倾，从挚友、密友、昵友到贼友只隔着一扇门，这对韩信来说的确是一件悲哀的事。

“罪人韩信，你可知罪？”萧何走了，吕后出现了，她来了一个下马威。

“臣何罪之有？”韩信反问道。

吕后随后说出了韩信两项罪名。

“陈豨被高祖擒住后（纯属吕后信口雌黄，陈豨此时正在匈奴那边“度假”呢），已供出你和他有暗谋之实，想里应外合来对付朝廷。不仅如此，你府中的舍人尹中魁之弟供出你和陈豨有书信来往。”

随后，吕后就直接宣布，韩信“谋杀”罪名成立，判处死刑，并立即对他施行了“虎头铡”。

可怜的韩信哪里说得出一句争辩的话来，只是在头颅掉下来的那一刹那，吟出这样一句挺有深意的话来：“悔当初没有听从蒯彻之言，如今居然栽在一个女人的手上，这是天意啊！”

将略兵机命世雄，苍黄钟室叹良弓。一代名将就此乘风而去，这就是“成也萧何，败也萧何”的由来。

而刘邦平定陈豨造反后，回到朝中就听到韩信死的事，他的反应是喜忧参半。喜的是韩信一直是他的眼中钉肉中刺，现如今钉拔了刺没了，一大心病也就消除了；忧的是吕后以这种赤裸裸的方式直接就把韩信“咔嚓”了还是不妥的，至少朝中的大臣会有看法的。

只是他知道事已至此，已无弥补的余地了。当然，刘邦就是刘邦，对细微之处的把握恐怕比女人还要敏感。韩信临死前那句话，又让他劳师动众地去寻找一个人——蒯彻。

成了通缉犯的蒯彻马上就被抓住了。刘邦听说蒯彻被擒后，亲自来审讯这个有反意的人。

“听说你当初曾力劝韩信造反，可有此事？”刘邦的审讯以问话的形式展开。

蒯彻没有多大的惊慌，答道：“是又如何，不是又如何？”

刘邦终于大怒了，他认为审讯没必要再进行下去了，马上给蒯彻下达了煮杀的极刑。

“你既然这么嘴硬，就让你清清白白地来到这个世上，然后再清清白白地去吧！”

“且慢，臣是冤枉的。”关键时刻，蒯彻还是镇定自若。

“你散布反大汉帝国的言行，罪不可恕，何冤之有？”刘邦当年跟项羽交战久了，也学会了“狮子吼”功夫，只可惜他的火候跟项羽来比相差何止十万八千里。

对此，蒯彻进行了这场辩论赛的最后陈述：“此一时，彼一时，当初天下混乱，英雄并起，不想当元帅的士兵不是好士兵，因此，我劝我的主子反叛，好立下千秋功业。可惜他并没有听从我的意见，否则我和他也不会落到如此地步了。当时想成大业的英雄那么多，难道陛下您都要煮了不成？”

刘邦闻言半晌说不出话来，蒯彻这是大彻大悟之感言，还是发自肺腑之言已并不重要了，重要的是这话说得确实高深，寓意太深了。于是，刘邦收回成命，放了蒯彻。

蒯彻出了宫后，并没有急着离开，而是直奔韩信那座孤坟而去。他没有像寻常人那样对韩信磕头祭拜，他只祭不拜，因为他对自己这个主子感到惋惜的同时也很痛惜，如果他当初能听自己的话，结果就不会是这样了。

屋漏偏逢连夜雨

韩信平白无故地被吕后的妙计处理掉后，天下并没有就此太平。相反，吕后草率的行为造成了很严重的后果。

第一个站出来反对刘邦的就是彭越。当然，与其说是彭越居安思危主动站出来反刘邦，还不如说是被刘邦逼起来造反的又一典型案例。

刘邦去平叛陈豨时，曾令彭越一道前去，但当时彭越以身体有疾为由，推托不去。按理说人家有病不能去，作为一国之君应该体谅一下，但刘邦当时却不这么认为，为此还大发雷霆。

“现在叫你彭越出征，你彭越以病推托。怎么会这么巧，一到关键时刻就病了？什么病，怎么早不生晚不生，偏这个时候生？”当时有点愤怒的刘邦就写了一封信送到彭越那里，极尽挖苦之能事。

看了信后，彭越心里不好受，忧郁病马上发作了。他的忧郁也不无道理，自刘邦夺得天下后，到现在诛杀的诸侯王也有好几个了。

燕王臧荼第一个被他干掉，但好歹这个人死有余辜（谁叫他整天高喊着“我要造反”）。随后楚王韩信突然连降三级，让人丈二和尚摸不着头脑。接着韩王信被逼着投靠匈奴，后又被刘邦的大军所灭。这几个人除了燕王臧荼是主动扯起造反的大旗，其他人都是没有造反或被逼着造反的。居安思危，彭越心里就想："刘邦的下一个目标该不会是我吧？"

正巧这时，韩信又被斩了。这下彭越就再也坐不下去了。他马上召集心腹召开了一次政治会议，讨论下一步该何去何从。

会议开始后，部将们就以手中无一兵一卒的韩信被冤杀为突破口，力劝彭越起兵造反。但面对部将一浪高过一浪的造反声，彭越却总是摇摇头，并且说出了自己不想造反的三点理由："其一，刘邦封我为王，待我不薄，我怎能轻易言反？其二，退一万步来讲，此时的汉王朝已强大无比，就算想造反，也只有一个结果：死路一条。其三，我自己的死是小事，但不能牵连我的家人及众将你们啊！"

但他的观点并没有得到部下的共鸣，相反，这些部将马上进行了最强有力的反驳。理由同样有三：其一，诛杀功臣是每个开国君主的"优良"传统作风，高祖刘邦只怕有过之而无不及。其二，韩信已是前车之鉴，刘邦的下一个目标已经锁定在大王您的身上了。其三，刘邦现在召您去朝廷，如果大王真的应召而去，那么结果只能是步韩信的后尘——死路一条。

这下，彭越左右为难了。他一时拿不定主意。但真要他现在去造反，就算他有反心，也没有反胆啊！于是彭越选择了"等"的战术，他决定等到刘邦消了气，再去负荆请罪，化干戈为玉帛。然而，树欲静而风不止，就在彭越还想刘邦能回心转意时，一件芝麻大的小事却把他直接给逼上了梁山。

这件小事得从彭越手下一个叫蒋公的人说起。这个蒋公因为和彭越是老乡，再加上他以前行军打仗时，每每都身先士卒冲在前面，屡立战功，因此，在彭越被刘邦封为梁王后，彭越也让蒋公做了自己的太仆（类似于秘书）。

这太仆以前在行军打仗时是个好士兵，但当了太仆后，他的人生观念就转变了，思想也腐化堕落了。太仆仗着是梁王身边的大红人，目中无人，目空一切起来。

一次，他喝了酒，驾着自己的豪华马车四处溜达，并美其名曰兜风。

人家兜风一般是到人少景美的地方去，但他为了显示自己的百里挑一，与众不同，兜风时哪里人多就往哪里钻。于是闹市成了他的首选地。

驾着豪华马车在闹市上横冲直撞，这样的回头率肯定是很高的，太仆也着实风光了一把。但太仆这种飘飘然的美好感觉并没有维持多久，就被刺鼻的血腥味给冲淡了：他的马车撞死了街上一个路人。

杀人者偿命。彭越在法律问题上，一向以铁面无私著称，接到群众的联名举报后，他毫不手软，把太仆囚禁起来，准备从严从重处理这件案子。

被关在黑屋里的太仆酒醒后不由冷汗如雨，单就这次撞死人的事，他就该被砍头了，要是以前的罪行都被彭越知道了，他的头掉一百次也不够啊！于是他苦思脱身之法。

彭越念其往日情分，只是把他关在一间通风性能良好的黑屋子里，并没有把他打入“地牢”里去。这给太仆的出逃创造了机会。他先把捆在双手上的绳子在石墙上摩擦着，费尽九牛二虎之力磨断绳子后，再施展“壁虎爬墙”的功夫，从通风条件良好的破漏黑屋顶上爬了出去。

逃出黑屋后，太仆一不做二不休，直接就上京城向刘邦告状去了。他驾车撞死了人，现在却来了个恶人先告状，状告彭越谋反。

刘邦一听又有一个谋反的，怒不可遏，他马上派人去梁地把不明所以的彭越给抓了起来。彭越被交由相当于御史（最高人民法院院长）的王恬开来审讯。

这个王恬开行军打仗、治国安邦的本领没有，但见风使舵、溜须拍马的本事却无人能及。

他通过察言观色，暗自窥探，已明白了刘邦的心意。于是，他没有找到彭越造反的确切证据，随便审了几下，就判决：彭越谋反罪名成立，判处死刑。

判了彭越的死刑后，按理说刘邦理应满意了，这不是他一直想要的结果吗？然而，当彭越真的被判了死罪后，刘邦却又犹豫了。吕后已经错杀了一个韩信，如果这时又把彭越干掉，只怕真会惹怒其他诸侯。群臣激怒，到时候只怕又会生出一些是非来。

思来想去，刘邦最终推翻了王恬开的判罚，进行了终极判罚：免去彭越的死罪，给他留一点活罪。当然，这活罪也不单单是重杖屁股这么简单，而是直接把他流放到蜀郡那片荒凉之地去了。

刘邦当年被项羽赶到那个荒凉无比的汉中，此时也让彭越去那里体验一下生活，这叫有福同享，有难同当。按理说死里逃生的彭越捡回了一条性命后，理应马上去上任才对。但是，他心中总是觉得愤愤不平，甚至还想直接去找刘邦让他回心转意。

但此时绝情的刘邦已打定了主意避而不见，彭越吃了数次闭门羹后，才不得不慢腾腾地收拾奔赴蜀地，然而他内心还在等待刘邦的回心转意。最终，他没有等到刘邦赦免他的诏书，相反却等来了一个女煞星——吕后。

这时彭越就像病急乱投医一样，见了吕后，就像抓住了一根救命稻草一样。他直接就向吕后诉苦了，他信誓旦旦地说自己从来没有想过造反，说到动情处不禁泪水涟涟。

“让你受委屈了。”等彭越说也说完了，哭也哭够了，吕后这才安慰道，“这样吧，你也别往蜀地去了，跟我去见皇帝吧！我帮你美言几句，让你官复原职。”

“多谢！”彭越感激的泪水在眼眶中直打转。于是，他放着好好的蜀地不去了，又鬼使神差般跟着吕后回皇宫了。他满以为凭着吕后跟自己这次“美妙的邂逅”，自己梁王的位置将失而复得。但他哪里知道，他这一次回京城竟是人生的终点。

吕后见到刘邦后，直接说出放彭越去蜀地等于是放虎归山。面对吕后不断放大的“因果论”，刘邦心中也是一颤一颤的，嘴里直叫道:“如此，我该怎么办，我该怎么办？那彭越已确定去蜀地了啊，总不能再派人去追回来吧！那样等于是自己打了自己一个耳光啊！”

“这个你不用操心，人我已经请来了。”吕后说到这里狡黠地一笑。

于是，彭越在盼星星、盼月亮、盼吕后的好消息时，盼来的却是又一张逮捕令，罪名是在前往蜀地的途中招兵买马，欲有不轨之举。

彭越又回到了那个熟悉的监狱，直到这时他才感到了前所未有的寒意。最毒妇人心，可惜他明白得太晚了。可怜的彭越最终落得和韩信一样的下场。

吕后在韩信的问题上初露锋芒后，这一次再展雄风。一个蜕变后的皇后正逐渐露出狰狞的面孔。

值得一提的是，为了防止出现韩信死后蒯彻的祭祀方式重演，刘邦下令把彭越的头颅挂在城墙上，下写有一封诏书：敢有收起或祭祀彭越头颅之人，与彭越同罪。

一连几天都没有人敢来祭祀。这天，忽然出现了一个身穿白衣白裤，脚踏白靴，头扎白巾，总之一身白的人。他手里拿着祭品，对着彭越的头颅边拜边哭。那些守吏也不是吃素的，不由分说，就把那人抓起送到朝廷。

“你是何人，”刘邦怒骂，“敢来祭祀彭越？”

“我乃梁大夫栾布是也！”那人平静地道，“前些日子奉彭王命到齐国出差，今日回来，特向他复命……”

“你难道没有看到诏书吗？居然敢在大庭广众之下哭祭，这是同谋之罪，来人啊，快快把他煮了！”刘邦怒火冲天。

此时殿前正摆着汤镬，卫士一接到命令，二话不说，将栾布提起，就要往汤镬中送。说时迟那时快，就在卫士要下手的空当，栾布撕心裂肺般地大叫了一声："臣有一句话，如果不说出口，将死不瞑目。"

"但说无妨。"刘邦这时倒显得很大度。

既然你要我说，那我就不客气了，于是栾布的口才得到了充分的发挥，举出了彭越的两大盖世功劳。

"其一，陛下败走彭城，败走荥阳、成皋之间，项羽强兵压境，如果没有彭王居梁地，助汉击楚，这天下早就是姓项的了。其二，垓下决战，彭王如果不来，项王也未必就会败。如今天下已定，彭王受封，肯定想将封地传于万世，又怎么会去想造反的事呢？"

刘邦是聪明人，个中缘由一点就破，静心一想，彭越的事他也自知做得太过分了，于是不但赦免了栾布，还给了他一个官来当。就这样，栾布靠这样一场祭祀得到了一个大官职，让人哭笑不得。

刘邦的做法是欲盖弥彰，然而群众的眼睛是雪亮的，正如栾布所言：功臣人人自危，不反也被逼反了。

第十八章

人生没有捷径可走

爱与恨的边缘

记得曾看过这样一个笑话。一个主人请客，他一共请了三个客人，来了两个后，还有一个没有来。于是主人发话了："该来的还没有来。"听了主人的话，两个在场的客人都很难堪，其中一个大为恼火，拂袖而去了。这时主人急忙去阻拦："不该走的走了。"这下剩下那个客人气量再大也忍不住了，于是他也愤然而去。最后只剩下主人一个人了。

这个故事从我们现在的角度来看，主人错就错在他的言行，是他逼着客人都怒而离去的。

而此时的刘邦所遇到的情况也一样。吕后先设计了个先斩后奏把韩信干掉，随后又想方设法干掉了彭越。要知道当初张良曾把韩信、彭越和英布归为三虎将。现在两虎将死了，另一员虎将英布自然也坐不住了。吕后斩韩信、诛彭越，实际上正如"请客的主人"，已经把"客人"英布逼上了绝路。

前面已说过，韩信、彭越所谓的"造反"，都是因为手下人想谋取个人利益，利用皇帝对他们的猜疑来恶人先告状的，从而给了吕后借刀杀人的机会。

而相对韩信的人头落地，彭越的死就惨不忍睹了，他最后被剁成了肉酱。于是，各大诸侯都接到了刘邦送上的一份特殊的礼物——彭越的肉酱。刘邦想用这种方式来唬住手下众臣，使他们安分守己，不再生出谋反之心。但事实证明，刘邦这种做法非但没有起到杀鸡儆猴的作用，反而适得其反。

英布接到肉酱后，震惊得目瞪口呆，于是他加强了个人防备，把自己的地盘守得严严实实的。说白了，这时他采取的是观望的政策，还远远没有到达造反的地步。然而，该来的终归会来，躲也躲不掉。把英布逼上绝路的同样是一件小事。

韩信被人告发，是因为麾下一个侍妾和手下的臣子私通，他愤怒之下欲斩了那通奸之人，最后被那通奸之人的弟弟反咬一口。结果，他被吕后砍了头。彭越则是因为放纵一个心腹，平时管教不严，偏生他犯了人命官司时才想到要治他的罪。心腹不干了，逃到刘邦那里直接告了他一状。结果，他被刘邦砍了头。而此时英布被告发也是因为一个妾。

这个妾是他最为宠爱的女人——陈姬。

话说有一天，陈姬突然病了。英布对这个大美人宠爱至极，自然马上就叫医生给她看病。按理说，生病看医生，这都是自然的事，但有人却想利用这个看病的医生大做文章。这个人便是英布的一个部将，姓贲名赫。

他想趁陈姬生病时，多去照顾陈姬，赢得这个美人的芳心。到时候她只要在英布面前美言几句，那么他的仕途就会青云直上了。于是他今天提着燕窝来看陈姬，明天又提着人参汤来看陈姬，后天等陈姬的病好了一些后，还请她到自己的府上做客。

女人是水做的，这话一点都不假，贲赫一切的努力并没有白费。几个回合下来，陈姬又是激动，又是感动，只恨不能以身相许了。

病好之后，陈姬便把她生病时贲赫的照顾向英布述说了。说到动情处，她的眼里竟然闪动着些许泪珠。她满以为英布听了也会感动的，但哪知英布越听脸色就越阴暗，到最后就像乌云密布的天空要下雨了一般。

陈姬这才意识到自己犯了一个致命的错误，那就是在男人面前提另一个男人怎样好怎样优秀，因为男人很容易吃醋。然而，此时已晚。英布爆发了："你们该不会做了什么见不得人的事吧？"所谓爱有多深，恨就有多切。当时英布在没有证据的情况下，因爱生恨，直接派人去把贲赫抓了起来。

贲赫哪里知道自己拍马屁没拍好，反而拍到马脚上去了。幸好他还有"顺风耳"这一绝活，因此，英布派的人到他的府上时，他早已脚底抹油，逃了个无影无踪。其实他逃跑的路线也很明确，直奔刘邦所在的京城（和韩信、彭越手下告状的形式如出一辙）。

刘邦此时已是草木皆兵，英布"造反"的事引起了他的高度重视，于是他马上派人去调查这件事。而英布听说贲赫拒捕而逃，自然认定他这是"畏罪潜逃"了。"看来他果然给我戴了绿帽子！"英布盛怒之下，便把贲赫的家人全给杀了。

事实证明，英布制造"灭门之灾"的时机不对，这给了刘邦派来的调查组一个可以交差的事件。本来就是走过场的他们，这时只在英布的地盘上白吃白喝了几天，就马上打道回府向刘邦报告调查的详情去了。结论是：英布诛杀贲赫全家，确实想谋反啊！

刘邦一听，火冒三丈："英布你这小子活腻了是吧！看我怎么收拾你！"

不过，究竟该派谁去搞定英布呢？刘邦在人选的问题上左右摇摆起来。

思来想去，他最终决定派太子刘盈出征。一来，刘邦想试一下太子的能耐。后宫的戚姬和吕后之争日益严重。而戚姬自太子争夺战失败后，一直郁郁寡欢，刘邦为此也很着急。现在这样做，正好可以试一下太子的斤两。换句话说，如果太子这次胜了，他就死心塌地地让他做自己的继承人。如果太子败了，对不起，这太子的位置还是交给他最宠爱的妃子戚姬的儿子如意吧！二来，刘邦想打击一下吕后嚣张的气焰。自从太子保卫战告捷后，吕后老练多了，她处心积虑，表面上对戚姬嘘寒问暖，处处关心，但实际上，她的暗刀子已瞄在戚姬身上了。只是因为刘邦尽力保护她，才使得吕后不敢轻举妄动。因此，刘邦此时派太子出征，也有杀杀吕后威风之意。

太子出征，正可谓一箭双雕。

当然，这是刘邦出的招，吕后会甘心逆来顺受做待宰的羔羊吗？

朝廷中除了听话的和不听话的人，还有一个特殊的人——张良。

自从刘邦夺得天下后，张良就归隐家中练“辟邪神功”去了。他练功就是为了明哲保身。他那把老骨头，还想真练成绝世武功，那只是痴人说梦吧！但为了能保住性命，练功对他来说已是别无选择的最佳办法了。

废立太子的事出现后，吕后把目光锁定在了这个极有分量，而且又很“懂味”的明白人身上。她向张良去求教，太子该如何才能明哲保身。

张良本来已是两耳不闻朝中事，一心只练圣贤功。但面对吕后的苦苦纠缠，他被逼得情非得已，只好说了这样一句真心话：“为阻止陛下废太子，有四个人可以去请。”随后他说出了这四个人的名字：东园公、绮里季、夏黄公、甪里先生。这就是所谓的“商山四皓”。

据说此四人都年逾八旬，长得童颜鹤发，仙风道骨，非同常人。又据说当年刘邦曾派人去请这四个人下山来助他，但都遭到了拒绝，可见这四人来头不小。吕后被张良点拨得茅塞顿开后，便决定亲自去请“商山四皓”下山。

于是，《三国演义》中三顾茅庐的故事提前上演了。吕后备好重礼，先后三次上商山，终于凭着一颗真诚的心打动了这四个世外高人。

就这样，太子身边拥有了“商山四皓”组成的强大智囊团，实力和地位得到了大大的巩固和提高。因此，面对刘邦的出招，吕后就询问这四人组成的智囊团该怎么办。

四人马上就给吕后支了招。吕后自然依计行事，先是端着一碗熬好的鸡汤来到刘邦的身边，然后极尽温柔体贴之能事。

“今天太阳是打西边出来的吧？”刘邦也不禁被吕后的温情弄得丈二和尚摸不着头脑了。

吕后表演完后，再借机提起太子出征的事来。而且严格按照商山四皓的部署，只说了几句就放声大哭起来：“盈儿还小，而且从来也没有打过仗，你现在叫他带兵出征不是把他往绝路上赶吗？”此后吕后的泪水一发不可收拾，滔滔不绝，大有“水漫金山”之势，刘邦只好乖乖地投降了。

“既如此，还是我亲自带兵去出征吧！”刘邦说完这话时，吕后立马收住泪水，破涕为笑，就这样，在这次刘邦和吕后的“暗斗”中，吕后又一次取得了胜利。

刘邦决定自己再次领衔出征时，他的亲信秘书长兼私人保镖夏侯婴变得忙碌起来。他通过各种渠道打听到原楚国的令尹薛公很了解英布，就向刘邦推荐了此人。

夏侯婴那是啥人物，他的话自然极具分量，于是刘邦马上传薛公前来问话。密室里，两人的对话开始了。

“你看朕跟英布的形势如何？”刘邦问道。

“英布有三条路可走，如果走正确的第一条路，他的形势一片大好；如果走不好不坏的第二条路，鹿死谁手，双方还是一个未知的结果；如果走错误的第三条路，他必败无疑。”薛公语出惊人。随后，薛公详细地分析了所谓的上、中、下三条路的情况。

“所谓上路也是上策,英布可向东攻取吴地,向西夺占楚地,吞并齐地，占据鲁地，巩固燕、赵两地，然后固守大本营淮南。如此一来，崤山以东就不再是朝廷所有的了。

“所谓中路也是中策,英布可向东攻取吴地,向西夺占楚地,吞并韩地，占领魏地，掌握敖仓的储粮，阻塞成皋通道。如此一来，谁胜谁负将充满悬念。

“所谓下路也是下策，英布可向东攻取吴地，向西夺占下蔡，然后把辎重送回越地，自己返回长沙。如此一来，他就是自寻死路。”

面对薛公有条不紊的分析，又惊又喜的刘邦马上生出一问：“英布会采取上、中、下哪一策呢？”

薛公胸有成竹地说英布绝对会选下策的路走：“英布只能够看到眼前的蝇头小利，他哪里能看到更远的东西呢？”

问完话后，刘邦的底气更足了。于是，他在带领十万大军出发前，就立皇子刘长为淮南王，等于把真正的淮南王英布当成是透明的了。

正在这时，久未露面的张良出现了。他消瘦的身子盈盈一弯，苍白的头发在阳光下格外刺眼。

“陛下，恕臣身体有恙，不能随你一起出征。”张良道，“臣特为你这次出征饯行，并且赠陛下一言，那英布乃匹夫之勇，只需智取不要硬拼啊！”

“朕明白了。”刘邦此时像个温顺的小孩，对张良频频点头哈腰。

“陛下还应任太子为将军，监领关中军队，以防陛下走后发生意外啊！”张良提出自己的第二个忠告。

“朕明白了。”刘邦说着马上下了一道命令，抽调关中三万精兵作为太子警卫队，由太子亲自指挥，负责关中的安全保卫工作。

临走前的两个忠告，看似微不足道，却让刘邦更加看重张良了。从这些细微之处，我们不难看出，张良就是张良，他的计谋比起“汉中三杰”中的其他两位（韩信和萧何）都要高明百倍。也正是因为这样，刘邦先后对韩信和萧何动了手，唯独对张良始终没有一点表示，最后让他平安地走完了自己的一生。

宁可站着死，不可跪着生

英布自从被逼着起义造反后，已是箭在弦上不得不发了。于是英布首先选择了东边最弱的刘贾进攻。事实证明，英布的出发点选择得还是很不错的，这刘贾看似驴屎面上光，但肚子里哪里有一点真才实学呢！因此，英布的大军很快就势如破竹地杀到了吴地。刘贾打仗的本事没有，但逃命的本事却不是一般的强。

他很快就逃出了英布的包围圈，然后慌不择路之下，带着几个亲信逃到了一片荒凉的坟地里。这里成了刘贾最终的归宿地。晚上，自感无颜回去见刘邦的刘贾，趁陪同他的几个亲信睡着之际，用一根绳子结束了自己的生命——上吊了。

英布旗开得胜之后，马不停蹄地挥师渡过淮河向楚国杀去。

刘邦称帝后，本来是封韩信为楚王的，但后来因恐韩信功高盖主，在陈平的妙计下，借用狩猎之名擒住了韩信，剥夺了他的楚王之职。后来刘邦最小的弟弟刘交成了楚王。

刘交小时候勤奋好学，属于班里的“三好学生”。当了楚王后，刘交不用再像以前那样，整天在田地里干活做事了。空闲时间多了后，他整天抱着兵书研究行军打仗的事。用他的话来说就是活到老，学到老。

现在他骤然听闻英布的反军朝他这里来了，经过一番冥思苦想后，决定兵分三路去迎敌。他这样安排是有根据的，兵书有云，兵分三路，可以彼此呼应，出奇制胜。可以说刘交对兵书了解得还是比较透彻的，但他同时也忘了一句很重要的话：尽信书不如无书。

试想，英布那是啥人物，他和项羽一样，都有以一当十之勇。对兵力本来就不多的刘交来说，兵分三路，让自己的实力进一步削弱了。只要英布的大军集中火力击败了刘交三路大军的其中任何一路，那么其他两路大军就会不战而败。

可惜当时的刘交只懂得一点表面理论的东西，哪里知道用兵的精髓？英布集中火力，击败了刘交布好的“三龙阵”的中路军马，其他两路果然就崩溃了。就这样，英布几乎没费什么周折就取得了第二次大胜。

就在英布乘胜将要再度出击时，刘邦的大军来了，真正意义上的对决终于要展开了。公元前 195 年秋，英布和刘邦大军在蕲州境内相遇。

不是冤家不聚头。英布早就盼着和刘邦决一死战了。因此，他马上摆出了决战的阵形。而刘邦是何等人物，他观察了一下形势后马上决定坚守不出。“你不是急于跟我决战吗？我偏不给你打的机会。”刘邦把军队退守在庸城。

“既然你守我就攻好了。”面对刘邦的坚守，英布也不是吃素的，他学着项羽当年对付刘邦的绝招，采取强攻之术。但是，对刘邦来说，这招就像对牛弹琴一样根本起不到任何作用。英布决战又没有决战的机会，强攻又强攻不下，急得像热锅上的蚂蚁。

“一鼓作气，再而衰，三而竭。”两军相持了一段时间后，养精蓄锐的刘邦，终于趁城下英布疏于防备时，来了个突然袭击。刘邦连续多日都闭门不出战，英布本以为他被吓破了胆，哪里料到他会突然来进攻？于是，面对铺天盖地而来的大军，他很快就只有退的份儿了，退了一阵就到了淮河。

此时已是初冬的寒霜时节。淮河啊淮河，一个字形容就是冷。形势所逼，英布只得下令将士们进行游泳比赛。于是士兵们都以转体一周半或腾空前后翻的高难度跳水动作跳进了淮河。只是当他们落到冰冷的河里时，才发现这浑水蹚不得。

除了抗寒能力特强的和像杨过一样练过“御寒功”的人，绝大多数士兵都步屈原的后尘去了，可谓“淮河水滔滔，内有冻死骨”。

英布举行了游泳比赛后，刘邦自然也不甘落后，他马上举行了砍瓜比赛，对着河里的冰冻人一阵胡剁乱砍。等游泳和砍瓜比赛结束，英布回过头来清点人数时才发现，自己数万人马只剩下一千多人了，而且这一千多人还都衣冠不整，伤痕累累。

但此时英布除了拼命逃还能做什么呢？而刘邦充分发挥其骨子里的穷追猛打作风，追击了两天两夜，直到英布身边只剩下百来人了，他突然下令停止追击。刘邦不再去追杀英布，并非手下留情，想放英布一条活路，而是他早已胸有成竹，相信已成瓮中之鳖的英布，是逃不出自己的手掌心的。

事实上，刘邦只写了一封信给长沙王吴臣，就搞定了一切。刘邦为什么单单给吴臣写了一封信，不写给别人呢？这是有原因的。

英布的妻子乃长沙王吴臣之妹。换句话说，吴臣就是英布的妻兄。以刘邦的聪明才智自然知道走投无路的英布首先会选择投靠吴臣。吴臣本来长沙王当得好好的，哪里料到自己的妹夫真的造反了，接到刘邦的信后，他吓得两腿直打哆嗦。他面临两大艰难的选择：其一，放下眼下的荣华富贵，支持妹夫造反，和他一条道走到黑，从此踏上人生的不归路；其二，坚决和英布划清界限，来个大义灭亲，以确保自己的地位不动摇。

考虑来考虑去，最终吴臣还是理智战胜了冲动，个人利益战胜了亲情，为了保住自己的“乌纱帽”，他决定大义灭亲。

于是，接下来发生了这样一幕，刘邦写信给吴臣，吴臣居然去信给英布。这其中的原因我们且不去多说，就来看一下英布接到吴臣的信时的表情吧——喜，大喜，非常喜，特别之喜，胜过洞房之喜。

吴臣写给他的信内容简洁明了，一句话，就是请妹夫去长沙他的地盘避难。

绝望中的英布似乎看到了一丝光明，他本来就打算投靠妻兄去，现在妻兄居然主动来请他这个败军之将，他能不喜不自胜吗？他认为有了妻兄的帮助，东山再起还是有希望的。

于是，英布马不停蹄地日夜兼程，不消几日就走到了鄱阳的洞庭湖。八百里洞庭湖风景之美那没得说。

连日奔波，心力交瘁的英布也确实感觉太累了。于是，他在风光秀美的洞庭湖边找了一家客栈住了下来。到了客栈后，他和他的亲信们开始喝酒了。这些大老爷们儿所有的伤感和怨恨都化在酒中了，不久他们就都醉得像死猪似的了。

这时，客栈里闪出了一群黑衣蒙面的提刀刺客。他们对着这些醉得东倒西歪的醉客就是一阵刀光剑影。

这些黑衣蒙面刺客其实并非什么杀手或是黑道打劫的团伙，他们是吴臣派来的“半路杀手”。说白了，这一切都是吴臣精心设下的局，一个必杀之局。可怜的英布还没有明白怎么回事就成了刀下冤魂了。

而此时的刘邦没有追击英布，除了知道英布必死无疑外，更重要的是，他在冲出庸城和英布搞偷袭战时，中了一支冷箭。他边养伤边听英布的消息，不久吴臣就将英布的头颅献了上来。

一切尽在他的掌握之中，刘邦对这样的结果很满意，马上给吴臣开出了奖赏单：赏黄金一千两。

泰戈尔在《飞鸟集》里说："小狗疑心大宇宙阴谋篡夺它的位置。"还有一句话说得好：天下没有疑点，疑心一起，那就是铁板钉钉。所以世上本没有祸，疑心的人多了，便成了祸。

英布虽是一代英豪，可惜却疑心病重，为了一顶莫须有的帽子，愣是把吃醋的家庭伦理剧演成了战争片，都是小心眼惹的祸，注定了悲惨的结局。

独善其身的奥秘

搞定英布后，至此早期封的王已差不多都被刘邦给干掉了。随即，刘邦把目光停留在了汉中三杰中的萧何和张良身上。汉中三杰，韩信行军打仗的本领无人能与之相匹敌，但在明哲保身上却和萧何、张良相差太远。也正是因为这样，韩信第一个就被淘汰掉了。剩下就看张良和萧何谁能坚持到最后了。

萧何在楚汉之争中把后勤部部长当得很好，为刘邦的最终胜利提供了最坚强、最有力的人力和物力支持。也正是因为这样，刘邦在建国后的分封大会上，把萧何排在了第一的位置上。

而张良虽然在楚汉之争中起到的作用是不可估量的，但毕竟被韩信抢去了不少风头，不如萧何和韩信的举重若轻。

自从刘邦建国后，张良就一直在家里练心法，练气功，练长生不老术，练升天入地之法，练盖世无双之神功。事实证明，他练的武功虽然不是天下最厉害的武功，但却是可以使他永远立于不败之地的绝招。他的聪明之处就在于他视野广阔，料敌于先。而萧何等人都是在刘邦的猜疑下才出招的，效果自然不可与其相比了。

为了生存，从来不出手的萧何，一出手就不凡，连出三招，招招逼人，招招封喉，体现出了一名出色政治家的修养和素质。

第一招：妙计擒韩信。

当初陈豨叛乱时，萧何还在帮刘邦修造皇宫，他只是停留在“国事，家事”上，因此行军打仗的事他都可以只闻不管。

但随着皇宫的修成，他还来不及享几天休闲的生活，吕后已开始母老虎发威了。在母老虎的威逼下，他不得已只好设计擒住了韩信。也正是因为这样，萧何得到了刘邦的嘉奖：增封五千户食邑，特派五百人作为他的侍卫。

赏五千户食邑我们很容易理解，钱财土地谁不希望越多越好？但特派五百人来做侍卫就大有文章了。

“皇帝给我增加警卫那是为了我的安全着想啊，这是皇帝对我的关心啊！”一开始，萧何也这么认为，但他手下一个叫召平的人对他进行了另一种解释：“刘邦名义上加派五百人来当你的警卫员，是为了增加你的安全系数，但实际上不是保护你，是疑心你，是监督你啊！”召平的话让萧何顿时惊出了一身冷汗。

第二招：倾家荡产支持刘邦平定英布的叛乱。

萧何知道刘邦给自己加派警卫员是别有用心后，便坚决辞让了刘邦的封赐。理由是现在国家正是用人的时候，怎么能因为我而浪费这么多人力资源呢！

非但如此，听说刘邦要亲自带兵去平定英布的叛乱时，他还献出自己所有的家当充当军饷。这一招真绝，刘邦对萧何的识时务大为满意。然而平定英布后，刘邦把目标又锁定在萧何身上，因为萧何的威望在京城一带太大了，大有盖过他这个真龙天子的态势。而这时的萧何也看到了刘邦对自己投来的不善的眼神，于是他马上想方设法地去降低声望。

别人都梦寐以求能得到一个好名望，而萧何却是想尽一切办法降低自己的声望。他开始四处购买房子，而且均是赊账，从来没有付过钱。这种购买方式，按照现在的说法就是强买强卖了，等于是强占了百姓的土地。于是个别胆大的就告到刘邦那里去了。在《史记》记载中：**“上罢布军归，民道遮行上书，言相国贱强买民田宅数千万。”**

刘邦一听，笑了，这样的事对国家和朝廷没有一点损害，倒是把萧何廉洁奉公的名声给彻底毁了。通过这件事，萧何的声誉受到了一定的影响，刘邦的心里也得到了一些平衡。前面两招一出手，使得面临信任危机的萧何暂时得以进入“安全席”。

第三招：建议将长期荒废不用的皇家林苑借给百姓。

也许是前面两招出得太漂亮太完美了，萧何的第三招马上又出手了。他的招式一招快过一招，令人叹为观止。把皇家林苑借给百姓，让本来就缺田少地的农民能有田可种，有饭可吃，有衣可穿。

这封奏章上报后，他本来认为这件事会使刘邦觉得自己对朝廷很忠心，但他万万没有想到，这一次他的善举善过了头。刘邦看完奏章，脸阴得就像是要下大雨了，二话没说就叫人把萧何给绑了。

萧何是何等人物，大臣们见他被抓了，向刘邦求情的人自然很多了。其中一位姓王的卫尉和萧何的关系最铁，他也向刘邦求情了。他到了刘邦那里，也不顾什么君臣礼节了，直接就问刘邦为什么要抓萧何。

刘邦给萧何定的罪是接受商人的贿赂，替他们要上林苑，讨好百姓，诽谤他人。

王卫尉马上对刘邦的话进行了反驳：“这是对百姓有利，对国家有利的事呀，也正是一个相国的正直之处啊！陛下怎可疑心相国受了商人的贿赂呢？”

接下来，他又像其他能言会道的说客一样，说出萧何当年在楚汉之争中如何如何有功。刘邦没辙了，最后只得下令释放已经六十岁高龄的萧何。

萧何穿着囚衣，光着脚跑到刘邦宫中，叩谢刘邦赦免大恩。刘邦摆了摆手，让萧何回去自己思过，就这样萧何穿着囚衣，在长安众多百姓面前，狼狈回到了家中。

从此，长安百姓提到相国萧何，都非常鄙夷，萧何的名声可谓彻底扫地。刘邦气得命令萧何退还贱买的全部土地，萧何也全部退还了。萧何请求退休，刘邦也认为萧何老糊涂了，批准了。

公元前 193 年，在韩信去世三年后，已经臭了名声的萧何，在长安家中病逝，萧何临终前，给子孙后代留下了一句遗言：

“后世贤，师吾俭；不贤，毋为势家所夺。”

在萧何弥留之际，汉惠帝刘盈亲自前往看望，并问：“相国百年之后，谁可代之？曹参可否？”

奄奄一息的萧何，竟然站起来向刘盈叩头：“陛下能得到曹参为相，我萧何即使死了，也没有什么遗恨了！”萧何去世后，获得谥号“文终”，年六十四岁，他的儿子萧禄承袭了酂侯爵位。

帝王的悲哀

想必大家对和刘邦同年同月同日生的那个卢绾还记忆犹新，这个从小和刘邦称兄道弟的铁哥们儿，刘邦待他并不薄，封他做了燕王。

随着朝中原封大王一个个被诛杀，这时候非刘氏宗族的异姓王已经是稀有动物了，只剩下燕王卢绾和长沙王吴臣了。

而陈豨被逼造反逃到匈奴后，刘邦并没有放过他。他派出的“夺命杀手”是周勃。周勃不愧是刘邦最得力的部将之一，他利用还处于“和亲蜜月”中的匈奴人的中立，集中火力很快就消灭了陈豨。

但在这个看似简单的过程中还生出一些是非来。“说服”和“沟通”匈奴的外交政策是燕王卢绾去办的。卢绾当时派出的使者是张胜，这个张胜的使命是以三寸不烂之舌说服“大汉女婿”冒顿收起支援陈豨之心。

但外交官张胜之行并不是一帆风顺的，因为他在说服匈奴人的同时，还将面临匈奴外交官对他的“反说服”。当时匈奴的外交官其实也是汉人，他的名字叫臧衍。他的父亲大家相对比较熟悉——臧荼。臧荼被刘邦除掉后，他儿子臧衍逃到了匈奴。这时候臧衍就对同样是黄皮肤黑眼睛的张胜进行了攻心政策。他说的话就是韩信那句经典的警世名言：“狡兔死，良狗烹；飞鸟尽，良弓藏……”

其实，面对张胜这样聪明的人，根本就不需要再解释什么了。张胜自然明白，一旦陈豨真的被消灭了，刘邦的下一个目标就轮到燕王了。

一语惊醒梦中人，臧衍的话不无道理啊！那刘邦是啥人物，行军打仗的本事没有，猜忌、多疑、心狠手辣却是他的特长。

权衡利弊后，张胜的心开始动摇了。于是接下来发生了这样一幕，说服官张胜本来是来说服匈奴人不帮陈豨，让他自生自灭的，但到了冒顿面前说的话却是完全相反，居然强烈要求匈奴人出兵去救陈豨。

在张胜的煽风点火下，原本决定中立的匈奴人再也坐不住了，他们马上发兵去支持陈豨。幸好素来以雷厉风行著称的周勃早已趁张胜和匈奴人周旋期间，快刀斩乱麻，把陈豨给解决了，并不给匈奴人交锋的机会就班师回朝了。按理说这件事应该画上一个句号了,但周勃回到朝廷后，马上递给刘邦一个奏折：燕王有造反的迹象啊！

当时的卢绾被蒙在鼓里，等张胜回来知道情况后，心中暗叫“苦也”。而张胜却重复了韩信那几句话。

卢绾也不是傻子，刘邦屠杀功臣的事他也是极为关注的。虽然他仗着“同年同月同日生”这个护身符暂时得以保命，但“山雨欲来风满楼”，面对腥风血雨阵阵扑面而来，这时卢绾的头脑也开窍了，他最终决定听从臧衍和张胜的建议，和匈奴联盟。

匈奴方面正求之不得呢！燕国和匈奴毗邻，平时的压力本来就大，匈奴人一旦侵犯中原就肯定要与他交战，与其到那时再交战，不如现在联盟。但他这种和匈奴人若即若离的关系并没有维持多久，因为刘邦很快就来了个“大捉奸”。

刘邦因平定英布时受的箭伤并不轻，回来后时常复发的缘故，他没有亲自来办这些事，而是要了两个小计谋。

首先，刘邦派出了手下两个亲信审食其和赵尧去燕地搞调查。其次，下诏书召卢绾入京。

这便是病中刘邦的双管齐下。这个审食其和当年刘邦手下最优秀的外交官郦食其的名是一模一样的，只是姓氏不同而已，两人各有千秋。郦食其口若悬河，一张嘴巴能说会道，有“铁嘴”之称。而审食其长相英俊，一双眼睛含情脉脉，大汉第一皇后吕后也跟他有一腿。

审食其此时虽然还没有达到大红大紫的地步，但已跟吕后对上了眼，然而因为刘邦尚且健在，他们还只是停留在暗送秋波的份儿上，并没有其他的越轨行为。也正是因为这样，审食其说话的分量可想而知了。

接到诏书后，卢绾犯难了，韩信当年被擒那一幕又出现在他眼前。去还是不去,他左右为难。最终他的心腹手下都力劝他千万别去自投罗网。于是怕极了的卢绾最终决定拒绝入京。他甚至还产生了和当初英布一样的想法：等有机会再向刘邦解释。然而，稍有头脑的人就会知道，他不会再有解释的机会了。

审食其去调查也只是走了一下过场，然后抓住卢绾不肯去京城的问题大做文章，直接上奏：卢绾不肯来京城，其造反之心已昭然若揭。

刘邦听后大怒：“什么同年同月同日生，什么兄弟情义都统统见鬼去吧！敢跟我作对，我不会给你好果子吃的。”于是他还是使用先前平定其他诸侯王的相关经验，来了个先斩后奏，立皇子刘建为燕王，然后再派他的连襟樊哙带兵去平定卢绾。

然而这次事情的发展并不是一帆风顺的。樊哙走到半途时，自己也将面临人生中的一场大浩劫。

刘邦手下一个亲信侍卫，因为当年一点个人私怨而记恨樊哙，又见病重期间的刘邦对戚姬很是怜爱，对吕后大为反感，甚至一见到吕后和太子就会发起无名的火来，深恶痛绝的态度很明显。樊哙带兵出发后，这个侍卫就趁机进谗言，说吕后和樊哙因为“血缘”关系，他们“勾搭”

在一起，准备等陛下死了之后，谋权夺位，让刘氏天下变成吕氏天下。

此时已病入膏肓的刘邦听了大吃一惊，他心里叹道：“看来这年头除了自己，真的没有一个人可以相信了。”于是，他终于露出了庐山真面目，马上把陈平和周勃两大心腹叫来，让他们两个马上去把樊哙的人头提来。当时刘邦吩咐得还有板有眼，陈平负责捉拿樊哙，周勃负责平定卢绾之乱。

陈平和周勃哪里料到刘邦突然要杀他的连襟，这一惊非同小可。但刘邦此时已是“难得糊涂”了，再劝也没有用。于是他两人合计了一下，决定把刘邦的“砍人头”先变成“抓住人”再说，至于其他的只能走一步算一步了。

正是因为他们两个私自变通，才最终保住了樊哙的性命，因为刘邦不久就撒手西归了。

刘邦在死前，还有一桩心愿未了，那就是太子之事。前面已经说过，第一次废立太子，刘邦面对大臣们“众志成城”的反对，最终不得不放下皇帝至高无上的架子，坚持最民主的“少数服从多数”原则，宣告废立太子一事暂时告一段落。

但此时因为箭伤复发而感到来日不多的刘邦，看着整天梨花带雨的戚美人衣不解带地守在自己身边，他的心里也不好受。他知道凭着吕后的心狠手辣，一旦他撒手而去，吕后仗着太后的身份，戚姬便会如同一只蚂蚁一样任她蹂躏。

迫不得已之下，他决定将“白脸”进行到底，再次更换太子，以确保他最爱的女人——戚姬在他死后不受一点点伤。于是，顺应形势的需要，废太子的大会将要再次举行。

这一次，刘邦也不拐弯抹角，直接就把会议的中心议程摆在大家面前：废立太子。

“太子刘盈生性柔弱，哪里有一国之君的阳刚之气？朕决定把太子改换成如意，各位意下如何？”刘邦问道。

众人一起发言：“陛下万万不可废掉太子。”随后，大臣们的发言跟第一次废立太子的发言别无二致，什么废长立幼乃是取乱之道，什么刘盈心慈仁厚将来是个明君，什么大秦王朝就是前车之鉴。总之，他们的态度很明确：坚决反对废立太子。

对群臣的一致反对，刘邦在会前就有了充分的估计，所以与会时他费了九牛二虎之力把张良请来了，他想利用张良在朝中的威信来助自己一臂之力。然而，令他始料不及的是，当刘邦向张良投去询问的眼神时，张良居然也反对废立太子一事。这差点没气得刘邦吐出血来。

即使是这样，刘邦还是不想让他的女人失望，他“咬定青山不放松”，坚决要废掉太子。众臣眼看他们的建议刘邦都熟视无睹，自然也不会轻易妥协了。

正在这时，叔孙通亮剑了。他虽然满腹经纶，但和周昌一样，也不善言辞，因此，会议开始后，他没有说一句话，但此时眼看刘邦来软的不吃，干脆就来硬的了。他刷地拔出剑，顿时剑光闪闪，寒气逼人。

就在群臣吃惊的时候，叔孙通并没有把刀架到刘邦脖子上，而是不急不慢地架在了自己的脖子上：“如果陛下非要改立太子，臣与其看到我大好江山不久就因动乱而败亡，不如先走一步吧！”

废立太子一事，眼看就要闹出人命来了。刘邦没辙了，他深深地体会到了孤掌难鸣的深切含义，于是只好妥协道：“罢了，罢了，废立太子的事就此作罢。”

刘邦第三次废立太子的事就这样草草收场，结果是刘邦和戚姬再度失败。而这也是戚姬最后一次反击吕后的机会。从这以后，戚姬只能希望刘邦长生不老，永远也不要死去，否则……戚姬根本就不敢往下再想了。

善解人意的刘邦自然察觉到了戚姬的忧郁。一天，他看着一直陪在自己身边而眼睛却肿得像水蜜桃似的戚姬，有感而发，吟出了千古佳句："鸿鹄高飞，一举千里。羽翮已就，横绝四海。横绝四海，当可奈何？虽有矰缴，尚安所施？"

当年项羽被困垓下，吟出了："力拔山兮气盖世，时不利兮骓不逝。骓不逝兮可奈何，虞兮虞兮奈若何！"他的爱妾虞姬听后，跟他对了一首："汉兵已略地，四方楚歌声。大王意气尽，贱妾何聊生。"言毕，虞姬来了个一剑穿喉。可以说虞姬的选择是非常明智的，证明她忠贞勇敢的同时，也使自己避免了随着项羽失败，落入敌手后可能出现的惨剧。

而此时已明明知道前途凶险的戚姬并没有像虞姬一样，在刘邦面前来个大殉情，成就一个烈女的形象。也正是因为这样，才有后来戚姬被吕后折腾得不成人样的"人彘"事件，让她受尽了活罪才明明白白地死去。

不是尾声的尾声

刘邦知道自己来日不多了，然而，此时他已对吕后以及吕氏家族的强大感到了很大的压力。他此时担心的不仅仅是他最心爱的女人的问题了，还担心自己死后，这辛辛苦苦打下来的江山能不能保得住。

心狠手辣，这是刘邦对吕后的最终评价。他已敏锐地感觉到，他死后吕后将是对大汉江山威胁最大的人。太子刘盈不但懦弱，而且尚年少。他继位后，吕后独揽大权也是必然的。也正是因为这样，病危中的刘邦对吕后极为反感，甚至一见到吕后就会怒气冲天。

当然，吕后虽然在某些方面心狠手辣，但也并非一点情义也没有。为了医好刘邦的病，她花重金请来了南山的一个神医——华太仙。

“只要陛下还没有咽气，我就可以治好他的病。”神医一出手，果真不同凡响。

如果这个华太仙真能把已病入膏肓的刘邦治好，那么，中国古代最牛神医的帽子就该从华佗头上取下来，戴在他头上。可惜的是，刘邦并没有给这个华太仙表现的机会。刘邦拒绝接受他的治疗，也许是他在人生的最后关头不想再欠吕后的人情吧！

刘邦非但不想接受吕后的人情，而且还在病榻中想出了两个治服吕后的绝招。他甚至有些自负地认为，这两招能够确保大汉江山在自己儿孙的手上世代传接下去。

第一招：签订白马之盟。

刘邦把朝中重臣召进宫来，然后叫人杀了一匹大白马，再把马血混合成血酒摆在众人面前。刘邦端起酒杯，郑重宣了两重誓："国以永存，施及苗裔。从今而后，非刘氏而王，非有功而侯者，天下共击之！"

第一条的意思是说大汉王朝是我的，也是你们的，但终归是大家的。只要国存在一天，在座诸位的子孙后代都共同享有人生出彩的机会，共同享有梦想成真的机会，共同享有同大汉帝王一起成长与进步的机会。有梦想，有机会，有奋斗，一切美好的东西都能够创造出来。

总而言之，刘邦给大家吃了一粒定心丸：只要刘家人有肉吃，他们这些"高管"肯定会有汤喝。

第二条的意思是大汉王朝的皇位只能由我刘氏直系来继承，有妄想篡位者，妄自尊大者，大伙直接上刀剑而诛杀，杀死叛逆者不偿命。大汉王朝的诸侯王只能是由功臣或是功臣之后来当，没有功劳之人如果擅自坐上去，大伙直接上板砖猛砸，砸死阴谋者不偿命。

总而言之，刘邦给大家将了一军：大汉王朝的千秋伟业靠大家共同维护，大汉王朝帝国富国梦靠大家共同实现。大家一定要紧密团结，牢记使命，心往一处想，劲往一处使。

刘邦发完誓后，也不管大家答不答应，反应如何，就一口喝干了杯中的血酒。

刘邦都做到这份儿上了，群臣自然不甘落后，纷纷叩拜于地，齐声宣誓道："国以永存，施及苗裔。从今而后，非刘氏而王，非有功而侯者，天下共击之！"说完也都饮下了血酒。

看到此番场景，一脸病态的刘邦终于露出了一丝笑意，大家喝了这杯血酒就意味着要为这个誓言、为刘家朝廷尽忠职守永生永代。

这就是著名的“白马之盟”。

第二招：重用两个人。

陈平在楚汉之争中最后时刻起的作用是巨大的，可以说他是刘邦能最终打败项羽的不可或缺的人物。而且在大汉王朝成立后，他随刘邦亲征讨伐匈奴，刘邦被围白登山时，他的妙手帮刘邦解了围。因此，在刘邦心目中，他的地位是很高的。

关键时刻刘邦自然不会忘了这个忠心耿耿的人。刘邦此时派陈平和他手下最为得力的武将灌婴共同驻守在军事要地——荥阳。

荥阳是通往关中的咽喉，也是兵家必争之地。换句话说，一旦天下有变，首先就要过荥阳这一关。

后来的事实也证明，刘邦这一招是绝招，在吕氏掌握天下大权，席卷天下时，他们虽然曾风光一时，但正是因为刘邦早就留有这一招，陈平和灌婴守在荥阳，吕后才不敢把大汉王朝的“刘氏”大旗改成“吕氏”大旗。

做完这两件事后，刘邦本来已累得够呛了，但还得应付一次吕后的问话。

刘邦在位时任萧何为相，这是尽人皆知的。那么萧何之后谁可以为相呢？吕后也有这样的问题：“陛下百年后，萧丞相也百年后，谁人可为相？”

“非曹参莫属。”刘邦答道。

“曹参之后，谁人可为相？”吕后接着问。

“王陵吧！”刘邦说着叹了一口气道，“不过，王陵有点直得过头了，不能单独用他，须用陈平来辅助他。只是陈平智识有余，厚重不足，须兼用周勃。”

“那王陵之后呢？”吕后接着问。

刘邦没有再回答了。

此时，天际突然坠落一颗耀眼的流星。

汉十二年（公元前 195 年）四月，六十一岁的刘邦与世长辞。

图书在版编目（CIP）数据

刘邦传：鸿门宴上的天选之人：全两册 / 飘雪楼主著. — 北京：中国民主法制出版社，2023.12

ISBN 978-7-5162-3446-4

Ⅰ. ①刘… Ⅱ. ①飘… Ⅲ. ①长篇历史小说—中国—当代 Ⅳ. ①I247.5

中国国家版本馆CIP数据核字（2023）第216550号

图书出品人：刘海涛

出 版 统 筹：石　松

责 任 编 辑：张佳彬　刘险涛　李婷婷

书　　名/ 刘邦传：鸿门宴上的天选之人（全两册）

作　　者/ 飘雪楼主　著

出版 · 发行/中国民主法制出版社

地址/北京市丰台区右安门外玉林里7号（100069）

电话/（010）63055259（总编室）　63058068　63057714（营销中心）

传真/（010）63055259

http：// www.npcpub.com

E-mail：mzfz@npcpub.com

经销/新华书店

开本/16开　690mm × 980mm

印张/33.5　**字数**/415千字

版本/2023年12月第1版　2023年12月第1次印刷

印刷/北京中科印刷有限公司

书号/ISBN 978-7-5162-3446-4

定价/88.00元